못 지킨
약속

못 지킨 약속

발행일   2022년 4월 20일

지은이   송문익
펴낸이   손형국
펴낸곳   (주)북랩
편집인   선일영   편집   정두철, 배진용, 김현아, 박준, 장하영
디자인   이현수, 김민하, 안유경, 신혜림   제작   박기성, 황동현, 구성우, 권태련
마케팅   김회란, 박진관
출판등록   2004. 12. 1(제2012-000051호)
주소   서울특별시 금천구 가산디지털 1로 168, 우림라이온스밸리 B동 B113~114호, C동 B101호
홈페이지   www.book.co.kr
전화번호   (02)2026-5777   팩스   (02)2026-5747

ISBN   979-11-6836-251-2 03810 (종이책)   979-11-6836-252-9 05810 (전자책)

송문익 장편소설

못 지킨 약속

슬픔을 감싸주는 정교한 서사의 힘

비정한 역사 앞에서 개인의 삶은 얼마나 위태로운가

북랩

작가의 말

✦

이 책은 세월의 지층에 갇혀 있던 먼 유년의 기억을 캐내어 이야기로 엮은 하나의 자전적 소설이다.

이야기 속의 주요 사건이나 장면은 대부분 작가가 듣고 보고 경험한 것이다. 작가가 직접 듣거나 보거나 경험하지 않은 것은 있었던 사실과 당시의 상황에 근거하여 재구성하였다.

작가의 경험은 그가 나이 5세에서 12세 사이에 충청북도와 충청남도에서 얻은 것이다. 시대별로는 일제강점기 말, 해방 공간, 6·25전쟁을 포함한다. 이 기간에, 특히 전쟁 중에 얻은 한국인 각자의 경험은 저마다 다를 것이기 때문에 작가의 경험을 일반화하는 것은 바람직하지 않다. 이야기의 전개는 크게는 발생 순서에 따랐지만 때로는 이야기의 맥락에 따르기도 했다.

만든 인물은 없으며 등장인물의 실명을 모르거나 잊었거나 사용이 부적절하다고 생각한 경우에는 가명을 썼다. 사용한 가명이 실존했거나 실존하는 어떤 사람의 실명과 같다면 그것은 우연이다.

이 책은 기억이 들려주는 말을 문자로 바꾼 것에 가깝다. 그러므로 엄밀한 의미에서 '작가'보다 '받아쓴 사람'이란 표현이 더 맞을지도 모른다.

목차

3편 | *1950 – 1951*

1편

1928 – 1945

1

오후 3시경 서울역, 경의선 열차의 창가에 앉아 있는 앳되어 뵈는 젊은이 한 사람. 인근 좌석의 승객들이 이목구비가 또렷하고 희고 잘생긴 그의 얼굴을 힐끔힐끔 훔쳐보고 있다. 검은 유니폼과 아직 짧은 머리카락, 누가 보아도 이제 고등학교를 갓 졸업한 것이 틀림없다. 이내 긴 기적이 울고 열차가 천천히 움직이기 시작한다. 창밖 승강장, 손을 흔드는 사람, 소매로 눈물을 훔치는 사람, 무어라 소리치며 떠나는 차를 향해 뛰어오는 사람들이 뒤엉키다가 곧 시야에서 사라진다. 이 청년의 주머니에는 평양행 기차표가 들어있다. 몇 년 후 그는 나의 아버지가 된다. 나는 그를 지금부터 "아버지"로 부르기로 한다.

약 한 달 전 그는 남행 열차에 몸을 실었었다. 히로시마 고등사범학교 입학시험을 치기 위해 부산에서 관부 연락선을 타고 현해탄을 건너 일본으로 향했다. 시험을 아주 잘 보아 합격을 확신한 아버지는 미리 교모와 배지 등을 사서 부산을 거쳐 집으로 돌아왔다. 약 2주 후 히로시마 고등사범에서 우편물이 왔다. 합격 통지서가 들어 있을 것으로 생각한 아버지는 설레는 마음으로 급히 봉투를 뜯었다. 그러나 봉투에서 나온 것은 합격 통지서가 아니었다. 합격이란 글자 대신 불합격이란 글자가 눈에 들어온 것이다. 눈을 의심한 아버지는 글자 하나하나를 세세히 들여다보았다. 그러나 이름, 주소 등 모든 것이 자기의 것이 틀림없었다. 아버지의 손에서 불합격 통지서가 힘없이 떨어졌다.

"애야…. 이제 그만 역사 선생이 되겠다는 너의 꿈을 접을 때가 되지 않았니?" 할아버지가 낙심한 아들의 얼굴을 바라보며 말했다.

"네가 식민지 출신이 아니었다면, 또 장래 희망이 역사 선생이라고 말하지 않았다면 너는 아마도 합격 통지를 받았을 것이다. 일본인들은 조선을 침탈한 죄 때문에 조선인이 역사를 가르치는 것을 원치 않는다. 이제 내가 평소에 네게 한 충고를 따를 때가 되었다. 가서 와타나베 선생을 만나 보아라." 할아버지가 부드러운 말투로 타이르듯 말했다.

"예, 아버지." 할아버지의 말뜻을 알아차린 아버지가 머리를 숙이며 대답했다.

다음 날 아버지는 와타나베 선생에게 전화를 걸어 불합격 통지를 받은 것을 알렸다.

"그럼 이제 어떻게 할 생각인가?" 와타나베 선생이 물었다.

"서울대 의예과에 지원하고 싶습니다." 아버지가 대답했다. 잠시 침묵이 흘렀다.

"정말인가? 역사 선생이 되는 것이 꿈이었잖아?"

"예, 그랬었습니다. 그런데 생각을 바꾸었습니다. 의사가 되라는 저의 아버님의 권고를 따르기로 했습니다."

"그래? 좋아. 그럼 나를 만나러 오라고. 입학원서 때문에 서울에 갈 필요는 없고. 인편에 내가 얻어놓겠어. 시간이 많지 않으니 이틀 안에 오도록. 올 때 원서에 붙일 사진을 여벌로 준비해 오는 것 잊지 말고."

"예, 알겠습니다. 고맙습니다." 아버지가 말한 다음 조용히 수화기를
놓았다.

어둠이 채 가시지 않은 새벽, 아버지는 이른 봄의 찬 바람을 얼굴에 맞
으며 충주역으로 향했다. 오후 2시경, 대전고등학교 교무실에서 선생과
제자가 테이블을 사이에 두고 마주 앉았다.

"그래 자네 눈에 비친 히로시마는 어떻던가?" 와타나베 선생이 웃으며
물었다. 아버지는 거리의 풍경들과 사람들의 옷차림, 그리고 입학시험을
본 히로시마 고등사범의 인상에 대하여 본 대로 느낀 대로 이야기하였다.

"그랬나? 난 히로시마에 아직 가보지 못했다네. 그건 그렇고…. 나는
자네가 불합격 통지를 받게 될 것도 그래서 나를 찾아오게 될 것도 어
느 정도 예상은 하고 있었지."

"예? 그럼 선생님께서는 제가 불합격할 것을 미리 알고 계셨었나요?"
아버지가 놀라서 물었다.

"난 자네의 합격을 믿었어, 처음엔. 그러나 곧 나의 믿음이 빗나가고
있음을 알게 되었지. 그 이유는 이 학교가 일본 제일의 고등사범이라던
가 하는 학교의 평판이나 높은 문턱 때문이 아니고 자네의 거주지 경찰
서에서 내게 걸려온 전화 때문이었다네."

"그들이 선생님께 전화를 했습니까? 왜요?"

"응. 자기를 형사라고 밝힌 사람이 내게 두 번 전화했었어. 시험 전에

한번, 후에 한번. 자네의 불합격을 예상하게 한 것은 그의 두 번째 전화였었네."

"그가 무슨 말을 했습니까?"

"들어보게. 일본에 대한 자네의 성향에 대해서 이것저것 여러 가지를 묻더라고. 나는 그의 퉁명스러운 말투에서 그가 히로시마 고등사범의 사상 조회에 불리한 진술을 할 것이라는 강한 느낌을 받았다네." 와타나베 선생은 잠시 멈추었다가 다시 말을 이었다. "나는 자네가 사상이 온건한 모범생이라고 여러 번 힘주어 말했으나 그는 내 말을 건성으로 듣는 것 같더라고. 이미 마음을 굳히고 나서 형식적으로 물어보는 것 같았어."

"그가 누구였습니까?"

"이름을 물었지만 말하지 않았어."

그가 누구일까? 아버지의 생각이 분주히 움직였다. 곧 희미하게 떠오르는 하나의 얼굴이 있었다. 마치 안개가 걷히듯 그 얼굴은 점점 더 선명해졌다. "그래, 그자야. 자신의 공로를 부풀리기 위해 툭하면 반일 혐의를 씌워 사람들을 잡아 가두던 그 조선인 형사, 일본인 유지들과의 친분을 이용하여 자신이 잡아들인 사람들을 풀어 주도록 하는 아버지를 몹시 싫어한 자. 그래 그자가 틀림없어. 그자의 수첩에 아버지의 이름이 들어 있었을 거야…" 아버지가 속으로 중얼거렸다.

"그건 그렇고…. 서울대 의대에 지원하겠다고 했지." 와타나베 선생이 책상 서랍에서 서류 봉투를 꺼내며 말했다. 봉투에서 나온 것은 서울

의대와 평양의학전문학교의 두 벌의 입학원서였는데 이미 공란들이 상당 부분 메워져 있었다.

"자네는 이 두 학교를 모두 지원할 수가 있네. 시험 날짜가 서로 다르니까 말이야. 그러나 여기 보는 바와 같이 시차가 별로 크지 않네." 와타나베 선생이 두 학교의 원서에 찍혀있는 마감일들을 손가락으로 짚어가며 말했다. "그래서 시험 첫날 서울에서 한 과목이라도 잡치면 즉시 평양으로 가야 하네."

"선생님께서는 제가 서울에서도 실패할 것 같습니까?"

"그런 건 아니야, 실수만 하지 않는다면. 또 한 가지는 서울에는 일본인들이 많이 살고 있으니 일본인 지원자도 많겠지? 일본인 지원자가 많으면 조선인 지원자들의 기회가 그만큼 줄어들 것 같지 않은가? 잘 모르긴 하지만 말일세. 그러나 평양은 일본인 지원자가 상대적으로 적을 것이기 때문에 혹 차별이 있다 하더라도 합격이나 불합격에 큰 영향을 주지는 않을 걸세. 교육의 질이 두 학교가 엇비슷할 것을 고려하면 평양도 그리 나쁘지는 않아." 와타나베 선생이 말을 마치고 빙긋이 웃었다.

아버지는 와타나베 선생의 진심 어린 배려가 고마웠다. 비록 그는 일본인이었지만 조선인과 일본인 학생들을 차별하지 않고 똑같이 대했기 때문에 그를 싫어하는 조선인 학생은 한 사람도 없었다. 그의 조선인 학생들에 대한 배려와 관심은 다른 일본인 교사들의 일시적이고 즉흥적인 동정심과는 달랐다.

입학원서의 남아 있는 공란들을 메우고 사진을 붙인 다음 와타나베 선생이 필요한 곳에 직인을 찍었다. 이제 헤어질 시간이 왔다.

"나는 자네의 합격을 믿네. 자네는 훌륭한 의사가 될 걸세." 와타나베 선생이 원서가 든 봉투를 내밀며 말했다.

아버지는 두 손으로 봉투를 받으면서 공손히 허리를 굽혔다. 그러고는 "선생님 고맙습니다. 부디 안녕히 계십시오."라는 말을 남기고 교무실 문을 나왔다. 이것이 두 선생과 제자가 주고받은 마지막 말이었다.

아버지는 서울에서도 실패했다.

시험 첫날 아침, 수험표와 필기구 등을 챙겨 여관 문을 나선 아버지는 시험장 쪽으로 가는 전차에 올랐다. 그런데 남대문을 막 지났을 때 끼익 하고 금속성 마찰음을 내며 전차가 급정거했다. 앞으로 쏠렸던 승객들이 다시 뒤로 밀리면서 앞쪽에서 누군가 외치는 소리가 들렸다.

"사람이 치였다!"

놀란 승객들의 시선이 일제히 창밖으로 쏠렸다. 뒤이어 사람들의 웅성거림 속에 또 다른 목소리가 들려왔다.

"승객들은 하차해 주십시오. 이 전차는 더 못 갑니다." 전차 차장이 선언 조로 말했다.

사람들이 앞다투어 내렸다. 아버지는 당황했다. 이 사고가 그에게 던지는 의미가 너무나 명확했기 때문이다. 밖에는 전차 앞에 여자 하나가 꼼짝하지 않고 누워 있었는데 전차에서 내린 사람들이 삽시간에 그녀를 둘러쌌다. 어떤 중년 남자 하나가 사람들을 헤치고 들어가는 것이 보였다.

'내가 지금 이러고 있을 때가 아니지!' 속으로 중얼거리며 택시를 잡으려고 길가로 향하는 아버지의 등 뒤에서 "이 사람은 사망했습니다. 나는 출근 중인 의사요."라는 남자의 목소리가 작지만 분명하게 들려왔다. 택시는 보이지 않았다. 이리저리 둘러보던 아버지의 눈에 길 건너에 서 있는 인력거들이 들어왔다.

"인력거! 인력거!" 아버지가 다급하게 외쳤다. 반응이 없었다. 손나팔을 만들어 입에 대고 계속 소리쳤다. 그러나 거리의 소음에 가려서인지 아버지의 외침은 인력거꾼들에게 닿지 않았다. 손을 크게 흔들어도 보았으나 그들의 눈은 다른 곳에—아마도 사고 현장에—고정되어 있었다.

이게 웬 낭패람? 당황한 아버지가 인력거를 향해 뛰기 시작했다. 그러나 길 한복판에 이르렀을 때 어떤 불길한 예감이 그를 멈추게 했다. "왜 하필 내가 탄 전차에 이런 일이? 지금 인력거를 몰아 급히 간다 해도 첫 시간 시험에 늦지 않는다는 보장이 없지 않은가!" 아버지는 머리를 가로 저었다. 그리고 잠시 후 그는 서울역을 향해 걷고 있는 자신을 발견하였다. 그의 옆으로 기마경찰의 말발굽 소리가 벼락 치듯 지축을 흔들며 지나가고 있었다. 사고 현장으로 가는 것 같았다.

서울역에서. 오후 1시에 떠나는 급행 열차표는 매진되고 없었다. 3시에 출발하는 완행 열차표를 사가지고 여관으로 돌아와 소지품들을 챙긴 다음, 시간에 맞춰 다시 역으로 향했다.

아버지가 난생처음 평양역에 도착한 것은 밤 9시경이었다. 그날 밤을 역 근처 여관에서 보내고 다음 날 예비소집 시간에 맞춰 평양의학전문학교로 향했다. 낮은 언덕 위에 자리 잡은 학교의 교정에는 많은 지원자들이 모여들고 있었다. 웅성거림 속에 여러 지역의 사투리가 섞여서 들리는 것을 보면 그들은 전국 각지에서 온 사람들 같았다. 의외로 일본인 지원자들도 생각보다 많았다. 유의사항을 듣고 수험표를 받은 다음 고사장을 확인했다.

사흘간의 시험을 마치고 밤차로 평양을 떠난 아버지가 집에 도착한 것은 이튿날 오후였다. 할아버지께 서울에서 있었던 일을 아뢰었다.

"난 네가 평양에 간 것을 알았다. 그렇지 않았으면 이렇게 여러 날 걸리지는 않았을 테니까 말이다. 가서 쉬거라. 피곤해 보이는구나." 할아버지가 말했다. 어조는 잔잔했고 얼굴에는 한점의 염려의 빛도 찾아볼 수 없었다. 이상하게도 할아버지는 시험에 관한 것은 하나도 묻지를 않았다. 아버지의 합격을 이미 기정사실로 믿고 있는 것 같았다. 초조한 기다림이 한 주일을 넘긴 어느 날, 아버지는 평양 우체국 소인이 찍힌 한 통의 우편물을 받았다. 합격 통지서와 입학 수속에 필요한 서류가 들어 있었다.

✦

아버지를 태운 열차가 이른 아침 평양역에 멎었다. 이 낯선 도시에서의 그의 시계의 초침은 하숙집을 찾는 일과 함께 움직이기 시작했다. 일단 조용하다고 생각되는 곳에 하숙을 정한 다음, 학교로 가서 입학 수속을 마치고 학습에 필요한 것들을 구입했다.

첫 수업 시간이 왔다. 신입생 중 과반수는 조선인이고 나머지는 일본인이었는데 그중에는 일본 본토에서 유학하러 온 사람들도 있었다. 교수들은 모두 일본인이었고 수업은 일본어로 했지만 가끔 독일어를 쓰는 교수들도 있었다.

시간이 지나면서 아버지는 차츰 평양의 수려한 경관과 수많은 역사 유적에 매료되어갔다. 대동강변과 그 건너에 있는 모란봉과 을밀대를 즐겨 찾았는데 특히 추사가 썼다는 을밀대 현판의 서체에 마음을 뺏겼다. 아버지는 이미 한시와 서예에 상당한 조예가 있었던 터였다. 한편 사람들은 다소 이질적이란 느낌이 들었다. 생각과 행동이 자유롭고 진취적이었으며 남도와는 달리 이곳 처녀들은 남자들 앞에서 별로 수줍어하지 않았다. 또한 평양에는 기독교인들이 많았다. 일요일마다 성경과 찬송가를 들고 교회에 가는 사람들을 보는 것은 그리 특별한 일이 아니었다. 때때로 거리에서 서양인들과 마주치기도 했는데 이는 다른 도시에선 보기 드문 일이었다. 그들은 주로 미국 선교사들과 그들의 가족이었다. 실제로 평양은 조선의 예루살렘이라 불리었는데 이 별칭의 배경에는 로세타 홀과 사뮤엘 마펫 등 미국 선교사들의 헌신적인 복음 활동이 자리하고 있었다.

첫 학기가 끝나기도 전에 아버지는 이곳 생활에 익숙해졌다. 처음에 다소 어색하고 불편했던 느낌은 어디론가 사라지고 이제는 이곳 생활이 더 편하다는 생각까지 하게 되었다. 엄격한 유교적 예절의 속박 아닌 속박에서의 일시적 일탈 또는 해이가 선물한 편안함인지도 몰랐다.

할아버지, 세상을 떠나다

1929년 여름, 첫 학기가 끝나자마자 아버지는 충주행 남행 열차에 올랐다. 그러나 그의 가슴엔 귀향의 기쁨 대신 검은 비구름이 일고 있었다. 할아버지의 폐결핵과의 힘겨운 싸움이 곧 끝날 것임을 아버지는 알고 있었다. 충주역에 내려 집으로 향하는 그의 발걸음은 무거웠다. 아버지가 집에 도착했을 때 할아버지는 눈을 감은 채 누워있었다. 전등불에 비친 그의 얼굴은 창백했고 호흡은 가빴다. 아버지는 할아버지 옆에 무릎을 꿇고 앉았다. 그리고 조용히 아뢰었다.

"저 왔습니다, 아버지."

"응…. 너로구나. 학기가… 끝났구나. 잘 지냈더냐?"

"저는 잘 지냈습니다, 아버지."

"떠나기 전에 너를… 한 번 더 보게… 되는구나." 가쁜 호흡 사이로 할아버지의 힘없는 목소리가 천천히 흘러나왔다.

며칠 후 찾아온 할아버지의 임종. 향년 38세. 형이 태어나기 3년 전, 내가 태어나기 9년 전이었다.

"내가… 없다고… 슬퍼하거나 의기…소침…하지 말고 씩씩…하게 살아라."

이것이 두 자녀, 아버지와 고모에게 남긴 할아버지의 마지막 유언이었다.

할아버지는 중원군 금가면 월상리 선영에 안장되어 영민에 들어가셨다. 장례가 끝난 뒤에도 얼마 동안 지인들의 조문이 이어졌는데 그들은 하나같이 할아버지가 너무 일찍 타계한 것을 애석해했다.

아버지에 의하면 선조조의 학자 구봉 송익필의 자손인 우리 가문은 원래 서울에서 가까운 수원에서 살았었다. 그러다가 오래전에 충주로 이거 하였는데 할아버지가 충주에서 7대째였다. 할아버지는 독자였으며 많은 땅의 상속자이기도 했다. 여러 세대를 거치는 동안 재산은 계속 불어나서 할아버지 세대가 왔을 때는 막대한 토지가 축적되어 있었다. 대부분이 농경지였지만 농사일은 소작농들에게 맡겼기 때문에 가족들이 해야 할 일은 수확물을 관리하는 것이 거의 전부였다. 추수가 끝나 가을이 가고 겨울이 오면 긴 긴 밤, 램프를 밝히고 이야기책을 읽거나 유교의 가르침을 배우는 것이 일상이었다. 그러나 할아버지는 이러한 평범하고 변화 없는 삶에 만족하지 않았다. 그는 충주 청년회를 조직하여 문맹자들에게 야학의 기회를 주는 등 지역사회 계몽에 정열을 쏟았다. 사과 영농 시찰차 일본에 간 적도 있었는데 돌아오는 길에 묘목 2,000주를 가지고 와 지역 농민들에게 제공하여, 충주가 국내 유명 사과 생산지가 되는 계기를 마련하기도 하였다. 또한 할아버지는 20대에 충북도청과 충주군청을 거쳐 관내의 몇 개 면에서 면장을 역임하

는 등 공직에도 몸을 담았었다. 앞으로도 많은 공헌을 할 유능한 사람
이 일찍 타계한 것이 "우리 지역의 큰 손실"이란 것이 할아버지와 같이
일했던 지인들의 한결같은 한탄이었다.

2

　　슬픔 속에 여름이 가고 가을이 왔다. 곧 2학기가
시작될 것이다. 아버지는 할아버지가 없는 집을 뒤로하고 평양행 열차
에 몸을 실었다. 휙휙 지나가는 창밖의 풍경들을 바라보며 그는 깊은
의문에 잠긴다. 왜 아버지는 연초 무역회사를 봉천에다 차렸을까? 집에
서 멀리 떨어진 국경 너머 만주 땅에? 그리고 왜 회사의 경영을 다른 사
람에게 맡기고 자신은 충주에 머물고 있었을까? 더 늦기 전에 그 이유
를 알아내지 못한 자기 자신을 나무라며 아버지는 후회의 한숨을 내쉬
었다.

　여기서, 할아버지에 대해 조금 더 말한 다음 다시 아버지의 이야기로
돌아가려고 한다.

　모든 공직에서 사임한 후 할아버지는 가장 좋은 토지 중 상당 부분을
처분, 현금을 마련하였다. 그런 다음 만주 봉천에 꽤 규모가 큰 연초 무
역회사를 설립했다. 때는 1919년, 그의 나이 28세였다.

　그러나 할아버지는 자기가 직접 회사를 경영하는 대신 이웃에 사는
유석현이라는 젊은 사람을 봉천에 파견, 그에게 경영에 관한 일체의 업
무와 권한을 맡겼다. 유석현은 할아버지를 존경하고 따르던 정직하고
똑똑한 청년이었다. 하지만 일이 생겼다. 회사 경영을 위임받은 지 얼마

안 되어 유석현은 회사의 모든 현금자산을 가지고 만주 지역에서 활동하던 독립운동 단체에 합류하였다. 이 사실이 지역 경찰에 알려지자 할아버지는 경찰에 출두하여 신문을 받아야 했다. 독립운동 단체에 자금을 보내기 위하여 회사를 설립했다는 것, 두 사람 사이에 모종의 사전 밀약이 있었다는 것 등이 경찰의 심증이었다. 그러나 경찰은 계속해서 할아버지를 괴롭힐 수는 없었다. 증거가 없었고 막상 자금을 가지고 사라진 장본인은 체포할 수가 없었기 때문이었다.

한편, 사람들은 할아버지가 믿는 도끼에 발등을 찍혔다고 수군거렸다. 사실일까? 할아버지가 자기의 회사를 다른 사람을 보내 대리 경영을 한 이유를 알기 전에는 이 물음에 대답할 수가 없다. 그는 이미 모든 공직에서 사임한 후였기 때문에 시간이 없는 것도 아니었다. 그럼 건강에 문제가 있었을까? 이것도 가능성이 있는 추측은 아니었다. 그는 젊었었고 그가 결핵에 감염된 것은 회사 설립 후 5년 후의 일이었기 때문이다. 가족 중에서 이 의문에 확실한 대답을 할 수 있는 사람은 아무도 없었다. 할머니와 증조할아버지가 대리 경영에 대한 이유를 여러 번 물었으나 할아버지는 납득할만한 설명을 내놓지 않았다. 아버지는 너무 어렸었고 성장했을 때에는 그것은 이미 여러 해가 지난 일이 되어 있었다. 할아버지의 별세와 함께 그 대답은 오직 남은 사람들의 추측에 맡겨지고 말았는데 추측은 주로 다음 세 갈래로 나뉘었다. 할아버지가 정말로 유석현에게 배신당한 것인지, 아니면 일경의 눈을 피해 독립 단체에 자금을 보낼 목적으로 유석현 본인도 모르게 벌인 할아버지의 자작극이었는지,

이것도 아니면 서로 신뢰하던 두 사람 사이에 이심전심으로 이루어진 묵시적 약속 내지는 서로 모의한 것이었는지가 내가 자라면서 들어온 집안 어른들의 출구 없는 논쟁이었다.

그러다가 10년이 몇 번이나 지난 후 마침내 형에게 기회가 왔다. 1986년 8월 15일, 광복절 기념 연회에 초청을 받은 것이다. 어쩌면 오랜 논쟁에 종지부를 찍을 수도 있는 절호의 기회였다.

경회루 연회장. 사람들이 끼리끼리 모여 이야기를 나누며 주빈들이 도착하기를 기다리고 있었다. 이때 동행한 국회의원 미스터 박과 함께 서 있던 형의 눈에 낯익은 얼굴의 점잖은 노신사 한 사람이 들어왔다.

"저분 어디서 많이 본 얼굴인데?"

"누구? 아, 유석현 씨. TV에서 보았겠지. 광복절 기념식에서 연설하는 것."

미스터 박의 말이 채 끝나기도 전에 형은 이미 유석현 씨에게 다가가고 있었다.

"안녕하십니까? 뵙게 되어 영광입니다." 형이 노 애국자에게 정중히 머리를 숙였다. 유석현 씨도 아무 말 없이 머리를 약간 숙였다. 그저 자기를 알아보는 많은 사람 중 하나로 여기는 것 같았다.

"선생님의 고향이 충주라고 알고 있습니다. 충주는 저의 가문이 대대로 살아온 곳이기도 합니다."

"그래요? 그럼 우리는 동향인들이군요! 나는 언제나 동향인을 만나면 반갑습니다." 그제야 유석현 씨가 관심을 보이며 환하게 웃었다.

"선생님, 선생님과 저의 할아버지께선 아주 가까운 사이였다고 들었습니다."

"뭐라구요? 그럼 할아버지의 성함이…?"

형이 그에게 할아버지의 성함을 말했다.

"아니, 지금 뭐라고 했소? 지금 내가 들은 성함이 진정 그분…."

"네 그렇습니다. 지금 들으신 것이 저희 할아버지의 성함입니다."

60여 년 만에 예상치 못한 장소에서 그것도 다른 사람 아닌 그의 손자의 입에서 튀어나온 그 이름, 송석균. 감회에 젖은 듯 유석현 씨는 한동안 아무 말이 없었다.

"그러고 보니 할아버지를 닮은 데가 있군요. 그래요, 나는 그분과 아주 가까웠습니다. 나는 아홉 살 위인 그분을 많이 따랐지요." 그가 잠시 쉬었다가 다시 말을 이어갔다. "감옥에 있을 때 그분의 부음을 들었습니다. 슬픔을 가눌 수가…." 노 애국자가 천장의 단청을 물끄러미 올려다보며 말끝을 흐렸다.

"선생님께서 만주 봉천에 세운 저희 할아버지의 연초 무역회사를 관리하셨다고 들었습니다. 사실인가요?"

"아, 그 일에 대해서 알고 있었군요." 그가 머리를 끄덕이며 말했다.

한동안 생각에 잠기던 그가 다시 말을 이으려고 입을 열었다.

"그랬어요. 사실입니다. 그분이 회사의 운영을 내게… 맡겼…."

말소리는 작았고 그것도 갑자기 커지는 주위의 웅성거림 속에 잘 들리지 않았다. 형이 한 걸음 다가섰다. 그러나, 바로 이때, 대통령의 도착을 알리는 스피커가 울렸고 이어 박수 소리가 터져 나왔다. 대통령이 입장하고 있었다. 두 사람의 대화는 여기까지였다. 유석현 씨는 곧 대통령가까이에 마련된 귀빈석으로 안내되었다. 형은 연회가 끝난 뒤 그를 다시 만나려고 했지만 기회는 오지 않았다. 연회가 끝나자 그를 포함한 독립유공자들은 대통령의 배웅을 받으며 의전 비서관들에 의해 대기하고 있던 리무진으로 안내되었다.

"그래, 괜찮아. 모두가 지난날의 일이야." 형은 주차장을 향해 걸으면서 혼잣말로 중얼거렸다. 옆에서 같이 걷는 미스터 박이 무슨 말을 했지만 생각에 몰두한 형의 귀에는 들어오지 않았다. 미스터 박과 헤어져 차에 오르는 순간 또다시 예의 그 의문이 형의 뇌리를 건드렸다. "할아버지가 배신을 당했건, 당한 척했건, 두 사람이 짜고 한 일이었건, 그것이 지금 왜 문제가 되는 거야? 할아버지의 돈이 누구의 사리사욕을 위해 쓰인 것은 아니잖아? 독립을 위해 쓰였잖아?" 그가 마음을 다독거리기 위해 수없이 되뇌었던 말이다. 절호의 기회를 놓친 것이 못내 아쉬웠던 그는 다음 기회를 기다리기로 했다. 그러나 형의 기다림은 그리 오래가지 않았다. 다음 해 여름 유석현 씨가 세상을 떠난 것이다. 우리 가문의 오랜 논쟁의 해답을 영원히 덮어둔 채….

그의 부음을 알리는 뉴스가 끝났을 때 형은 TV를 끄고 서재로 들어가 서랍을 열었다. 서랍 안에서 금장 회중시계가 그를 올려다보고 있었다. 시계를 꺼내 덮개를 열고 밥을 주자 초침이 째깍째깍 움직이기 시작했다. 그 소리에 섞여 할아버지의 음성이 들려오고 있었다. 그 돈은 낭

비된 것이 아니다. 더 이상 생각하지 말아라. 그를 만난 것만으로 충분하다. 처음 희미하던 그 소리는 마치 멀리서 들려오는 메아리의 공명처럼 점점 커지면서 온 방 안을 쩌렁쩌렁 울리며 반복되고 있었다. 이 시계는 할아버지의 유품으로 아버지가 물려받았다가 6·25전쟁 초기 급히 피신하면서 형에게 맡긴 것이었다. 그 후, 피난길에서도, 그를 찾아왔던 절체절명의 위기에서도 형은 이 시계만은 손에서 놓지 않았다. 37년 전 일이었다.

그러나, 그 의문은 이 이후에도 형을 놓아주지 않았다. 형은 일경의 눈을 피하기 위한 두 사람의 공모였다는 것에 무게를 두는 것 같았다. 반면 나는 가끔 할아버지가 친일 인사였고 유석현 씨가 그 돈을 독립 단체에 건넨 것은 그것이 친일 인사의 소유였기 때문이라는 상상에 사로잡힐 때가 있었다. 그러다가 어느 날 동창 모임에 갔다가 전만술이란 나와 가까운 친구로부터 결정적인 것은 아니지만 꽤 의미 있는 정보를 얻게 되었다.

"어떻게 생각해? 우리 형님의 생각이 근거가 없는 것인가?"

"그 회사는 자네 조부님이 자신의 재산 중 알짜배기를 처분한 큰돈으로 설립한 회사라 했지? 그렇지?"

"응, 맞아."

"그런데 회사를 자신이 직접 경영하지는 않았다고 했지?"

"응, 경영은 유석현 씨에게 맡겼어."

"세상에 자기의 재산을 투자해서 세운 회사를 자기가 직접 경영하지 않을 사람이 누가 있겠나? 건강에 문제가 생겼으면 모를까. 그리고 왜 그 많은 곳 중에서 하필이면 멀고 먼 압록강 건너 봉천이야? 연초 생산지로 유명했던 가까운 충청도에도 좋은 입지가 있었을 것 아닌가? 안 그래?"

"그러니까 우리 형님도 그게 이상하다는 거야. 나도 그렇고."

"유석현 씨 혼자서 벌인 일은 아닌 것 같네. 명확하게든 묵시적이든 간에 자네 조부님의 동의가 있었을 걸세."

"그런데 그렇다는 증거가 없지 않은가?"

"부정하지 않네, 그러나 나는 자네 형님의 생각에는 합리적 근거가 있다고 생각하네. 일제강점기 만주에 한국인들이 설립한 회사들이 많았는데 그 유일한 목적이 독립운동 자금 마련이었다는 말 들어봤나?"

"그래? 그게 사실이야? 그걸 자넨 누구한테 들었나?"

"그 당시 우리 부친이 운영하던 회사가 바로 그런 회사였었네. 길원정미회사라고 만주 장춘역 근처에 있었대. 우리 부친은 이 일로 두 번이나 일경에 체포되어 함흥형무소에서 도합 5년간의 옥고를 치렀어."

"아, 그래? 큰 고통을 겪으셨구먼!"

"물론이지. 그러나 내가 말하려는 것은 그것이 아닐세. 우리 부친께서 생전에 내게 하신 말씀 중에 이런 것이 있어. 뭐냐 하면, 그 회사들은 모두 국내에서 가져간 자금으로 설립되었었다는 거야. 그렇다면, 자네 부친이 먼 만주 봉천에 회사를 설립한 것도 비슷한 목적 때문이었을 거란 생각이 안 드나? 안 든다고?"

"처음 듣는 이야기일세."

"내가 지금 한 말 잘 생각해 보게. 오랜 의문에 종지부를 찍는 데 도움이 될 걸세."

"좋아. 숙고해 보겠네. 그건 그렇고…. 그럼 자네 부친은 독립유공자가 아니신가?"

"응, 맞아. 건국포장과 애국장을 받으셨지. 성함은 전자 영자 경자이시고."

"왜 내게 말을 안 해 주었나? 우리 행당동 하숙집에 오셨을 때도 나는 그분이 독립유공자이신 것을 모르고 있었지 뭔가?!"

"나도 잘 모르겠네. 왜 미리 말을 안 했었는지. 친구들에게 알리는 것이 뭐 그리 중요하냐고 생각했는지도 몰라. 이름 없이 죽어간 애국지사들도 많은데." 잠시 침묵이 흐른 후 그가 계속했다. "그건 그렇고…. 자네 조부님은 자기가 배반당한 것이 아니라면 왜 아니라고 사실대로 말하지 않았을까? 그거 생각해 본 적 있나?"

"나 자신에게 수없이 물어본 질문일세."

"말하지 않은 것이 아니고 말할 수 없으셨을 걸세. 가족을 보호하려고. 만일 가족 중에 누가 부주의해서 입 밖에 내거나 또는 경찰의 신문에 못 이겨 사실을 실토하면 어떻게 되겠나?"

"글쎄…. 그럴 수도 있고. 아닐 수도 있고…. 난 다만 진실을 알고 싶은 것일세. 나의 할아버지가 친일 인사였던 애국자였던 그런 것을 떠나서."

"우리 부친에 의하면 그때는 비밀 유지를 위한 하나의 불문율이 있었다는군. '가족에게도 말하지 말라. 무덤까지 가지고 가라'는 것이 그것일세. 형님 생각이 맞네. 확신을 갖게."

우리는 어느새 강남 지하철역에 와 있었다. 그날 우리의 대화는 여기까지였다. 이리 밀리고 저리 밀리는 승객들 틈에 섞여 우리는 손을 흔들면서 각자의 열차를 찾아 반대 방향으로 멀어져 갔다.

아버지, 시계를 거꾸로 돌리다

이제 다시 아버지의 이야기로 돌아가 보자. 아버지가 평양에 돌아온 며칠 후 2학기가 시작되었다. 그러나 그 학기의 끝자락에서 자기의 시계를 일 년 뒤로 돌려놓아야 하는 사건이 기다리고 있다는 것을 그는 모르고 있었다. 같은 반에 김민호라는 학생이 있었는데 그는 항구 도시 부산이 집이었다. 그는 아홉 살 때 홀어머니를 잃고 수산업을 하던 삼촌 밑에서 자랐다. 그러나 1학년 2학기가 끝날 무렵 그의 삼촌의 배가 침몰하면서 그는 삼촌마저 잃었다. 학비 지원이 끊기면서 그에게 위기가 닥쳤다. 민호에게는 형이 있었지만 경찰 보조원으로 일하는 그에게서 재정적 도움을 기대하기는 어려웠다. 드디어 민호는 한 부유한 가정에 가정교사로 들어가 중학교 학생 둘과 국민학교 학생 하나를 가르치면서 학비와 생활비를 벌게 된다. 이것으로 학비와 생활비는 가까스로 해결할 수 있었지만 그것은 그가 그의 학업을 희생한 대가였다. 가르치는 일과 배우는 일을 병행

한다는 것은 처음부터 무리였다.

학기말 시험이 끝나고 며칠이 지난 후, 시험 성적을 확인하고 가벼운 마음으로 하숙집을 향해 걸어가는 아버지의 등 뒤에서 누가 부르는 소리가 들렸다. 민호였다.

"아, 민호. 성적 좋게 나왔어?"

"부탁이 있어서 불렀네." 민호가 묻는 말에는 대답을 하지 않고 기어들어 가는 소리로 말했다.

"그래? 뭔데?"

민호는 머리를 숙인 채 잠시 말이 없었다. 아버지는 대답을 재촉했고 그는 다시 입을 열었다.

"내과학 등 몇 과목에 낙제점을 받았어. 그래서 재시험을 봐야 해."

"그래? 걱정하지 마. 책과 노트를 한번 처음부터 같이 훑어보자고. 난 집에 며칠 후에 가도 되니까." 아버지는 진정으로 민호를 도와주고 싶었다.

"고맙네, 친구. 그런데 말이야…. 내 부탁은 그게 아냐."

"그럼? 어떤 금전적인 문제라도?" 아버지의 묻는 말에 민호가 고개를 저었다.

"아니, 그것도 아냐. 가망이 없어. 그러니 자네가 대리 시험을 봐줄 수 없겠나?"

"대리 시험? 지금 대리 시험이라 했어?" 아버지는 귀를 의심했다.

"재시험에서도 내과학을 패스할 수 없을 것 같아. 같은 게 아니라 확실해. 그럼 난 재수를 해야 해."

아버지는 아무 말도 하지 않았다. 민호는 최소한의 예절도 자존심도 없는 사람 같았다. 말없이 언덕길을 내려오던 두 사람이 갈림길에 이르렀다. 누군가는 무슨 말이든 해야 했다.

"민호, 미안하네. 다른 것은 몰라도 대리 시험은 볼 수가 없네. 최선을 다해 노력해 보게. 잘될 걸세."

이 말을 남기고 아버지는 민호와 헤어졌다.

다음 날 아침, 누가 아버지의 방문을 조용히 두드렸다. 문밖에 민호가 서 있었다.

"어, 민호! 들어와."

"아니야. 괜찮아. 작별 인사를 하러 왔어."

"작별 인사? 왜, 어디 가려고?"

"응, 재수하게 될 것이 뻔해서." 민호는 눈을 아래로 깔고 잠시 말을 멈추었다 다시 계속했다.

"가르치랴 내 공부하랴 그동안 너무 힘들었어. 부산으로 돌아가려고. 가면 살아야 하니까 삼촌 친구들 어선을 타야겠지."

"뭐라고? 어선을 타겠다고? 안 돼! 자네는 여기 남아 꿈을 이뤄야 해!" 아버지가 절규하듯 말했다.

"이것이 아마도 나와 자네의 마지막 만남일 걸세. 어제는 내가 너무 염치없는 부탁을 했어. 나도 모르게 그만. 나를 용서하게."

"그 이야기는 안 해도 되네. 나는 벌써 잊었으니까."

"짧은 기간이었지만 그동안 자넨 내게 참 잘해 주었네. 고맙네. 기억하겠네." 민호의 목소리에 울음이 섞여 나왔다.

가르치면서 배우는 일은 사실상 고행이나 다름없었다. 지난 몇 달 동안 민호는 많이 변했다. 젊음에 빛나던 그의 얼굴은 차마 볼 수 없이 수척해 있었다. 민호가 천천히 돌아서서 대문을 향해 발걸음을 옮기기 시작했다.

"잠깐! 가지 마!" 당황한 아버지가 황급히 말했다. 대문 밖으로 나가던 민호가 멈춰 선 채 머리만 돌려 뒤를 돌아보았다.

"만일 자네의 낙제가 확실해지면 그때 내가 대신 시험을 치겠네."

마침내 아버지가 하기 어려운 말을 했다. 민호가 어선을 탔다가 그의 삼촌과 같은 운명을 맞을까 봐 더럭 겁이 났다. 다른 생각은 할 겨를이 없었다.

"아닐세. 모험은 하지 말게. 호의만으로 고맙네." 민호가 말했다. 목소리의 울먹임에서 그의 말이 진심임을 알 수 있었다.

그래도 아버지는 민호를 그냥 보낼 수는 없었다. 그날 이후 책과 노트와 씨름하며 민호의 시험 준비를 도왔다. 하지만 시험 전날 밤까지도 민호가 내과학을 패스할 가능성은 없어 보였다.

결국 아버지가 민호 대신 시험장에 앉았다. 그러나 시험 시작 몇 분도 안 되어 이들의 부정행위는 적발되고 두 사람 모두 1년의 정학 처분을 받았다.

작별하면서 민호는 아버지에게 대리 시험을 부탁한 것은 자기가 저지른 씻을 수 없는 과오이며 자기 삼촌의 불행한 일을 말한 것을 후회한다고 말했다.

✦

　아침 일찍 하숙집을 나와 평양역을 떠난 아버지가 충주역에 도착한 것은 저녁 무렵, 무거운 마음으로 집을 향해 힘없이 걸었다. 증조할아버지가 사랑방에서 책을 읽고 계셨다. 엎드려 절을 한 후 어려운 처지의 친구를 위해 대리 시험을 치다가 발각되어 정학을 당한 사실을 숨김없이 아뢰었다. 그런 다음 머리를 숙인 채 꾸중을 기다렸다.

　침묵이 흘렀고 증조할아버지는 아무 말씀이 없었다. 계속되는 침묵에 이상한 생각이 든 아버지가 머리를 들었다. 그러자 벼락 치는 꾸중 대신 할아버지의 환하게 웃는 장난기 어린 얼굴이 눈에 들어왔다. 얼떨결에 아버지가 증조할아버지의 얼굴을 올려다보며 따라 웃는다. 곧이어 들려오는 부드러운 목소리.

　"언제나 정직을 맨 위에 두어라. 동정은 그다음이다. 이 일로 너무 자책하지 말거라."

　"예. 명심하겠습니다."

　"어서 가서 저녁 먹고 쉬거라."

　"예, 할아버지." 아버지가 말한 다음 조용히 일어나 뒷걸음으로 방을 나왔다.

얼떨떨한 마음이 가시지 않은 채 사랑에서 안채로 건너온 아버지는 할머니에게도 교칙 위반으로 처벌받았다는 것을 말씀드렸다. 할머니는 야단은커녕 객지에서 잘 못 먹어 얼굴이 안됐다고 말하며 저녁을 차렸다.

그럭저럭 두세 달이 지난 어느 날, 증조할아버지가 아버지를 사랑으로 불렀다.

"앞으로 남은 날들을 무엇을 하며 보낼 작정이냐?"

"생각 중입니다만…. 할아버님의 미곡 거래와 장부 정리를 도와드리면 어떨는지요?"

"절에서 시간을 보내보는 것은 어떨지?"

절에서? 왜? 아버지는 전혀 예상치 못했던 증조할아버지의 제안에 어리둥절했다. 그러나 다음 순간, 절에서 스님들과 함께 생활해 보고 싶은 갑작스러운 충동을 느꼈다.

"어디에 있는 절인데요, 할아버지?"

"내가 한때 묵었던 절이다. 주지승은 출가 전에 나와 가까웠었어. 아직 거기 있을 거다. 내가 편지를 써 줄 것이니 가지고 가거라."

"예, 할아버지."

"내가 가는 길을 알려주마. 차편이 없는 곳이니 걸어서 가야 한다."

(한국 최초의 철도인 서울—제물포 간의 철도 부설공사 사무소에서 서기로 일한 적이 있는 증조할아버지는 만년에는 절에서 불경을 공부하며 시간을 보내기도 하였다.)

아버지, 절에 가다

길은 멀고도 험했다. 사흘 동안 수없이 많은 고개를 넘고 마을을 지나고 냇물을 건넜다. 숨을 헐떡이며 어느 산 위에 올랐을 때 저 아래 멀리 절집의 지붕들이 나타났다. 잠시 숨을 돌린 아버지가 절을 향해 걸음을 재촉했다.

산문을 지나 조금 걸어갔을 때 동자승 하나가 다가와 합장을 했다. 주지 스님을 뵈러 왔다고 하자 따라오라며 앞장서 걷던 동자승이 어느 불전 앞에서 멈췄다. 문틈으로 독경 소리가 새어 나오고 있었다.

"지금 독경 중이십니다. 잠시 기다리시지요." 동자승이 합장하며 말했다. 얼마를 기다리자 독경 소리가 멈췄다.

"스님, 손님 한 분이 스님을 뵙고자 하십니다."

"누가 나를 찾는다고 했느냐?" 묵직한 목소리가 울려 나왔다.

"그러하옵니다. 스님."

잠시 후 흐린 잿빛 장삼에 가사를 두른 스님 하나가 문을 열고 나왔다.

"뉘신지?"

"스님, 저는 충주에서 왔습니다." 아버지가 머리를 숙이며 말했다. 그러고 나서 주머니에서 증조할아버지의 편지를 꺼내 스님에게 드렸다. 말없이 봉투에서 편지를 꺼내어 읽고 난 스님의 얼굴에 웃음이 떠올랐다.

"얼마든지 원하는 대로 머무시오." 스님이 합장하며 말했다. 아버지도 급히 합장하며 머리를 숙였다.

"손님을 요사채로 안내하거라." 스님이 동자승에게 일렀다.

"예, 스님." 동자승이 합장하며 허리를 굽혔다.

"저를 따라오시지요, 손님." 동자승이 말한 다음 앞장서 걸었다.

아버지에게 배정된 방은 소박하고 아늑했다. 밤에는 창호지에 달빛이 와 닿고 이따금 어디선가 부엉이가 울었다. 이 고즈넉한 분위기와 저녁 공양에서 만났던 스님들의 평화롭던 얼굴에서 아버지는 중이 되고 싶은 충동을 느꼈다. 아버지는 처음부터 스님들과 가까이 어울리기로 했다. 3시에 일어나 새벽예불에 참석하고 밤 9시에 잠자리에 들었다. 낮 동안에는 염불을 듣기도 하고 면벽참선과 백팔배를 하기도 하였다. 그러나 하루가 지나고 이틀이 지나면서 수양에 정진하는 불도들의 생활이 얼마나 어려운 것인가를 깨닫기 시작했다. 그중에서도 점점 무거워지는 동냥자루를 등에 지고 여름엔 내리쬐는 불볕 아래, 겨울엔 몰아치는 눈보라를 뚫고 이 마을 저 마을, 이 집 저 집을 돌며 시주를 구걸하는 일은 고행 중의 고행일 것이 분명했다.

스님 중에는 속세를 떠나기 전 고통스러운 경험을 한 사람들이 있었다. 아버지와 늘 한 상에서 공양하던 "효"라는 법명을 쓰는 스님이 있었는데 그도 그런 스님들 중 하나였다. 어느 날 동냥 나갈 채비를 하던 효가 아버지에게 다가왔다.

"동냥 길에 동행하지 않겠소?" 효가 웃으며 물었다.

"경도 모르는 제가 어떻게…?"

"그냥 같이 다니면서 나 하는 것 구경만 하면 되오."

효의 제안에 아버지가 선뜻 그의 동냥 길에 따라나섰다.

후한 대접과 수모를 번갈아 받아 가며 걸음을 옮기는 두 사람의 그림자가 길어질 무렵, 효의 동냥자루가 꽤 늘어진 것을 본 아버지가 번갈아 지자고 하였으나 효는 들은 체도 하지 않았다. 불볕이 내리쬐는 논밭을 지나 숲이 우거진 그늘로 들어섰을 때 아버지가 그동안 마음에 담아두었던 말을 꺼냈다.

"왜 스님이 되어 이런 고행을 자처하는지요? 물어봐도 되겠습니까?"

효가 흘깃 아버지를 돌아다보더니 다시 고개를 돌렸다. 침묵 속에 조금 더 걸어갔을 때 쓰러져 누운 큰 참나무 둥치가 나타났다.

"저기 앉아 좀 쉬었다 갑시다." 효가 손으로 그 둥치를 가리키며 말했다. 둘은 나무에 엉덩이를 대고 걸터앉았다.

"일곱 살 때 아버지를 잃었소. 어머니는 애가 둘 딸린 홀아비한테 개가했는데 내 의붓아버지가 된 사람은 이래 같이 논을 부치는 소작농이었지요. 나는 학교에서 돌아오기 무섭게 논으로 가서 부모를 도와야 했소. 그러나 그렇게 힘들게 일한 대가는 고작 입에 풀칠하는 것밖에 안 되었소. 그러던 중 또 다른 불운이 찾아왔소. 의붓아버지가 급환으로 타계한 것이오." 효가 잠시 말을 멈추고 한숨을 쉬었다.

"효 스님, 되었어요. 더 말하지 않으셔도 됩니다." 그가 다시 시작하기 전에 아버지가 막았다. 어떤 말을 듣게 될지 두렵기도 했고 또한 그런 과거를 말하도록 한 것이 미안하기도 했다.

"고맙소. 하마터면 나의 가장 부끄러운 과거를 입 밖에 낼 뻔했소." 효가 껄껄 웃었다.

둘은 한동안 말이 없었다. 그 어색한 침묵을 깬 것은 아버지였다.

"스님은 제가 왜 절을 찾았는지 아시나요?"

"아뇨, 모릅니다."

"그 이유를 알기 원하시나요?"

"아뇨. 전혀요." 효가 관심 없다는 투로 말했다.

효의 무관심에 약간 머쓱해진 아버지가 고개를 돌려 그를 쳐다봤다. 나무 사이로 조금 전 지나온 마을을 바라보고 있는 그의 얼굴에는 아무런 표정이 없었다. 그러나 효의 무관심에도 불구하고 아버지는 자기가 절에 온 이유를 그에게 알리고 싶었다. 그래야만 마음이 편할 것 같았다.

"전 의학 전문학교에 다니는 의학도입니다. 그런데 교칙을 위반하여 정학 처분을 받았습니다. 자세히 말하자면 이렇습니다." 아버지가 잠시 말을 멈추었고 침묵이 흘렀다. 이번에는 효가 그 침묵을 깼다.

"그 이유는 내게 말하지 않아도 됩니다."

"주지 스님께서 이미 말씀하셨나요?"

"아닙니다. 아무 말도 없으셨습니다. 주지 스님께서 그 이유를 알고 계실까요?"

"저의 할아버님 편지를 주지 스님께 전해드렸습니다. 그러니 아시지 않겠습니까?"

"그 편지에 그 이유에 대한 설명이 있었습니까?"

"있었겠지요. 없었다면 주지 스님께서 제가 절에 온 연유를 물으셨겠지요."

"글쎄요…. 아직 주지 스님을 잘 모르는 것 같습니다. 그분은 이유 같은 것에는 관심이 없습니다. 내가 8년 전 불문에 귀의하겠다고 찾아왔을 때도 연유를 묻지 않으셨습니다."

"그럼 주지 스님께선 아직도 효 스님의 과거를 모르신단 말입니까?"

"한 번도 묻지 않으셨습니다. 그러나 과거를 알리지 않은 채 그분 밑에서 수행하는 것이 불편해서 어느 날 기회를 잡아 작심하고 말을 꺼냈습니다. 조금 전 꺼냈던 바로 그 말이었습니다."

"그래서요?"

"운을 떼고 얼마 안 되어 그분은 손을 가로저으며 더 이상 말을 하지 말라고 하셨습니다."

"그럼 조금 전 제가 효 스님의 말을 막았던 것과 똑같이 말입니까?" 아버지가 물었다. 효는 아무 말도 하지 않은 채 빙긋이 웃으며 고개만 끄덕였다.

다시 몇 달이 흐른 어느 날, 이날도 아버지는 효의 동냥 길에 함께하게 되었다. 산문을 넘으면서 아버지가 물었다.

"효 스님, 스님은 가끔은 이 산문 밖 세상이 그리울 때가 있습니까?"

"더러는 환속했습니다. 나도 그 유혹과 한 천 번은 싸웠지요." 효가 쓴 웃음을 웃은 다음 계속했다. "그래서 종을 치고 백팔배를 하고 면벽을 하고…. 이 법의를 걸쳤다 해서 세상과의 온갖 인연의 끈을 싹둑 자를 수 있겠습니까?"

아버지는 대답하지 않았다. 둘 사이에 다시 침묵이 왔고 이 침묵은 그들이 해 질 무렵 산문에 도착할 때까지 계속되었다. 그날 밤 아버지는 쉬이 잠을 이룰 수가 없었다. 어둠 속에서 효와 다른 스님들의 얼굴이 번갈아 나타났다 사라지곤 했다. 그 무표정 속에 얼어 있는 속세의 욕망 ―얼음이 녹으면 언제라도 뛰어나올 채비를 한 그 욕망들. 아버지의 눈에 그들이 버리고 온 속세가 시도 때도 없이 그들을 찾아와 옷소매를 잡고 늘어지는 것이 보이는 듯했다.

마침내 절을 떠나야 할 날이 왔다. 주지 스님이 대웅전 앞 돌계단에 서 있다.

"만나면 헤어지는 법, 가면 할아버지에게 나의 안부를 전해주시게, 나무 관세음보살." 스님이 합장하며 말했다.

"예, 스님. 그리하겠습니다. 오랫동안 저를 이곳에 머물 수 있게 해 주셔서 고맙습니다, 주지 스님." 아버지가 합장하며 머리를 숙였다. 그러고 나서 뒤에 서 있는 다른 스님들에게도 그동안 친절하게 대해준 것에 고마움을 표했다.

아버지가 돌아서서 산문으로 향했다. 효가 말없이 뒤를 따랐다. 산문에 다다랐을 때 효가 합장하며 입을 열었다.

"좋은 의사가 되어 많은 생명을 살리시오. 그리고 언제라도 이곳이 필요하면 다시 오시오."

"그동안 저를 친절하게 대해주셔서 고맙습니다. 저는 효 스님을 잊지 못할 것입니다." 아버지가 합장하며 머리를 숙였다.

작별의 말이 끝나자 둘은 돌아서서 반대 방향으로 멀어져 갔다. 한 사람은 산문 안으로 한 사람은 속세로.

때는 삼월 초, 그늘진 산비탈 여기저기에 아직 잔설이 희끗희끗 남아 있다. 저 멀리 마을이 보인다. 그것은 속세. 앞에 놓인 속세가 갑자기 두려워진다. 걸음을 멈추고 뒤를 돌아본다. 이미 절은 보이지 않고 방금 지나온 오솔길 옆으로 구불구불 키 큰 상수리나무들만 인간사에는 관심 없다는 듯 아무렇게나 서 있다. 숨을 고르려고 쓰러진 나무에 걸터앉는다. 눈을 감자 효의 모습이 떠오른다. 몇 걸음 앞서 걷고 있는 그의 등에서 동냥자루가 흔들린다. 곧이어 주지 스님과 그동안 가까이 지내던 스님들의 환영이 나타나 그를 둘러싼다. 눈을 뜨자 스님들은 간 곳 없고 다람쥐 한 마리가 이상하다는 듯 아버지를 지켜보고 있다.

아버지의 복학

정학 기간이 끝난 아버지에게 3학년 1학기가 찾아왔다. 개강 첫 시간의 강의실. 낯선 얼굴들에 둘러싸인 아버지는 자신이 마치 외로운 섬이 된 것 같은 느낌이 들었다. 일 년 전의 급우들은 지금은 상급생이 되어 있었다. "자넨 귀중한 시간을 잃어버렸다네." 그의 마음속에서 누군가 속삭이고 있었다. 그러나 저만치에서 어떤 낯익은 얼굴 하나가 아버지를 바라보며 웃고 있었다. 민호였다. 강의가 끝나고 쉬는 시간에 복도로 나온 두 사람 사이에 활기찬 대화가 오고 갔다.

"자네가 강의실에 들어오는 걸 봤지." 민호가 먼저 입을 열었다.

"난 자네가 어선을 타지 않았을까 걱정했어."

"처음엔 그럴 작정이었어. 그러나 곧 마음을 고쳐먹고 평양에 남기로 했지. 왠지 아나? 자네의 목소리가 자꾸만 발목을 잡지 않겠나?" 민호가 크게 말하며 씩 웃었다.

"얼마나 잘한 결정인가! 자네와 다시 학업을 이어가게 되어서 너무 기쁘네. 그건 그렇고… 그동안 무엇을 했나?"

"가르치는 일에 죽자 살자 매달렸지. 돈을 좀 모았어."

"잘했어. 정말 잘했어!"

"정학이 내게는 도움이 되었어. 이런 아이러니가 또 어디 있겠나? 어떻게 생각해?"

"그러니까… 자네는 위기를 기회로 바꾼 걸세." 아버지가 민호의 어깨를 두드렸다. 민호는 일 년 전보다 살이 붙어 딴사람이 되어 있었다.

"자, 이제 자네 이야기를 좀 들어보자고. 어디 가서 무엇을 했나? 여기저기 좋은 곳으로 유람이라도 다녔나?"

"그 반대였어. 근 일 년을 절에서 보냈다네."

"뭐라고? 다시 말해 보게."

"절에 있었다고 했네."

"절? 아니, 왜? 우리의 부정행위를 참회라도 했는가?"

"자네가 좋아진 걸 보니 내가 참회할 필요가 없었네."

"참회는 내가 했어야지. 자네의 시계를 일 년 뒤로 돌리게 한 것은 나였으니까!" 민호가 갑자기 머리를 숙였다.

"과거 일은 과거로 돌리세." 아버지가 말했다.

"고맙네. 그런데 왜 절에 갔었는지 묻지 않았나? 말해 보게." 민호가 졸랐다.

"할아버지의 제안이었어. 불교의 가르침과 고행을 통하여 내가 얻을 것이 있다고 생각하셨나 봐. 할아버지는 승려들을 존중했고 그들과 함께 명상하기를 좋아하셨어. 처음엔 나도 그냥 눌러앉아 중이 될까 하는 생각도 해봤지. 그러나 아무나 중이 될 수 있는 것이 아니란 것을 깨닫는 데 그리 많은 시간이 걸리지는 않았다네."

"아, 그랬었나? 그래서 우리가 이렇게 다시 만날 수 있었군." 민호가 한숨을 내쉰 뒤 계속했다. "어쨌든 나는 종교는 믿지 않는다네."

"그래? 이유를 물어봐도 되겠나?"

"잘 사는 사람들을 보게. 그들이 착해서 잘 사나? 또 우리 대학 병원에서 거의 매일 죽어 나가는 아이들이 자네 눈에는 안 보이나? 더구나 나의 삼촌이 가라앉는 배와 함께 세상을 떠난 후 나는 종교라는 단어조차 내 생각에서 지워버렸네. 그래도 누가 묻는다면 적자생존이 나의 종교라고 말하겠네."

"그러나 아이를 잃은 어머니들을 생각해 보게. 남은 아이들마저 잃을까 봐 두려워 신에게 기도하며 매달리고 싶은 마음이 들지 않겠나? 고통과 두려움이 사람들을 종교로 이끈다고 생각하네."

"신에 대한 기도가 비극을 막아준다고 생각하는 건 아니겠지?"

"음…. 이건 쉬는 시간에 결론을 낼 만한 주제가 아닌데."

"맞아! 하하하…"

두 사람의 웃음소리에 섞여 다음 수업의 시작을 알리는 벨 소리가 복도에 울려 퍼졌다.

3

　　겨울 방학이 거의 끝나고 봄 학기가 가까웠다. 아
버지는 충주 집을 떠나 평양행 열차에 몸을 실었다. 창밖으로 지나가는
풍경들은 이미 연초록색으로 덮여 가고 있었다.

　열차가 서울역에 멎자 맞은편에 앉았던 젊은 여자가 내리고 그 자리
에 새로 올라온 40대 초반의 키 큰 남자가 앉았다. 반 광택의 회색 양복
에 붉은 넥타이를 맨 것과 왼쪽 위 주머니에 손수건을 꽂은 것 하며 그
는 누가 보아도 말쑥한 신사 차림이었다. 안주머니에서 수첩을 꺼내 무
엇인가 훑어보고 있는 이 신사가 후일 자신의 인생에 큰 영향을 줄 사람
이란 것을 아버지는 모르고 있었다. 지금 아버지의 눈에 그는 단지 같은
열차의 앞 좌석에 앉아있는 승객일 뿐이었다.

　긴 기적을 울리며 서울역을 떠난 열차가 교외로 들어섰다. 그가 수첩
을 접어 주머니에 넣고 나서 아버지에게 말을 붙였다. 아버지의 사각모
와 교복에서 그는 자기 앞에 앉아있는 이 청년이 평양의학전문학교 학생
임을 쉽게 알아보았을 것이다.

　"나는 서울에 사는 신문 기자입니다. 취재차 평양에 갑니다. 미남 청
년과 같이 여행하게 되어 기쁩니다." 그가 말하며 씩 웃었다. 그의 말에
약간의 평안도 억양이 섞여 있었다.

"저도 선생님과 같이 여행하게 되어 기쁩니다."

아버지는 그의 친절이 고마웠다. 나이가 예절의 기준인 사회에서 젊은 사람이 먼저 인사를 받는 것은 그리 흔한 일이 아니었기 때문이다.

"평양이 고향이십니까, 기자님?" 조금 전 그의 억양을 떠올리며 아버지가 물었다.

"맞아요, 평양 태생입니다. 그러나 평양을 떠난 지 한 이십 년은 되었어요. 학생은 집이 어딥니까? 평양 말씨는 아닌듯한데?"

"충주가 집입니다."

"충주? 충북 충주 말이요?"

"예, 그렇습니다."

"거기는 양반들이 사는 지역이라는데…. 학생의 태도가 어딘가 다르다 했지요. 내 동료 중에도 그곳 출신이 하나 있는데."

"과찬이십니다."

"아니오. 느낀 대로 말한 거요." 기자가 정색하며 말했다.

산간 지역을 빠져나온 열차가 평야 지대로 들어서자 이곳저곳에서 농부들이 소를 몰아 쟁기질하는 모습이 눈에 들어왔다. 한동안 그 평화스러운 풍경에 고정되어 있던 기자의 시선이 다시 아버지를 향했다.

"아직 미혼이지요? 그렇지요?"

"예, 그렇습니다."

"그럼 신붓감들이 많을 텐데?"

"아직 결혼은 생각지 않고 있습니다, 기자님."

"독신주의자란 말은 아니겠지요? 이미 묘령의 신부를 만날 나이가 된 것 같은데…. 내 말이 틀렸습니까?"

"글쎄요…." 아버지가 요점을 피하려 했다. 무례한 질문이란 생각이 들었다. 그러나 다음 순간 그의 무례는 양해할 수 있는 것이란 생각도 들었다. 기자로서의 몸에 밴 직업의식에다 나이도 최소한 20년은 연장이 아닌가.

두 사람 사이에 잠시 어색한 침묵이 흘렀다. 열차의 흔들림 속에 어떤 이들은 고개를 숙인 채 졸기도 하고 신문을 뒤적이거나 담배를 태우며 생각에 잠겨 있는 사람들도 있었다. 상품 이름을 외우며 카트를 밀고 가는 판매원의 목소리가 정적을 흔들고, 또 이따금 황록색 제복을 입은 일본 헌병의 매서운 눈초리가 승객들을 살피며 지나가기도 했다. 창밖에는 어느새 논과 들이 사라지고 양쪽에 언덕이 나타났다. 열차의 속도가 느려졌다. 기관차가 실속하지 않으려고 안간힘을 쓰자 헛바퀴가 돌며 굉음을 냈다. 순간 아버지의 눈앞에 효의 얼굴이 떠올랐다. 세속과의 인연을 끊으려고 애쓰는 그의 몸부림. 흡사 지금 열차의 몸부림과 같다는 생각이 들었다. 터무니없는 연상인 줄 알면서도 무엇이든 힘들어하는 것을 볼 때면 습관처럼 효의 얼굴이 떠오르는 것이었다. 열차가 다시 속도를 회복하자 창밖 풍경들이 빨라지기 시작했다. 이때, 누가 자기에게 무슨 말을 한 것 같다는 생각이 든 아버지가 창에서 눈을 돌려 기자를 바라보았다. 그가 싱글싱글 웃고 있었다.

"지금 제게 뭐라고 하셨나요?" 아버지가 물었다.

"하하하… 하다 마다요. 무슨 생각을 그리 골똘히 하느라고 내 말소리
도 못 들었습니까?" 기자가 장난기 어린 말투로 물었다.

"미안하게 되었습니다, 기자님."

"종교가 있느냐고 물었지요."

"예, 있습니다. 유교입니다."

"유교도 종교입니까?" 기자가 진지한 표정으로 물었다.

"유교가 왜 종교가 아닌가요?"

"유교에는 믿는 신도 사후 세계에 대한 희망도 없지 않습니까?"

아버지는 그가 종교에 대하여 다소 편향된 관념을 가지고 있다는 느낌
과 함께 처음 보는 사람과 종교를 주제로 다투는 것이 마땅치 않다고 생
각했다.

"기자님께서 믿는 종교는 무엇인지요?" 아버지가 말머리를 돌렸다.

"나는 예수를 믿습니다."

"부모님을 따라 기독교인이 되셨습니까?"

"아니오, 그분들은 불교를 믿었습니다."

"아, 예. 그럼 기자님은 어떻게 예수를 믿게 되셨나요?"

기자는 대답하지 않고 무엇인가 생각하는 듯했다. 아마도 어디서부터
시작해야 할지를 결정하는 데 시간이 필요한 것 같았다. 이제 해는 막
서산을 넘었다. 석양빛에 희미하게 보이는 들과 그 너머로 병풍처럼 둘
러서 있는 산들을 배경으로 선로 옆 전봇대들이 휙휙 지나가고 있었다.
드디어 기자가 입을 열었다.

"좋습니다. 긴 이야기를 짧게 말하지요. 내가 동경의 한 대학에서 법학을 공부할 때였습니다. 평양의 정익노 장로가 동경을 방문했습니다. 그는 한국 유학생들을 모아 예배를 드린 후 동경에 한인 교회를 설립할 것을 제안했는데 모든 사람들이 열렬히 찬동했습니다." 그가 목소리를 가다듬은 후 다시 계속했다. "기독교 신자가 아니었던 나는 친구의 권유로 그 예배에 갔었지요. 그런데 정익노 장로의 설교와 기도를 듣는 동안 형언할 수 없는 뜨거운 감정이 나를 사로잡았습니다. 즉석에서 나는 마음속에 예수님을 구주로 영접했습니다." 말을 마친 가자가 숨을 길게 내쉬었다. 이때 객실 천장의 전등에 불이 들어왔다. 밖은 이미 어두웠다.

"그럼 예수를 믿으신 지 오래되셨군요?"

"그렇지요. 그렇지만 그때의 감동은 마치 어제 일처럼 생생하게 내 가슴속에 살아있습니다."

"그렇군요! 그런데 정익노 장로는 어떤 분입니까?" 아버지는 단 한 번의 설교와 기도로 사람을 감동시켜 즉석에서 예수를 믿게 한 그 사람이 어떤 사람인지 알고 싶었다.

"알고 싶습니까? 원래 도교를 믿다가 예수교로 개종한 사람입니다. 후에 마포삼열이 세운 장대현교회 장로가 되었지요. 집안이 부유한 그는 교회는 물론 선교사들과 독립운동가들을 뒤에서 도왔습니다. 105인 사건이라고 들어보았습니까?" 그가 아버지를 똑바로 건너다보며 물었다.

"데라우치 마사타케 총독 암살 음모 사건 말입니까?"

"바로 그거요. 정익노란 이름이 체포자 명단 첫 페이지에 올라 있었단 말을 듣고 주모자의 한 사람이 아니었나 생각했습니다."

"기독교 지도자가 왜 폭력적인 일에 가담했었을까요? 비록 독립운동이 었다고 해도?"

"정 장로는 비폭력적 항거의 옹호자였습니다. 그런데 많은 사람들이 모르고 있던 일본인들의 계략이 있었어요."

"예? 그게 뭔데요, 기자님?"

"나중에 안 것이지만 그 사건은 일본인들이 벌인 자작극이었습니다. 기독교인들과 독립운동가들의 수가 더 늘어나 통제가 어렵게 되기 전에 손을 쓰려 했던 거지요. 특히 기독교인들 중에 반일 인사들이 많다는 것을 그들은 알고 있었습니다." 그가 말을 이어갔다. "체포된 600명 중 105명이 1심에서 유죄 판결을 받았습니다. 그런데 최종심에서 유죄 판결을 받고 감옥에 간 사람은 단 6명이었어요. 검사들이 더 이상 증거를 만들어낼 수가 없었지요. 꾸며낸 자작극이었으니 증거가 없는 건 당연하지 않았겠소?"

"그럼 왜 그렇게 많은 사람을 체포했습니까?"

"독립운동에 가담하지 말라는 일종의 경고였지요. 또 광범위한 정보 수집을 위한 계략이었을 수도 있고. 말하자면, 음…. 이런 이야기는 이 쪽에서 끝내는 게 좋겠소. 내가 왜 학생에게 이런 말을 꺼냈는지 모르겠소." 그가 억지로 웃으며 누가 들은 사람이 없나 주위를 둘러보았다.

"그럼 지금 하숙을 하고 있습니까?"

"예, 기자님." 아버지가 대답했다.

"하숙집이 마음에 듭니까?"

"예. 학교에서 조금 먼 것만 빼면."

기자는 아버지가 말을 마치기도 전에 양복 주머니에서 명함을 꺼내 무엇인가를 적더니 아버지에게 건네면서 말했다.

"만일 하숙을 옮기게 되면 이 번호로 전화하시오."

아버지는 그가 준 명함을 살펴보았다. 명함에 찍혀있는 그의 이름은 손영준이었다.

"주인아주머니가 나의 먼 친척입니다. 방은 많은데 식구는 적어서 하숙을 친다 합니다. 생계를 위한 것은 아닌 것 같소."

"알겠습니다. 옮기게 되면 전화하겠습니다."

"그렇게 하시오. 그 집은 학교와 같은 지역인 남동에 있으니 편리할 거요."

"예, 알겠습니다. 손 기자님."

다시 침묵이 왔다. 계속되는 침묵 속에 아버지는 한동안 창문 유리에 비친 손 기자의 머리 숙인 모습을 응시하고 있었다. 졸고 있는 것 같았다. 다시 얼마의 시간이 흘렀을까, 여기저기서 승객들이 소지품을 챙기는 소리가 들려왔다. 평양이 가까워지고 있었다.

갑자기 굉음이 들려왔다. 열차가 대동강 철교에 들어선 것이었다. 잠시 후 열차가 평양역에 멈추자 열차에서 내린 두 사람은 출찰구를 통과해 역 앞 광장으로 나왔다.

"서울에 오면 전화 한번 주시오. 행운을 빕니다." 손 기자가 작별 인사를 하며 손을 흔들었다.

"예, 그렇게 하겠습니다. 저도 손 기자님의 행운을 빕니다." 아버지가 반쯤 돌아선 그에게 머리를 숙였다.

이들은 이후 다시 만나지 못했다.

✦

학기가 끝나갈 무렵, 아버지는 어느 교수로부터 졸업할 때까지 실험을 도와달라는 제의를 받는다. 일종의 아르바이트였는데 이는 방학에도 집에 가지 않고 평양에 남아야 한다는 것을 의미했다. 또한 교수의 실험을 도우면서 학업에 충실하기 위해서는 촌분의 시간이라도 아껴야 했다. 하숙을 옮겨야 하겠다고 생각한 아버지는 손 기자가 명함에 적어준 번호로 전화를 걸었다. 그 집은 학교에서 가까웠고 방이 많아 즉시 들어갈 수가 있었다.

"같은 지붕 아래 살 게 되어 반가워요, 학생." 주인아주머니가 얼굴 가득 함박웃음을 띠며 말했다. "하숙생이 넷이었는데 학생이 다섯을 채웠어요. 손 기자한테서 이야기를 듣고 전화를 기다리고 있었지 뭡니까."

"고맙습니다, 아주머니. 하숙을 치는 일이 어렵지 않으신지요?"

"전혀요. 도와주는 애들이 거의 다 알아서 잘하니까요. 이 여사라고 불러줘요." 그녀가 말을 이었다. "충청도가 고향인 아주 미남자라고 손 기자가 말했는데 그 말이 사실이었네!" 이 여사가 농담조로 말하며 쾌활

하게 웃었다.

"고맙습니다. 과장입니다." 아버지가 다소 어색해하며 말했다.

사십 대 중반으로 보이는 이 여사의 첫인상은 아주 밝고 명랑했다. 그녀는 남편과 십 대 딸 하나와 함께 살고 있었는데 깨끗하고 잘 정돈된 집과 여기저기 서 있는 정원의 관상수들이 하숙집이라기보다 어느 유명 인사의 저택 같아 보였다.

특별한 일 없이 수개월이 흘렀다. 그러던 어느 날 학교에서 돌아와 정원을 가로질러 자기 방으로 향하던 아버지를 이 여사가 불렀다. 아버지가 휙 주위를 둘러보았다. 그러나 목소리뿐 이 여사의 모습은 보이지 않았다.

"나 여기 있어요, 의사 선생!" 그녀가 이번엔 큰 소리로 불렀다.

소리 나는 쪽으로 고개를 돌린 아버지의 눈에 정원 한옆 소나무 아래 손을 흔들며 웃고 있는 이 여사의 모습이 들어왔다. 아버지가 다가갔다. 이 여사는 혼자가 아니었다. 테이블을 사이에 두고 같은 년 배로 보이는 어떤 여자가 앉아있었다. 왜 불렀을까 의아해하며 두 부인들 앞에 서 있는 아버지의 얼굴이 어색해졌다. 아무 말 없이 물끄러미 아버지를 올려다보던 이 여사가 정신이 난 듯 입을 열었다.

"아, 나 좀 봐, 내가 지금 뭘 하고 있는 거야? 의사 선생님을 불러 놓고⋯ 여기 우리와 합석하지 않을래요?" 이 여사가 의자를 권하며 말했다.

아버지는 말없이 이 여사가 가리키는 간이 나무 의자에 앉았다.

"나와 둘도 없는 친구인데 오늘 우연히 들렀어요." 이 여사가 옆에 있는 자기 친구를 소개했다.

"뵙게 되어서 반갑습니다." 아버지가 정중히 머리를 숙이며 말했다.

"나도 뵙게 되어 반가워요. 이 친구가 학생 칭찬을 참 많이 했어요." 그녀가 이 여사를 가리키며 환하게 웃었다.

"내가 칭찬을 했다고? 그게 무슨 말이야? 난 한 번도 이 의사 선생을 칭찬한 적이 없어, 없거든!" 이 여사가 시치미 뚝 떼고 딴청을 부린다.

"이 사람 잡아떼는 것 좀 보라구요." 이 여사의 친구도 물러서지 않았다. 곧이어 두 부인들이 손가락으로 서로를 가리키며 웃음을 터뜨렸다.

"여기 있다오. 이것 전하려고 불렀어요." 이 여사가 우편물 하나를 내밀었다.

아버지는 이 여사가 건네준 편지의 겉봉을 힐끗 한번 본 다음 두 부인에게 인사를 하고 자기 방으로 향했다. 걸어가면서 조금 전에 본 이 여사 친구의 얼굴을 떠올렸다. 언제라도 웃을 준비가 되어 있는 듯한 우아한 인상이었다.

여동생 숙이 보낸 편지였다. 요지는 '최근 중신어미가 드나들고 있는데 그가 어머니의 환심을 사기 시작했다'는 것이었다. 아버지는 그냥 웃어넘겼다. 편지의 내용보다는 왜 이 여사가 늘 하던 대로 편지를 방에 밀어 넣던가 문에 꽂아 놓지 않고 일부러 자기를 불러서 주었느냐 하는 것에 더 관심이 갔다.

그러던 중 학기 말이 가까워진 어느 날 이 여사가 아버지의 방문을 두드렸다.

"이번 일요일 어디 약속 없어요?"

"예, 없습니다."

"그럼 잘 됐어요. 지난번에 보았던 내 친구 정 여사가 의사 선생을 저녁에 초대했지 뭡니까." 이 여사가 아버지의 안색을 살피며 말했다.

"아, 너무나 고맙군요. 그렇지만 사양하겠습니다. 정 여사님께 잘 좀 말씀드려 주세요." 아버지가 정중히 사양했다.

단 한 번, 그것도 잠깐 동안 만난 것이 전부인 그 부인에게서 초대받을 만한 이유를 찾을 수 없었기 때문이었다.

"하, 누가 유교 신사가 아니랄까 봐 그래요? 어렵게 생각지 말아요. 정 여사의 생일인데 가까운 친척 몇 사람만 초대했고 친척이 아닌 사람은 우리 둘뿐이래요. 그날 저녁 약속 잡으면 안 돼요, 알았지요?" 이 여사가 명령조로 말했다. 그러나 곧이어 그녀의 얼굴에 떠오른 특유의 활달한 웃음이 그녀의 무례함을 날려버리고 말았다.

이렇게 해서 아버지는 이 여사와 함께 정 여사의 집을 방문하게 된다. 그 집에 도착했을 때 대문 한쪽 기둥에 위아래로 붙어 있는 두 개의 문패가 눈에 들어왔다. 그중 위에 있는 문패에 시선이 닿는 순간 아버지는 놀라지 않을 수 없었다. 그 문패의 주인은 정익노였다. 열차 안에서 손 기자에게서 들은 바로 그 이름이었다. 같은 이름을 가진 다른 사람일까? 아니, 아마도 아닐 것이다. 흔한 이름이 아니지 않은가? 아버지가 자문자답하며 묘한 생각에 휩싸인다. 문은 반쯤 열려있었다. 대문 안으로 들어간 두 사람은 잘 가꾸어진 정원을 지나 안채로 향했다. 강아지 하나가 쫓아 나와 꼬리를 흔들며 이 여사를 반겼다. 곧이어 현관에서 정 여사의 환하게 웃는 얼굴이 그들을 맞이했다.

"아이고, 어서 오세요." 정 여사가 웃으며 반겼다.

"초대해 주셔서 감사합니다. 생신을 축하합니다." 아버지가 허리를 굽혔다.

"초대에 응해주셔서 고마워요." 정 여사가 고개를 약간 숙이며 말했다. "그런데 빈손으로 와서 어쩌지요?"

"내가 말렸어. 아무것도 가져가지 말라고. 가지고 오는 거 싫어한다고." 이 여사가 재빨리 끼어들었다.

"어쩌면 내 마음을 그리 잘 알까?" 정 여사가 이 여사의 어깨를 토닥이며 웃었다.

"왜 아냐? 나만큼 정 여사를 잘 아는 사람이 또 누가 있는데?"

아버지를 응접실로 안내한 정 여사가 잠깐 기다리라는 말을 남기고 이 여사와 함께 복도를 따라 안쪽으로 사라졌다. 먼저 온 사람들이 이야기를 나누고 있었는데 그들은 서로 오래전부터 아는 사이 같았다. 의자에 앉아 사방을 둘러보았다. 벽에 걸린 사진 중 하나가 눈길을 끌었다. 정장한 많은 남녀가 건물을 배경으로 찍은 사진이었는데 사진 하단에 자막이 있는 것을 발견한 아버지가 다가가 그 사진 앞에 섰다.

정익노 장로의 장로 장립식 기념사진이었다. 맨 앞줄 중간에 몇 사람이 큰 의자에 앉아있고 그 좌우로 조금 작은 의자에 여러 사람이 앉아있었다. 그리고 그 뒤에는 한복과 양복을 입은 사람들이 한 줄로 서 있었다. 서양인도 몇 사람 있었는데 아마도 미국 선교사들 같았다. 사진의 자막은 그것이 이미 20년 전 사진이라는 것을 말해주고 있었다.

이때 누가 들어오는 기척에 아버지가 사진에서 눈을 떼며 돌아섰다. 사십 대로 보이는 남자가 밝게 웃으며 아버지에게 다가오고 있었다.

"어서 오십시오. 말씀은 들었습니다. 내 아내의 생일에 와 주셔서 고맙습니다." 그가 말하며 손을 내밀었다. 그의 손을 잡으며 아버지가 허리를 굽혔다. 인사가 끝나자 그가 먼저 온 사람들에게 아버지를 소개했다. 그러자 모두가 악수를 청하며 자신들을 소개했다. 곧이어 그가 아버지와 다른 손님들을 안으로 안내했다.

방에는 서양식 식탁에 잘 차려진 음식 위로 그리 크지 않으면서도 우아한 샹들리에가 포근한 불빛을 떨구고 있었고 식탁의 코너 쪽에는 손을 모으고 서 있는 처녀티의 두 소녀와 한 청년이 손님들을 미소로 반기고 있었다. 아버지는 그들이 정 여사의 자녀들임을 알았다.

"오셔서 고맙습니다. 좌석은 정하지 않았어요. 아무 데나 편하신 대로 앉으세요."

자리를 권하는 정 여사의 얼굴에 피어나는 함박웃음이 분위기를 부드럽게 했다.

축하의 인사를 건네며 모두가 자리에 앉았다. 이어 정 여사 남편의 축도가 있은 뒤 서로가 음식을 권하며 화기애애한 분위기 속에서 이런저런 대화가 시작되었다. 서양식 파티에 익숙하지 않았던 아버지는 처음에는 서먹서먹하기도 했지만 정 여사 특유의 친화력과 이 여사의 익살에 분위기가 무르익어가자 불편했던 마음은 안개 걷히듯 사라지고 말았다. 중간중간 정 여사의 딸들이 음식을 나르느라 오가는 모습이 보이기도 하고 식탁 여기저기서 즐거운 웃음소리가 터져 나오기도 했다. 오기를 잘했다는 생각이 들었다. 유교식 전통을 지닌 가정에서는 경험할 수 없었던 자유로운 분위기 때문이었는지도 몰랐다.

그러나 이날 파티에는 아버지가 눈치채지 못한 것이 하나 있었다. 그냥 단순한 생일 파티가 아니고 자기를 선뵈는 자리이기도 했다는 것을 그는 까맣게 몰랐다. 그것은 정 여사 부부와 이 여사 세 사람만이 아는 비밀이었다.

"보석 이쁘지요?" 돌아오는 길에 이 여사가 물었다.

"보석이 누군데요?"

"정 여사의 큰 딸."

"아, 그런 이름을 아까 들은 것 같긴 한데…. 예, 이뻐요. 둘 다 이뻤어요." 아버지가 대충 대답했다.

"정의 여학교 졸업반이랍니다. 선교사 그레이스 딜링함이 세운 학교지요."

"그렇습니까? 학교 이름이 인상적입니다. 정의는 문자 그대로 정의를 의미하지 않습니까?"

"맞아요. 일본 당국자들은 그 이름을 싫어했을 텐데 어떻게 설립 허가를 받았을까?"

"일본 당국이 허가를 내 주지 않을 정당한 이유를 찾지 못했겠지요."

"보석의 할아버지 정 장로도 그 학교를 도운 사람 중 하나였는데…"

"그런데 저는 정 장로 같아 뵈는 분은 오늘 저녁 파티에서 못 보았습니다."

"몇 년 전에 뇌출혈로 돌아가셨어요. 자기 집 이층에서 있었던 마펫 선교사 송별연에서였어요."

"저런!"

"정 장로는 기독교 지도자였을 뿐만 아니라 학자이기도 했어요. 국한문신옥편은 그가 펴낸 것인데 한글이 들어간 옥편으론 조선에서 처음이래요. 동아일보는 그의 타계를 알리는 기사에서 그의 높은 애국심과 학자적 공로를 빼놓지 않았더군요."

"손 기자님한테서 그가 애국자라는 말은 들었지만, 학자였다는 것은 지금 처음 듣습니다. 왜 그 말은 안 했을까…"

"손 기자가 그 말은 안 했어요? 그건 그렇고…. 다음 일요일 교회에 오세요. 또다시 내 청을 거절하려 하지는 않겠지요? 오늘 파티 초대를 거절하려 했던 것처럼?" 이 여사가 다짐이라도 하듯 힘주어 말했다. 아버지는 즉답을 피했다. 그들은 곧 집에 도착했고 그날 밤 일은 여기까지였다.

(손 기자와 이 여사가 아버지에게 말한 것 이외에 나는 최근 정익노 장로의 활동과 관련하여 또 하나의 이야기가 있는 것을 알게 되었다. 그가 평양야소교서원 이층에 마련한 사무실에서 조만식 선생이 조선물산장려회를 발족시켰다는 것이 그것이다.)

다음 일요일 아침, 아버지는 정익노 장로가 시무하던 장대현교회 예배실에 앉아있었다. 교회는 처음이었다. 모든 것이 생경했고 어색했다. 그러나 목사가 설교 중 인용한 성경 구절—수고하고 무거운 짐 진 자들아 다 내게로 오라. 내가 너희를 쉬게 하리라—은 감동으로 다가왔다. 또한 성가대의 아름다운 찬양도 마음에 위로가 되었다. 예배가 끝나자 정 여사의 가족과 몇몇 교역자들이 아버지를 둘러싸고 교회에 온 것을 환영했다. 이날 이후 아버지는 일요일마다 교회에 갔고 자연히 정 여사의 가족들과도 가까워지게 되었다.

그해는 그렇게 지나갔다. 아버지와 보석 두 사람이 서로 가까워지고 있음을 느끼기 시작한 것은 그 이듬해 초입이었다. 보석이 모 미남 의학도와 어떤 고급 양식당에 들어가는 것을 보았다느니, 두 사람이 대동강변을 같이 걷고 있는 것을 보았다느니 하는 소문이 돌기 시작한 것도 이 무렵이었다.

하루는 아버지가 동생 숙에게 장거리 전화를 걸어 자기가 현재 어느 여성과 사귀고 있다는 것을 알렸다. 고모 숙은 처음에는 놀라는 것 같았지만 곧 상대의 이름을 물으며 관심을 나타냈다.

"보석? 어머나! 너무 이쁜 이름이네!" 숙이 탄성을 질렀다.

"맞아, 이쁜 이름이지. 더구나 성이 정이야."

"그래서 성과 이름을 합하면 정보석? 그럼 완전한 보석이란 말이잖아? 영어로는 Full Gem?"

"응. 정은 발음상으로 full을 말하고 보석은 문자 그대로 gem을 뜻하니까. 너도 이런 해석은 이미 알잖아?"

"응, 알아. 그런데 오빠, 나 꼭 말할 게 있어."

"뭔데? 공연히 법석 떠는 건 아닐 테지?"

"내 말 좀 들어봐. 어젯밤에 너무 이상한 꿈을 꿨어. 북문거리 쪽으로
걸어가고 있는데 발 앞에 뭔가 반짝거리는 게 있어서 주워보니 보석이었
어. 반짝반짝 빛나는 빨간색 예쁜 보석. 내 말 듣고 있는 거지?"

"응, 듣고 있어. 계속해."

"난 보석에 대한 생각은 하지 않았었거든. 그리고 그녀의 이름이 보석
이란 것도 몰랐었고. 지금 오빠가 말해서 알았잖아? 그런데 그런 꿈을
꾼 게 너무 이상하단 말이야. 오빠한테서 보석이란 이름을 들으려고 그
랬나 봐."

"그게 바로 우연의 일치란 거야!"

"그렇지만 단순히 우연의 일치라고 치부하기엔 너무 이상해. 내가 보
석 꿈을 꾼 건 이번이 처음이거든. 아마 내 일생에 다신 이런 꿈을 꾸지
않을지도 몰라." 숙이 진지한 어조로 말했다.

"우연이 아니면 그럼 뭐겠어?"

"두 사람 사이에 일어날 일에 대한 어떤 계시 같은 것이 아닐까?"

"잘 모르겠다. 하여튼 중신어미는 더 만나지 마시라고 어머님께 말씀
드려. 알았지?"

"알았어, 그렇게. 잘해 봐, 오빠. 행운을 빌어."

숙과의 전화 통화 후 아버지는 보석과 그녀의 가문에 대해 증조할아

버지께 장문의 편지를 썼다. 아버지가 숙으로부터 전화 요청 전보를 받은 것은 그로부터 약 2주 후였다.

"오빠, 좋은 소식이 있어. 결혼에 대해서 오빠가 원하는 대로 해도 좋다는 할아버지 말씀이 계셨어." 전화선의 저쪽 끝에서 들려오는 숙의 말은 명확했다.

"정말? 확실한 거지?"

"응. 정말이야. 오빠한테 전화해서 그렇게 말하라고 하셨어."

"할아버지께서 하신 말씀을 그대로 말해 봐."

"오빠의 편지를 읽으시더니 처음엔 좀 망설이시는 것 같았어. 종교가 기독교란 것이 마음에 걸리셨나 봐. 그런데 오늘은 뭐라고 하셨나 하면 정익노는 기독교 장로만이 아니고 애국자였다는 거야. 그리고 또 우리 가문의 전통만 지킨다면 기독교를 믿는 사람들도 나쁘지 않다고 하시면서 결혼을 추진해도 좋다고 오빠에게 알리라고 하셨어."

"응, 알았어. 어머님은 아무 말 없으셨어?"

"엄마는 무조건 좋아하시지? 며느리 빨리 보고 싶어 안달하시는 거 알잖아?" 숙이 계속했다. "그렇지만 보석한텐 이런 말 하면 안 되는 거 알지?" 숙의 웃음소리를 들으면서 아버지도 씩 웃었다.

어려울 것이라고 걱정했던 증조할아버지의 승낙을 이렇게 쉽게 얻은 것이 아버지는 내심 믿기지 않았다. 내가 공연히 미리 걱정했나? 안도와 기쁨이 그의 마음에 떠돌던 일말의 불안을 걷어냈다. 그러나 다음 순간 아버지는 다시 불안에 사로잡혔다. "나에 대한 그분들의 생각은? 보석은 여쭈어보기나 했을까?"

　삼월 중순이 되자 모란봉을 덮고 있던 눈은 말끔히 사라지고 들판에
는 바야흐로 푸른 기운이 감돌기 시작했다.

　두 사람은 지금 대동강 변을 걷고 있었다. 전통적으로 결혼은 당사자
들의 생각보다도 부모들의 허락이 더 중요했다. 그들도 그것을 잘 알고
있었다.

　"보석 씨, 부모님들은 저의 가문에 대해 아직 한 마디도 물어보지 않으
셨잖아요? 혹시 기독교인들은 자녀를 결혼시킬 때 가문 같은 것은 별로
중요하게 생각지 않습니까?" 마침내 아버지는 마음속에 가두어 두었던
의문을 입 밖에 꺼냈다.

　"기독교인들도 그런 것들을 중요하게 생각하는 거로 알고 있어요."

　"그럼 왜 부모님들께서는 저의 가문에 대해서 알려고 하지 않으실까요?"

　"벌써 다 알아보셨을 거예요."

　"어떻게요? 별로 제게 물으신 기억이 없는데요?"

　"만일 부모님 허락이 없었다면 전 한 번도 이렇게 만나지 않았을 거예
요. 제 말의 의미를 아시겠죠?" 보석이 귀띔을 했다. 그러나 아버지는 대
답 대신 시간을 끌었다. 침묵이 흘렀다. 그 침묵 속에 보석의 하이힐 소
리가 똑똑똑 아버지의 대답을 재촉했다. 아버지가 계속 시간을 끌자 보
석이 옆눈으로 살짝 흘겨보며 입을 열었다.

　"손 기자 아시죠? 같이 일하는 동료 기자 한 사람이 충주 출신이래요.

그를 통해서 이미 알아볼 것은 다 알아보셨어요. 아버님께서 좋은 일을 많이 하신 명망 있는 분이었다는 것도. 손 기자와 그의 동료가 우리 부모님들의 정보원 노릇을 한 것이지요. 이제 의문이 풀렸나요?"

"아, 그랬군요. 난 그것도 모르고." 아버지가 웃으며 말했다.

"그렇지만 통과해야 할 관문 하나가 남아 있어요." 보석이 속삭이듯 말했다."

"그게 뭡니까? 말해 줘요." 아버지의 얼굴이 굳어졌다.

"기독교인이 되어야 해요. 기독교인이 되려면 세례를 받아야 해요." 보석의 어조는 조용했으나 야무졌다. 순간 아버지의 뇌리에 증조할아버지가 하셨다는 말씀이 떠올랐다.

"우리 할아버지께서 우리의 혼인에 대해서 하신 말씀이 있어요. '우리 가문의 관례와 전통을 지키기만 한다면 기독교인과의 결혼도 괜찮다'고 하셨어요. 일종의 '조건부 결혼 승낙'인 셈이지요."

"아, 그래요? 그럼 기독교인이 돼도 좋다는 말씀이네요?"

"맞아요!" 아버지가 말했다.

서로 마주 보는 두 사람의 얼굴에 안도와 기쁨의 웃음이 떠올랐다. 그러나 보석은 '지켜야 할 가문의 관례와 전통'이 어떤 것인지는 물어보지 않았고 아버지도 설명해 주지 않았다. 서로 물어보고 확인하는 것을 잊었을까? 아니면 각자가 자기 좋은 쪽으로 해석했을까? 그들은 너무 기쁨에 들떠 있었는지도 모른다.

"그럼 교회에서는 언제 세례를 주나요?"

"일 년에 두 번이에요. 3월과 9월."

"9월에 받겠습니다." 아버지가 말했다. 보석의 얼굴에 미소가 떠올랐다.

"만일 그 일이 없었다면 우리가 어떻게 만날 수 있었을까 하는 생각이 들 때가 있어요."

"무슨 의미입니까? 내가 만일 열차에서 손 기자님을 만나지 못했다면 말입니까?"

"그 일만을 말하는 건 아니에요."

"그럼 또 무슨 일이…?"

"그날 전차 사고 때문에 서울 의대에 응시하지 못하고 평양에 오신 것을 아직도 후회하시나요?"

"하하…. 그 일 말이군요." 사고가 나서 움직이지 못하고 서 있는 전차를 뒤로하고 서울역으로 향하던 그날의 기억을 떠올리며 아버지가 말을 이었다. "아니요. 서울에서의 공부보다 지금, 이 순간이 내게는 더 중요합니다."

"믿어도 되나요? 확실한가요?"

"그럼요. 확실하지요. 아직 저를 못 믿으십니까?" 아버지가 힘주어 말했다.

"제 말 너무 신경 쓰지 마세요. 그냥 해본 소리예요. 놀려주려고." 보석이 말했다. 그러자 둘은 마주 보며 웃음을 터뜨렸다. 모든 것이 순풍에 돛단배처럼 잘되어 가고 있었다. 보석을 집으로 바래다준 후 아버지는 하숙으로 돌아왔다.

바야흐로 봄은 절정으로 치닫고 있었다. 꽃들이 다투어 피고, 태양도 대동강의 남색 물결 위에 밝은 빛을 마구 퍼붓고 있었다. 그들의 가슴은 희망으로 부풀어 올랐다. 온 세상이 꿈처럼 황홀했고 보는 것마다 눈부셨다. 아마도 이 무렵이었을 것이다. 젊은 남녀가 강 건너 최승대 기둥 사이로 숨바꼭질하듯 나타났다 사라지는 것을 보았다거나 보통강변 목련 나무 아래 나란히 앉아 있는 두 사람을 보았다는 소문이 돌기 시작한 것은….

4

1931년 10월, 두 사람은 결혼을 한다. 결혼식은 서양식이었는데 내가 본 사진에서 신랑은 연미복을 입고 신부는 흰색 드레스에 흰색 면사포를 쓰고, 앞에는 들러리들을 세우고, 서로 팔짱을 낀 채 서 있었다. 이 신부는 7년 후 나의 엄마가 되지만 나는 지금부터 엄마라고 부르겠다.

평양 상수구리에 신혼집을 차렸다. 할머니와 고모 숙, 그리고 이모가 합류했다. 고모는 평양 제일여자고등학교로 전학했고 엄마보다 두 살 아래인 이모는 엄마가 다닌 정의여자고등학교의 농구 선수였다.

아버지는 다섯 식구의 가장이 되었으며 엄마는 익숙하지 않은 집안일에 바쁜 나날을 보내게 되었다. 후일 고모는 이때의 이야기를 내게 들려주곤 했는데 그때마다 엄마가 흙이 묻어 더러워진 이모의 운동복을 즐겨 빨아주었다는 말을 빼놓지 않았다. 빨리 손자를 보고 싶어 조바심하는 할머니 말고는 모두 즐거운 일상을 보내고 있었다.

몇 달이 지난 후, 할머니가 고대하던 대로 엄마가 아기를 가졌다. 그러자 온 식구가 기뻐했고 엄마가 힘들면 안 된다고 이모와 고모가 엄마가 하던 일을 빼앗아서 했다.

엄마는 한 편으로는 부끄럽기도 하고 한 편으로는 자신이 자랑스럽기도 했다. 또한 엄마는 가족들, 특히 할머니가 자기에게 바라는 것이 무엇인지도 잘 알고 있었다. 어느 날 밤, 잠자리에서 엄마가 아버지의 귀에 대고 속삭였다.

"당신도 아들을 원하지요? 그렇지요?"

"왜 그렇게 생각해?"

"원하는지 안 원하는지 물었어요."

"그건 아무래도 좋아요. 순산만 하면 돼요."

"어머님은 그렇게 생각하시지 않을걸요? 그렇지만 아들을 원하는 그분 마음은 이해할만해요. 당신은 오대 독자잖아요."

"맞아요. 그렇지만 당신이 부담감이나 의무감을 가질 필요는 없어요."

"무슨 뜻이에요?"

"그것은 사람 마음대로 되는 것이 아니고 자연의 선택이니까. 당신이 임신한 것과 마찬가지로."

"그럼 왜 어떤 여자는 아들만 낳고 어떤 여자는 딸만 계속 낳아요? 또 아기를 갖지 못하는 여자들도 있잖아요?"

"자연은 공평하지 않아요. 어떤 사람에겐 온정을 베풀고 어떤 사람에겐 차갑지. 죽음까지도 차별해서 갖다준다오."

"무슨 말이에요? 사람들은 다 죽잖아요?"

"그래요. 그렇지만 모든 사람이 다 같은 죽음을 맞는 것은 아닌 것 같소. 난 그런 것들을 거의 매일 본다오."

"이런 이야기는 그만하는 게 좋겠어요." 엄마가 말했다.

"아들이든 딸이든 우리 마음대로 되는 건 아니니 걱정하지 말아요, 여보. 어서 잠이나 잡시다. 밤이 늦었소." 아버지가 엄마를 안심시키려 했다.

다음 해 여름, 엄마가 남아를 순산했다. 이로부터 6년 후 그 아이는 나의 형이 되었다. 온 식구들이 기뻐했고 엄마의 친정 부모님들 또한 가슴을 쓸어내렸다.

아버지, 공의가 되다

학교를 졸업하고 수습과정을 마친 아버지가 공의로 임명된다. 첫 근무지는 고향 충주에서 가까운 무의촌이었다. 같은 무렵, 고등학교를 졸업한 이모와 고모의 신상에도 변화가 왔다. 고모는 충청북도의 어느 국민학교에 교사로, 이모는 의학을 공부하러 일본 동경으로 가게 된 것이다.

외할머니는 이제 두 딸을 한꺼번에 떠나보내게 되었다. 그녀는 멀리 떨어져 있을 뿐만 아니라 가풍이 다른 시집에서 시어머니와 시조부모를 모셔야 할 자기 딸이 걱정되었다. 교통이 불편하고 먼 여행이 어려웠던 그 시절, 한 번 떠나보내면 가까운 장래에 다시 만날 가능성은 희박했다.

평양역 승강장에서 그들은 이별의 인사를 나누었다. "여보게, 사위, 충청도는 풍습이 이곳과 다르고 가족 간에도 예절이 엄격하다고 들었네.

내 딸은 그렇게 자라지 않았어. 아직 어린 자네 아내를 잘 돌보아 주게나, 부탁일세." 아버지가 기차에 오르기 전 외할머니가 귀에 대고 속삭였다. 그러고는 잡고 있던 엄마의 손을 놓았다. 두 지역의 관습의 차이는 두 곳 간의 거리보다 더 먼 것이었다.

✦

엄마가 처음 보는 아버지의 고향 집은 유리문이 많은 목조 기와집이었다. 낮은 나무 울타리가 있는 넓은 정원 한쪽으로 작은 언덕이 비스듬히 동산을 이루고 있었는데 마침 봄이어서 여러 가지 꽃들이 다투어 피고 있었다. 엄마는 넓고 아름답고 아늑한 분위기의 이 집이 마음에 들었다. 그러나 그리 오래지 않아 예상치 못한 그 어떤 미묘한 불편함이 자신을 기다리고 있음을 알게 되었다.

엄마는 아기를 제외하면 식구 중에서 제일 나이가 어렸다. 가장 먼저 일어나고 제일 늦게 잠자리에 들어야 했다. 그녀는 음식을 만드는 일과 기타 집안 살림에 아직 익숙하지 않았다. 가끔 사소한 잘못이 있었는데 그것은 솜씨가 부족해서라기보다는 주로 이 지역의 관습과 시댁 어른들의 취향을 잘 모르는 데서 오는 것이 많았다. 어른들 앞에서 서야 할 때와 앉아야 할 때를 얼른 분간할 수 없을 때도 있었다. 유교적 관습에 철저한 시집은 엄마에게는 하나의 다른 세상이었다. 얼마 안 되어 엄마는 머리를 더 숙이고 말수를 더 줄여야 이 지역의 관습에 맞는다는 것을 깨닫게 된다.

증조할아버지는 어린 손자며느리인 엄마에게 늘 관대했던 반면 할머니는 엄마가 하는 일에 일일이 간섭하고 조그만 실수도 그대로 넘어가지 않았다. 어느 날 증조할아버지가 할머니를 불렀다.

"넌 네 며느리를 그렇게밖에 대할 수 없느냐? 그 애는 개명된 부잣집에서 화초처럼 자랐느니라. 너도 그것을 알지 않느냐? 네 눈엔 그 어린 것이 귀엽지도 않은가?" 증조할아버지의 호령이 떨어졌다. 시아버지가 며느리를 이런 식으로 책망하는 것은 이례적이었다.

동양면

아버지의 첫 근무지는 동양면이었다. 환자들을 진료할 병원은 집에서 약 4㎞ 정도 떨어진 곳에 있었다. 걸어서 출퇴근할 수 있는 거리였지만 응급환자들을 돌보려면 밤낮으로 병원에 있어야 했다. 엄마가 매일 저녁 음식을 싸서 아버지에게 가야 했는데, 가는 길은 차도 다니지 않고 인가도 없는 호젓한 산길이었다. 그래도 갈 때는 길에 행인들이 이따금 보였지만 돌아오는 길은 언제나 텅 비어 있었다. 어둠이 내리는 고갯길을 혼자 걸을 때마다 산에 드리워진 검은 어둠의 그림자가 꼭 살아 있는 짐승처럼 점점 가까이 따라와 덮칠 것만 같은 무서움에 자주 뒤를 돌아다보아야 했다. 인가가 있는 곳에 다다랐을 때야 엄마는 비로소 안도의 한숨을 내쉴 수 있었다. 그렇지만, 하루 한 번의 아버지와의 만남은 엄마에게 더할 수 없는 행복의 순간이었는데 그것은 그 만남이 엄마가 어려운 시집 생활을 견디어 낼 힘의 원천이 되어주었기 때문이었다. 엄마의 산길 걷기는 아버지가 다른 지역으로 전근을 갈 때까지 이 년 동안 계속되었다.

앙성면

앙성면은 아버지의 고향 집이 있는 충주읍에서 북쪽으로 20㎞쯤 떨어진 곳이었다. 집에서 너무 멀었고 버스가 있기는 했으나 하루에 두어 번, 그것도 부정기적이었다. 그래서 한 가족 네 식구—아버지와 엄마, 할머니, 그리고 다섯 살배기 아들—가 아버지의 새 임지로 따로 살림을 나게 되었다.

식구 수가 준 만큼 엄마의 일도 줄어들었다. 그러나 엄마가 편해진 것은 아니었다. 증조할아버지의 엄호가 없어졌기 때문인지 할머니의 트집잡기가 다시 시작된 것이었다. 아버지는 이것이 며느리에 대한 시어머니의 시샘이란 것을 알고 있었지만, 선뜻 엄마 편을 들 수가 없었다. 부모에 대한 효심을 최고의 덕목으로 치는 유교적 전통사회에서 남편들은 언제나 부모의 편에 설 수밖에 없었다. 누가 옳고 그름의 문제가 아니었다. 부모에 대한 효성과 부부간의 애정이 충돌하면 승리는 언제나 애정아닌 효성으로 돌아가게 마련이었다.

전임지와는 달리 이 지역은 험한 산이나 강이 없어 아버지는 자전거로 편하게 왕진을 다닐 수 있었다. 또 진료실과 살림집이 한 지붕 아래 있었기 때문에 엄마는 가끔 아버지가 환자를 진료하는 것을 가까이서 지켜볼 수 있었다. 얼마 지나지 않아 시골 의사의 일상은 육체적으로나 정신적으로나 힘들다는 것을 엄마는 알게 되었다. 환자의 생명을 구했을 때의 보람과 희열은 잠시뿐이었고 생명을 놓쳤을 때의 슬픔은 오래 머물렀다. 절망의 순간은 주로 한밤중 어린 아기나 임신부와 함께 찾아왔다. 제왕절개를 할 수 있는 종합병원은 손수레나 마차로 위급환자를 옮기기에는 너무 멀리 있었다. 아버지는 환자들이 너무 늦게 의사를 찾아온다고 한탄하곤 했는데 아버지의 안색이 어두울 때면 엄마는 그를 위로하려고 애를 썼다.

회양

다음 임지는 회양이란 곳이었다. 회양은 사방이 높은 산으로 둘러싸인 분지에 형성된 군 소재지로 철도도 간선도로도 지나가지 않는 곳이었다. 경치는 아주 빼어났는데 아름다운 금강산이 손 닿는 곳에 있었다. 그러나 아름다운 경치는 대가를 요구했다. 왕진용 자전거가 거의 무용지물이 되어 창고 신세를 지게 된 것이다. 대신 아버지는 말을 타고 고개나 바위틈과 덩굴 아래로 뻗은 좁은 산길로 환자의 집을 방문해야 했다. 겨울에는 매우 많은 눈이 내렸는데 큰 눈이 오겠다 싶으면 사람들은 지붕과 지붕을 널빤지로 연결해서 비상 통로를 만들었다. 한편 환자들은 이곳이라고 크게 다르지 않았다. 이곳 주민들도 대부분 농업에 종사하였고 그래서 그런지 식습관이나 병의 증상도 비슷비슷했다. 그렇지만 아버지는 이곳에서 특이한 환자 하나를 만나게 된다. 그는 뱀을 무서

위하지도 잡지 못한 뱀을 만난 적도 없는 소문난 땅꾼이었다.

어느 날 바위틈에 반쯤 몸을 숨기고 있는 뱀이 그의 눈에 들어왔다. 몸통은 굵었고 등에는 검은 점이 여러 개 박혀 있었다. 사람들이 많이 찾는 독사 중의 독사인 것을 알아본 그는 입가에 기쁨의 웃음을 흘렸다. 그는 갈고리로 잽싸게 뱀의 머리를 걸어 들어 올렸다. 그러나 그가 뱀을 그의 조수가 들고 있던 자루에 넣기 직전 뱀이 갈고리에서 미끄러져 떨어지면서 그의 발목을 물었다. 그도 다리에 각반을 착용하던 때가 있었지만 그것은 오래전 일이었다. 언제부턴가 그는 각반보다는 자신의 실력을 믿었다. 조수들과 훈련생들 면전에서 자존심을 구긴 그는 불같이 화가 났다. 그는 뱀의 머리를 물어 죽이려고 입을 크게 벌리고 달려들었다. 그러나 뱀이 더 빨랐다. 이번에는 그의 혀를 물었다. 그는 얼른 뱀의 목을 움켜쥐고 머리를 씹었다. 사람들이 그를 아버지에게 데려왔을 때 그의 모습은 끔찍했다. 얼굴은 심하게 부어 있어 뒤늦게 뛰어온 가족들조차 그를 알아보지 못했으며 그의 혈압은 아버지가 그때까지 본 것 중 제일 높은 수치였다. 사람들은 그가 가망이 없다고 수군거렸다. 그러나 아버지는 포기하지 않고 그를 살려보려고 전심전력을 다했다. 둘째 주가 되었을 때 그의 호흡이 정상으로 돌아왔다. 이 운 좋은 남자는 그 후 땅꾼을 그만두고 화전을 일구는 농부가 되었다.

가족이 아버지의 다음 임지로 떠나기 얼마 전 엄마가 남자아이를 낳았다. 회양이 나의 출생지가 된 것이다.

신포

신포는 동해안의 작은 항구도시였는데 회양에서 훨씬 더 북쪽에 있었다. 우연이었겠지만 아버지의 새 임지를 찾아 우리 가족은 계속 북쪽으로 이동해야 했다. 하지만 신포는 이전의 다른 곳들과는 달랐다. 많은 사람이 어업과 이에 관련된 일에 종사하고 있었으며 상점과 식당과 술집들도 많았다. 거리를 걷는 주민들은 발걸음이 빨랐고 그들의 말에는 강한 억양의 사투리가 섞여 있었다. 아버지는 공의로 발령을 받은 후 정해진 근무시간도, 휴일도 없이 일했다. 따라서 가족들은 한밤중 다급히 문을 두드리는 소리에 이미 익숙해져 있었다. 맨눈으로 보이는 곳에 섬이 하나 떠 있었고 아버지는 이제 말 대신 통통배를 타고 왕진을 가야 했다. 바람이 불고 물결이 높이 이는 밤이면 엄마와 할머니는 행여 무슨 일이라도 일어날까 봐 피 말리는 긴장 속에 아버지를 기다렸다.

이곳 신포에서 엄마는 도우미 여자애를 하나 두게 되는데 이로 인하여 흔치 않은 경험을 하게 된다. 그녀는 가난한 집 딸이었다. 엄청난 재산의 상속인이었던 그녀의 아버지는 도박에 빠져 재산을 하나둘 팔아치웠다. 어선 3척, 그리고 수산물 가공공장, 그리고 마지막엔 그의 큰딸이 기생집에 팔려 갔다. 이곳에서 기생은 말이 기생이지 술을 팔고 노래하며 춤을 추는 일종의 창녀이거나 남자들의 노리개였다. 둘째 딸이 다음 차례가 될 것을 깨달은 그녀의 엄마가 서둘러 그녀를 엄마에게 데려왔다. 이야기를 들은 엄마는 주저 없이 그녀를 받아들였다. 그녀의 이름은 미자, 17살이었다. 성품이 너무 밝아 그런 무도한 아버지 아래서 자란 딸이란 것이 믿기지 않았다. 미자는 자신을 불쌍히 여기고 위해주는 엄마를 잘 따랐다.

미자가 우리 집에 온 지 약 6개월쯤 지난 어느 날, 어떤 남자가 불쑥 대문을 열고 안마당으로 들어왔다. 그는 술에 취한 것 같았다. 이내 미자를 발견한 그는 그녀의 손목을 잡아끌고 대문 쪽으로 향하면서 소리쳤다.

"이 계집애야, 내가 너를 못 찾을 줄 알았니?"

끌려가는 미자가 애원하는 눈으로 엄마를 쳐다보았다.

"댁은 누구예요? 남의 집에 들어와 무얼 하는 겁니까? 그 애 놔두고 얼른 나가세요!" 그가 미자의 아버지임을 눈치챈 엄마가 소리쳤다.

"내가 내 딸 데려가는 거요. 할 말이 있소?" 그가 화난 얼굴로 말했다. 이때 떠들썩한 소리를 들은 아버지가 진료실 밖으로 나왔다. 아버지는 무슨 일이 벌어지고 있는지를 곧 알아차렸지만, 이 거칠고 난폭한 사람에게서 미자를 떼어 놓을 수가 없었다. 더구나 그가 미자의 아버지라는 사실 앞에서 엄마와 아버지는 마땅히 할 말을 찾을 수가 없었다.

약 한 달이 지난 어느 날 엄마는 미자 아버지가 미자를 신포 북쪽의 큰 항구도시 청진으로 데려갔는데 아마도 거기서 환락가에 넘겨진 것 같다는 말을 미자 어머니로부터 들었다. 이 말에 엄마는 가슴이 미어졌지만 미자를 위하여 당장 어떻게 할 수 있는 일은 없었다. 그러나 이것으로 일이 끝난 것은 아니었다.

2주쯤 지난 어느 늦은 밤, 누군가가 조용히 현관문을 두드렸다. 문밖에 서 있는 것은 미자였다. 자신이 머무는 환락가가 사창가로 가는 중간 기착지라는 것을 깨달은 미자가 탈출한 것이었다. 그녀의 눈빛이 더 멀리 몸을 피하기 위해 여비가 필요하다고 호소하고 있었다. 상황은 긴박했다. 누가 이미 그녀를 뒤쫓아 오고 있을지도 모르지 않는가? 엄마는 구석방에 미자를 숨긴 후 눈을 붙이게 했다. 그런 다음 새벽이 왔을 때 미자를 데리고 역으로 가 첫 급행열차에 태웠다. 미자의 손에는 얼마의 돈과 엄마가 평양의 외할머니에게 보내는 편지가 쥐어져 있었다. 미자를 태운 기차가 떠난 지 약 한 시간이 되었을까, 두 남자가 들이닥쳤다. 미자의 아버지와 또 한 사람의 남자가 미자를 찾았다. 엄마는 모른다고 딱 잡아떼었다. 집안 이곳저곳을 두리번거리던 그들은 할 수 없다는 듯 돌아가 버렸다. 평양에서 미자는 아버지가 하숙하던 이 여사의 집에서 일하다가 나이 스물을 넘기면서 치과 기공사와 결혼하여 가정을 꾸렸다. 다시 몇 년 후 미자의 아버지가 세상을 떠나자 미자의 어머니가 미자네로 와서 한 식구가 되었다.

　그때 나는 너무 어려서 미자의 모습은 기억에 없다. 두 살배기 아기였을 나는 미자의 등에 업혀 잠들기도 하고 울기도 했을 것이다. 그러나 나는 내 뺨에 닿았을 그녀의 체온을 기억하지 못한다. 그런데도 나는 엄마가 미자의 이야기를 꺼낼 때마다 턱을 고이고 들었다. 나는 그녀가 보고 싶다. 나는 지금 미자가 그립다. 기억에도 없는 그녀가.

5

　　　　신포에서 2년을 지낸 후 우리 가족은 그곳을 떠나
게 된다. 아마도 나는 엄마나 할머니 등에 업혀 정거장으로 갔을 것이
다. 기차를 타고 원산까지 간 후 아버지는 경원선 열차에, 나머지 식구
들은 평원선 열차에 올랐을 것이다. 신포를 마지막으로 공의 근무 기간
을 다 채운 아버지는 이제 자신의 병원을 차릴 곳을 찾기 위해 충청도로
향하고 나머지 가족—할머니, 엄마, 형, 그리고 나—은 평양으로 향했
다. 아버지가 병원을 열고 연락을 할 때까지 우리는 평양 엄마의 친정집
에 머물기로 한 것이다.

　약 한 달 후 우리는 평양을 떠나 아버지가 기다리고 있는 J읍으로 향
했다. 그 당시 J읍은 한반도 남쪽의 내륙에 있는 면 소재지였는데 해방
후 국토가 분단되면서 남한의 중심부에 놓이게 되었다. 사물에 대한 나
의 기억은 이곳에서 시작된다. 엄마의 얼굴과 목소리와 엄마의 힘든 가
사노동에 대한 나의 기억도 이곳에서 시작되어 이곳에서 끝난다.

　마을이라고 부르기에는 크고 도시라고 부르기에는 작았던 이곳 J읍에
는 제법 큰 도로가 한가운데를 지나가고 있었는데 사람들은 이 도로를
행길이라 불렀다. 내 유년의 많은 기억은 주로 이 길 위에서 태어났다.
날이 가물 때면 차들이 긴 먼지 띠를 꽁무니에 매달고 지나가고 비가 오

는 날이면 흙탕물을 튀기던 것이 생각난다.

읍에서는 일 년에 한 번씩 이 도로에 자갈을 깔았는데 자갈을 까는 일은 사람들이 했지만 그것을 잘게 부수어 땅속에 박아 넣어 다지는 일은 지나가는 자동차나 마차의 몫이었다. 이 도로가 행길이라 불리기는 했지만 내 기억에 이 길을 지나가는 자동차는 하루 다섯 대가 될까 말까 했다. 자동차보다 더 자주 내 눈에 들어온 것은 소가 끄는 마차였다. 양곡을 잔뜩 실은 마차가 얇은 쇠 타이어를 두른 네 개의 바퀴로 깔아 놓은 자갈들을 으깨면서 지나갈 때면 사람들은 귀를 막았다. 이따금 작은 앞바퀴들이 빗물에 파인 웅덩이에 빠져 옴짝달싹 못하면 황소는 바퀴를 빼내려고 필사적으로 몸부림쳤다. 강력한 발굽으로 사력을 다하여 땅을 미는 소의 입에선 큼직큼직한 이빨 사이로 하얀 김이 뿜어져 나오고 눈의 흰자위는 위로 뒤집혀 올라가곤 했다.

읍의 북쪽 가장자리엔 철도가 지나가고 기차역이 있었다. 이것은 서울과 부산을 잇는 본선에서 분리되어 북동쪽으로 충주까지 이어지는 협궤 선로였다. 철도 건너에는 논들이 있고 또 그 너머에는 꽤 큰 시내가 남쪽으로 흐르고 있었는데 이것은 금강의 한 지류였다. 이 시내를 건너면 또다시 북쪽으로 논들이 이어지고 그 끝에는 높은 산이 병풍처럼 솟아 있었다. 만일 기차역도, 철도 위에 서 있던 곳간차도, 시냇물도, 소가 끄는 마차도 없었다면 나의 유년기는 얼마나 지루하고 답답했을까!

문화적으로 이곳은 매우 보수적인 곳 중의 하나였다. 다른 곳에서는 예사로운 것이 이곳에서는 결례가 될 수 있다는 것을 알게 된 엄마는 손님을 맞을 때는 어떻게 해야 하는지 외출할 때는 어떤 옷과 어떤 머리 모양이 좋은지에 신경을 쓰게 되었다. 나는 엄마가 가끔 간호원들에게 "이거 너무 신식이지? 그렇지?" 하고 묻는 것을 보았다.

무엇이 아버지가 가족을 데리고 이 J읍에 정착하게 하였을까? 이곳보다 좀 더 규모가 있는 소도시를 원했던 아버지에게는 몇 군데의 후보지가 있었지만, 검토 과정에서 모두 지워버려야 했다. 차선의 후보지를 살피던 중 꽤 규모가 있으면서 도로와 철도가 지나가고 또 그의 출생지 충주에서 그리 멀지 않은 이곳이 아버지의 마음을 끌었다. 게다가 이곳에는 할머니의 먼 친척들이 살고 있었다. 아버지가 일단 마음을 굳히자 엄마는 남편을 따라 이곳에 오는 것 이외에 어떤 다른 방법이 없었다.

우리 집

우리 집은 행길가에 있었다. 왼쪽으론 이발소와 가게들이, 오른쪽으론 주택과 점포와 평화원이란 간판이 붙은 중국집과 일본인이 운영하는 제과점이 있었다. 조금 더 가면 네거리가 나오고 네거리를 건너가면 면사무소, 우체국, 지서 등의 관공서가 나왔다. 그 관공서들과 우리 집의 거리는 어림잡아 200m가량 되었을 것이다.

나는 우리 집 대문간에 서 있기를 좋아했다. 특히 눈 오는 날 행길 맞은편 집들의 지붕 너머로 눈발 속에 희미하게 멀어지는 산을 보기를 좋아했다. 사람들은 그 산을 두태산이라 불렀다. 또 가끔 지나가는 중년의 걸인도 있었다. 하반신을 못 쓰는 그는 엉덩이와 무릎에 자동차 타이어 조각을 대고 팔로 몸을 밀면서 다녔다. 그는 노래를 잘 불렀다. 그가 자주 부른 노래는 "이 강산 낙화유수 흐르는 봄에…"로 시작되었다. 하루에 한 번 지나가는 버스가 우리 집 바로 앞에서 멎었었는데 갓을 쓰고 흰옷 입은 노인들이 내리고 타면 곧 떠나곤 했다. 또 늘 지나다니는 개 한 마리가 있었다. 꽤 크고 털이 짧고 잘생긴 셰퍼드였는데 그 개는 항상 길 가장자리로 혼자서 앞만 보고 천천히 걸어갔다. 매일 정해진 시간에 무엇을 하러 어디를 갔다 오는 것일까. 칼 찬 순사도, 신부가 탄 가마도, 사람을 묻으러 가는 상여의 행렬도, 군대의 대열도 이 길을 지나갔다.

우리 집은 직사각형의 목조 건물이었는데 행길과 집 사이에는 4m 내지 5m 정도의 공간이 있었다. 아주 큰 대문이 행길 쪽으로 나 있었는데 이것이 우리 집을 다른 집들보다 돋보이게 하는 상징이었을지도 모른다. 낮 동안은 반쯤 열려 있던 이 대문은 행인들의 호기심을 자극하여 더러는 들어와 집안을 휙 둘러보고 나가기도 하고 단골로 찾아오는 걸인들도 꽤 많았다.

대문을 밀고 안으로 들어오면 길이 10m 폭 3m 정도 되는 통로가 있었다. 이 통로의 왼편에는 아버지의 진료실과 부대시설이 있는 병원채가, 오른쪽에는 가족의 주거 공간인 안채가 있었다. 이 통로를 통과하면 키 큰 남자 높이의 송판 울타리로 둘러친 넓은 마당이 나왔다. 마당 왼편으론 몇 그루의 과일나무가, 앞쪽으로 울타리 바로 안에는 키 큰 미루나무가 있었고 또 오른쪽으로 부엌 앞에는 콘크리트로 만든 우물이 있었다. 마당 가운데 비어 있는 공간은 나의 놀이터였는데 내 나이의 조무래기들과 자치기도 하고 돌차기도 하고 곱돌로 금을 긋고 땅 뺏기도 하며 놀곤 했다.

마당을 두르고 있는 판자 울타리 너머에는 사각형의 꽤 넓은 텃밭이 있었다. 해마다 봄이 오면 엄마와 나는 도와주러 온 이웃들과 함께 상추, 무, 토마토 등을 심었다. 무꽃이 피면 노랑나비들이 노란 무꽃 위로 팔랑팔랑 떼 지어 날았는데 이것을 보고 있노라면 마치 수만 개의 꽃잎들이 날아올라 나비들과 뒤엉켜 춤을 추는 것 같은 환상에 빠지기 일쑤였다. 또, 병원채 옆 마당 가장자리에는 키 큰 아카시아들이 늘어서 있었다. 해마다 오월, 만발한 아카시아의 진한 꽃향기가 온 집안에 퍼지면 간호원들이 창문으로 얼굴을 내밀고 그 달콤한 향내를 들이마시며 탄성을 지르기도 했었지. 아카시아가 필 때면 그녀들의 얼굴이 떠오르고 그녀들의 얼굴이 떠오를 때면 나는 내게 묻곤 한다. "어찌 되었을까, 그 누나들은? 전쟁을 무사히 넘겼을까?"

환자가 뜸할 때를 틈타 마당으로 나온 아버지가 미루나무 옆에 서서 사색에 잠길 때, 그가 입은 흰 가운이 햇살에 눈부시던 것도, 우물가에서 무엇인가를 씻고 있는 엄마를 놀래 주려고 살금살금 접근하는 나를 지켜보며 빙긋이 웃던 그의 웃음도, 내가 접근하는 것을 미리 알고 있던 엄마가 갑자기 홱 뒤돌아보며 얼굴 가득 담았던 그 장난기 어린 웃음도 기억에 남아 있다.

　대문 안 통로 오른쪽, 우리 가족의 주거공간인 안채에는 두 개의 큰 방과 두 개의 작은 방, 큰 부엌 하나와 옆에 딸린 작은 부엌 하나, 그리고 광과 헛간이 있었다. 두 개의 큰 방은 장지문을 사이에 두고 서로 붙어 있었는데 하나는 안방, 다른 하나는 윗방이라 불렀다. 안방과 윗방 앞에는 마루가 가로 놓여 있어 이 마루를 통하여 방으로 들어가게 되어 있었다. 마루 아래에는 기단이 있고 기단을 내려서면 마당이었다. 나는 어두컴컴한 이 마루 밑으로 자주 기어들어 가곤 했다. 마루를 떠받치고 있는 짧은 기둥들 사이에 우리 집 작은 강아지 복돌이 사는 집이 있었기 때문이다. 나를 보자마자 반갑게 꼬리를 흔들며 기어 나오는 복돌의 목을 껴안고 나는 그의 뺨에 얼굴을 비비곤 했다. 복돌의 따스한 체온과 그의 털에서 나는 흙냄새가 나는 좋았다. 이 마루에 걸터앉아 재미있게 듣던 그 낙수 물소리와 봄이면 지붕 아래 지어놓은 둥지로 돌아오는 제비들과 어미가 벌레를 물어올 때마다 활짝 열리던 새끼들의 샛노란 부리도 기억에 생생하게 살아있다.

　눈보라 치는 겨울밤, 바람에 날린 눈이 방문을 때릴 때, 나는 창호지에 와닿는 눈발의 소곤거리는 소리를 듣는 것을 좋아했다. 간간이 계속되던 눈들의 속삭임이 끊어지고 한참을 기다려도 다시 들리지 않을 때면 나는 눈이 벌써 그쳤을까 봐 몸이 달았다. 이런 밤이면, 나는 아직 이불 속에 누워서, 조금 있으면 밥을 지으러 문을 열고 마루로 나간 엄마가 "아, 눈이 왔네!" 하고 속삭일 것을 알고 있었다. 또 잠시 후 아침이

오면 엄마를 위해 부엌에서 장독대로 우물로 길을 내는 것은 나의 일이었다. 눈을 치우는 내 옆에서 복돌은 좋아라 이리 뛰고 저리 뛰며 춤을 추었었지….

엄마와 나

우리 가족이 처음 J읍에 왔을 때 엄마는 스물아홉 살, 나는 세 살이었다. 우리는 그 후 9년을 이곳에서 살았다. 이 기간 동안 엄마는 자녀 넷을 낳고 하나를 잃었다. 엄마는 모두 세 아이를 일찍 떠나보냈다.

당시는 많은 자녀를 두는 것이 여자의 미덕으로 간주하는 시대였고 또 아버지가 오대 독자인 까닭에 엄마는 집안 어른들과 친척들로부터 칭찬을 받았다. 그러나 다산은 엄마에게 육아와 가사의 힘든 일상을 떠안겼다. 내 기억에 엄마는 항상 바빴다. J읍에서 얻은 내 기억의 어느 페이지에도 엄마의 쉬는 모습은 없다. 또래들과 놀다가 헤어져 돌아왔을 때도, 학교에서 돌아와 대문을 밀고 들어섰을 때도, 엄마는 늘 무엇인가 하고 있었다.

육아의 노동을 제외하면, 엄마로부터 여가의 즐거움을 뺏어간 주범은 하루 세끼의 음식 만들기와 빨래와 제사 음식을 준비하는 일이었을 것이다. 밤에도 일이 기다리고 있었다. 여동생들에게 명절에 입힐 옷을 만들면서 한밤중까지 바느질하는 것을 여러 번 보았다. 여동생 하나가 약

질이어서 병치레를 자주 했다. 그 애는 엄마를 너무 좋아해 엄마의 등에서만 잠이 들었다. 다른 사람이 업으면 엄마의 등이 아닌 것을 용하게 알고 잠에서 깨곤 했다. 가끔 경련을 일으키기도 하는 이 아이를 엄마는 극진히도 위했는데 아마도 몇 년 전 내 동생 문영을 잃은 엄마가 이 아이까지 잃을까 두려워했는지도 모른다.

그래도 엄마는 미소를 잃지 않았다. 하지만 나는 잠결에 엄마가 날이 밝기 전에 일어나는 소리를 듣는 것도, 밤늦게 무릎에 반짇고리를 올려놓은 채 조는 것을 보는 것도 싫었다.

내가 처음으로 연민을 느낀 사람은 엄마였다. 엄마의 바쁜 삶이 연민이 무엇인지, 그것이 어떤 느낌인지, 또 무엇을 하게 만드는 것인지를 내게 암묵적으로 가르쳐 주었다. 나는 때때로 심부름할 것이 없느냐고 묻고 방을 청소하고 두레박으로 물을 길었다. 또한 엄마의 바느질감과 빨랫감을 줄이려고 옷을 조심해서 입었다. 엄마가 빨랫감들을 주섬주섬 챙기는 것을 보면 "내 옷은 아직 안 빨아도 돼." 하고 혼자 중얼거리며 집 밖으로 나가기도 했다. 그러나 이것도 며칠뿐이었다. 어느 날, 빨랫감들을 챙기던 엄마가 나가려는 나를 불러 세웠다. 그리고는 나의 바지와 윗도리를 벗겨서 다른 옷들과 함께 우물가로 가지고 나가 물통에 담는 것이었다. 나는 우물가에 서서 엄마가 빨래하는 것을 지켜보았다. 엄마 대신 방망이질을 하고 싶었으나 그만두었다. 얼마 전 나의 서툰 방망이질이 할머니가 아끼는 옷에 구멍을 냈기 때문이었다. 빨래는 힘든 일 중의 하나였다. 겨울에는 찬물에 손이 얼어 감각이 없어지고 또 더디게 말랐다. 꽁꽁 얼어붙어 뻣뻣해진 옷들이 빨랫줄 위에서 나무토막처럼 바람에 흔들렸다.

♦

이보다 몇 년 전, 내가 아직 어려 학교에도 들어가기 전이었을 것이다. 어느 날 나는 우연히 안방 벽장을 열고 이것저것 뒤지다가 책과 비슷하게 생긴 것을 하나 발견했다. 나는 그것을 꺼내 무릎에 내려놓고 펼쳐보았다. 그것은 사진첩이었다. 갈피마다 붙어 있는 수없이 많은 사진 중 하나가 나의 시선을 끌었다. 여럿이 까만 승용차 옆에 서 있는 사진이었는데 그 차는 내가 그림책에서 본 것과 비슷했다. 나는 그 사진을 들고나와 마루를 건너 부엌으로 뛰었다.

"이 사진 뭐야, 엄마?"

하던 일을 멈추고 돌아선 엄마가 나의 손에 있는 사진을 힐긋 보았다. 그러더니 아무 말도 하지 않고 하던 일을 계속했다.

"이 사람들 누군데? 이 차는 누구 거야?" 나는 대답을 재촉했다. "아이고, 우리 아들…. 제 엄마도 몰라보는 바보…" 웃으며 돌아선 엄마가 이사람 저 사람 손가락으로 가리키며 설명을 했다.

(이 사진은 61회 생일을 맞은 엄마의 할아버지가 생일 여행을 떠나기 전 가족들과 함께 찍은 기념사진이었다. 사진에는 세 소녀와 한 소년이 그들의 부모와 조부모들 앞에 나란히 서 있었는데 그중에서 교복을 입고 머리를 땋은 소녀가 엄마이고 차는

할아버지 소유의 세단이었다.)

사진 속 사람들의 표정은 모두 밝고 명랑해 보였다. 소녀들의 환한 미소는 그들이 오랜 관습에 물들지 않은 꿈 많은 소녀들이란 것을 말해 주는 것 같았다.

나는 갑자기 슬퍼졌다. 사진에서 보는 교복에 머리를 땋은 그 소녀와 지금 내 옆에서 일하고 있는 엄마 사이에는 어떤 연관성도 없어 보였다. 엄마의 구식 머리 모양과 옷은 환하게 웃고 있는 그 소녀와는 거리가 멀었다. 만일 이때 내가 좀 더 나이를 먹어 생각이 있었더라면, 나는 아마도 자유롭게 창공을 나는 새와 가사의 짐과 완고한 관습의 새장에 갇힌 두 마리의 새를 떠올렸을 것이다.

사진을 본 지 얼마 되지 않아 나는 엄마의 처녀 시절의 삶을 암시하는 또 다른 것을 발견했다. 마루 한쪽에는 키 큰 그릇장이 하나 있었다. 그 맨 위에 무엇인가 있다는 것을 알고 있었지만 키가 작아 볼 수도 만질 수도 없었다. 어느 날 나는 엄마의 재봉틀 의자를 가져다 놓고 그 위에 올라가 그릇장 위로 손을 뻗었다. 바로 그때, 부엌에서 나오던 엄마가 나를 보았다.

"안 돼, 그러다 떨어져. 거긴 네가 볼 게 없어."

"나 저 위에 있는 거 보고 싶어, 엄마!"

엄마는 아무 말 없이 뒤에서 나를 꼭 끌어안아 마루에 내려놓았다. 그러고는 그릇장 위에 있는 것 중 몇 개를 내 앞에 내려놓았다. 가죽 냄새가 났다. 얼핏 보면 신발 같았지만 그런 신발은 본 적이 없었다. 엄마는 그것들이 '뾰족구두'라고 했다. 그렇다면 여러 켤레의 뾰족구두가 그 룻장 위에서 몇 년 동안 놓여만 있었단 말이 된다. 검은색도 있었고 흰 색도 있었다. 꽤 신은 것도 있었고 또 거의 새것도 있었다. 그러나 모두 제 모양을 잃은 것들이었다. 가죽은 말랐고 창은 뒤틀렸다. 한눈에 보아도 오랫동안 신지 않은 것들이었다. 나는 그중 하나를 신고 마루 위를 걸어 보려 했다. 그러나 걷기는커녕 잠시 똑바로 서 있을 수도 없었다. 나는 엄마가 언제 그 구두들을 신었었는지, 왜 지금은 신지 않는지, 이 미 낡아서 신을 수 없으면 왜 어디다 집어넣던가 버리지 않고 높은 곳에 모셔두고 있는지가 궁금했다.

"엄마 저거 신은 거 나 한 번도 못 봤어. 언제 신을 건데?"

"몰라."

"엄마, 장에 갈 때 신으면 안 돼? 내일이 장날인데?"

엄마는 고개를 저었다. "그럼 버리고 말지? 안 신을 거면?" 내가 물었다. 그러나 엄마는 그 뾰족구두들을 있던 자리에 올려놓은 다음 아무 말도 하지 않고 부엌으로 들어갔다. 나도 따라 들어갔다.

"저것들을 어떻게 버릴 수가 있겠니. 왜지 알아?" 엄마가 자신에게 말하듯 작은 목소리 말했다. 그러고는 무엇인가를 썰면서 속삭이듯 말을 이어갔다.

지금 나의 귀에 먼 시간의 저쪽에서 엄마의 목소리가 들려온다. 아마도 이런 말이었을 것이다.

"내게는 그냥 신발이 아냐. 내 엄마의 손이 닿았던 것들이야. 추운 거울 아침, 발이 시릴까 봐 엄마가 저것들을 난롯가에 놓고 데우곤 했었지. 친구들과의 수다를 엿듣고, 꽃나무 아래 벤치에서 연인과의 속삭임도 엿들으면서 저것들은 내 꿈이 무엇인지 알았을 거야. 뾰족구두가 구경거리나 조롱거리가 아닌, 교회와 찻집과 극장이 있는 도시의 거리로 나를 다시 데리고 나갈 날을 저것들은 기다리고 있단 말이야. 난 쟤들의 기다림을 저버릴 수 없어. 내 말 무슨 말인지 아니?" 기억 속에서 엄마가 나를 보며 싱긋 웃는다.

그때 나는 엄마의 말을 다 알아들을 수는 없었다. 야위어가는 신발들에 대한 엄마의 애착이 어떤 것인지에 대한 희미한 그림자 같은 것을 느꼈을 뿐이다. 지금 생각하면, 오며 가며 쉽게 눈에 띄는 곳에 있던 그 뾰족구두들은 아직은 지울 수 없는 엄마의 꿈의 상징 같은 것이 아니었을까?

나는 기억나지 않는다. 엄마가 그 뾰족구두들을 마룻바닥에 내려놓고 한동안 바라보다가 보자기에 싸서 헛간에 던지는 것을 본 것이 언제쯤이었는지, 나의 어린 눈이 그들과 함께 버려지는 엄마의 처녀 적 꿈을 놓친 것이 언제였는지. 엄마의 가족사진과 그 뾰족구두들은 나로 하여금 엄마의 처녀 적 삶에 대한 보다 선명한 그림을 그릴 수 있게 해 주었다.

한편, 아버지는 식사 때나 청명한 날 잠시 햇볕을 쬘 때가 아니면 병원 채에서 나오지 않았다. 그는 과묵한 사람이었다. 유교의 가르침은 그의 흔들림 없는 가치였고 전통적으로 유교 신자는 말이 많으면 안 되는 것이었다. 할머니도 말이 없는 편이었다. 그러므로 엄마의 제일 만만한 대화 상대는 형이었을 것이다. 그러나 엄마는 형이 책벌레인데다 중학교 진학을 앞두고 있어서 공부에 방해가 될까 봐 심부름조차 시키지 않았다.

그 대신 엄마는 의료기구를 닦기 위해 우물가로 나오는 간호원이나 조수들과 대화를 나눴는데 이들을 통해서 아버지가 오늘은 어떤 환자들을 보았는지, 낮에 다친 농부의 상처는 좋아졌는지, 일전에 다녀간 아기는 좀 나았는지, 아버지의 기분은 좋은지 나쁜지 등등 병원에서 일어나는 일들을 알려고 했다. 시골 의사인 아버지는 그의 전문과는 상관없이 상처를 봉합하고 아기를 받고 이를 뽑는 것에 이르기까지 거의 모든 것을 다 해야 했다. 아버지보다 네 살 아래였지만 더 어른스러웠던 엄마는 오대 독자로 세상 어려움을 모르고 자란 아버지를 보살펴 주어야 한다고 생각했을지도 모른다.

내 동생 문영

문영은 예쁘고 명랑한 여자애였다. 말을 알아들었고 또 웬만한 말은 하기도 했다. 나와 숨바꼭질하기를 좋아했고 어른들 흉내도 잘 냈다. 아버지가 이름에 곡조를 붙여 부르면 그 애도 곡조를 붙여 대답했다. 엄마가 힘주어 무뚝뚝하게 부르면 그 애도 무뚝뚝하게 대답했다.

"무~ 우~ 녕~아~." 하고 아버지가 부르면 "왜~ ~애~." 하고 대답하고 "문영!" 하고 엄마가 부르면 "왜!" 하고 똑같이 대답했다.

문영은 내 동생인 동시에 놀이 동무였다. 저녁상을 치운 다음 온 식구가 안방에 둘러앉으면 문영의 재롱이 시작되곤 했다. 엄마는 이쪽에 아버지는 저쪽에 앉아 팔을 크게 벌리고 동시에 문영의 이름을 큰 소리로 부른다. 방 한가운데 서 있던 문영이 어리둥절한 얼굴로 엄마와 아빠를 번갈아 쳐다본다. 엄마와 아빠는 계속 문영의 이름을 집이 떠나가라 크게 부른다. 이윽고 문영이 알았다는 듯이 입가에 웃음을 흘리면서 엄마를 향해 아장아장 걸어간다. 형이 문영에게 박수를 친다. 엄마는 "그러면 그렇지! 문영은 당연히 당신보다 나를 더 좋아하지!" 하면서 아버지를 놀려 댄다. 그러나 엄마가 문영을 끌어안기 직전, 문영이 핵 돌아선다. 그러고는 배시시 웃으며 아빠에게로 걸어간다. 이번에는 할머니가 문영을 응원한다. 아버지는 문영의 환심을 산 것이 너무 좋아서 "이거 보라고, 여보. 이 애가 내 편인 거 이제 알았지!" 하며 크게 소리 내어 웃는다. 그러나 그게 아니었다. 문영은 아버지의 손이 닿기 직전에 또 핵 돌아선다. 다시 엄마 쪽으로 가던 문영이 엄마와 아빠의 한중간에서 멈추더니 손가락을 입에 물고 뱅그르르 뱅그르르 돈다. 돌고 돌다가 어지러워 그 자리에 풀썩 주저앉고 만다. "난 엄마와 아빠 중 누구도 더 좋아하지 않아~ 난 둘 다 똑같이 좋아해~." 문영의 귀엽고 재치 있는 무언극에 온 식구가 집이 떠나가라 웃으며 손뼉을 친다.

문영은 우리에게 많은 행복의 순간들을 안겨 주었다. 더 해 줄 수 없을 때까지. 겨울이 가고 봄이 왔다. 그 무렵, 매일 밤, 문영과 나는 잠잘 시간이 가까워 올수록 졸리기는커녕 점점 더 흥이 나서 방안을 이리 뛰고 저리 뛰며 놀곤 했다. 그런데 어느 날 밤이었다. 그날 밤은 달랐다. 나와 노는 대신 문영은 일찍 잠을 자고 있었다. 문영의 옆에서 그 애의 잠든 얼굴을 내려다보며 앉아있는 아빠와 엄마 옆에서 나는 혼자 놀았다. 가끔 문영의 쌔근거리는 숨소리가 들렸다. 내가 막 뛰면서 놀아도 엄마나 아빠는 뭐라고 하지 않았다.

아버지가 진료실 안으로 들어가는 것이 보였다. 다시 방으로 들어오는 그의 손에 주사기가 들려 있었다. 아버지가 낮은 목소리로 천천히 엄마에게 뭐라고 말하면서 문영 옆에 앉더니 문영의 팔에 주사를 놓았다. 문영은 울지도 얼굴을 찡그리지도 않았다.

"이게 내가 아는 것의 전부요." 아버지가 엄마에게 속삭였다.

다시 얼마의 시간이 흐르고 나는 아무 데나 누워 잠이 들었다. 그날 밤, 내 기억은 여기까지였다.

아침에 일어났을 때 나는 뭔가 평소와 다른 것을 느꼈다. 부엌에 있어야 할 엄마는 아직도 방 한쪽에 머리를 숙인 채 앉아있고 문영은 보이지 않았다. 이상한 생각이 들어 마당으로 나가 보았다. 잠시 후, 부엌을 들여다보니 전에는 보지 못했던 것이 눈에 들어왔다. 할머니가 밥을 짓고 있는 것이었다. 나를 보자 할머니가 들어오라고 손짓했다. 그날 아침은 할머니, 나, 이렇게 둘이서 부엌에서 먹었다. 형은 벌써 학교에 가고 없었다.

나는 다시 방으로 들어갔다. 엄마는 그 자리에 그대로 앉아있었다. 한쪽 무릎을 세우고 그 세운 무릎 위에 두 손을 얹은 채로.

문영이 어디 갔어? 내 놀이 동무 어디 있어? 나는 내게 물으며 진료실로 들어갔다. 거기에도 문영은 없었다. 간호원과 조수들은 그들이 매일 하는 것을 하고 있었고 아버지는 등을 돌린 채 창밖을 내다보며 서 있었다. 나는 다시 방으로 들어와 엄마에게 물었다.

"엄마, 문영이 어디 있어?"

"그 애는 좋은 데로 갔어."

"좋은 데가 어딘데? 가는 거 못 봤는데?"

"넌 자고 있어서 못 봤지."

"어떻게 아기가 혼자 어디를 가? 밤중에?"

엄마는 말이 없었다.

그날 정오가 되기 전, 아마도 열 한 시쯤이었을 것이다. 나는 마당에 나무 상자 하나가 놓여 있는 것을 보았다. 미풍도 지나가지 않는 마당엔 초봄의 밝은 햇살이 가득했고 판자 울타리 안에 서 있는 포플러의 새 잎새들도 햇빛에 반짝반짝 빛나고 있었다. 마당은 따스하고 아늑하고 진공처럼 조용했다. 그리고 그 한쪽에 상자가 있었다. 잠시 후, 나의 귀에 누군가 대문 안으로 들어서는 소리가 들렸다.

우리 집 텃밭 옆 도랑 건너에 사는 석이 아버지였다. 통로를 통과해 마당에 내려선 그의 등에 지게가 있었다. 지게를 땅에 받쳐 놓은 그가 상자를 내려다보고 있을 때 아버지가 마당으로 나왔다. 아버지가 보는 앞에서 석이 아버지는 상자를 들어 지게 위에 앉혀놓고 지게꼬리를 둘러 고정시켰다. 아버지도, 석이 아버지도 말이 없었다. 두 사람의 움직임은 천천히 돌리는 무성영화의 한 장면 같았다.

지게를 어깨에 메고 마당에서 기단으로 올라온 다음 잠시 멈추었던 석이 아버지가 대문을 향해 걸어갔다. 그가 대문을 나갈 때, 나는 아버지가 그의 등 뒤에 대고 하는 말을 들었다.

"양지쪽에…"

"말씀하지 않으셔도… 선생님." 어깨너머로 말하는 그의 뒷모습이 대문 밖으로 사라졌다.

잠시 후, 나는 엄마가 그가 보이지 않을 때까지 대문간에 서 있는 것을 보았다. 그 상자는 뭐지? 석이 아버지는 그걸 어디로 가져가는 거지? 엄마에게 물었지만 말해주지 않았다. 이 의문은 형이 학교에서 돌아온 후에야 풀렸다.

"문영이는 죽었어. 엄마한테 자꾸 묻지 마!" 형이 작은 소리로 말했다.

"아기들은 잘 죽어. 그다음엔 바람에 날아간 연처럼 안 돌아와." 형이 내 눈을 똑바로 들여다보며 속삭였다. 나는 형의 목소리는 들었지만 말은 알아듣지 못했다. 나는 죽는 것이 무엇인지 잘 알지 못했다.

문영이 우리를 떠난 후, 아버지가 가끔 진료실 창 앞에서 먼 산을 바라보고 서 있는 것이 보였다. 얼마 동안이었는지는 모르지만 엄마는 밤에도 대문을 걸지 않았다. 문영은 엄마의 하나밖에 없는 딸이었다.

엄마의 이루지 못한 꿈

봄이 가고 여름도 가고 가을이 온 어느 날, 엄마가 우물가에서 무엇인가를 하고 있었다. 나는 엄마 옆에서 형이 버린 몽당연필과 엄마의 재봉용 실패와 쓰다 남은 양초로 만든 탱크를 가지고 혼자 놀고 있었다. 엄마가 갑자기 내게 말을 걸었다.

"너 회전목마가 뭔지 모르지? 그렇지?"

"뭐라고 그랬어? 엄마?"

"회전목마."

"몰라. 엄마가 나하고 문영이한테 태워 준다고 약속한 그거?"

"빙글빙글 돌아가는 둥근 나무판 위에서 말 여러 마리가 아이들을 등에 태우고 올라갔다 내려갔다 하면서 경중경중 뛴단다. 그 말들은 큰 도시에만 있어. 그래 약속했었지. 너희 둘한테만 한 게 아니라 지금은 저세상에 있는 너의 형들한테도." 나는 엄마의 얼굴을 올려다보면서 다음 말을 기다렸다. 엄마가 왜 갑자기 회전목마 얘기를 꺼냈는지 궁금해하면서. 그러나 엄마는 더 이상 아무 말도 하지 않았다. 나 또한 탱크 놀이가 너무 재미있어서 회전목마 이야기는 잊고 말았다.

몇십 년이 흐른 후, 어느 봄날, 나는 서울대공원 인근의 회전목마로 내 아이들을 데리고 갔다. 회전하는 목마들을 보자 오랫동안 잊고 있던 엄마의 말이 내 귀를 울리고 지나갔다. "너 회전목마가 뭔지 모르지? 그렇지?" 엄마는 왜 그때 갑자기 회전목마 이야기를 꺼냈을까? 엄마의 마음에 어떤 생각이 떠올랐었기에? 이런 의문 속에 빙빙 돌고 있는 목마들을 물끄러미 바라보며 서 있던 내게 엄마가 그때 떠올렸을 것을 가늠해 볼 수 있는 어떤 실마리 같은 것이 잡혔다. 그것은 지키지 못한 약속에 대한 후회와 슬픔 같은 것, 아이들의 얼굴과 함께 떠오른, 갑자기가 아니라 항상 마음 한구석을 차지하고 있었을 환영 같은 것… 그런 것이었는지도 모른다. 맨 앞에 문영, 그 뒤에 병기, 그다음엔 기태… 빙빙 도는 목마 위에서 저마다 엄마에게 손을 흔든다…. 그 애들의 얼굴이 커졌다 작아지고 사라졌다 나타나고… 엄마의 귀에 점점 더 커지는 그리운 목소리, 목소리들…. 엄마, 엄마, 우리 지금 엄마가 약속한 회전목마 타고 있어…. 우린 행복해…. 엄마, 보고 싶어, 엄마한테 가고 싶어, 우리를 데려가 엄마! 엄마!

내 어릴 적 기억들

이제 기억의 끈을 잡고 집 앞을 지나가던 그 행길로 나가 보자. 나의 많은 기억들은 사람도 동물도 산 것도 죽은 것도 좋은 것도 나쁜 것도 가리지 않고 길을 내주던 이 행길 위에서 태어났다.

순사

첫 번째로 떠오르는 것은 거리를 순찰하던 일본 순사이다. 그가 입은 검은 제복에선 단추 다섯 개가 햇빛에 반짝였고 검은 수염이 난 그의 얼굴 위엔 창이 빳빳한 모자가 얹혀 있었다. 그는 언제나 행길 한가운데로 다녔는데 그가 걸음을 옮길 때마다 그의 옆구리에 매달린 약간 구부러진 긴 칼이 이리저리 햇빛을 튕겨내며 흔들거렸다.

어느 날 아침, 그가 우리 집 대문 안으로 들어왔다. 마당에 내려서서 집안을 한 번 빙 둘러보더니 부엌 쪽으로 가 안을 들여다보았다.

"음… 당신네는 놋그릇과 양은솥이 많소. 대일본 제국에 바치시오. 기부하란 말이오!" 그는 껄껄 웃으며 꽤 유창한 한국어로 말했다. 그의 말대로 우리는 솥, 대야, 냄비 등 양은으로 된 것이 많았으며 또 촛대 등 제사용 제기들은 모두 놋쇠로 된 것들이었다. 엄마는 아무 말도 하지 않았다.

"내 말 잊지 마시오!" 그가 힘주어 말한 다음 대문으로 향했다.

놋그릇이나 양은솥뿐만 아니었다. 학교에서 돌아오는 형에게선 솔잎 냄새가 났다. 학생들은 매일 학교에 갔고 선생들은 그들을 산으로 내몰았다. 그들은 교실이 아닌 산으로 가 일본의 군수품 공장으로 보낼 송진과 솔방울을 따야 했다. 구장과 반장들은 할당량을 채우느라 애를 먹었다. 솔방울과 송진과 놋그릇과 양은냄비와 숟가락들이 이 행길을 따라 기차역으로 갔다.

어느 화창한 봄날 정오께였다. 엄마와 아버지와 함께 마당에 서 있는 나의 눈에 낮게 뜬 비행기 한 대가 천천히 다가오는 것이 보였다. 열려 있는 그 비행기의 문간에 사람 둘이 서 있었는데 비행기가 바로 우리 머리 위를 지날 때 그들이 우리를 내려다보며 거수경례를 했다.

"우리가 기부한 것에 대한 감사의 표시라오." 아버지가 웃으며 말했다.

"감사? 자기들이 뺏어간 거나 다름없는데?" 엄마가 의아한 표정을 지었다.

"저건 우리한테서 가져간 것들로 만든 비행기일 거요. 그 비행기로 감사 비행을 하는 것인데 아마도 더 뺏어가려는 것 같소." 아버지가 껄껄 웃었다.

소방 훈련

한 주에 두 번 화재 진압 훈련이 있었다. 미군 비행기의 폭격에 대비한 일종의 방공 훈련이었다. 훈련은 반별로 했는데 한 반에는 열 가구 정도가 있었다. 훈련은 이렇게 진행되었다:

훈련 시작을 알리는 사이렌이 울리면 우리 반의 모든 엄마들이 미리 지정된 집으로 급히 뛰어가 모인다. 먼저 두 사람이 사다리를 지붕에 걸친다. 그리고 한 사람은 긴 대나무 장대 끝에 화재를 상징하는 손전등을 매달아 지붕 위에 올려놓는다. 다른 사람들은 사다리와 우물 사이에 일렬로 늘어서서 릴레이로 우물에서 화재 현장으로 물통을 나른다. 그러면 사다리 위에 서 있는 사람들이 물통을 받아 올려 지붕에 있는 손전등에 붓는다. 장대를 쥐고 있는 사람은 중간중간 장대를 돌려 장대 끝에 매달린 손전등 불빛이 보이게도 하고 안 보이게도 하여 불을 끄기도 하고 꺼졌던 불을 다시 살리기도 한다. 두 번째 사이렌이 울면 훈련은 끝난다.

훈련을 마치고 대문 안으로 들어서는 엄마의 옷은 젖어 있었고 얼굴엔 피곤한 기색이 역력했다.

"왜 여자들만 훈련을 시키는 거지? 남자들은 모두 바다 건너 전쟁터나 탄광으로 보낼 작정인가?" 훈련을 마치고 집으로 가는 우리 반 엄마들이 행길 위에서 자주 투덜거리던 소리다.

징용과 징병

'기부'는 쌀이나 보리나 솔방울이나 가재도구만이 아니었다. 나는 몇 번인가 대문간에 서서 기차역으로 가는 젊은 남자들과 처녀들을 보았다. 어른들 말이 여자들은 방직 공장으로, 남자들은 석탄을 캐러 탄광이나 탄약을 나르러 싸움터로 간다고 했다. 기차 승강장에서 그들이 흘리는 이별의 눈물도 보았다. 전쟁이 끝나고 해방이 왔을 때 그들 대부분이 아직 돌아오지 못했다고 어른들이 말하는 소리를 듣기도 했다. 또한, 그 후 많은 시간이 흐른 뒤, 한 기자가 일본 탄광의 거친 벽에서 '배고파요' '엄마 보고 싶어요'라고 서툴게 쓰여있는 한글을 발견했다는 기사를 읽은 적도 있다.

이 행길을 걸어 기차역으로 간 그 처녀들은 그때 내가 들은 대로 방직 공장으로 갔을까? 그리고 돌아왔을까?

일본군 위안부에 관한 기사를 읽을 때마다 나는 그들 중 일부는 방직 공장이 아니라 일본이나 중국, 아니면 동남아시아의 일본군 기지로 보내

졌을 것이란 생각을 금할 수 없었다. 그들의 길고 수상했던 여행이 위안소 앞에서 끝났을 때 그들은 비로소 속았다는 것을 알았을 것이다.

꽃상여

어느 일요일 아침, 밖에서 전에 들어 보지 못한 소리가 들려왔다. 나는 밖으로 내달았다. 거기, 행길 위에 숨이 멎을 것 같은 광경이 펼쳐지고 있었다. 지붕은 까맣고 몸체는 오색 문양으로 화려하게 빛나는, 가마 같이 생겼지만 훨씬 더 크고 멋지게 생긴 것이 다가오는 것이 아닌가! 두 개의 굵고 긴 나무 보에 놓인 그것을 어깨에 메고, 여남은 명의 장정들이 노래를 부르며 천천히 걸어올 때, 그 노랫소리는 구성지고 우렁찼다.

언제 나왔는지 할머니가 동생을 업고 내 옆에 서 있었다.

"할머니, 저게 뭐야?"

"행상이란 거다. 저 안에 죽은 사람이 있어."

"죽은 사람? 어디로 가는데?"

"묻으러. 어딘지 산으로 가겠지."

행상 맨 앞에는 높은 발판이 있었는데 그 위에는 한 노인이 서서 "이제 가면 언제 오나, 어허 어허" 하고 가락을 읊으며 요령을 흔들었다. 행상을 멘 장정들이 이 요령 소리에 맞춰 걸음을 옮길 때마다 행상 위에 높이 올려 쳐진 흰 차양이 일렁일렁 앞뒤로 흔들거렸다. 또 행상 뒤에는 내 나이 또래의 남자애 하나가 걸어가고 있었는데 몇 명의 남녀가 그 애 뒤를 따랐다. 그들은 모두 삼베옷을 입고 있었다.

"아이고, 저 어린것이… 너무 일찍 엄마나 아빠를 잃었구나." 할머니가 한숨을 쉬며 혀를 찼다.

"문영이는 저런 것 안 탔는데?" 내가 물었다. 형이 문영이가 죽었다고 말하던 그날, 나는 행상을 보지 못했기 때문이었다.

"애들은 아니야. 저건 어른들만 타."

"싫어! 난 저거 한번 타 보고 싶어!"

"어디서 방정맞은 소리를…!" 할머니가 얼굴을 찡그리며 나를 쥐어박는 시늉을 했다.

2편

1945 - 1950

6

어느 여름날 정오경, 마당에 주저앉아 땅에 이것저 것 그리며 놀고 있던 나의 귀에 어디선가 가느다란 노인의 목소리가 들 려왔다. 병원채의 아버지 라디오에서 나오는 소리였다. 얼마 뒤 라디오 소리가 끝나고 아버지가 환하게 웃으며 안채로 건너왔다.

"여보, 일본이 드디어 항복했소. 조금 전에 일본 천황이 항복을 선언 했소."

"뭐라구요? 그럼 이제 우린 압제에서 풀려나나요?"

"그렇소! 해방이오!"

나는 아버지의 말이 무슨 뜻인지 잘 몰랐다. 그냥 좋은 일이 일어났 다고만 생각했다. 내가 전에 보았던 그 행상이 행길에 다시 나타난 것은 그다음 날, 그러니까 1945년 8월 16일이었을 것이다.

높은 발판에 서 있는 노인이 가락을 읊으며 요령을 흔들면 상여꾼들 이 복창을 하며 왼쪽에서 오른쪽으로 다가오는 그 광경은 내가 전에 본 바로 그것이었다. 다른 것이 있다면 삼베옷을 입고 건을 쓴 사람들 대신 평상복을 입은 많은 사람들이 더러는 덩실덩실 춤을 추며 더러는 환성 을 지르며 따라오고 있는 것이었다.

"누구지? 죽은 사람이? 그런 것 같진 않은데?" 구경하던 노인 하나가 혼잣말을 했다.

"아니요. 저 안엔 일본 제국주의가 들어있소. 허허…." 옆에 있던 노인이 너털웃음을 웃었다.

"하, 맞아! 일본 제국주의 시체가 들어있어!" 먼저 말한 노인이 맞장구를 쳤다.

그러자 여기저기서 웃음이 터졌다. 어떤 사람들은 급히 만든 태극기를 흔들며 만세를 불렀다. 일본 경찰은 보이지 않고 호루라기 소리도 들리지 않았다. 맑은 하늘에 태양이 빛나고 있었지만 그리 덥지는 않았다. 그러나 잠시 후 저만치 멀어져 가는 상여의 차양 위로 여름의 검은 구름이 일고 있는 것이 보였다. 상여가 사라지고 거리가 다시 한산해진 후 사람들 몇이 아버지를 찾아왔다.

"전쟁이 끝났지요? 그렇지요, 선생님? 우리 아들이 돌아올 수 있을까요? 아직 살아 있다면?" 모두들 같은 질문들을 했다. 그들은 라디오가 없고 신문을 읽지 않는 사람들이었다. 며칠을 두고 한두 사람씩 와서 묻곤 했는데 그때마다 아버지의 대답은 이랬다.

"아직 모르겠습니다. 자제들이 만주나 일본에 있다면 곧 돌아오겠지만 남양 군도 어디에 있다면 다소 시간이 걸릴 겁니다."

며칠이 지나 9월이 오고 2학기가 시작되었다. 교실에는 몇 개의 빈자리가 눈에 띄었다. 일본 애들이 앉았던 자리였다. 우리는 그들이 J읍을 떠난 것과 이제는 다시 못 만날 것을 알았다. 어떤 애는 가토네 가족이 일본으로 돌아가려고 우리 읍을 빠져나갈 때 그 애의 엄마가 칼에 찔렸다는 말을 들었다고 했다. 그러나 우리는 그 소문이 사실이 아닐 거라고 생각했다. 왜냐하면 우리는 일본인들에 대한 단 한 건의 복수도 보지 못했고 듣지도 못했기 때문이다.

2학기는 교과서 없이 시작되었다. 일본 말로 된 책들은 더 이상 필요가 없었다. 선생님들은 등사판에 밀어서 찍어 낸 한글을 나누어 주고 읽기와 쓰기를 가르쳤다. 모음과 자음이 있는 한글은 일본어보다 훨씬 쉬웠다. 또 우리는 일본의 군가 대신 한국어로 된 어린이 노래를 배웠다. 매일매일 새로운 것들이 우리 앞에 펼쳐지고 있었다.

9월이 가기 전 어느 날, 밖에서 들리는 소란스러운 소리에 나는 대문 밖으로 달려 나갔다. 청주 쪽에서 국방색 지프들과 그보다 조금 더 큰 차들이 천천히 다가오는 것이 보였다. 선두 지프의 뒷 모서리에는 낭창낭창 휘어지는 안테나가 붙어 있었다. 차에 탄 사람들은 모두 철모를 쓰고 총을 가지고 있었는데 어른들은 그들이 미군이라고 했다. 내가 미국인들을 본 것은 이때가 처음이었다. 애들이 우르르 그들 뒤를 따라갔는데 그들은 얼마 안 가 정거장 앞 네거리에서 멎었다. 그들은 서로 말을 하지 않았고 얼굴에도 표정이 없었다. 그들의 몇몇은 파란 눈이었고 맨 앞 지프에 탄 사람들을 빼고는 모두 이상한 얼굴을 하고 있었다. 회색 얼굴에 피부는 무명천같이 거칠었다.

"얘, 저 얼굴 좀 봐!" 애들이 따라가면서 외쳐댔다.

"얼굴에 먼지가 앉은 거다. 인천 아니면 부산에서 오는 거겠지. 여러 시간 앞차 꽁무니를 따라오면서 먼지를 뒤집어써서 그런 거라구." 어떤 어른이 말했다. 잠시 후 선두 지프가 움직이기 시작했다. 그들은 더 가지 않고 방향을 틀더니 온 길로 돌아갔다. 먼지를 날리며 멀리 사라져 가는 그들을 보면서 나는 한 토막 무언극을 본 것 같았다. 그러나 그들은 짧은 무언극 한 토막으로 미군의 남한 진주가 더는 뉴스가 아니라 현실이란 것을 우리 읍민들에게 그 어떤 우렁찬 웅변보다도 더 확실하게 보여 주고 돌아갔다.

그로부터 며칠 후 큰 은백색 비행기 한 대가 날아왔다. 상공을 몇 번 맴돌더니 옆구리에서 무언가를 쏟아 내기 시작했다. 옆으로 직선을 그리며 쏟아져 나온 그것들은 곧 둥둥 떠서 내려오기 시작했는데 나는 그것이 책에서 본 낙하산이란 것을 알았다. 낙하산에는 무엇이 매달려 있었는데 사람들은 그것들이 내려앉을 것 같은 곳을 향해 줄달음쳤다.

"아, 저건 큰 물고기 배에서 나오는 알 같다!" 옆에서 뛰던 형이 탄성을 질렀다. 잠시 후 우리가 낙하산들이 떨어진 곳에 갔을 때는 대부분의 물건들이 우연히 그 근처에 있었던 운 좋은 사람들 손안에 들어간 뒤였다. 비행기가 떨어뜨린 것들은 분유, 설탕, 캔디, 살충제 등이었는데 나는 아직 남의 눈에 띄지 않고 그대로 있는 작은 직사각형 카키색 캔 하나를 손에 쥘 수 있었다. 집에 와서 아버지한테 보였는데 캔에 쓰인 작은 글씨를 읽고 난 아버지는 그것이 살충제의 일종이라고 했다.

며칠 후 엄마가 안방에서 들어오라고 손짓을 했다. 무슨 일인지 궁금해하면서 들어간 내게 엄마는 벽장에서 캔디를 꺼내 말없이 내 손에 쥐어 주었다.

"이거 어디서 났어, 엄마?"

내가 묻는 말에 엄마는 아무 말도 하지 않은 채 윗방으로 건너갔다. 그 캔디에는 영어 글자가 쓰여 있었다. 아마도 그것을 주운 사람들에게서 산 것 같았다.

작은 비행기들도 쉴 새 없이 날아왔는데 그들은 또 다른 재미를 하나 가득 싣고 왔다. 이 작은 비행기에서는 뭉치 같은 것이 나왔는데 이 뭉치가 터지면서 수를 헤아릴 수 없는 종이쪽지들이 뿜어져 나왔다. 그 종이쪽지들은 수만 마리의 나비 떼가 되어 팔랑팔랑 하늘을 수놓으며 내려와 길에도 앉고 텃밭에도 앉고 마당에도 앉았다. 나는 동네 꼬마들과 이리 뛰고 저리 뛰며 그것들을 주웠다.

어른들은 그것들을 '삐라'라고 불렀다. 독특한 인쇄체의 한글이 세로로 찍혀 있었는데 끝에는 '하지 중장'이라는 이름이 있었다. 나는 이런 인쇄체의 한글은 그 이전에도 그 이후에도 보지 못했다.

나는 그 삐라들을 읽을 수는 있었지만 뜻은 몰랐다. 나는 그 삐라가 무슨 말을 하든 거기엔 관심이 없었다. 비행기 소리만 나면 그 나비같이 하얗게 날아 내려오는 그것들을 주우려고 신발도 신지 않은 채 밖으로 내달았다. 그러고는 두세 장만 아버지나 엄마한테 갖다 드리고 나머지는 비행기를 만들어 날리며 놀았다.

그러나 얼마 지나지 않아 나는 그 비행기들이 좋은 소식보다는 걱정거리를 더 많이 뿌리고 간다는 것을 알았다. 그것들을 읽고 난 어른들의 얼굴에 웃음보다는 어두운 그림자가 더 자주 떠오르곤 했기 때문이다. 그 손바닥 두 개 크기의 종이쪽지에 곧 일어나려는 우리 민족의 미래가, 그래서 또 한 나의 미래 같은 것이 적혀있었는지도 모른다. 하지만 그 삐라들이 어른들에게 무엇을 알려 주든 간에 우리 꼬마들은 여전히 비행기 소리만 나면 밖으로 내닫곤 했다.

분할 점령

해방의 기쁨은 짧았다. 독립투사들은 강탈당한 주권을 되찾으려고 중국에 망명, 대한민국 임시정부를 만들고 독립군들은 만주 도처에서 또는 한만 국경을 넘나들며 일본 관동군과 싸웠다. 그러나 우리의 해방은 크게 보아 일본에 대한 연합국의 승리의 결과였다. 일본이 항복한 후 전승국인 미국과 소련은 북위 38도선을 기준으로 한반도를 남북으로 나누어 북은 소련군이, 남은 미군이 점령하였다. 불행한 것은 두 점령국 사이의 관계가 나빠지고 있는 것이었다. 그들은 새로 만들려는 우리 정부에 대해 서로 다른 그림을 그리고 있었고 더욱더 안타까운 것은 두 점령국 사이의 불화를 반영하듯 남과 북도 정치적 관점에서 서로 다른 방향으로 치닫고 있었다.

엄마의 평양 방문 - 1946년 5월

사회는 혼란에 휩싸였다. 거의 매일 사람들이 거리로 나와 특정 정치 지도자들을 지지하거나 반대하는 구호를 외쳐댔다. 정치 지도자에 대한 암살이 발생하고 테러가 잇달았다. 남과 북의 정치적 분위기도 통일 정부를 가지려는 일반 국민들의 열망과는 반대 방향으로 가고 있었다. 이런 가운데 또 하나의 놀라운 소문이 퍼졌다. 남북의 왕래가 곧 끊긴다는 것이었다. 상상만으로도 소름 돋는 일이었는데 특히 남과 북에 가족이나 친척을 두고 있는 사람들에겐 더 끔찍했다. 자나 깨나 외할머니를 보고 싶어 만날 날만을 기다리고 있던 엄마에게는 날벼락이나 다름없었다. 아버지의 공의 근무 때문에 여러 지역으로 옮겨 다녀야 했던 탓으로, 또 잦은 임신으로 엄마는 결혼 후 한 번밖에는 친정에 가보지 못했다.

"평양엘 갔다 와야겠어요. 너무 늦기 전에." 엄마가 말한 뒤 아버지의 얼굴을 살폈다.

"당신 마음은 이해하고도 남소. 하지만 못 돌아오게 되면 어떡하겠소?" 아버지의 표정이 불안해졌다.

"…?"

"당신은 물론 우리 가족 전체를 위해 너무 큰 모험인 것 같소. 그렇지 않소?"

"알고 있어요. 네 아이가 딸린 애 엄마인 것을. 그렇지만 어떻게 당신이 지금 내 심정을 알겠어요? 결혼 후 한 번도 어머님과 떨어져 본 적이 없었으면서?" 엄마가 아버지를 보며 눈을 흘겼다. 눈은 흘기면서도 입은 웃고 있었다. 지금 나의 기억 속에 있는 그때의 엄마 얼굴에는 애정과 슬픔과 보내 달라는 애원이 한데 뒤섞여있다.

"미안하오. 일찍 기회를 마련했어야 했는데…."

이로부터 며칠 후, 1946년 5월 어느 날 아침, 나는 엄마가 급히 대문을 나서는 것을 보았다. 나도 얼른 따라 나갔다. 검은색 몸뻬에 흰 저고리를 입고 손에는 작은 지갑 하나를 든 엄마가 반은 뛰고 반은 걸으며 문간에 서서 지켜보고 있는 나의 눈에서 멀어져 갔다. 몹시 서둘던 그때의 엄마 모습, 집안일이 마지막 순간까지 엄마를 붙들고 있었던 것이다. 엄마는 평양 친정집에 가는 길이었다. 하지만 나는 그것을 모르고 있었다. 한 시간 가면 되는 고모네 집에 가는 줄 알았다. 엄마의 옷차림과 손에 쥔 작은 손지갑이 그렇게 말하고 있었다.

만일 엄마의 평양행을 알았더라면 나는 무슨 일이 있어도 따라나섰을 것이다. 나는 외할머니를 꼭 보아야만 했기 때문이다. 멀어져 가던 엄마가 네거리에서 기차역 쪽으로 방향을 틀어 내 눈에서 사라졌을 때 외할머니를 볼 수 있는 나의 마지막 기회도 사라지고 말았다.

약 나흘이 지난 후 엄마가 돌아왔다. 삼팔선은 아직 막히지 않았었다. 나는 대문을 들어서는 엄마의 입가에 안도의 미소가 떠오르는 것을 보았다. 그날 밤 엄마와 아빠는 늦게까지 자지 않고 대화를 나누었다.

"거리에는 여기저기 벽보가 붙어 있고 소련군이 탄 차들이 쉴 새 없이 오고 갔어요."

"무슨 벽보?"

"여러 가집니다. 김구와 이승만 도당을 타도하자는 것도 있고."

"그렇구나."

"아버지 말이 사회가 급변하고 있대요."

"어떻게? 어떤 방향으로?"

"노동자들과 소작농들은 기대에 부풀어 있고 지주들과 부자들은 모든 것을 다 잃을 거랍니다. 권력이 공산당 손으로 옮겨 가고 있대요. 조만식 선생의 조선민주당은 민주국가건설에 대한 희망을 잃어 가고 기독교인들도 어려워질 거라고."

"그럼 당신 친정집은? 기독교 집안인 데다 조만식 선생하고 가깝지 않소?"

"그래서 부모님들은 걱정하고 계세요. 소련군들이 조만식 선생을 고려호텔에 떼어 놓고 아무도 못 만나게 한대요. 그를 지지하던 사람들은 실망이 이만저만이 아니고."

"비폭력주의자인 조만식 선생을 그들이 왜 고려호텔에…"

"조만식 선생을 따르는 사람들이 공산당 지지자들보다 훨씬 많으니까. 그들 눈엔 공산주의 정권을 세우는데 큰 장애물로 보이는 거지요."

"조만식 선생과는 얼마나 가까웠소?"

"할아버지와 아주 가깝게 지내셨어요. 부모님들 대화에도 그분 이름이 자주 나오고…. 또 할아버지 야소교서원에 그분 사무실도 있었고."

"그럼 그 때문에 핍박이라도 받는 거 아니오?"

"그렇지만 오빠 말로는 괜찮을 거래요. 그들도 할아버지가 독립운동에 공헌한 것을 다 알기 때문에."

"아, 그렇군. 다행이오. 그건 그렇고, 이번에 갔을 때 우리가 옛날 같이 거닐던 데도 가 보았소?"

"아니요. 그럴 시간이 어디… 대동강을 건널 때 멀리 차창 너머로 바라보았을 뿐이에요. 왜요? 그때가 그리워요?"

"언제나!"

"다시 가 볼 수 있을는지…. 희망을 갖자구요. 아무튼 그곳 사회도 혼란스러웠어요. 서로 다른 주장을 가진 사람들이 거리로 나와 원하는 것을 외쳐대고…. 교회는 아직 예배를 보기는 하지만 언제까지 이어질지 신도들은 불안해하고. 어머니 말이 지식인들과 부자들은 남으로 넘어올 준비들을 하고 있대요."

아버지가 물으면 엄마가 대답하는 식이었는데 대화가 끝나기 전에 나는 잠에 빠져 버렸다.

엄마가 평양에서 돌아온 후 한 이레쯤 지났을까, 어느 날 아침 아버지가 손에 조간신문을 들고 안채로 와 엄마에게 펴 보였다. 아버지의 얼굴이 굳어 있었다.

"우리가 두려워하던 일이 결국 일어나고야 말았소." 천천히 신문에서 눈을 떼며 아버지가 말했다. 일을 멈춘 엄마가 앞치마에 손을 닦으며 아버지를 향해 입을 열었다.

"그 말 내게 하지 말아요!"

"미안하오. 이제 삼팔선을 넘을 수가 없게 되었소. 자동차나 기차로는 물론 걸어서도 오고 갈 수가 없게 되었소!"

"언제 다시 열린대요? 그런 말은 없어요?"

"그런 말은 없어요." 아버지가 말한 다음 신문을 들고 다시 병원채로 향했다. 엄마는 한동안 아무 말 없이 그 자리에 서 있었다. 나는 삼팔선이 막혔다는 것이 내게 무엇을 의미하는지 알 것 같았다. 나는 이제 외할머니를 볼 수 없게 된 것일까? 영영?

"나 이제 외할머니 못 만나? 그런 거야?" 나는 엄마에게 볼멘소리로 물었다. 너무 늦기 전에 외갓집에 가보지 못한 것이 마치 엄마의 잘못인 것처럼.

"걱정하지 않아도 돼. 하느님이 만나게 해 주실 거야. 난 떠나올 때 어머니하고 약속했어. 꼭, 어떤 일이 있어도, 다시 만나기로." 엄마의 말 마디 마디에 힘이 실려 있었다.

그 후, 장에 갈 때도 텃밭에서 토마토를 딸 때도 나는 외갓집에 갔을 때의 이야기를 해 달라고 엄마를 졸랐다. 엄마는 싫은 내색도 없이 묻는 대로 말해 주었다. 어떤 때는 엄마가 먼저 이야기를 꺼내기도 했다. 마치 그것이 내게 대한 의무라도 되는 것처럼.

"어머니가 정거장에서 기다리고 있었어. 말보다 먼저 눈물이 나왔어.

어머니도 나도 어쩌면 이것이 우리의 마지막 만남이 될지도 모른다는 걸 알고 있었지. 멍하니 바라보던 어머니가 나를 와락 끌어안았어. '얼굴이 말이 아니구나! 애들하고, 또 시샘하는 시어머니하고 얼마나 힘들었으면!' 어머니 입에서 처음 나온 말이었어. 어머니 얼굴도 많이 늙어 있었어. 흰머리가 많이 생긴 아버지, 그 옆에 중년의 미남자로 변한 오빠가 빙긋이 웃고 있었어. 어머니는 내가 일을 못 하게 했고 잠도 자기 옆에서만 자게 했지. 아침에 눈을 뜨면 어머니는 내 옆에 없었어. 어느새 일어나 부엌에서 음식을 만들고 있었지. 내가 옛날에 좋아했던 것들을 자기 손으로 해서 먹이고 싶었던 거야."

"또?" 내가 다음 이야기를 재촉했다.

"너의 이모 부부와 함께 전에 자주 가던 식당엘 갔어. 그 식당은 거기 그대로 있었어. 식당 주인은 나를 몰라보더라고, 처음엔. 우리가 자리에 앉자마자 누가 내 이름을 부르며 가까이 와서 돌아다보니 다름 아닌 이 여사였어."

"이 여사? 누군데?"

"너의 아빠 하숙할 때 하숙집 주인. 물론 넌 보지 못하고 얘기만 들었지. 그런데 바로 뒤따라 어떤 남녀 두 사람이 들어오는 거야. 나는 그냥 식당에 오는 손님들인 줄 알았어. 그런데 그녀가 반색을 하며 내게 다가오지 않겠니? 그게 바로 미자였어, 미자였다고. 같이 온 남자는 미자 남편이고. 팔이 저절로 가서 끌어안았어. 눈물이 흐르더라. 미자가 아침 첫차로 몰래 신포를 떠난 다음엔 만나지 못했었거든. 이 여사가 내가 평

양에 온 것을 알려 준 거야. '우리들 몰래 왔다 가려고 그랬구나!' 하고
이 여사도 나를 놀려 대지 않겠니? 너무나 즐겁고 행복한 순간이었어."
엄마가 말을 멈추고 잠시 생각에 잠기더니 다시 시작했다. "하루가 마치
한순간처럼, 아, 시간이 너무 빨리 지나갔어." 엄마가 한숨을 쉬었다. 엄
마는 조용조용 말했지만 듣는 나는 귀가 먹먹했다. 엄마의 목소리가 내
귀 안에서 몇만 배로 증폭되고 있었다.

"그다음에는? 빨리 말해 봐." 내가 재촉했다.

"떠나기 전날 밤, 어머니가 물었어. '하루만 더 있다 가면 안 되니?' 나
는 '안 돼요.' 하고 대답했지. 그렇게 대답할 수밖에 없었지. '단 하루만?
안 되니?' 어머니가 다시 물었어. '어머니, 그러다 삼팔선 막히면 어떡해?
내 애들 누가 키워?' 어머니는 다시 조르지 않았어. 아니 조를 수가 없었
던 거야. 그냥 연거푸 한숨만 쉬었지. 그 한숨 소리가 아직도 내 귀에 들
려오고 있는 거 너 아니?" 엄마의 목소리가 울먹울먹해졌다. 나는 그만
둘까 하다가 다시 졸랐다.

"그래서?"

"아침이 왔어. 오고야 말았어. 어머니, 아버지, 오빠…. 온 식구가 거실
에 모였어. 어머니가 내 손을 꼭 잡고 기도를 했지. 내 딸을 보호해 주시
고 꼭 다시 만나게 해 달라고."

나는 너무 슬퍼졌다. 나는 엄마를 더는 재촉하지 않기로 했다.

"인제 그만 말해도 돼, 엄마."

"나는 창가에 앉았어." 내 말을 들었는지 못 들었는지 엄마는 이야기

를 계속했다. "기차가 길게 기적을 울리더니 무겁게 움직이기 시작했어. 나는 창밖으로 손을 내밀어 어머니 손을 잡았어. 내 손을 꼭 쥐고 점점 빨라지는 기차를 따라오면서 어머니가 급히 말했어. '얘야, 부디 잘 있어라. 우리는 이사 안 간다. 네가 다시 올 때까지 그 집에 계속 살 거다. 약속해라! 다시 온다고!' '어머니, 다시 올게, 꼭 다시 올게, 약속할게, 어머니~.' 하고 내가 소리쳤어. '우리 다시 만날 때까지 잘 있어, 언니!' '걱정하지 마, 우리는 다시 만날 거야!' 네 이모와 외삼촌의 외침이 섞여서 들려왔지. 그때, 빨라지는 기차가 나와 어머니의 손을 떼어 놨어. '어머니, 아버지, 건강하세요. 잘 있어요, 오빠. 꼭 다시 만나요!' 하고 내가 외쳤지만 기적소리에 가려서 들으셨는지 몰라. 기차는 승강장을 벗어났고 손을 흔들며 서 있던 어머니, 아버지, 오빠의 모습도 점점 작아지다 안 보이고 말았지. 이게 전부란다." 말을 마친 엄마가 정신이 난 듯, 하던 일에 속도를 냈다.

어머니와 딸이 영원히 만날 수 없다는 것은 보통 일이 아니란 생각이 들었다. 그런데도 무슨 겨를로 엄마는 밥을 짓고 빨래를 하는지…? 나는 엄마가 불쌍했다.

"엄마, 그게 다 삼팔선 때문이지? 그렇지? 그걸 누가 그었어?"

"힘센 나라 사람들. 미국과 소련 사람들."

"그런데 왜 그어 놓고 안 지워?"

엄마는 대답하지 않고 하는 일만 계속했다. 그날은 거기까지였다.

엄마의 이야기는 슬펐다. 나는 그 슬픈 이야기가 자꾸만 더 듣고 싶어졌다. 다음 날도 그다음 날도 나는 계속 물었고 엄마는 묻는 대로 다 대답해 주었다.

그런데 얼마 안 가서 나는 질문거리가 다 떨어져 버리고 말았다. 외갓집에 대한 기억이 전혀 없었기 때문이었다. 나는 이야깃거리를 일부러 만들었다. 이야기도 듣고 싶었지만 엄마를 따라다니며 같이 시간을 보내고 싶기도 했다. 나의 장난기 어린 황당한 질문에도 엄마는 진지한 얼굴로 열심히 대답해 주었다. 아마도 나를 데리고 가지 않고 혼자서 갔다온 것에 대한 미안함 때문이었는지도 모른다.

어느 날, 엄마를 따라 장에 가던 나는 "정원에 있던 그 나무들은 그대로 있어? 외할머니가 나를 보고 싶단 말도 했어?" 하고 물었다. 엄마는 "그럼!" 하고 대답했다. 그러다가 물을 것이 마땅찮던 나는 내가 생각해도 우스운 것을 물었다.

"그럼 또 뭐가 그대로 있어?"

"어디 보자…. 또 뭐가 있더라…? 응 맞아, 그 거울이야!"

"거울?"

"내 방에 체경이 있었어. 매일 아침 학교에 갈 때 그 거울 앞에 서서 머리도 빗고 교복 매무새도 가다듬었었지. 그 거울이 그 자리에 그대로 있었어."

"그래서? 엄마 기분이 좋았어?"

"좋았고 말고. 그런데 말이야, 그 거울 속엔 두 사람이 있었어."

"두 사람?"

"응. 정말이야. 거울 속에는 두 사람이 있었어. 지금 너하고 이야기하는 너의 엄마와 처녀 시절의 너의 엄마. 나는 둘 사이에서 무심하게 흘러간 세월의 흔적을 보았어. 거울 속의 내가 거울 속의 내게 말했어. '아, 이제 왔구나! 난 네가 올 날만을 기다리고 있었어. 바로 이 자리에서 꼼짝 않고.'라고." 엄마가 내게 눈짓을 하며 웃었다. 내가 겪고 있는 마음의 혼란을 다 안다는 듯이. 엄마가 계속했다. "이번엔 거울이 말했어. 뭐라고 말했더라…? 아, 맞아, 이렇게 말했을 거야. '어머니가 자주 이 방에 들어와서 나를 쓰다듬으며 그리운 마음을 달래곤 했지. 너 그거 알아?' 라고. 그러더니 다시 내게 물었어, 언제 또 올 거냐고." 엄마의 얼굴은 농담하는 사람의 얼굴 같지가 않았다. 사실을 말하는 것처럼 진지했다.

"그게 무슨 말이야, 엄마? 거울이 어떻게 말을 해?"

내 물음에 대답은 하지 않고 엄마는 하던 말을 계속했다.

"그 거울은 지금도 그 방에서 나를 기다리고 있어. 이제는 얼마나 더 오래 기다려야 할지 몰라." 엄마의 입가에 쓸쓸한 미소가 떠올랐다.

"나도 그 거울 봤어? 엄마?"

"응. 너도 봤어. 아빠가 병원 차릴 곳 찾아보는 동안 나는 너와 네 형을 데리고 외할머니 집에 한 달간 머물렀었거든. 그때."

(나는 얼마 후 우연히 이 기간에 엄마와 아빠가 주고받은 편지를 발견했다. 편지에는 합당한 곳을 찾는 것에 관한 엄마의 의견과 누구를 만나 조언을 들어보라는 권고가 들어있었다.)

"그때 나를 보고 웃었을 외할머니의 얼굴과 그 거울, 그리고 그 앞에 서 있었을 엄마를 기억할 수 있으면 좋겠어!" 하고 내가 말했다.

"네가 그때 너무 어리지 않아 다 기억할 수 있다면 얼마나 좋을까!"

"그때, 나 외할머니 무릎에 앉아 봤어?"

"물론이지. 때마다 너를 무릎에 앉히고 숟가락으로 떠먹이셨지."

내 입술 사이로 수줍은, 그러나 만족한 웃음이 살짝 새어 나왔다.

외할머니 무릎에 앉아 외할머니가 숟갈로 입에 넣어주는 밥을 받아먹는 나를 상상하면서 나는 너무 행복했다.

이런 이야기들을 하는 동안 엄마의 마음에 오고 간 생각들은 무엇이었을까? 너무 늦기 전에 자주 가지 못한 것에 대한 후회가 아니었을까?

분단 – 비극의 서곡

사람들은 삼팔선 통행이 몇 주 또는 몇 달, 아니면 늦어도 일 년 후엔 재개될 것으로 생각했다. 그러나 남과 북을 갈라놓은 틈새는 점점 넓고 깊어만 갔다. 그것은 한국의 미래에 대한 두 강대국 간의 점점 굳어져 가는 반목과 궤를 같이하는 것이었다.

몇 달이 지났다. 어디에도 왕래가 복원될 것 같은 조짐은 보이지 않았다. 해방의 감격과 환희는 슬픔의 탄식으로 변했고 가족의 재회에 대한 희망은 민족의 가슴속에서 야위어만 갔다. 시간이 흐르면서 기다리다 못해 가족을 만나려고 또는 정치적 호불호에 따라 몰래 삼팔선을 넘는 사람들이 생겨났다. 그들은 주로 젊은 사람들이었다. 나이 든 사람들은 모험을 두려워했고 안내인들은 우는 소리에 발각될까 봐 아기가 딸린 가족들을 싫어했다. 잡히거나 죽을 각오가 된 사람들이 아니면 삼팔선을 넘을 생각도 할 수 없다고 사람들은 말했다. 나는 나의 이모가 그런 각오를 한 사람들 중 하나인 것을 모르고 있었다.

나의 이모, 보기

어느 날 밤이었다. 잠결에, 어둠 속에서 엄마와 누가 말하는 소리가 들렸다.

"저런! 하마터면!" 엄마의 목소리였다. 엄마의 놀라는 소리가 나의 잠을 완전히 쫓아버렸다. 그러나 나는 자는 척했다. 누군지 모르는 그 여자가 부끄러웠다.

"정말 아슬아슬했어. 불빛이 우리 머리 위로 몇 번을 왔다 갔다 하더니 '틀림없이 무슨 소리를 들었다느니, 그건 아마도 토끼나 다람쥐 같은 동물이었을 거라느니.' 하고 중얼거리는 소리가 들렸어. 난 애가 소리를 지를까 봐 손으로 입을 계속 틀어막고 있었지. 잠시 후 어디선가 부스럭소리가 났는데 다행히 그들의 말소리가 그쪽으로 멀어져 가더라고." 그 여자가 가느다란 목소리로 조용조용 말했다.

"세상에! 그 소리가 너희 가족을 구했구나!" 엄마가 목소리를 죽여 탄성을 질렀다.

"안내인이 돌을 던진 거였어. 경비병들을 따돌리려고."

"그 어린것이 얼마나 놀랐을까!" 엄마가 쯧쯧 혀를 찼다.

"우리는 서로 떨어질까 봐 줄을 잡고 어둠 속을 계속 걸어갔어. 얼마나 시간이 흘렀을까…? 구름 속에서 달이 나왔을 때 보니 우리가 어느 고갯마루에 올라와 있더라고. 안내인의 말이 우리가 막 삼팔선을 넘었다는 거야." 그녀가 한숨을 쉬었다.

"그제야 안심이 됐겠구나." 엄마가 속삭였다.

"산길을 한참 내려가니까 평지가 나오고 다시 또 얼마를 갔을 때 해가 뜨고 동네가 나오더라고. 안내인이 우리를 어느 여관으로 데리고 갔는데 그곳에는 북으로 가려는 사람들이 그 안내인을 기다리고 있었어. 그 남자는 평범하게 보였지만 삼팔선을 넘나들며 사람들을 남북으로 데려다주는 노련한 안내인이었던 거야." 그녀가 말했다.

이것이 대략 그날 밤 내가 들은 두 사람의 이야기였다.

아침에 내가 눈을 떴을 때 자그마한 여자의 얼굴 하나가 나를 내려다보며 웃고 있었다. 나는 용수철처럼 벌떡 일어나 요 위에 앉았다.

"너 내가 누군지 아니?" 그녀가 물었다. 어젯밤에 들은 그 가는 목소리였다. 나는 머리를 저었다. 그녀의 얼굴에서 눈을 떼지 않은 채.

"네 이모야. 너의 엄마의 동생. 나는 네가 아주 아주 보고 싶었단다." 그녀가 말하면서 나의 손을 꼬옥 쥐었다. 나의 입이 벌어지며 나도 모르게 웃음이 나왔다. 이모가 우리 집에 도착한 것은 늦은 밤이었다. 이때 나는 여덟 살이었고 이모와의 만남은 두 번째였다. 첫 번째 만남은 내가 두세 살 때 엄마가 나를 외할머니 집에 데리고 갔을 때였을 것이다. 이모는 우리 집에 오면서 사 가지고 온 학용품과 빨간 앵두를 내게 선물로 주었다. 그런데 또 하나 이모가 내 손에 쥐어 준 것이 있었다. 예쁜 문양이 새겨진 작은 주머니칼이었는데 외할머니가 내게 주는 것이라고 했다.

이모가 떠나던 날은 다행히 일요일이었다. 나는 학교가 쉬기 때문에 엄마와 함께 이모를 배웅할 수 있었다. "이남에 도착하는 즉시 언니를 찾아가 보라고 어머니가 당부하셨었어. 그런데 내가 너무 늦게 왔어." 이모가 미안한 표정을 지었다.

"미안해할 거 없어. 이만하면 빨리 온 거지? 어머니는 네가 무사히 삼 팔선을 넘었는지, 넘다가 어떻게 된 건 아닌지 얼마나 궁금해하실까?"

"내가 무사히 넘어온 것도 언니를 만난 것도 알릴 수가 없잖아? 헤어지면서 어머니가 다시 만날 때까지 살아있으라고 하면서 언니에게도 꼭 전하라고 하셨어." 이모의 목소리가 울먹였다.

"넌 그래도 가까이 살면서 자주 부모님들을 만났잖니!"

"응, 그래. 언니에다 대면. 그렇지만 너무 걱정하지 마 언니. 칠십이 가깝지만 아직 건강들 하셔. 언니도 봤잖아? 작년에 평양 갔을 때."

"아, 언제 다시 뵐 수 있을까? 그때, 평양역에서, 떠나는 기차의 창밖으로 어머니 손을 꼭 쥐고 다시 오겠다고 약속했는데." 엄마도 소매로 눈물을 훔쳤다.

엄마와 이모의 대화는 더 이어지지 못했다. 기차가 기적을 울리며 움직이려 하자 이모가 엄마와 나를 번갈아 한 번씩 끌어안은 뒤 손을 흔들며 차에 올랐다. 이모를 태운 기차가 모롱이를 돌아 시야에서 사라진 뒤에도 엄마와 나는 빈 승강장에 한참이나 서 있었다.

이모와 이모부는 둘 다 의사였다. 이모는 일본 동경의 자혜여자의과대학을 졸업했고 이모부는 아버지가 공부한 평양의학전문학교를 나왔다. 해방 후 공산체제가 굳어지자 더 이상 개인 병원을 운영할 수 없을 것이란 것을 알고 월남을 결행했다. 남한에 오자 이모와 이모부는 삼팔선에서 가까운 소도시 연천에 의원을 열었다.

엄마의 은비녀

이모가 갖다준 외할머니의 선물, 그 주머니칼을 나는 보물처럼 아꼈다. 그런데 엄마에게도 전에 보지 못한 것이 있었다. 엄마를 따라 장에 가던 길이었다. 엄마의 쪽 찐 머리에 늘 꽂혀있던 연두색 옥비녀가 있던 자리에 예쁜 은비녀가 햇빛에 빛나고 있었다. 이모가 다녀간 지 며칠 안 되었을 때였다.

"엄마, 비녀 바꿨어?" 엄마를 올려다보며 내가 물었다.

"원 애두 참! 좁쌀영감처럼 모르는 게 없구나!"

"어디서 났어? 말해줘?"

"그건 알아서 뭐 할 건데? 몰라도 돼."

"다 알아, 안다니까. 이모가 준 선물이지?"

"어떻게 아는데?"

"전에는 없던 거잖아? 이모가 오기 전에는. 그런데 그게 더 좋아?"

"좋고말고. 좋은 것 이상이지."

"이모가 준 선물이라서?"

"이모 선물 아냐, 이건."

"그럼 누구 선물인데?" 나의 묻는 말에 엄마는 못 들은 척 대답하지 않았다.

약 10㎝ 길이에 연필 굵기의 이 예쁜 비녀는 엄마가 걸음을 옮길 때마다 마치 장단 맞추기라도 하듯 반짝반짝 햇빛을 튕겨내고 있었다. 엄마는 계속 대답을 하지 않았다. 나는 더 묻지 않아야 한다고 생각하면서도 뭉게구름처럼 피어오르는 호기심을 누를 수가 없었다.

"누가 준 건데? 그거 새 거야?" 나는 참지 못하고 물었다. 엄마가 '그래, 새 거야.' 하고 대답하기만 하면 나도 더 묻지 않으려 했다.

"아니, 이거 새 거 아냐. 이거 내 나이보다 더 오래됐어." 엄마는 돌아보지도 않고 앞만 보며 말했다.

엄마의 대답은 더 큰 호기심을 불러일으켰다. 나는 엄마 옆으로 바짝 따라붙었다.

"엄만 왜 자꾸 나를 궁금하게 만들어? 다 말해줘! 빨리!" 내가 엄마를 졸랐다.

"이건 네 외할머니가 시집올 때 가지고 오신 거야. 거울 앞에 앉아 머리를 빗는 어머니 옆에서 난 이 비녀를 가지고 놀았어."

"그런데?"

"이 비녀가 내가 처음 만져 본 어머니 애용품이었을 거야."

"그런데 외할머니가 왜 그걸 엄마한테 보낸 거냐고?"

"내가 이걸 아주 좋아했거든. 내가 이걸 입에 넣으려고 하면 어머니가 확 잡아채시던 생각이 나."

"엄마가 너무 좋아했던 거라서 보내 주신 거야?"

"그렇기도 하고…. 또 다른 이유도 있으셨겠지…?" 엄마가 약간 주저하는 듯하더니 조금 다른 말을 꺼냈다. "아마 마지막일지도 모른다고 생각한 어머니가 정표로 이걸 고르셨는지도 몰라."

"그럼 그렇게 중요한 걸 왜 깊은데 두지 않고 지니고 다녀?"

걱정되어 내가 물었지만 엄마는 아무 말도 하지 않았다. 내가 다시 말했다.

"그럼 내가 뒤에서 걷다가 엄마가 그거 떨어뜨리거나 잃어버리면 내가 꼭 찾아 줄게."

"정말? 너 약속하는 거지?" 엄마가 돌아보며 말했다.

"응, 약속했어. 이제 엄마도 한 가지 약속해 줘."

"한 가지? 그게 뭔데?"

"삼팔선 열리면 외할머니한테 또 갈 거잖아? 그렇지?"

"물론이지, 가고말고. 통일이 오면."

"그때 나도 데려간다고."

"난 또 뭐라고? 그래 약속할게. 그땐 꼭 데리고 갈게." 잠시 멈추었다가 엄마가 다시 계속했다. "난 알아, 엄마가 왜 이 은비녀를 내게 보냈는지. 이 비녀엔 딸과의 재회를 비는 엄마의 기도가 담겨 있어. 난 지금 엄마의 기도를 들으면서 걷고 있어. 넌 모를 거야."

순간, 나는 외할머니의 기도의 환청을 들었다. 그 은비녀에 대한 나의 호기심은 아직 충족되지 않았지만 더 묻지 않았다. 묻고 싶었지만 무언가 엄숙한 생각이 나의 입을 막았다. 우리는 이제 골목길을 빠져나와 장터에 다다랐다.

장날

장은 닷새마다 서는 오일장이었다. 나는 장날이 오기를 손꼽아 기다렸다. 장터에는 온갖 신기한 구경거리가 나를 기다리고 있었지만 엄마 뒤를 살금살금 따라가며 반짝반짝 빛나는 은비녀를 바라보는 것만으로도 너무 즐겁고 행복했다. 한 번은 재미 삼아 엄마의 손에 쥐어 있는 지갑을 홱 잡아채기도 했다. 엄마는 깜짝 놀라 뒤돌아보았지만 야단치지 않고 웃기만 했다. 엄마는 오늘 쌀을 사러 왔다.

농부들은 저마다 각각 다른 크기의 자루나 가마니에 쌀을 담아서 장에 나와 팔았다. 이 때문에 쌀을 팔고 살 때는 관에서 허가한 되나 말을 가지고 다니면서 양곡을 되어 주고 삯을 받는 '말감고'라는 사람들의 도움이 필요했다. 그들이 쌀을 되는 것을 지켜보는 것도 재미 중의 하나였다.

먼저 말감고가 농부의 가마니나 자루에 있는 쌀을 자기의 관인이 찍힌 원통형 나무 용기에 수북이 붓는다. 그런 다음 쌀이 담긴 용기를 땅에 몇 번 구르고 나서 용기 위에 아직 남아 있는 쌀을 막대기로 쓸어내린다. 그들의 손은 내 눈이 미처 따라잡지 못할 만큼 빨랐다. 그다음이 문제였다.

"당신 너무 세게 여러 번 굴렀어! 또 위에 있는 걸 다 쓸어내리지도 않고!" 농부가 언성을 높였다.

"무슨 소리! 내가 항상 하는 대로 한 거요!" 말감고가 지지 않았다.

그들 사이에 흔히 오가는 언쟁은 대략 이런 것이었다. 말감고에게 주는 삯은 쌀을 파는 사람과 사는 사람이 똑같이 나누어 냈다. 그럼에도 말감고들은 주로 사는 사람 편이었는데 그 이유는 사는 사람이 말감고를 선택했기 때문이었다.

농산물을 팔러 나온 농부들뿐 아니라 장에서 장으로 옮겨 다니는 도붓장수들도 있었다. 그들은 화장품, 옷감, 고무신이나 운동화, 책과 학용품 등 없는 것 빼고는 다 가지고 다녔다. 그들 중에는 물건들을 당나귀에 싣고 다니는 사람들도 있었다. 그들은 자신의 당나귀를 극진히 아꼈다. 주인이 장터 주점에서 술을 마시다가도 짓궂은 아이들이 매어 놓은 당나귀를 괴롭히는 것을 보면 불같이 화를 내며 쫓아 나갔다. 비가 오나 눈이 오나 이 장에서 저 장으로 힘든 길을 걸으면서 애환을 함께 나누는 동안 사람도 짐승도 서로에게 정이 들어 삶의 동반자가 된 것이었다. 나는 순한 눈망울을 껌뻑이며 묵묵히 서 있는 당나귀들의 목을 쓰다듬어 주기를 좋아했다.

이것이 전부가 아니었다. 장에는 내가 기다리는 또 다른 사람들이 있었다. 약장수들이었다. 그들은 세 사람이 같이 다녔는데 북과 원숭이가 있었다. 북에는 두 개의 붙박이 북채가 있었는데 이 북채들은 약장수의 구두 뒤축에 끈으로 연결되어 있어서 그가 걸음을 옮길 때마다 둥둥둥 하고 북을 쳤다. 약장수가 둘러선 구경꾼들을 따라 발로 북을 치면서 원을 그리고 돌면 원숭이가 구령과 장단에 맞춰 춤을 추었다. 구경꾼들이 이 신기한 장면에 한참 얼이 빠져 있을 때 그들은 이때다 하고 가방에서 약을 꺼내어 높이 들고 만병통치의 명약이라고 목청을 돋우었다. 나는 종종 젊은이들이 노부모를 위해 주머니에서 돈을 꺼내는 것을 보았다.

아버지는 내가 엄마를 따라 장에 가는 것을 좋아하지 않았다. 애들이 배울 것이 없다고 했다. 그러나 엄마의 생각은 달랐다. 어릴 때부터 사람들이 사는 것을 보면서 자라야 한다는 것이었다. 그래서 엄마가 장에 가려고 준비하는 것을 보면 나는 얼른 먼저 나가 골목 어디쯤에서 곧 웃으며 나타날 엄마를 기다리곤 했다.

✦

사회는 점점 더 혼란해졌지만 우리 아이들은 어른들과는 다른 세상에 살고 있었다. 우리는 재미있는 일들이 우리를 기다리고 있는 곳들을 알고 있었다. 그것은 우리의 특권이었고 우리는 모든 기회를 놓치지 않았다.

겨울에 방학이 오면, 나는 썰매를 메고 동네 애들과 함께 논으로 갔다. 누런 벼가 물결치던 논은 얼음판으로 변해 있었다. 경주도 하며 장애물을 넘기도 하며 우리는 해지는 것도 몰랐다. 정신없이 놀다가 먼 마을의 창문에 전등이 들어온 것이 보이면 그때서야 우리는 집으로 향했다. 해가 진 뒤의 혹독한 추위에 우리의 몸은 얼어붙는 것 같았지만 마음은 모닥불처럼 따뜻했다. 김이 모락모락 나는 저녁밥이 우리를 기다리고 있을 것을 알기 때문이었다. 저녁밥을 먹고 나면 윗방에서 할머니가 얘기책을 읽어 주기도 했다. 이야기 중엔 의붓엄마에게 학대받는 불쌍한 어떤 여자애의 이야기도 있었다. 나는 턱을 고인 채 열심히 들었고 안방에서 여동생 설빔을 만들고 있던 엄마도 조금 열려있는 장지문 사이로 엿듣곤 했다. 마당의 닭장에선 닭들이 가끔 꼬꼬 꼬꼬꼬 하고 소리를 냈다. 저희들도 이야기를 듣고 있다는 것처럼. 이것이 우리 가족이 겨울밤을 보내는 모습이었다.

여름 방학 때는 또 다른 재미를 주는 곳들이 있었다. 해진 모기장으로 만든 잠자리채와 밀짚으로 엮은 작은 통을 들고 나는 곧잘 외딴곳에 있는 꽤 큰 방죽을 찾았다. 그곳에는 둑을 따라 서 있는 키 큰 수초 위를 날고 있는 장수잠자리들이 있었다. 그들은 나의 출현에도 전혀 아랑곳하지 않고 당당하고 장엄한 행진을 계속했다. 나는 때를 보아 잠자리채를 높이 들고 그들이 날아오는 쪽으로 힘차게 내 저었다. 열 마리쯤은 쉽게 잡았다. 잡은 잠자리들을 밀집 통에 넣을 때 나는 그 투명하고 섬세하고 아름다운 날개와 보석같이 영롱한 눈을 다치지 않도록 조심조심했다. 잡을 때보다 놓아줄 때가 더 재미있었다. 한 마리씩 꺼내어 놓아주기도 하고 뚜껑을 열어 한꺼번에 날려 보내기도 했다. 뚜껑을 열어젖히자마자 하늘 높이 솟구치며 점같이 작아지는 그것들을 올려다보면서 나는 한없는 쾌감을 느꼈다. 그것들은 다시 내려와 동료 잠자리들의 화려한 행진에 합류하곤 했다. 마치 아무 일도 없었던 것처럼.

또 한 가지 재미를 주는 것이 있었다. 철길 건너에 있는 개울은 보통 때는 물이 얕아서 바지를 걷어 올리고 건널 수 있었지만 장마철에는 달랐다. 골짜기의 작은 실개천들을 범람시킨 빗물이 몰려들면 냇물은 삽시간에 둑 위로 차올랐고, 맹렬하게 아우성치며 내닫는 그 물결 위로 돼지도 떠내려가고 소도 떠내려갔다. 둑 위에 서서 바로 발밑까지 올라와 넘실거리는 물을 내려다보던 나는 그만 어지러워 돌아서고 말아야 했다. 그러나 한 주일이 채 안 되어 흰 모래가 다시 나타나기 시작했다. 물이 아직 덜 빠져 키보다 깊은 곳이 많고 물도 맑지 않아 바닥이 안 보일 때가 물장난하기는 제일 좋았다. 우리는 누가 물속에서 제일 오래 있나 내기를 하고 놀았다. 어느 하나가 오래도록 물 위로 떠 오르지 않으면 혹시 빠져 죽었을까 봐 더럭 겁이 났다. 물속에서 누가 갑자기 나의 다리를 끌어당기는 것은 바로 이때였다. 물이 더 빠지고 맑아지면 물고기를 잡으며 놀았다. 작은 피라미들을 잡아 고무신에 넣고 집으로 향하기도 했다. 이때 행길을 건너다 아버지의 눈에라도 뜨이는 날이면 영락없이 개울로 되돌아가서 물고기를 풀어 주어야만 했다.

고모네 집

화창한 어느 봄날, 엄마를 따라 고모 집에 갔다. 고모네 집은 기차로 한 시간도 안 되는 거리였다. 그때 탔던 그 기차가 내가 기억할 수 있는 처음 기차였다.

엄마와 나는 나란히 앉았다. 엄마는 통로 쪽에 나는 창가에. 기차가 속력을 내자 철길 옆 논과 밭이 마치 큰 팽이처럼 돌기 시작했다.

"엄마, 왜 땅이 빙빙 돌아?"

"도는 게 아냐. 그냥 도는 것 같이 보이는 거지."

"나 어지러워."

"땅을 보지 말고 먼 데를 봐. 저기 저 산이나."

나는 눈을 들어 먼 산을 보았다. 산들은 한동안 나를 따라오는 것 같더니 이내 눈 밖으로 사라졌다.

"엄만 안 어지러워?"

"아니. 하나도."

"왜 나만 어지러워?"

"처음 기차를 타면 다 그래. 지금 너같이."

"나 그전에도 한번 기차를 탔었잖아? 엄마가 그랬잖아?"

"응. 한 번만 탄 게 아니지. 그렇지만 그건 네가 너무 어려서 기억을 못할 때였어."

"엄마도 처음 탈 때 지금 나같이 이랬어?"

"물론. 나도 그랬고 말고." 엄마의 말이 나를 안심시켰다.

고모네가 사는 청주는 큰 도시였다. 포장된 길가 이곳저곳에 물이 나오는 수도가 보였다. 예쁜 신호등도 있었다. 고모네 집은 깨끗하고 아늑했다. 집 뒤에는 긴 계단이 있고 그 계단 위에는 성당이 있었다. 집 앞으로는 조그만 길이 있고 길 건너에는 측백나무 울타리로 둘러친 학교가 있었다. 나는 양지바른 안마당과 성당으로 올라가는 그 계단이 좋았다.

그날 저녁을 먹은 후 고모가 두 딸과 함께 엄마와 나를 극장으로 데리고 갔다. 연극 시작 전과 막간에 판매원이 통로로 돌아다녔는데 나는 연극 공연보다 그가 팔던 과자에 더 관심이 갔다.

고모가 우리 집에 올 때도 있었다. 어느 해 정월, 대보름 명절을 함께 보내려고 고모가 두 딸을 데리고 왔다. 저녁을 먹은 뒤 온 가족이 안방에 둘러앉아 약과와 다식 등을 만들면서 수다를 떨었다. 밤이 깊어지자 고모의 두 딸 민영과 인자가 졸려서 칭얼대기 시작했다.

"자면 안 돼. 자면 눈썹이 하얗게 돼." 고모가 정색을 하며 말했다. 일년에 단 하룻밤이라도 온 식구가 자지 않고 함께 즐기려는 오래전부터 내려오는 속임수였다. 두 애들이 겁난 눈으로 고모를 똑바로 쳐다보았다. 그 전해에는 나도 이 말에 감쪽같이 속았었다. 그 애들은 곧 잠에 떨어져 버렸다. 그 애들의 눈썹에 흰 밀가루 묻힐까 하다 나도 그만 잠에 빠져들었다.

돼지 사육

어느날, 엄마의 일감이 조금이라도 줄어들어 엄마가 덜 힘들어지기를 바라는 나의 기대는 그만 산산이 부서지고 말았다.

"너, 돼지 봤지." 장터를 향해 걸으면서 엄마가 물었다.

"응 봤어. 보기 싫게 생겼어." 내가 말했다.

"아니야, 귀여워! 따라와 봐." 엄마가 내 손을 잡으면서 장터 한 모퉁이에 있는 쇠전으로 향했다. 쇠전에는 말뚝에 매여 있는 여러 마리의 소들 옆으로 돼지들도 있었고 또 여기저기 염소들도 보였다. 농부들이 팔려고 가지고 나온 것들이었다. 나는 언덕이나 들에서 바위나 나무에 느슨하게 매인 채 풀을 뜯는 소들은 많이 보았지만 돼지는 자주 보지 못했었다.

"저 봐, 귀엽지?" 엄마가 돼지 가족을 가리켰다.

"응. 새끼들은 이뻐. 큰 것들은 아니야."

어미의 젖을 빨거나 등에 기어오르거나 하는 새끼들은 정말 귀여워 보였다.

"우리 텃밭에 새끼 두 마리만 갖다 놓을까?"

"뭐 하려고, 엄마?"

"기르려고! 이쁘니까!" 엄마가 나를 보며 웃었다. 엄마의 말이 나를 혼란에 빠뜨렸다. 그것이 진담인지 농담인지 묻기도 전에 엄마는 벌써 돼지 옆에 서 있는 농부에게 다가가서 이것저것 묻기 시작했다.

며칠 뒤 어떤 남자 하나가 대문을 밀고 들어왔다. 그 사람을 텃밭으로 데려간 엄마가 무엇인가를 설명하면서 여러 가지를 묻는 것이 보였다. 그는 목수였다. 다음 날 아침 그가 또 한 사람의 목수와 함께 목재를 가득 실은 수레를 밀고 대문 안으로 들어왔다. 그리고 해가 지기 전에 그들은 꽤 근사한 돼지우리 한 채를 지어 놓고 돌아갔다. 아버지는 처음에는 엄마의 돼지 사육을 찬성하지 않았다. 엄마가 일에 파묻힐 것이 뻔했기 때문이었다. 그러나 엄마의 마음을 돌릴 수 없다는 것을 안 다음에는 아버지도 아무 말이 없었다.

다음 장날, 엄마와 나는 돼지를 사러 쇠전으로 향한다. 처음에 엄마는 새끼 두 마리를 사려고 했었지만 마음을 바꾸어 암돼지 한 마리와 딸린 새끼들 세 마리, 한 가족 네 마리를 사게 된다.

"원하시면 새끼들 세 마리만 가져가셔도 돼요, 아주머니. 어미는 다른 사람에게 팔 수 있으니까요. 아직 초장인걸요." 농부가 자신감 넘치는 어조로 말했다. 새끼들은 농부의 수레에 실린 채 어미의 젖을 빨거나 위아래로 오르락내리락 장난치며 놀고 있었다. 잠시 그것들을 바라보던 엄마가 농부를 쳐다보며 말했다.

"네 마리 다 살게요."

"예? 정말로요?" 농부가 놀라며 물었다. 엄마는 말없이 고개를 끄덕였다.

"헤헤… 아주머니, 잘 생각하셨어요." 거무스름한 농부의 얼굴에 미소가 떠올랐다.

"너무 많이 사는 거 아냐? 엄마?" 내가 바짝 다가서며 물었다.

"물론 너무 많아. 그렇지만 저것들은 모두 한 가족이야. 더구나 저 새끼들은 어미와 떨어지기는 너무 어려. 너도 어미한테서 새끼들을 떼어 놓는 건 싫지? 그렇지?. 저 행복해하는 모습들을 좀 보라고."

나는 엄마의 마음속에 오가는 생각이 무엇인지 손으로 만질 수 있을 것 같았다. 가축 시장의 몰인정, 흩어지는 동물 가족의 잔인한 슬픔. 이 순간, 내 마음속에 숨어 있던 이야기 하나가 떠올랐다. 농촌에서 자란 병원 조수가 들려준 것이었다.

"태어난 지 얼마 안 되어 코뚜레를 하고 고삐의 한끝은 언제나 나무나 좁은 외양간 기둥에 매이거나 아니면 주인의 손에 잡혀 이리저리 끌려다니면서 하라는 대로 하고…. 코가 뚫리기 전 언덕에서 풀을 뜯고 밭을 가는 어미 옆에서 이리저리 뛰어놀던 때가 이들에게는 가장 행복했던 순간임이 틀림없어. 짧은 그 행복의 끝에는… 밭을 갈고 짐을 잔뜩 실은 수레를 끄는 수고와 주인의 채찍질이 기다리고 있지. 또 그 힘든 노역은 그들이 도축장에 끌려가서 맨머리로 망치를 맞을 때까지 따라다니고…"

농부는 수레를 끌고 우리 뒤를 따라왔다. 집에 도착하자 그는 새로 지은 돼지우리에 돼지들을 넣고 돈을 받은 뒤 빈 수레를 밀고 대문을 나갔다.

엄마는 이제 할 일이 더 늘었다. 돼지들은 곧 길이 들었고 엄마가 나타나기만 하면 꿀꿀거리며 좋아했다. 그들은 멀리서 발소리만으로도 엄마가 오는 것을 알고 벌떡 일어나 구유통으로 몰려들었다. 엄마는 하루에 쌀뜨물 두 번과 쌀겨나 먹고 남은 것들을 한 번씩 갖다주었다. 엄마가 그들에게 정성을 쏟은 탓인지 석 달 정도 지나자 어떤 것이 어미이고 새끼인지 몰라볼 만큼 자랐다.

그러나 돼지를 키우는 것은 그리 만만한 일이 아니었다. 겨울에는 따뜻하게 데운 뜨물을 주어야 했는데 양손에 양동이를 들고 텃밭으로 가는 작은 간이 계단을 내려가기가 쉽지 않았다. 눈이라도 오는 날이면 엄마의 고무신이 자주 미끄러졌다. 또 여름에 장마가 시작되어 비가 퍼부을 때면 돼지들을 대피시켜야 했다. 돼지우리가 있는 텃밭은 주변보다 지대가 낮아 폭우가 내리면 쉽게 물에 잠겼기 때문이다. 굵은 빗방울이 양철지붕을 때리며 퍼붓기 시작하면 나는 텃밭으로 내달았다. 그리고 돼지우리에 물이 찰 것 같은 기미가 보이면 얼른 대문으로 가 빗장을 걸었다. 그런 다음 젊은 엄마와 그 아들은 마치 용감한 구조대라도 된 것처럼 장대비를 뚫고 돼지우리를 향해 뛰어가는 것이었다.

"나와! 빨리 나와!" 엄마가 돼지우리 문을 열고 외친다. 그러나 돼지들은 퍼붓는 빗속으로 나오려 하지 않는다. 돼지우리가 곧 물에 잠길 급박한 상황에서 머뭇거릴 시간이 없다. 엄마가 우리 안으로 들어가 들고 온 부지깽이로 돼지들을 내몬다. 그런 다음 우리는 꿀꿀대며 사방으로 달아나려는 그들을 어르고 달래서 계단으로, 마당으로, 그리고 마침내 대문 안 통로로 몰아넣는 데 성공한다. 엄마도 나도 안도의 한숨을 쉬며 서로의 얼굴을 마주 보며 웃는다. 그때, 웃는 엄마의 얼굴에 흘러내리던 빗방울도, 다리에 들러붙은 비에 젖은 엄마의 치마도 눈에 선하다. 더 힘든 것은 밤이었다. 손전등은 도움이 안 되었다. 손전등을 켜면 퍼붓는 굵은 장대비에 닿아 튕겨져 나오는 불빛 때문에 보이는 것은 오직 은백색으로 빛나는 빗줄기뿐이었다. 오히려 그 밝은 반사광에 놀라 돼지들이 사방으로 흩어졌다. 돼지들을 대피시키는 일은 내게는 재밋거리였지만 엄마에게는 하나의 궂은일이었음이 틀림없었다. 한 번은 병원 조수들이 우리를 도우러 나왔었지만 단 한 번에 그쳤다. 아버지가 위생상의 이유로 그들이 우리를 돕는 것을 허락하지 않았다.

"엄마, 돼지 왜 키워? 귀여워서?" 어느 날 밤 나는 모기장 안에 누운 채 물었다.

"우리는 대식구야. 돼지 먹이로 쓸 수 있는 쌀뜨물도 많이 나오고 먹다 남는 것도 있고. 그냥 버리기는 아깝지." 엄마가 계속했다. "난 너희들을 큰 도시에서 자라게 하고 싶단다. 내가 그랬던 것처럼. 또 네 형은 이제 곧 중학교에 가게 돼. 그다음에는 외국에도 가려고 하겠지. 그래서 난 너희 아빠를 도와줘야 해." 귀에 대고 속삭이는 엄마의 말이 나를 혼란케 했다.

"큰 도시? 큰 도시엔 냇물도 있고 창고와 곳간차들이 있는 정거장도 있어?"

"물론 거기에도 있고말고."

"장이 서는 장터도?"

"아니. 거긴 오일장 대신 매일 열리는 시장이 있고 또 백화점이란 것도 있어." 엄마는 큰 도시에 사는 사람들의 생활에 대해 이것저것 설명해 주었다.

백화점과 도서관과 공원과 극장이 있는 그런 곳에서의 생활이 어떤 것인지 조금은 알 것 같았다. 그러나 나는 여전히 엄마가 돼지를 키우는 것이 싫었다. 육체적으로 힘든 것은 물론 정신적으로도 엄마의 마음에 지워진 일종의 멍에처럼 보였다. 팔려 가는 돼지들이 안 가겠다고 울부짖을 때마다 엄마의 얼굴에 슬픔의 그림자가 드리워지곤 했다.

엄마의 돼지 사육과 관련한 또 하나의 이야기가 있다. 형이 대전중학교 입학시험을 친 며칠 후, 온 마당에 따사로운 햇볕이 쏟아져 내리는 화창한 봄날 정오경, 나 혼자 마루에 앉아있는데 아버지가 병원채에서 급히 안채로 왔다. 손에 종이 한 장을 쥐고 있는 그는 몹시 들떠 있었다.

"엄마 어디…?" 엄마가 안 보이자 아버지가 물었다.

"엄마 변소에 있는…."

내가 미처 대답을 끝내기도 전에 아버지는 안채 맨 끝에 있는 변소로 내달았다. 그러고는 문고리를 홱 잡아당겼다. 당황한 엄마가 안에서 얼른 문을 잡으려 했지만 이미 늦었다. 돌풍에 모자가 날아가듯 문은 휙 열리고 말았다.

"여보, 그 녀석이 합격했어! 합격했다고!" 아버지가 손에 쥐고 있던 종이를 쑥 내밀어 보이며 엄마에게 소리쳤다.

"문 닫아요! 누가 봐요!" 엄마가 소리 죽여 부르짖었다. 엄마의 다급한 목소리에 움찔한 아버지가 문을 닫고 뒤로 물러섰다.

아버지의 손에 들려 있는 종이 한 장, 바로 형의 합격통지서가 빚어낸 촌극이었다. 그때의 아버지는 평상심이 아니었다. 의사도 아니고 엄격하고 점잖은 유교 신사는 더더욱 아니었다. 기뻐 뛰는 어린이였다.

형이 합격한 중학교는 들어가기 어려운 학교이었을 뿐 아니라 아버지가 다닌 학교이기도 했다. 이 촌극이 보여 준 엄마와 아빠의 행복과 자부심은 활짝 펴진 공작의 날개처럼 완벽한 것이었다.

아버지가 병원채로 향하기 전, 안방으로 들어간 엄마가 조그만 수첩 같은 것을 들고나와 아버지에게 내밀었다.

"이건 은행 통장이 아니오?"

"펴 봐요."

"이런… 이거 꽤 많은데!"

"그 애 입학금, 월사금, 기숙사비, 용돈을 하고도 남을걸요? 안 그래요?" 엄마가 통장에서 눈을 뗄 줄 모르는 아버지를 건너다보며 말했다.

"그렇소. 그런 걸 하고도 남을 금액이오." 아버지의 목소리에 놀라움이 묻어났다.

엄마가 돼지를 키워서 번 돈이었다. 늘어난 육체적 노동과 헤어지지 않으려고 울부짖으며 떠난 동물들에 대한 연민과 맞바꾼 것이었다.

형은 곧 대전으로 떠났다. 나는 형에게 편지를 쓰기도 했는데 '안녕'이란 말을 자꾸 '한녕'이라고 써서 몇 번을 고치던 생각이 난다. 첫 방학에 형은 친구 둘을 데리고 왔다. 형은 그들을 데리고 읍내 이곳저곳을 구경시켜주었는데 나도 그들을 졸졸 따라다녔다. 아버지가 이름이 뭐냐고 물었을 때 그중 하나가 "송인수예요." 하고 대답했다. 그의 맑고 명랑한 목소리가 아직도 내 귓전을 울린다.

오늘은 고조할아버지 제삿날이다. 제삿날은 엄마에게 제일 힘들고 바쁜 날이다. 제사는 밤 열두 시에 지냈는데 이것은 제사를 조상이 돌아가신 날 첫 시각에 모든 일과에 앞서서 지내기 위함이었다. 제사 음식은 일상 음식과 달랐고 엄격한 규칙에 따라 만들어야 했다.

기독교 가정에서 자란 엄마에게 제사 준비는 육체적으로도 힘들었고 정신적으로도 마음 내키는 일이 아니었다. 엄마를 괴롭히는 것은 처녀 시절 우상숭배라고 비웃던 제사 음식을 이제 자신이 직접 만들게 된 것, 바로 그것이었다. 결혼 전 엄마는 아버지가 이렇게 완고하게 제사를 고집할 줄은 몰랐다.

피곤한 엄마의 얼굴을 보면서 내가 투덜거렸다. "우리 반 애들이 그러는데 아빠는 유명한 의사이고 우리 집이 우리 반에서 제일 부자래."

"그래? 아빠는 이름난 의사지. 그렇지만 우리는 그렇게 부자가 아냐." 엄마는 내게 눈을 주지 않고 혼잣말처럼 속삭였다.

"난 아빠가 형 학비를 댈 돈이 있는 거 다 알아. 엄마 통장에 있는 돈을 쓰고 싶지도 않을 거라고. 그런데 왜 자꾸 돼지를 먹여야 해? 엄마가 지금 피곤에 지쳐있는 거 다 알아. 안 그렇다고 말하지 마. 나 큰 도시에서 자라지 않아도 돼." 나는 퉁명스럽게 말했다. 그런데 놀랍게도 엄마의 얼굴에 웃음이 떠오르는 것이 아닌가!

"네가 모르는 게 있어. 가난에 찌들어 보이는 농부나 얼굴에 부황 든 아낙네가 영양실조로 축 늘어진 아기를 데려오면 너희 아버지는 진료비도 약값도 안 받아." 엄마가 잠시 쉬었다 계속했다. "환자 중엔 자기 이름도 쓸 줄 모르는 사람도 있고 남의 땅을 부치는 사람들도 있고…. 엄마를 불쌍하게 생각지 마. 나는 너희 아빠를 도와줘야 해." 엄마는 작지만 분명한 어조로 말했다.

바로 이때, 누가 마루로 다가오는 소리가 났다. 아버지였다.

"자, 시작하자. 시간이 다 되었다."

마루로 올라선 아버지가 안방으로 들어오면서 시작을 선언한다. 윗방으로 들어간 엄마가 깔끔하게 대려 놓은 눈같이 흰 한복과 두루마기를 들고나온다. 옷을 갈아입은 아버지가 제사음식을 진설한 후 제사상 뒤 교의에 미리 써 둔 지방을 붙인다. 제사상 앞에 놓인 놋 향로에 향을 피우자 한 줄기 푸른 연기가 위로 곧게 올라간다. 이때 벽시계가 12시를 알리는 종을 치기 시작한다.

"자, 절을 해라. 너의 고조할아버님하고 할머님이 오셔서 저기 앉아 계신다."

아버지가 교의 쪽을 가리키며 말한 다음 허리를 굽혀 절을 한다. 나도 급히 따라 한다. 제사는 남자들만 지내는데 오늘은 아버지와 나 둘뿐이다. 형은 지금 공부 때문에 대전중학교 기숙사에 있다. 제사는 약 삼십 분 만에 끝났다. 우리 집에는 이런 제사가 일 년에 열한 번 정도 있었다. 제사 지내는 동안 복돌은 꼬리를 흔들며 마당을 어슬렁어슬렁 돌아다녔다. 할머니는 복돌이 조상들이 오시는 것을 볼 수 있기 때문이라고 했다. 제사 다음 날 아침 눈 위에 새 발자국이 찍혀 있기도 했는데 할머니는 또 조상님들이 극락조를 타고 오셨었다고 했다.

7

이제 다시 어른들의 이야기로 돌아가 보자. 이곳저곳에서 국토의 분단이 민족의 분단으로 굳어지는 조짐이 나타나고 있었다. 우리가 사는 남에서는 남과 북을 아우르는 하나의 통일정부를 만들자는 주장과 북은 제외하고 남쪽만의 단독정부를 수립해야 한다는 주장이 맞서고 있었다. 그러다가 통일정부를 수립하기 위한 미소 양국의 협상이 겉도는 수레바퀴처럼 앞으로 나아가지 못하고 시간을 끌면서 단독정부 수립을 주장하는 쪽으로 힘의 균형추가 옮겨가기 시작했다. 이렇게 되자 단독정부 수립을 막으려는 좌익 계열의 공작과 이에 대항하는 우익 계열 간의 충돌은 더 격렬해지고 사회는 더욱 극심한 혼란으로 빠져들었다. 그 심각한 상황을 말해 주는 소문이 마침내 우리 학교 교실에까지 날아들었다. 선생님 중에 심 선생이란 분이 있었는데 그 선생님이 며칠간 보이지 않았다. 어느 날 아침, 우리 반 애 하나가 믿기 힘든 소식을 가지고 왔다. "그 선생님이 공산당이라고 경찰이 잡아갔대." "뭐라고? 그래서?" "쇠로 된 원통에 넣고 한쪽에서 눌러 죽였대." 우리는 모두 경악했다. 그러나 곧 그것이 사실이기보다는 누가 지어낸 이야기일 것으로 생각하고 믿지 않았다. 사실이든 아니든 그것이 문제가 아니었다. 문제는 얼마나 시국이 혼란스러웠으면 이런 소문이 국민학교 교실에까지 찾아왔는가 하는 것이었다.

대동청년단

남에는 사적으로 조직된 단체들이 있었는데 각 단체는 저마다 지지하는 정치가나 정치 노선이 있었다. 반공 지도자 이승만의 단독정부 수립을 지지하는 대동청년단도 그 가운데 하나였다. 우리 J읍에도 그 지부가 있었는데 그들은 공산당과 그 추종자들을 타도한다면서 몽둥이를 들고 거리를 돌아다니다 수상해 보이는 사람이 있으면 불러 세워 신문을 했다. 그러다 제대로 대답을 못 하면 구타를 했다. 내가 보기에 자기들에게 밉보이거나 고분고분하지 않은 사람들을 공산당으로 모는 것 같았다.

어느 장날, 장터에 가던 엄마와 나는 몽둥이를 든 대여섯 명의 대동청년단원들이 허름한 옷에 순박한 인상의 한 중년 남자를 불러 세우는 것을 보았다.

"당신 뭐 하는 사람이오?"

"농사짓는 농부요."

"사는 데가 어디요?"

그가 자기 마을 이름을 댔다.

"그 마을 이장이 누구요?"

"우리 이장 이름은 이준규요."

질문자가 자기 동료에게 눈짓을 했다. 눈짓을 받은 사람이 주머니에서 수첩을 꺼내어 한 장 한 장 넘기면서 살피더니 고개를 가로저었다. 그러자 질문자가 그 남자에게 한 걸음 다가섰다. 지나가던 사람들이 무슨 일인가 하고 모여들었다.

"당신 마을엔 그런 이름이 없어, 없다고! 당신은 농부로 변장한 공산당이 틀림없어. 우리 눈은 못 속인다니까!"

"나는 그 마을에 살고 있소. 정말이요!" 남자가 큰소리로 당당하게 말했다.

엄마가 그만 가자고 내 소매를 끌어당겼다. 우리가 장터 쪽으로 얼마 안 갔을 때 뒤에서 비명이 들려왔다. 엄마가 쯧쯧 하고 혀를 찼다.

"저 사람들 왜 그 남자를 때려?" 엄마를 올려다보며 내가 물었지만, 엄마는 아무 말 안 했다.

"그 사람 나쁜 사람야?" 내가 다시 물었다.

"그냥 농사짓는 사람 같았어. 햇볕에 탄 얼굴하고 거친 손 하고… 너도 봤잖아?"

"응. 나도 봤어. 그런데 왜 농부를 공산당이라고 때려?"

"사람들 보라고 저러는지도 모르지. 공산당들을 돕지 말라고."

"저 사람들 누구 편인데?"

"잘 모르지만, 이승만 박사를 지지한다는 말을 들었어."

"그 사람은 자기를 지지하는 사람들이 아무나 저렇게 때리는 것을 좋아해?"

"아니겠지. 이런 시골에서 일어나는 일을 어떻게 알겠어." 엄마가 낮은 소리로 말했다.

이것은 공산당을 제거한다는 명분으로 대동청년단이 벌이는 테러의 하나였다. 그들의 테러는 주로 장날 사람들이 많이 왕래하는 장터나 기차 정거장 근처에서 자행되었다. 어떤 사람들은 거짓 자백으로 당장의 고통을 피하기도 했는데 그것은 몇 년 후 더 큰 고통과 환난으로 그들에게 돌아왔다.

장터에 도착한 우리는 마른 솔잎과 삭쟁이 등 땔나무를 샀다. 엄마는 돈을 치른 후 "큰 대문 집으로 갖다주세요."라고 말했다. 우리가 다른 가게에 들러 한두 가지 더 사서 집에 오니 나무꾼들이 대문 앞에 지게를 받쳐놓고 기다리고 있었다.

테러, 아버지를 향하다

어느 날 학교에서 돌아와 대문 안으로 들어서는데 아버지하고 엄마가 마당에서 어떤 남자와 말을 하는 것이 보였다. 소곤소곤 말했기 때문에 말의 내용은 알 수가 없었다. 그 남자가 돌아간 뒤 아버지와 엄마의 얼굴이 어두워졌다. 나는 그가 무슨 언짢은 소식을 가져왔다고 생각했다.

나의 추측은 맞았다. 그는 대동청년단 단원이었고 그날 밤 대동청년단이 아버지에게 테러를 가할 것이란 것을 은밀히 귀띔해 주려고 왔었다. 그동안 농부나 낯선 행인에 머물던 테러 대상이 이제는 잘 알려진 영향력 있는 인사나 지역 유지들로 옮겨 가고 있는 것이었다.

위험은 불과 몇 시간 밖에서 빠르게 다가오고 있었다.

어디로 하루 이틀 피할까? 그다음엔… 그다음엔 어떻게 한다? 그들은 아버지가 공산당이라는 것이었다. 피한다는 것은 스스로 저들의 주장을 인정하는 것이나 다름없지 않은가? 저들의 테러 계획을 경찰에 알리면? 그러나 경찰도 그들이 두려워 불법행위를 보고도 못 본 체하지 않던가? 할머니는 아버지가 며칠 동안 다른 데 가 있는 것이 좋겠다고 말했다. 그러나 아버지는 집에 그대로 있겠다고 했고 엄마도 아버지의 결정에 찬동했다.

해가 지고 어둑어둑해지자 병원의 외등이 들어왔다. 어둠 속에 이 방향 저 방향에서 청장년들이 하나둘씩 나타나는가 싶더니 얼마 안 되어 삼사십 명 가량이 행길과 병원 사이의 공간에 열을 지어 늘어섰다. 그들은 모두 몽둥이를 쥐고 있었고 외등에 비친 그들의 얼굴은 기대감에 들뜬 듯했다. 그러나 얼굴을 보이지 않으려는 듯 앞줄에서 뒷줄로 옮겨가는 사람들도 더러 눈에 띄었다. 나는 외등의 불빛이 만들어 내는 그들의 긴 검은 그림자가 행길 건너 상배네 집 벽에 걸린 것을 보았다. 우리 집 앞에는 할머니와 엄마가 대문을 등지고 안절부절못하며 서 있었고 길 건너편에도 지켜보고 있는 부인들의 흰 저고리가 어둠 속에 희끗희끗 드러나 있었다.

앞줄에서 팔에 완장을 찬―아마도 단장인 듯한―사람이 나오더니 병원 쪽으로 몇 걸음 다가섰다.

"의사 선생 나오시오!" 병원을 향해 그가 소리쳤다.

안에서는 기척이 없었다.

"의사 선생 나오시오. 내 말 안 들리오?" 그의 목소리가 더 올라갔다.

역시 대답이 없었다. 숨 막히는 긴장 속에 정적이 흘렀다.

"도망간 거 아냐?" 누군가의 입에서 볼멘소리가 튀어나왔다.

"계획이 새 나갔나?" 뒤에 서 있는 단원들을 돌아보며 단장이 미간을 찡그렸다.

그러자 대오가 술렁이며 그들의 얼굴에 실망의 빛이 떠올랐다. 군데군데 차라리 잘 되었다는 듯 웃음을 흘리는 얼굴들도 더러 있었다.

이때였다. 병원 출입문이 드르륵 열리며 아버지의 모습이 나타났다. 아버지가 천천히 걸어와 단장 앞에 마주 섰다. 뒤따라 나온 간호원과 조수들이 아버지 옆에 조금 떨어져 섰다.

"우리가 오늘 밤 왜 여기 왔는지 아시오?" 단장이 물었다.

"모릅니다." 아버지가 말했다.

"우리는 당신이 좌익이란 것을 알고 있소!"

"나는 좌익이 아닙니다."

"아니라고? 그렇다면, 당신의 사상은 뭐요?"

"나는 정치는 모릅니다. 환자 진료에 전념하는 의사일 뿐입니다."

"그건 사상이 아니오! 당신의 사상을 물었소."

"나는 유교를 숭상하는 자유민주주의 신봉자입니다."

"의사 선생, 당신은 지금 거짓말을 하고 있소. 당신은 공산주의자가 아니면 그들의 동조자요." 단장이 한 번 씩 웃으며 대원들을 돌아보고 나서 계속했다. "우리는 당신이 평양에서 공부한 것을 알고 있단 말이오!"

"그것은 사상과는 관련이 없는 일입니다. 나는 그곳에서 의학을 공부했고 더구나 그것은 일제 때의 일입니다." 아버지가 입가에 웃음을 띠며 대답했다.

"그렇지만 우리는 당신의 병원에 낯선 사람들이 드나드는 것을 보았소. 아니요?"

"내게는 멀리서 찾아오는 환자들이 있습니다. 다른 도시나 다른 도에서도 옵니다."

"환자가 아닌 사람들이 찾아오는 것을 알고 있단 말이오, 내 말은."

"아마도 나의 친구들을 보신 것 같습니다. 가끔 바둑을 두기도 하고 이야기도 나누며 앉았다 가는 친구들이 있습니다. 그것도 한 달에 한두 번 정도밖에는 안 됩니다."

아버지는 사실을 말하고 있었다. 환자가 아닌 방문객들은 아버지의 출생지에서 찾아오는 먼 친척 아니면 인근에 사는 말벗들이었다. 나는 가끔 아버지가 병원에 딸린 방에서 바둑을 두는 것을 보았다. 그러나 한 판을 제대로 끝내는 것을 보지 못했다. 간호원이 '환자 보세요. 선생님' 하고 부르면 아버지는 상대방을 기다리게 하고 진료실로 들어갔다. 환자가 줄을 이을 때면 구경하던 사람이 아버지가 두던 바둑을 대신 두기도 했다. 우리 집에는 테니스 라켓도 있었다. 엄마에 의하면 아버지가 전에는 테니스도 치고 유성기로 노래도 들었었는데 내가 출생한 회양을 떠나면서 회양국민학교에 그 유성기를 기증한 후부터는 서예나 시조 읊기를 좋아한다는 것이었다. 나는 실제 아버지가 시조 읊는 것을 가끔 듣기도 했다. 엄마가 몇 번인가 혼잣말처럼 한 말이 있었다. '너의 아버지는 조용하고 깨끗한 어떤 다른 별에서 온 사람' 같다고. 나 같은 애들 눈에도 아버지는 정치 활동과는 거리가 먼 사람으로 보였다.

"친구? 그럼 당신은 좌익이 아니고 당신 친구 중에도 좌익 가담자가 없단 말이오?"

"그렇습니다."

"그렇다면, 당신은 우리가 공산당들을 색출, 제거하려고 애쓰고 있는 것을 알고 있소?"

"그렇게 알고 있습니다."

"그런데도 당신은 이때껏 우리를 돕지 않았소. 그 이유를 말하시오!"

아버지의 얼굴에 어리둥절한 표정이 떠올랐다. 돕지 않았다? 돕는다는 것이 무엇을 뜻하는가?

"나는 일개 의사입니다. 정치인이 아닙니다. 도운 것은 없지만 귀 청년단의 정치 활동을 비난하거나 방해하지도 않았습니다." 아버지가 말했다.

이때 외등에 비치는 단장의 입가에 의미를 알 수 없는 미소가 흘렀다. 아버지의 대답은 단장의 질문이 품고 있는 참뜻을 모르고 한 대답이었다. 그의 질문에서 '도움'이란 말은 '금전 제공'을 의미하는 것이었다.

(이 일이 있기 며칠 전, 동네 이발사 한 사람이 청년단원들이 이발을 하면서 자기들끼리 하는 이야기를 들었다. 아버지는 좌익은 아니지만 자기들의 활동에 기부도

하지 않고 모른 체하기 때문에 한 번 본때를 보여줘야 한다는 것이었다. 며칠 후 그 이발사의 부인이 엄마에게 전해 준 말이었다.)

이때, 대열에서 누가 소리쳤다. "의사 선생, 당신 너무 말이 많소!"

"당신에게 질문하려고 여기 온 게 아니오!" 여기저기서 몇 사람의 목소리가 뒤를 따랐다.

다시 침묵이 왔다. 그들 중에는 정규 교육을 받지 않은 사람들이 꽤 있었고 그래서 그런지 논리적인 논쟁에 익숙하지 않았다. 나는 그들이 역전이나 장터에서 무고한 농부나 행인을 잡아 놓고 혐의를 씌우려다 말이 막히면 몽둥이를 쳐드는 것을 여러 번 보았다.

단장이 아버지 앞으로 바짝 다가섰다. 그의 어깨 위로 몽둥이가 올라갔다. 할머니와 엄마의 얼굴이 파랗게 질렸다. 그가 아버지의 허벅지를 내리쳤다. 아버지가 땅에 쓰러졌다. 아픔으로 얼굴이 일그러졌다. 그러나 아버지는 힘들게 다시 일어났다.

"아직도 실토하지 않는 거요?"

"이미 진실을 말했소."

"당신이 좌익인 것을 고백하시오!"

"아니요. 나는 좌익이 아니오."

단장이 씩 웃으며 몽둥이를 고쳐 잡았다. 그가 두 번째 가격을 위하여 몽둥이를 반쯤 올렸을 바로 그때, 대열 옆쪽에서 아기를 안은 여자가 나타났다.

"의사 선생님, 우리 아기… 살려 주세요. 애가 숨을… 안 쉬…."

그녀가 부르짖으며 고꾸라질 듯 아버지를 향해 달려갔다. 그녀의 팔엔 축 늘어진 아기가 들려 있었다.

"빨리 안으로 데려가!" 아버지가 황급히 외쳤다.

간호원과 조수들이 그녀를 급히 병원 안으로 데리고 들어갔다. 아버지가 다리를 절며 따라 들어갔다.

단장은 머리를 숙이고 땅을 응시했다. 대열에서 수군대는 소리가 들렸다. 아무도 예측 못 한 일이 일어난 것이었다. 누구도 그 아기가 살았는지 죽었는지 알지 못했다. 다시 침묵이 왔다. 나의 귀에 어디선가 귀뚜라미 우는 소리가 들렸다. 귀뚜라미는 계속 울었다. 정적을 깬 것은 아기였다. 고음의 아기 울음소리가 병원에서 새어 나왔다. 청년단원들의 얼굴에 웃음이 떠올랐다.

잠시 후, 그녀가 아기를 안고 나왔다. 그녀의 뒤로 아버지와 간호원, 조수들이 따라 나왔다. 아버지는 다시 조금 전 서 있던 그 자리에 가서 섰다. 대열에서 그 아기에게 무슨 일이 있었느냐고 묻는 소리가 들렸다.

"아기가 동전을 삼켰습니다."

"어떻게 살려냈습니까?" 또 다른 목소리들이 물었다.

"아기를 거꾸로 든 다음 등을 가볍게 두드렸습니다. 동전이 바닥에 떨어진 다음 인공호흡을 실시했습니다. 누구에게나 일어날 수 있는 사고입니다. 우리 애도 동전을 삼킨 적이 있습니다." 아버지가 말했다. 나는 그것이 형을 말하는 것이란 것을 알았다.

"그렇게 해서 그 아기를…" 단장이 말했다. 목소리는 부드러웠으나 그의 손은 아직 몽둥이를 굳게 잡고 있었다.

"나 혼자 살린 것이 아닙니다. 단장님도 그 아기를 살린 것이나 다름없습니다."

"나도? 나 또한 그 아기를 살렸다는 말이오? 지금 그렇게 말했소?" 그가 무슨 말을 하느냐는 듯이 물었다. 그의 얼굴이 일그러졌다.

"그렇습니다. 사실입니다."

"의사 선생, 지금 나를 놀리는 거요?" 그의 목소리가 갈라져 나왔다.

"아, 아닙니다. 진정하시고 내 말을 들어 보세요. 단장님이 멈추지 않고 계속 나를 가격했다면 신속하고 적절한 처치가 불가능했을 수도 있었습니다." 아버지가 설명조로 말했다.

단장은 할 말을 잃은 듯 한동안 아버지를 물끄러미 바라보기만 했다. 이때, 도열해 있던 단원들이 웅성웅성하면서 대오가 허물어지기 시작했다.

"대열에서 이탈하지 마! 대오를 지켜!" 단장이 뒤돌아보며 대원들에게 소리쳤다.

대원들은 단장의 말을 듣는 것 같지 않았다. 조금 전에 들은 그 아기의 소생의 울음소리가 그 아기를 살린 의사에 대한 테러 의지를 산산이 부수어놓은 것 같았다. 그들 대부분은 아이들이 있었고 또한 아버지가 진짜 좌익분자가 아니라는 것을 알고 있었다.

"앞으로 주의하시오. 당신은 오늘 밤 운이 좋았소, 의사 선생!"

상황을 통제할 수 없다고 생각한 단장이 낮은 목소리로 말했다. 그러고는 머리를 숙인 채 몽둥이를 끌며 흩어지는 대원들의 그림자를 따라 그도 어둠 속으로 사라져 갔다.

아버지의 부상은 약 2주 후 제자리로 돌아왔으나 이 모멸적인 사건이 우리 가족에게 남긴 분노와 슬픔은 쉽게 사그라지지 않았다.

왜 그들은 아버지를 목표로 삼았을까? 잘 알려지고 영향력 있는 인물로의 테러 목표의 전환과 재정적 지원에 대한 암묵적 요구에 대한 아버지의 침묵이 이유의 전부였을까? 만일 이밖에 다른 이유가 있었다면 그것은 아마도 이런 것이었을 것이다.

아버지는 온정적으로 환자들을 돌보기도 했지만 엄한 선생처럼 대할 때도 있었다. 그 시절에는 환자들이 의사를 '선생님'이라고 불렀다. 지금도 나이 든 사람 중에는 그렇게 부르는 사람들이 많다. 대부분의 환자들은 아버지의 말에 잘 따랐지만 때로는 그렇지 않은 사람들도 있었다. 특히 아기가 병이 나서 찾아온 부모 중에는 의사의 말을 따르며 기다리지 않고 성급히 무당이나 민간요법에 의존하다 병을 키워서 거의 죽게 된 아기를 안고 다시 오는 사람들이 있었다. 그러면 아버지는 선생이 말 안 듣는 학생을 꾸짖듯 그들을 꾸짖었다. 단장도 과거에 아버지에게 꾸지람을 듣고 감정을 상했던 그런 사람이었을 수도 있었다.

8

　　　　　　1947년 10월 어느 날, 실망스러운 뉴스가 날아들었다. 미소 공동위원회가 통일정부 수립에 대한 합의에 이르지 못한 채 해체되고 말았다는 것이다. 삼팔선을 그어 한반도를 남북으로 갈라놓은 미국과 소련은 이제 그들이 채운 분단의 열쇠를 찾는 데 실패했다. 그 열쇠를 다시 찾는 것은 한민족 자신의 일로 남게 되었다. 70년이 지났다. 얼마의 세월이 더 걸릴지는 아무도 알지 못한다.

　이 뉴스는 엄마를 좌절시켰다. 엄마가 정치 뉴스에 더 민감해졌다. 그래도 희망을 버릴 수 없었기 때문이었다.

　어느 날 엄마와 아빠가 점심을 먹으면서 말하는 것을 들었다.

　"그럼 이제 나는 부모님들을 다시 만날 수 없게 된 건가요?"

　"지금 내가 확실히 말할 수 있는 것은 그것밖에는 없소. 신문 보도로는 유엔이 남한만의 총선거를 하기로 결정했다는군. 이것은 통일정부 수립의 희망이 사라졌다는 것을 의미하는 것이 아니고 뭐겠소."

　"왜 남한에서만 총선거를 한대요?"

　"소련이 인구 비례 총선을 반대했기 때문이오. 왜냐하면, 인구 비례로 선거를 하면 인구가 남보다 적은 북이 국회의원 수가 더 적어지니까."

　"그들은 왜 우리의 장래를 위한 일에 합의하지 못할까요? 두 나라는 같이 싸운 전승국으로 사이가 좋지 않았나요?"

"전에는 그랬지만 지금은 아니오."

"그러면 그들이 각자 우리에게 원하는 것은 무엇인가요?"

"내 생각에 소련은 북에 공산 정권을 세우려 하고 미국은 남을 자유 진영의 일원으로 만들려는 것 같소."

"그것하고 삼팔선 통행하고 무슨 상관이 있어요? 왕래는 그대로 허용할 수도 있을 것 같은데?"

"인구가 적은 북이 사람들이 남으로 내려오는 것을 막으려고 그런다는 소리를 들었소. 아무튼 통일정부를 갖고 싶은 우리의 소원은 이제 연기가 되어 날아가 버리고 말았소." 아버지가 한숨을 쉬었다.

"아, 누가 우리를 이렇게 만들었을까?"

"바로 우리들이오. 우리 것을 우리 것으로 지키지 못한 우리의 과오⋯. 밖에서 무슨 일이 일어나는지도 모르고 문을 닫아건 채 집안싸움에 열중하던 무능한 왕과 신하들⋯ 나라를 일본에 내어 준 사람들⋯."

"그러나 일본은 전쟁에서 패했고 우리는 압제에서 벗어나 자유를 얻지 않았나요?"

"일본에 빼앗겼던 자유만 찾은 거라오. 우리는 지금 미군의 군정하에 놓여 있소. 우리 자신의 정부가 수립될 때까지는 우리의 자유는 반쪽짜리 자유요."

"남과 북이 단결하면 통일정부 수립이 가능할 텐데."

"그렇소. 우리가 단결할 수만 있다면. 그렇지만 할 수 없을까 두렵소."

"그게 무슨 말이에요?"

"나라를 걱정하는 많은 정치인들이 남북의 분열을 막으려 하지만 한편에서는 사람들을 친미와 친소로 갈라놓으려고 선동하는 사람들이 있다오. 왜? 혼란을 틈타 권력을 쥐려 하는 것이겠지."

"혼란을 틈타 다니오? 어떤 혼란 말이에요?"

"남북문제에 대한 미국과 소련의 불화 말고 또 뭐가 있겠소? 일반인들은 정치에 대해 어둡고 군정하에서 민족진영 지도자들의 목소리는 너무 약하고."

"그럼 당신은 통일에 대해선 비관적인가 보네요."

"글쎄… 우리가 불행한 역사를 끝낼 만큼 현명하지 못할까 봐 두렵다고나 할까?"

그 시절, 이런 걱정 섞인 이야기들을 자주 나누던 엄마와 아버지의 침울한 얼굴은 아직도 내 기억 속에 또렷이 남아 있다. 그렇지만 북에 혈육이 없었던 아버지는 엄마가 느끼는 정서를 똑같이 느낄 수는 없었을 것이다.

1948년 5월 10일, 드디어 남한만의 단독 선거가 유엔 감시 아래 실시되었다. 소련은 유엔 감시단의 입북을 거절했다. 이로부터 불과 4일 후인 5월 14일, 북한은 전력 사용량의 70%를 북한에 의존하던 남한에 대한 전력 공급을 중단했다.

저녁이 되어 전등을 켜려고 엄마가 스위치를 돌렸다. 그러나 아무 일도 일어나지 않았다. 그 당시 흔히 있었던 정전인가 보다 했다. 그다음 날인가, 아니면 다음다음 날인가, 손에 신문을 들고 병원채에서 나오던 아버지가 한 말은 그것이 일시적인 정전이 아니라는 것이었다.

"그럼 일시적인 것이 아니면? 영원한 것이란 말이에요? 설마 그럴 리가?"

"영원한 송전 중단이오. 통일은 더 멀어졌소. 이 신문을 보면…."

"통행을 막더니 이젠 전기까지…?" 엄마가 말끝을 흐리며 한숨을 쉬었다. 아버지도 한숨을 쉬며 다시 병원채로 향했다.

밤이 되면 세상은 암흑천지였다. 정미소들도 멈췄다. 라디오도 소리를 내지 않았다. 사람들은 해가 지기 전에 저녁을 먹고 일찍 잠자리에 들어야 했다. 우리는 곧 양초나 석유램프에 익숙해졌지만 어려움에 처한 것은 아버지였다. 병은 때를 가리지 않았고 부상은 언제나 일어났다. 석유램프 옆에서 상처를 봉합할 때면 아버지는 애를 먹었다. 사람들의 얼굴에서도 웃음이 사라졌다.

결국, 그해, 1948년이 저물기 전, 과거 하나의 나라가 있던 땅에 두 나라가 들어섰다. 나는 나의 한국 국적을 잃고 남한 국민이 되었다. 엄마도 남한 국민이 되었다. 엄마의 부모들은 북한 국민이 되었다. 전에 한국 국민이었던 모든 사람은 졸지에 각자의 선택이 아니라 남과 북 어디에 있었는가에 따라서 남한이나 북한, 어느 한쪽의 국민이 되었다.

왕래가 막혔던 삼팔선은 이제 두 적대 국가 간의 국경이 되었다. 편지도 전화도 오고 가지 못했다. 이 선을 넘으려면 생명을 걸어야 했다. 이 선을 자유롭게 넘을 수 있는 것은 오직 동물과 바람과 구름뿐이었다. 그런데도 이산가족들은 기약 없는 기다림의 몸부림을 안고 자연이 만들어 낸 넘지 못할 장벽이 아닌, 단지 지도 위의 보이지 않는 선 너머 이쪽저쪽에서 혈육들의 이름을 부르며 아픈 희망이 땅에 묻히거나 재가되어 공중에 뿌려질 때까지 기다려야 했다. 오랜 시간이 흘러가 버린 지금, 나는 지나가는 바람 속에, 아니면 내가 걸어가는 땅 위에, 여기저기 흩어져 있는 이루지 못한 상봉의 꿈들을 보는 것 같은 환각 아닌 환각에 사로잡히곤 한다.

대한민국 정부가 수립된 지 얼마 안 된 1949년 어느 날, 나는 검은 제복의 젊은이들이 열을 지어 행길을 따라 행진해 오는 것을 목격했다. 어깨에 총을 멘 그들의 얼굴은 햇빛에 빛났고 그들의 노랫소리는 우렁찼다. 나는 그때 그들이 부른 군가의 몇 줄을 아직도 기억하고 있다.

인생의 목숨은 초로와 같고
이 씨 조선 오백 년 양양하도다
이 몸이 죽어서 나라가 산다면
아아 이슬같이 죽겠노라

그들이 지나갈 때 행길 양편에서 구경하던 사람들이 손뼉을 쳤다. 구경꾼 중에서 누군가가 그들이 새로 창설된 국방경비대라고 말했다. 그리고 그해가 채 가기 전이었을 것이다. 삼팔선상에서 남과 북 간에 산발적 교전이 발생한다는 기사가 신문에 실려 오기 시작했다. 이따금 소리 내어 신문을 읽는 아버지 옆에서 엄마의 얼굴이 어두워지는 것을 나는 보았다. (아버지는 누가 있건 없건 신문을 흥얼흥얼 소리 내 빨리 읽었다.)

학교에 가면 나의 급우들은 더 무서운 소식들을 가지고 왔다. 어느 아침 첫 시간이 시작되기 전, 어떤 애가 상상도 하지 못했던 말을 꺼냈다. 철다리 아래 모래밭에서 경찰이 북에서 온 공비를 처형하는 것을 보았다는 것이다. 나는 그것이 정말인지 의심했지만 자기도 보았다는 애들이 나타나자 믿을 수밖에 없었다.

보도연맹

어느 날 오후 아버지는 지서장으로부터 한 통의 전화를 받는다. 지서로 오라는 것이었다. 아버지가 지서에 가자 지서장은 예상치 못한 요구를 했다.

"선생님, 보도연맹에 가입해 주십시오." 지서장이 말했다.

보도연맹은 1949년 6월 정부가 만든 전국적인 조직이었다. 여기서 보도라는 말은 보호하고 계도한다는 것을 의미한다. 정부에 따르면 과거에 좌익 이력이 있던 사람들을 보호하고 계도하기 위한 것이 이 연맹의 설립 목적이었다.

"서장님도 아시다시피 나는 좌익이 아니었습니다. 대동청년단이 내게 씌운 혐의가 허위라는 것을 서장님도 잘 알지 않습니까? 안 그렇습니까?"

"알고 있습니다. 그러나 허위든 아니든 그런 것이 문제가 아닙니다. 일단 혐의를 받았던 사람들은 다 가입해야 합니다."

"이것 보세요. 나는 좌익에 가담한 적이 없습니다. 그런 걸 아시면서 왜 가입하라고 하는 겁니까? 이건 좌익 이력이 있는 사람들을 위한 단체가 아닙니까?" 아버지가 항의했다.

"예, 그렇습니다. 그렇지만 선생님을 보호하려는 저의 마음을 이해해 주십시오."

"보호라니요? 무슨 뜻입니까?"

"선생님은 평양에서 공부하셨습니다. 그리고 처가가 그곳에 있습니다."

"아직 말씀을 이해할 수가 없습니다. 그것이 어떻게 내가 가입해야 하는 이유가 될 수 있습니까?"

"보세요, 선생님. 우리는 북에서 내려온 공비들을 처형했습니다. 공비뿐 아닙니다. 북은 계속해서 간첩들을 남파시키고 있습니다. 이들이 남파되자마자 첫 번째 하는 일은 북한에 가족 관계가 있는 사람과 접촉하는 것입니다. 언제 예상치 못한 방문객이 선생님을 찾아올지 알 수 없습니다." 지서장이 말을 끊었다 다시 계속했다. "그건 선생님도 저도 원하는 것이 아니지요. 안 그렇습니까?"

두 사람 사이에 이런 식의 설득과 항의가 며칠을 두고 이어진 끝에 아버지는 어느 날 연맹 명부에 도장을 눌렀다. 그러자 지서장이 웃으며 말했다.

"고맙습니다. 선생님은 이 지역에서 영향력 있는 분이시니 이제 많은 사람들이 뒤따라 가입할 것입니다. 만일 이 일로 선생님께 불이익이 생기면 제가 책임지겠습니다."

그날 밤이었을 것이다. 나는 엄마와 아빠가 말하는 것을 들었다.

"신중하지 못했다는 생각 안 들어요?" 엄마가 책망하듯 말했다.

"어디 한두 번 거절했어야지? 당신도 알지 않소?"

"도장을 찍는 순간 좌익 이력 소유자라는 걸 인정한 것 아니에요? 좌익이 아니었으면서!"

"지서장도 다 알아요. 북에서 남파된 간첩이 북에 연고가 있는 사람과 접촉하려 한다지 않소. 내가 평양에서 공부했고 처가가 그곳에 있는 것을 그가 특히 염려하는 것 같았소. 그래도 나는 거절했었소. 이건 강제 가입이나 마찬가지요."

"어떻게 그럴 수가… 우리는 민주 국가에 살고 있는데… 안 그래요?"

"맞아요. 그렇지만 우리에게 민주란 말은 신문이나 책에서만 볼 수 있는 것인지도 모르지. 분단되어 불구가 된 땅에 살고 있는 우리에게는 민주도 온전한 민주가 아닐 거요." 아버지가 한숨을 쉬었다.

다음 날 나는 엄마가 옷고름으로 눈을 훔치는 것을 보았다. 속상한 일이 있나 보다 생각했다.

"엄마, 무슨 일 있어?" 내가 낮은 소리로 물었다. 그러나 엄마는 아무 말도 안 했다. 전날 밤 들은 아버지와 엄마의 대화를 떠올린 나는 우리 집에 어떤 나쁜 일이 생겼다고 생각했다. 어른들은 중요한 것에 대해서는 내게 말을 해주지 않기 때문에 나는 일이 일어난 후에야 그것이 좋은 일인지 나쁜 일인지 알 수가 있었다.

크리스마스이브

그해도 1940년대와 함께 저물어가고 있었다. 아버지의 보도연맹 가입 이외에도 우리 집에는 또 다른 변화가 있었다. 엄마가 아기를 출산한 것이었다. 나는 남동생 하나가 더 생기고 엄마는 아들 넷, 딸 둘, 모두 여섯 남매의 엄마가 되었다. 또한 엄마의 집안일을 도와주는 복님이라는 이름의 여자애가 우리 집에 와서 같이 살게 되었다. 나보다 한두 살 아래인 그 애는 부지런하고 명랑하고 똑똑했다. 이제 엄마는 매일 병원에서 아버지를 도와주는 사람들 셋을 포함 모두 13명의 식솔들의 먹거리를 챙겨야 했다.

그해의 끝자락에서 엄마는 내게 또 하나의 추억을 선물했다.

"너 오늘 밤 나하고 거기 갈래?" 엄마가 갑자기 무슨 좋은 생각이 떠오르기라도 한 듯 내게 물었다.

"밤에? 어두운데 어디를?"

"거기 가 보면 알아."

"응, 갈게." 나는 뛸 듯이 기뻤지만 내색하지 않고 아무렇지도 않게 대답했다.

설거지를 마친 엄마가 옷을 갈아입었다. 그리고 복님에게 아기를 잘 보라고 이른 다음 엄마는 나와 함께 대문을 나섰다. 외등이 꺼진 행길은 어두웠지만, 집들의 문틈으로 새어 나오는 불빛이 우리를 안내했다. 가정용 전기가 시간제로 들어오고 있었기 때문이다. 주거 지역을 빠져나온 우리는 학교로 뻗어 있는 빈 밭길을 걸었다. 얼마 안 가서 창문에 불빛이 반짝이는 건물이 눈에 들어왔다. 이때 나는 우리가 가는 곳이 어디인지를 알았다. 학교에 오가면서 보았던, 들판에 외로이 서 있는 교회 하나, 바로 거기였다.

생전 처음 교회에 온 나는 무엇을 어떻게 해야 할지 몰라 다른 사람들이 하는 대로 흉내를 냈다. 예배가 끝난 뒤 색종이로 만든 테이프와 별과 낙타 그림으로 장식된 무대에서 연극이 펼쳐졌다.

"아기 예수 탄생에 대한 연극이야." 엄마가 귀에 대고 속삭였다.

모든 것이 훌륭하고 신기해 보였고 나는 이유도 모른 채 즐거웠다.

집에 오면서 나는 왜 엄마가 평양을 떠나 오랜 세월이 흐른 후 다시 교회에 갈 생각을 했는지 궁금했다. 그러나 그 이유를 물어보는 대신 다른 질문이 나의 입에서 튀어나왔다.

"엄마, 언제 여기 다시 올 거야?"

"나하고 여기 또 오고 싶니?"

"응. 엄마하고 다시 오고 싶어. 꼭."

"글쎄… 다음 크리스마스이브에 오자."

"약속하는 거지?"

"응, 약속했어. 꼭 다시 오자."

"엄마가 뒷방에서 가끔 혼자 기도하는 거 다 알아."

"넌 내가 하는 것이면 뭐든지 다 아는구나!"

"뭐 해 달라고 기도하는 건데?"

엄마는 대답하지 않았다.

"엄만 외할머니 할아버지하고 또 이모하고 교회에 다니던 그때가 그리워?"

이번에도 엄마는 아무 말 안 했다. 그렇지만 나는 엄마가 속으로 '그럼!'하고 대답한 것을 알고 있었다.

그러나 나하고 다시 교회에 가겠다던 엄마의 약속은 지켜지지 않았다. 그날 밤 그 교회가 나와 엄마가 함께 갔던 처음이며 마지막 교회였다. 엄마가 내게 한 많은 약속이 지켜지지 않았다.

집에 오니 식구들은 모두 자고 있었다. 다음 날 새벽, 나는 잠결에 새벽송 소리를 들었다. "고요한 밤 거룩한 밤…" 아름다운 노랫소리가 점점 가까이 오더니 다시 천천히 멀어져 갔다.

3편

1950 – 1951

9

　　　　　새로운 10년이 열리고 나는 11살이 되었다. 어느새 봄은 가고 오월이 왔다. 상쾌한 훈풍이 아카시아꽃을 피워 싱그럽고 달콤한 내음이 온 집안에 가득했다. 작년에도 그랬듯이 나는 동생들을 데리고 아카시아가 줄지어 서 있는 마당 가로 갔다. 장대로 꽃을 따서 우리는 그것을 입에 넣고 씹었다. 그 꽃잎들은 달고 보드랍고 향긋했다. 그런 다음 우리는 나란히 마루에 걸터앉아 새끼들에게 번갈아 벌레를 잡아다 주는 제비 부부들을 보면서 흥얼거리며 놀았다. 제비들은 올해도 거르지 않고 지붕 아래 지어놓은 자기들의 둥지로 돌아왔다. 할머니는 봄만 되면 그 제비들을 기다렸다. 제비는 행운을 가져오는 길조라는 것이었다. 마당에는 어미닭을 졸졸 따라다니는 갓 태어난 샛노란 햇병아리들의 삐악삐악 소리가 승리의 함성처럼 넘쳐났고 암탉들은 매일 알을 낳아 엄마는 달걀을 사지 않아도 되었다. 며칠 전 페인트칠을 한 양철 지붕도 한 삼 년은 땡볕과 소나기와 눈을 견딜 수 있을 것이었다. 집안의 모든 것이 있을 곳에 있었다. 그렇게 보였다.

　이제 유월이 왔다. 다음 달이면 내가 고대하는 여름 방학이다. 수영도 하고 절에도 가고 농촌에 사는 동무들 집도 방문할 생각에 나는 벌써부터 들떠 있었다.

그러나, 그해 여름 방학은 오지 않았다.

유월이 채 가기 전 어느 일요일, 라디오에서 긴급 뉴스가 쏟아져 나왔다: 북한군이 삼팔선 전역에서 공격을 개시했다는 것이었다. 그래도 사람들은 별로 놀라지 않았다. 흔히 있는 국지적인 충돌이라 생각하는 것 같았다. 그런데 그렇지 않았다. 이것은 전쟁이었다. 라디오에서는 국군이 잘 싸우고 있으니 국민들은 안심해도 된다고 했다. 라디오에서 나오는 말은 진실이 아니었다. 실상은 그 반대였다. 국군은 용감하게 잘 싸웠으나 중포와 242대의 탱크를 몰고 내려오는 잘 무장된 북한군을 막기에는 역부족이었다. 비극의 막이 올라가기 시작한 1950년 6월 25일 아침이었다.

"장병 여러분은 즉시 본 대로 복귀하시오!" "시민 여러분 안심하십시오. 용감한 우리 국군은 연전연승하고 있습니다!" 라디오는 같은 말을 반복했다. 우리 가족도 이웃 사람들도 라디오 방송만 믿고 안심했다. 서울 시민들은 북한군 탱크가 서울 북쪽 외곽에 나타났을 때야 라디오 방송에 속은 것을 깨달았다. 부랴부랴 피난을 서둘렀지만 때는 이미 늦었다.

거짓 뉴스를 내보내던 우리 집 라디오도 멈췄다. 전화도 불통이고 편지도 배달되지 않았다. 모든 교통은 끊어지고 가게들도 문을 닫기 시작했다. 우리는 북쪽에서 무슨 일이 벌어지고 있는지 알 도리가 없었다. 마침내 학교가 문을 닫았다. 마지막 수업 시간에 우리 반 담임이던 김영배 선생님이 자기가 징집 통지를 받았다고 말했다. 그는 나의 급우 김창배의 형이었으며 교사가 된 지 몇 개월밖에 안 된 20세의 청년이었다.

우리는 전쟁이 우리를 향해 오고 있다는 것은 알았지만 정확히 어디쯤인지는 모르고 있었다. 우리는 전쟁이 아직 멀리 있다고 생각했다. 그러던 중 김영배 선생의 전사 소식이 날아들었다. 입대 이틀만이었다. 그 충격적인 소식이 갑자기 전쟁을 우리 앞에 바짝 끌어다 놓았다.

행길에 형이 나타난 것을 본 것이 정확히 언제였는지는 기억에 없다. 아마도 우리가 집을 떠나기 하루나 이틀 전이었을 것이다.

"엄마! 형이 와!" 대문간에 서 있던 내가 우물가에 있을 엄마를 향해 큰 소리로 외쳤다.

"아, 왔구나! 네가 안 올까 봐 얼마나 걱정했는지 아니?" 막 대문 안으로 들어서는 형에게 엄마가 뛰어오면서 말했다.

"너를 눈이 빠지도록 기다렸다. 우리가 피난을 떠날 때까지 안 오면 어떡하나 하고." 할머니의 입가에도 안도의 웃음이 떠올랐다.

다니던 학교가 문을 닫은 후 형은 며칠을 걸어서 집에 왔다. 기차가 이미 끊겼기 때문이었다. 대전고등학교 졸업반이었던 그는 다음 해 봄엔 대학에 입학할 예정이었다. 그런데 전쟁이 일어난 것이다. 대전은 우리 J 읍에서 훨씬 남쪽에 있었기 때문에 그가 집에 온 것은 전쟁에 더 가까이 온 것을 의미한다.

"엄마, 아버지께 인사드리고 올게." 형이 말한 다음 병원채로 향했다.

"아니, 가지 마!" 엄마가 형을 막았다. 그런 다음 형의 귀에다 뭐라고 속삭였다. 아빠에 대한 말인 것을 나는 알았다.

아버지는 집에 없었다. 이삼일 전 집을 떠났다. 나는 아버지가 대문을 나서는 것과 행길을 가로질러 철길로 가는 골목으로 접어드는 것을 보았다. 이야기는 이랬다: 엄마와 아빠가 마당에서 언제 어디로 피난을 가야 할지 의논하고 있을 때 경찰 한 사람이 찾아왔다. 그 경찰은 열려 있는 대문 앞에 선 채 아버지에게 나오라고 손짓을 했다. 아버지가 나왔다.

"선생님, 지금 즉시 댁을 떠나셔야 합니다. 지서장님 전갈입니다. 설명할 시간이 없습니다." 경찰이 긴박한 어조로 말했다.

"전선이 가까워졌습니까?"

"그런 게 아닙니다. 우리 서장님은 선생님이 좌익 이력이 없는 것을 알고 있습니다. 그렇지만 보도연맹 명부에 선생님 이름이 있습니다. 빨리 이 J읍을 떠나십시오." 경찰이 아버지를 똑바로 바라보며 목소리를 죽였다. 아버지가 그를 멍하니 쳐다보았다.

"제 말을 무시하지 마십시오. 빨리 피하세요, 빨리!"

경찰은 이 말을 마지막으로 홱 돌아서서 지서를 향해 빠르게 걸어갔다. 아버지가 급히 집 안으로 들어왔다.

"허드레 옷으로 갈아입어야겠소. 일용품 몇 가지만 빨리 챙겨줘요. 빨리요!"

"왜요? 그 경찰이 뭐라고 그래요?"

"당장 집을 떠나라고 했소. 잘은 모르지만 보도연맹원들에게 전쟁과 관련된 무슨 일이 일어나고 있는 모양이오." 옷을 갈아입으면서 아버지가 말했다.

"뭐라구요? 그럼 어디로 갈 건데요?" 엄마가 다급하게 물었다. 엄마의 얼굴이 파래졌다.

"진천 쪽으로 가야겠소. 그 저수지 인근 마을 말이오."

"모든 걸 당신 혼자 하게 해서 미안하오. 먼저 안골로 가시오. 그다음엔 임 씨네로…. 아, 그다음엔 모르겠소. 당신이 결정해야겠소. 미안하오." 말을 마치고 대문으로 향하던 아버지가 다시 돌아서더니 "아, 깜빡했네!" 하면서 병원채로 들어갔다. 다시 나오는 그의 손에 무엇이 들려 있었다.

"이것을 큰애한테 주시오. 큰애가 안 오면 둘째에게…" 엄마가 그것을 건네받았다. 그것은 금장 회중시계였다. 아버지에게 남긴 할아버지의 유물이었다. 급히 대문을 나서는 아버지의 등에 엷은 누런색 륙색이 얹혀 있었다. 나는 엄마와 할머니에게 아버지와 경찰이 대문간에서 무슨 말을 나누었는지 들은 대로 다 말해 주었다. 내 말을 들은 엄마가 아무한테도 말하지 말라고 내게 주의를 주었다.

드디어 우리는 짐을 싸기 시작했다. 담요와 옷가지와 조리 도구, 그리고 쌀과 약간의 비상식품을 자루에 담고 보에 싸서 끈으로 묶었다. 엄마는 상비약과 체온계도 따로 챙기고 할머니는 쌀을 볶아 미숫가루를 만들었다. 형은 영어사전을 변소로 가지고 가서 갈라진 벽의 틈새에 감추었다. 그런 다음 우리는 현미경과 마약과 대대로 내려오는 제기와 귀중품들을 마당에 묻었다. 엄마의 집안일을 도와주던 복님은 우리와 같이 가기를 원했다. 그녀의 집은 꽤 멀었고 교통도 이미 끊겼다. 하지만 우리는 우리 집 귀여운 강아지 복돌과 닭과 텃밭의 돼지우리에 있는 돼지들을 어떻게 해야 할지 몰랐다.

한편, 나의 귀에 이따금 멀리서 들려오는 어떤 소리가 있었다. 그것은 너무 약하게 들려서 소리의 방향도 종류도 가늠할 수가 없었다. 짐승이 우는 소리 같기도 하고 노인의 기침 소리 같기도 했다. 형은 우리가 지금 대포 소리를 듣고 있는 것이라 했다.

형과 말하고 있을 때 밖에서 시끄러운 소리가 났다. 뛰어나가 보니 우리 병원 앞에 스리쿼터 트럭 한 대가 와서 멎었다. 트럭의 뒤 모서리에는 큰 적십자 깃발이 꽂혀있었다. 아버지의 병원은 이제 야전 응급 치료소가 된 것이다. 병원에는 간호원 혼자 남아 있었다. 두 남자 조수들은 이미 자기들 집으로 돌아가고 없었다. 그녀의 집은 서울이었다. 자기가 서울에 도착하기 전에 서울이 북한군 손에 넘어갈 것으로 믿고 그냥 남아 있기로 했던 것이다. 만일 그녀가 이 기회를 잡았다면 그녀는 간호장교가 되었을 것이다.

그 트럭과 오가는 위생병들을 보고 서 있던 나의 눈에 어떤 남자와 여자, 그리고 남자애 하나가 우리 집 쪽으로 걸어오고 있는 것이 보였다. 가까이 오자 그 여자가 나를 보고 웃었다. 그녀가 이모인 것을 알아본 순간 나는 대문 안에 대고 "엄마, 이모 왔어!" 하고 소리쳤다. 엄마가 뛰어나왔다. 함께 온 남자는 이모부였고 남자애는 나의 이종사촌 동생이었다. 이 두 사람을 나는 그때 처음 보았다. 그들은 반가워 어쩔 줄 몰랐다. 엄마가 안으로 들어가자고 했으나 그들은 그냥 밖이 좋다고 했다. 이모부도 평양의학전문학교를 졸업했다. 이모부는 15년 동안이나 못 만난 아버지를 만나고 싶었다. 전쟁이 사람들을 어디로 데려갈지 모른다는 생각에 이모도 엄마를 한 번이라도 더 만나고 싶었다. 그래서 남으로 가는 피난길에 잠깐 들른 것이라 했다.

그러나 엄마가 아버지에게 무슨 일이 있었는지 말해 주자 이모와 이모부의 얼굴이 어두워졌다.

"언니, 너무 걱정하지 마. 괜찮을 거야. 형부가 무사하게 위기를 넘기게 해달라고 주님께 기도할게." 이모가 말했다. 이모부도 웃으며 엄마를 위로하는 말을 했다.

"나도 괜찮을 거라고 믿고 있어." 말하는 엄마의 얼굴에 힘없는 미소가 떠올랐다.

이모 가족은 단출했고 모두가 걸을 수 있었다. 우리는 달랐다. 나는 우리가 그들과 함께 갈 수 없다고 생각했다.

"우리 다시 만날 때까지 잘 있어, 언니야!" 이모가 엄마를 꼬옥 껴안으며 힘주어 말했다.

그들은 돌아서서 발걸음을 옮기기 시작했다.

"어디를 가든지 무사해야 해, 알았지?" 엄마가 이모의 등에 대고 큰 소리로 말했다. 이모가 돌아보며 손을 흔들었다.

그들은 점점 멀어지다가 사라지기 전 다시 한번 돌아보았다. 엄마와 이모는 이렇게 헤어졌다. 언제 어디서 다시 만나자는 약속도 없이. 이것이 영원한 작별이 될 줄은 누구도 몰랐다. 운명은 아무런 힌트도 주지 않았다.

10

이모네가 다녀간 다음 날 아침, 해도 뜨기 전에 우리는 이른 아침을 먹었다. 그런 다음 엄마는 돼지들에게 마지막 먹이를 구유 가득 부어 주었다. 할머니도 닭들에게 듬뿍듬뿍 모이를 뿌려 주고 형은 복돌을 도랑 건너 석이네 집에 맡기고 왔다. 무슨 이유에서인지 석이네는 피난을 가지 않고 남아 있기로 했다.

판자 울타리 안의 미루나무 가지 사이로 태양이 떠오를 때 우리는 행길로 나왔다. 병원 앞에는 더 많은 군용차들이 서 있었다. 행길 건너 상배 아버지의 양복점 앞에 상배 엄마가 서 있다가 우리를 보고 어디로 가느냐고 물었다.

"이 어린것들을 데리고 어디까지 갈 수 있을지 몰라요. 한동안 가까운 마을에 있다가 돌아올까 해요." 엄마가 말했다.

"우린 아직 어디로 갈지 정하지 못했어요." 상배 엄마가 웃으며 말했다.

"어디서든지 우리 무사히 있다가 다시 만나요." 엄마가 그녀에게 손을 흔들었다.

우리는 아버지가 엄마에게 일러 주었다는 안골이란 마을로 향했다. 동네를 빠져나와 좁은 언덕길로 접어든 우리는 일렬로 줄을 서서 걸었다. 모두 무엇인가 손에 들거나 등에 지고 있었다. 형은 어깨에 쌀자루를 메고 양손에 작은 보따리들을 들었다. 할머니도 조그만 짐을 지고 한 손으로는 세 살 반짜리 손자의 손을 잡고 걸었다. 복님은 두 살배기 내 막냇동생을 등에 업었다. 엄마는 쌀자루 하나를 등에 지고 한 손엔 그릇들을 보에 싸서 들었다. 나는 등에 옷 보따리를 지고 손에 먹을 것을 들었다. 아침인데도 얼마 안 걸어서 땀이 흐르기 시작했다.

약 40분 만에 안골에 다다랐다. 스무 채가량 되는 초가집들이 나지막한 언덕을 등지고 모여 앉은 작은 마을이었다. 우리는 이곳이 처음이었다. 문패를 살피며 걸어가던 엄마가 어느 집 앞에서 멈췄다. 엄마가 짐을 내려놓더니 안으로 들어갔다. 잠시 후 엄마와 함께 어떤 노인이 나오더니 우리를 둘러보았다. 그런 다음 문간방을 가리키며 그 방을 쓰라고 엄마에게 말했다. 그 집의 가장인 그는 아버지의 오랜 환자였다.

방은 밖에서 보기보다 컸다. 짐을 모두 내려놓았다. 몸이 가뿐해지며 살 것 같았다.

"집에 갈 때까지 아니면 더 멀리 가야 할 때까지 우리는 여기 있어야 해." 엄마가 말했다. 불편해도 참으라는 말이었다.

그런데 다음 날, 대포 소리가 더 크게 들리기 시작했다. 포성이 들릴 때마다 엄마의 표정이 어두워졌다.

"전쟁이 어디로 지나갈 것 같니?" 엄마가 형에게 묻는 소리가 들렸다.

"그걸 누가 알겠어?"

"내 말은 전투가 바로 이 마을에서 벌어질 수 있는 가능성 말이야?"

"우리의 경우 가능성은 의미가 없어, 엄마. 안 벌어질 것 같다가도 벌어지면 가능성 백 퍼센트가 되고 마는 거지."

나는 형의 말을 이해할 수 없었지만, 엄마는 머리를 끄덕였다. 엄마와 형은 이제 중요한 결정을 해야 했다. 그날 밤 나는 엄마와 형이 의견을 주고받는 것을 듣다가 잠이 들었다.

다음 날 아침 우리는 그 집을 나왔다. 내 여동생들은 집에 가는 줄 알고 좋아서 깡충깡충 뛰었다. 마을을 나와서 얼마쯤 걷던 엄마가 논으로 뻗어있는 좁은 길로 방향을 틀었다. 길 양쪽의 키 큰 풀잎에 맺힌 아침 이슬이 나의 바지를 적셨다. 논둑길을 한참 걸어갔을 때 우리 앞을 가로지르는 큰길이 나타났다. 나는 그것이 충주와 청주를 연결하는 도로라는 것을 알았다. 집에 가려면 오른쪽으로 가야 했다. 그러나 도로 위에 올라선 엄마와 형이 왼쪽으로 방향을 틀었다. 우리는 집에서 점점 멀어지고 있었다.

칠월의 태양이 우리를 때리기 시작했을 때 길 왼쪽으로 조금 떨어진 곳에 작은 마을이 나타났다. 앞에 가던 엄마가 그 마을로 난 작은 길로 들어서는 것이 보였다. 나머지 식구들도 엄마 뒤를 따랐다. 마을에 다다랐다. 안골보다도 작았다.

"어느 집인지 알아, 엄마?" 형이 물었다.

"저기 저 큰 집일 거라고. 입구에 있는 큰 집이라고 아버지가 그랬어."

엄마가 가리키는 그 집 문간에는 어떤 여자가 우리를 지켜보고 서 있었다. 우리는 그 집으로 다가갔다.

"여기가 임 씨 댁인가요?" 엄마가 그녀에게 조심스레 물었다.

"예. 그런데 무슨…" 그녀가 의아해하는 표정을 지었다.

"우린 J읍 의사 가족입니다." 엄마가 미소를 띠며 말했다.

"아, 네…. 우리 남편 때문에 여러 번 왕진 오셨었어요." 그녀가 말했다. 그러고는 이유도 묻지 않고 우리를 문 안으로 들였다. 우리의 행색에서 우리가 온 이유를 읽었을 것이다. 그녀의 말에서 나는 그녀가 임 씨의 부인이란 것을 알았다.

"그런데 의사 선생님은요? 같이 오시지 않으셨나요?" 그녀가 물으며 대문 밖을 내다보았다.

"같이 안 왔어요. 혼자 다른 데로 갔어요." 엄마가 시선을 떨구며 말했다.

그녀는 고개만 몇 번 끄덕일 뿐 더 묻지 않았다. 집안에는 아무도 없었다. 넓은 마당에는 정적이 감돌았다.

"주인께서는 어디 가셨나요?" 엄마가 물었다.

"남편은 죽었어요."

"병에서 회복이 안 되셨었나요?"

"경찰이 죽였어요."

"네? 지금 하신 말씀이… 사실인…."

"사실이에요. 헌병들과 경찰이 다른 보도연맹원들과 함께 저 산 너머로 데리고 가서 총으로 쐈대요."

"아니, 저런! 어떻게 그럴 수가…!" 엄마의 목소리가 떨렸다.

"거짓말 같아요. 지금이라도 웃으며 들어올 것만 같아요." 그녀가 깊은 한숨을 쉰 다음 말을 이었다. "애들에게 뭐라고 말해야 할지…? 아들 둘을 여기서 꽤 떨어진 친척 집에 보내 놓았는데…"

그녀의 말에 의하면 사실은 이랬다: 이틀 전 경찰이 와서 그녀의 남편보고 잠깐 조사할 것이 있으니 지서로 가자고 했다. 그녀의 남편은 마당에서 하던 일을 멈추고 경찰을 따라나섰다. 곧 돌아올 것이니 자기가 하던 일을 치우지 말고 그대로 놔두라고 하면서. 약 두 시간쯤 지난 후 마을 이장이 와서 남편이 다른 데서 실려 온 보도연맹원들과 함께 처형되었다고 알려주었다.

그녀의 남편 임 씨의 죽음은 J읍 지서장이 부하를 보내 아버지를 피신케 한 이유를 설명해 주고도 남았다.

(전쟁이 일어나자 정부는 보도연맹원들이 북한 인민군을 도울 것이 두려워 그들을 제거하기로 하고 군과 경찰에게 보도연맹원 처형 명령을 내렸다. 즉시 각 면과 날짜별로 역사상 미증유의 민간인 학살이 자행되었다.)

다음 날 아침 우리는 다시 도로에 나왔다. 슬픔과 비탄으로 가득한 집에 더 머무를 수가 없었다. 길에는 피난민들의 수가 늘어나 있었다. 어린애들과 노인들을 제외한 모든 사람들이 무엇을 이거나 들거나 지거나 했다. 시간이 갈수록 피난민의 숫자는 불어나서 나중에는 하나의 행렬을 이루었다. 가지고 가는 물건들도 여러 가지였다. 어떤 남자가 끌고 가는 수레에는 재봉틀과 벽시계가 실려 있었고 그 수레의 맨 가장자리에 박혀 있는 말뚝에는 다리가 묶인 닭 두 마리가 거꾸로 매달려 내리쬐는 불볕에 부리를 벌린 채 헐떡이고 있었다. 그들은 도망가려 하지 않았다. 묶여 있다는 것을 알고 있었다. 나는 죽음이 빨리 와서 그들의 고통을 뺏어가 주기를 빌었다.

엄마는 혹시 물집이 생기지 않았나 하고 수시로 내 동생들의 발을 살폈다. 그러나 그 애들은 잘 걸었다. 옷이 땀에 젖어 등에 들러붙고 목이 말라도 불평하지도 울지도 않고 묵묵히 걸었다. 가끔 군 트럭이 속력을 내며 지나갔다. 바람은 한 점도 없었다. 공기는 진공처럼 완전히 정지해 있었다. 도로 양옆으로 늘어선 가로수의 잎새들은 미동도 하지 않았다. 트럭이 일으키고 지나간 흙먼지도 공중에 뜬 채 흩어지지 않았다. 그러다가 아주 천천히 땀에 젖은 우리 얼굴에 내려앉아 겹겹이 쌓였다. 형과 나는 땀과 먼지로 범벅이 된 서로의 얼굴을 가리키며 킬킬거렸다. 가끔 비행기 소리도 들렸다. 대부분 높이 떠서 편대로 날아갔는데 때로는 혼자서 아주 낮게 갑자기 나타나는 비행기도 있었다. 그럴 때면 엔진의 폭음에 놀란 아기들이 자지러지게 울었다. 그러나 폭탄이 터지는 소리나 대포의 울부짖는 소리는 들려오지 않았다.

걷고 또 걸었다. 쉬기도 자주 쉬었다. 우리가 청주 고모 집에 도착했을 때는 어둑어둑한 저녁 무렵이었다. 그 집은 황혼 속에 조용히 서 있었다. 고모네가 이미 떠났다는 것을 직감했다. 우리는 실망했다.

대문을 밀고 들어가 마당을 건너 안채로 갔다. 그리고 두 개의 넓은 방 앞에 가로놓인 마루에 짐들을 내려놓았다. 엄마가 복님의 등에서 아기를 내려 젖을 물렸다. 젖을 먹고 있는 아기의 얼굴을 내려다보는 엄마의 얼굴은 언제나 행복해 보였다. 우리는 펌프에 가서 몸을 씻었다. 그런 다음 형이 화덕에 불을 지폈다. 할머니와 엄마가 지은 밥을 온 가족이 둘러앉아 게걸스럽게 먹었다. 날은 이미 어두웠다. 어둠 속에서 엄마가 땀에 전 우리들의 옷가지를 물에 대충 헹구어 빨랫줄에 너는 것이 보였다. 동생들은 이미 잠에 떨어졌다. 우리도 여기저기 마루 위에 드러누웠다.

"전쟁이 어디쯤 온 것 같니?" 엄마가 누운 채로 묻는 소리가 들렸다.

"모르겠어. 그렇지만 피난민들이 많이 늘어나는 걸 보면…?" 형이 말끝을 흐렸다.

나는 이 집에 하루라도 더 머물고 싶었다. 아니면 더 좋기는 여기 있다가 그냥 집으로 돌아가는 것이었다. 그러나 다음 날 아침, 나는 그 꿈을 접었다. 아침을 먹은 뒤 형이 종이에 연필로 '고모, 우리가 다녀감. 집에 가게 되면 가는 길에 다시 들릴 것임.'이라고 쓰더니 부엌으로 가져가 솥 안에 넣는 것이었다.

다시 보따리들을 이고 지고 우리는 고모 집을 나왔다. 지금까지 우리는 서남쪽으로 걸었었다. 도시를 빠져나오자 우리는 남쪽으로 뻗은 길을 걸었다. 가끔 마을이 나타났고 마을과 마을 사이에도 잊을 만하면 외딴집들이 보였다. 외딴집들은 모두 비어 있었다. 벽에는 손바닥만 한 종이들이 붙어 있었다. "7월 9일 양호." "엄마 삼촌네로 와요. 삼재." 등등 가족에게 전하는 메모들이었다.

갈증을 참기 어려울 때쯤, 저만큼 앞에 학교가 나타났다.

"엄마, 저기서 쉬었다 가면 안 돼?" 내가 학교를 가리키며 엄마에게 물었다.

"그러자꾸나. 좀 쉬었다 가자."

학교로 들어가니 피난민들이 여기저기서 쉬고 있었다. 운동장 주변으로 둘러서 있는 플라타너스 아래 벤치들이 놓여 있고 건물 한쪽에는 물 펌프도 보였다. 우리는 물 펌프로 가서 목을 축이고 땀에 젖어 지도가 그려진 얼굴의 먼지를 씻어냈다. 그런 다음 나무 아래 벤치로 가서 점심을 먹었다. 어디선가 매미들이 극성스레 울어댔다.

약 한 시간 후, 학교를 나와 피난민 행렬에 합류했다. 우리는 천천히 걸었기 때문에 자꾸만 뒤처졌다. 세 살 반짜리 동생의 걸음에 맞춰야 했기 때문이다. 우리 뒤에 오던 가족들이 잠시 후면 우리를 앞서곤 했다. 얼마를 더 걸었을 때 길에서 가까운 곳에 꽤 큰 마을이 나타났다. 해는 아직 기울기 전이었고 우리는 그날 얼마를 걸었는지 계산에 없었다.

"오늘 밤은 여기서 자자." 엄마가 뒤에서 걷고 있는 형과 나를 돌아다보며 말했다.

"이렇게 일찍?" 형이 말했다. 그러나 엄마는 벌써 그 마을로 가는 작은 길로 접어들고 있었다.

내 두 여동생이 환호성을 질렀다. 그들의 땀에 젖은 더러운 얼굴에 함박웃음이 꽃처럼 피어났다. 나는 빈집이 있기를 빌었다. 엄마가 어느 집 앞에서 반쯤 열린 문으로 안을 들여다보았다.

"거 누구요?" 안에서 노인의 목소리가 물었다. 빈집이 아니었다.

"피난민인데 하룻밤 잘 곳을 찾고 있어요." 엄마가 대답했다.

곧 머리가 허옇게 세고 눈가에 주름이 쭈글쭈글한 노인이 나오더니 우리를 하나하나 둘러보았다.

"들어들 오시오. 어린것들하고 얼마나 고생이 많을까…? 이 염천에." 노인이 쯧쯧 혀를 차며 우리를 안으로 들였다. 집안은 마당에 닭 몇 마리가 먹이를 쪼고 있을 뿐 사람은 보이지 않았다. 그러나 잠시 후 할머니보다 좀 더 나이가 많아 보이는 여자가 부엌에서 나오더니 어디서 오느냐고 물었다.

"J읍에서 옵니다." 형이 대답했다.

그러나 그녀는 J읍이 어딘지 모르는 것 같았다. 그냥 고개만 끄덕였다.

"이 집은 두 식구에겐 너무 큰 거 같네요." 할머니가 그녀에게 말했다.

우리는 대식구라우. 아들, 메누리, 손자, 손녀들과 같이 산다우."

"그럼 피난을 떠났나요?"

"메누리는 며칠 전 애들을 데리고 친정에 가 있고… 아들은 징집되어 군대에 갔고."

그녀가 무슨 말을 더하려고 할 때 옆에 서 있던 노인이 나섰다.

"나는 이 상황이 너무 싫소. 내 아들이 동족을 죽이고 동족의 총알에 죽을지도 모르는 이 꼴이 도대체 뭔지 모르겠소. 해방이 와서 좋다고 했는데…."

"그런데 아이들 아버지는 없수?" 이번에는 그녀가 우리를 번갈아 쳐다보며 엄마에게 물었다.

"있습니다." 엄마가 대답했다.

"군인이나 경찰인 게로군…. 같이 안 온 걸 보면."

"그냥 같이 올 수가 없었어요." 엄마가 말했다. 그녀는 더 묻지 않았다.

어찌 되었든 우리에겐 하룻밤을 보낼 수 있는 지붕과 방이 생겼다. 노부부가 내준 방은 넓었고 벽에는 모기장까지 걸려 있었다. 이것이면 되었다. 내일은 내일이 되어 봐야 안다.

아버지

아버지는 어떻게 되었을까? 지금 어디 있을까? 급히 피신하라는 지서장의 전갈을 받고 집을 나온 아버지는 진천군의 저수지가 있는 어느 마을로 향했다. 그 마을에는 아버지와 오랫동안 알고 지내는 이 씨라는 사람이 살고 있었다. 냇물을 건넌 아버지는 제방을 넘어 제방과 논 사이로 나 있는 작은 길을 따라 걸었다. 전에 그 마을에 왕진 갈 때는 둑 위에 난 길로 자전거를 몰았었다. 그러나 지금은 사람의 눈을 피하기 위해 둑 아래 길로 걸었다.

아버지는 아직 몸을 피해야 하는 이유가 무엇인지 확실히 알지 못했다. '제 말을 무시하지 마십시오. 빨리 피하세요, 빨리!' 그 경찰이 한 이 말은 과연 무슨 의미일까? 내가 그의 경고를 과대평가한 것은 아닐까? 그래서 지금 공연히 피신 길에 오른 것이 아닐까? 그럴 수도 있다. 그러나 지금은 전시이다. 지서장이 그의 부하를 보내 피신하라고 했을 때는 그만한 이유가 있었을 것이다. 자문자답하던 아버지의 발걸음이 갑자기 빨라졌다.

해가 막 서산을 넘었을 때 아버지는 은신처를 부탁하려는 그 집에 도착했다. 대문을 두드렸다. 이내 문이 조금 열리더니 누가 안에서 밖에 서 있는 사람이 누군지 살폈다.

"아니, 의사 선생님 아니십니까?" 그가 아버지를 알아보았다.

"예. 그렇습니다. 이 선생님, 그간 안녕하셨습니까?" 아버지가 말했다.

"우리 마을에 왕진 오셨나요? 그런 것 같진 않습니다만." 그가 믿기지 않는다는 듯한 표정을 지었다. 그의 눈에 보여야 할 자전거와 왕진용 검은 가방은 보이지 않고 의사라는 사람이 등에 륙색을 멘 허름한 행색으로 서 있었기 때문이었다.

"왕진이 아닙니다. 며칠 있을 곳이 필요해서 왔습니다."

"알았습니다. 들어오시지요." 그가 문을 활짝 열었다.

안으로 들어가자 그의 부인이 수줍게 웃으며 아버지를 맞이했다. 아버지는 갑자기 방문하게 된 이유를 자세히 설명하는 대신 대충 짐작할 수 있도록 약간의 암시만 주었다. 그들 부부는 알았다는 듯이 고개를 끄덕거리며 필요한 만큼 있으라고 친절을 베풀었다. '그런데 피난은 안 가십니까?' 하고 아버지가 물었으나 이 씨는 '우리 같은 늙은이들한테 무슨 일이 있겠어요? 아들, 며느리, 애들만 떠나고 우리 부부는 집에 남아 있기로 했지요.'라고 말하며 웃었다.

◆

아침이 왔다. 담 너머로 조금 떨어진 도로에 피난민의 행렬이 움직이고 있는 것이 보였다. 보따리들을 메고 들고 우리도 밭길을 걸어 도로로 나왔다. 짐을 메고 걷는 것은 고역이었으나 우리는 어느새 적응이 되어 가고 있었다. 엄마는 복님을 친딸처럼 대했고 복님도 엄마를 친엄마같이 따랐다. 내리쬐는 태양 아래 아기를 업고 걸으면서도 복님의 명랑한 기질은 꺾이지 않았다. 그녀는 아기에게 모든 신경을 집중하는 것처럼 보였다. 그것을 알기라도 하듯 아기도 복님에게 업히기만 하면 칭얼거리거나 울지 않았다.

우리의 짐은 우리가 걸은 거리만큼 가벼워졌다. 그러나 짐이 가벼워지는 만큼 마음은 무거워졌다. 식량이 떨어져 가고 있었다. 그래도 여름인 것이 다행이라면 다행이었다. 불볕더위는 야속했어도 겨울이면 더 비참했을 것이다. 찬 바람 몰아치는 눈길 위에서 얼어서 감각이 없는 발로 미끄러지며 넘어지며 걷지 않아도 되지 않는가. 그것만이 아니었다. 밭에는 농민들이 심어놓고 간 채소가 자라고 있었다. 고마웠다. 하지만 겨울도 그리 멀지는 않다.

생각에 잠겨 걷고 있는 나의 등 뒤에서 말소리가 들렸다.

"우리가 마치… 송충이 같구만. 이 피난 행렬 말이야."

"하하, 맞아. 정말 그러네." 다른 목소리가 맞장구를 쳤다.

지난여름이던가, 내 발 옆을 기어가던 송충이가 생각났다. 그 송충이는 내게 발견된 것을 알았는지 멀리 가려고 사력을 다했다. 나의 자비없이는 그 벌레가 살아날 수 없다는 것을 나는 알고 있었다. 나는 그 송충이에게 자비를 베풀었다. 지금은 내가 그 송충이와 같다는 생각이 들었다. 지금 나의 머리 위에서 나를 내려다보며 생각을 가다듬고 있을 그누군가의 자비가 없으면 으깨져 죽을 수밖에 없는….

이때였다. 앞쪽에서 들려오는 울음소리가 나를 몽상에서 깨웠다. 곧대여섯 살쯤 된 남자애가 나타났다. 그 애는 주먹으로 눈물을 닦으면서연신 엄마를 불러댔다. 사람들이 집이 어디냐고 물었지만 대답하지 않았다. 오직 엄마만 부르며 마주 오는 피난민들 사이로 사라졌다. 여자들이 혀를 차는 소리가 들렸다. 한 십분쯤 걸었을까, 누구의 이름을 부르는 소리가 앞쪽에서 다가오고 있었다. 잠시 후 목소리의 주인들이 나타났다. 조금 전에 울면서 지나간 그 애의 부모였다. 그들은 당황한 얼굴로 이 사람 저 사람에게 물었다.

"혼자 가는 애를 보지 못했습니까? 소매 없는 흰색 셔츠를 입었구요."

"봤어요. 조금 전에 저리로 걸어갔어요. 서두르세요!" 누군가가 대답했다.

나는 그들이 우리가 조금 전에 지나온 갈림길에 이르기 전에 그 애를 만날 수 있기를 속으로 빌었다. 그렇지 않으면 그들은 어떤 길로 가야 할지 몰라 또 다른 난관에 부딪힐 수도 있었다. 조금 더 갔을 때 가로수에 기대 놓은 보따리와 짐이 눈에 들어왔다. 그 애의 부모들 것이라고 직감했다.

한동안 평탄하던 길이 오르막길로 변했다. 이제 높은 고개를 넘을 거라고 누군가가 말했다. 양쪽에 뾰족하게 솟아 있는 산봉우리들이 보이기 시작했다. 오르막길을 걸으면 태양이 우리 쪽으로 더 가까워진 것 같은 느낌이 들었다. 우리는 계속 뒤로 처지며 간신히 고개를 넘었다. 고개를 넘은 다음 어디쯤에선가 내 둘째 남동생이 주저앉았다. 다친 데는 없었다. 그냥 피곤했던 것이었다.

"오늘은 그만 가고 잘 곳을 찾아야겠다." 엄마가 말했다.

다행히 우리는 잘 곳을 쉽게 찾았다. 우리를 보고 동정을 느낀 어느 나이 많은 농부가 선뜻 방을 내주었다.

또 하루가 밝았다. 내가 일어났을 때 엄마는 마당 가 화덕에서 밥을 짓고 할머니는 짐 속에서 무엇인가를 찾고 있었다. 담 너머 도로에는 벌써 피난민들이 움직이고 있는 것이 보였다. 식구가 단출한 가족들은 일찍 도로에 나섰지만 우리는 그러지 못했다. 우리는 해가 뜨고도 한참 지나서야 하루의 고행을 시작할 수 있었다.

"엄마, 빨리 떠나는 게 좋겠어. 내일 안으로 강을 건너야 할 것 같아." 형이 걱정스러운 얼굴로 말했다. 나는 형이 말하는 그 강이 금강이란 것을 알았다. 교실 벽에 붙어 있는 지도 앞에 서 있기를 좋아했던 탓으로 중요 도시와 모든 강의 위치를 다 알고 있었다.

"내일 안에? 왜 그렇게 생각해?" 엄마가 형에게 물었다.

"전쟁이 너무 빨리 쫓아오는 것 같아. 사람들이 그렇게 말하는 걸 들었어." 형이 대답하자 엄마가 고개를 끄덕였다.

길에 나서자마자 어제보다 더 빨리 걸었다. 한 세 시간 정도 걸었을 때 왼편에 철도가 나타나더니 도로와 나란히 한참을 따라왔다. 잠시 뒤 남쪽으로 가는 기차가 나타났다. 기관차가 끌고 가는 열대 가량의 곳간차의 지붕 위에 피난민들이 빼곡히 앉아 있었다. '저 사람들은 얼마나 운이 좋은가!' 질투를 느낀 나는 속으로 외쳤다.

이날은 우리가 집을 떠난 후 가장 긴 날이었다. 여러 번 쉬지 않고 걸은 탓인지 어느 날보다도 지쳐 있었다. 해는 곧 떨어지려 하고 있었지만 우리는 매포라는 마을까지는 가야 했다. 그래야만 아침 일찍 나루터에 도착해서 그날로 금강을 건널 수 있을 것이란 생각 때문이었다. 우리 앞에 이 길을 걸어갔을 그 많은 사람들이 모두 나룻배를 탈 사람들이었다.

해 떨어진 길엔 사람들이 없었다. 해거름 속에 언덕과 산들이 저만치 물러나서 검은 그림자로 서 있었다. 나의 눈에 멀리 마을 하나가 희미하게 들어왔다. 나는 그것이 매포란 것을 알았다. 내일 강을 건널 수 있을 것 같다는 생각이 들었다. 저 앞에 할머니와 형과 동생들이 걸어가는 것이 보였다. 그런데 엄마와 복님이 보이지 않았다. 그러고 보니 어디서부터인지는 모르지만, 한동안 그들을 보지 못한 것 같았다. 뒤를 돌아다보았다. 아무도 없었다. 순간, 두려움이 나를 덮쳤다. 어찌해야 하나, 지금 내가 할 수 있는 것이 무엇인가?

"형, 엄마하고 복님이 하고 봤어? 그 앞에 가고 있어?" 내가 외쳤다. 들지 못한 것 같았다. 손나팔을 만들어 입에 대고 다시 외쳤다. 그제야 들었던지 형이 뒤돌아보더니 짐을 땅에 내려놓고 뛰어왔다.

"내가 앞에 가면서 볼게. 만일 없으면 매포국민학교 문 앞에서 기다리고 있을게. 길가에 있는데 여기서 한 400m쯤 돼. 넌 왔던 길로 되돌아가서 좀 살펴보라고." 급히 말한 형이 내 보따리 하나를 빼앗아서 어깨에 메었다. "그렇지만 너무 멀리 가지는 마. 없으면 그냥 돌아오라고." 형이 가면서 어깨너머로 주의를 주었다. 형은 이 지역을 환하게 알고 있었다. 왜냐하면 그의 학교가 있는 대전과 가까웠기 때문이다. 나는 우리가 오늘 밤 매포에서 잔다는 것을 형이 엄마에게 확실히 말해주지 않았을 수도 있다고 생각했다.

나는 즉시 왔던 길을 다시 걸으면서 주위를 살폈다. 그러나 어둠이 빨리 내려서 50m 앞밖에는 볼 수가 없었다. 나는 걸으면서 복님! 복님! 하고 불렀다. 몇 번인가 계속 부르자 나의 앞쪽에서 사람의 목소리 같은 것이 들려왔다. 나는 환호했다. 하지만 나는 곧 그것이 내 목소리라는 걸 알았다. 나를 떠났던 목소리가 내게 다시 돌아오는 메아리였다. 더가 보고 싶었지만 멀리 가지는 말라고 했던 형의 말이 나를 돌아서게 했다. 나는 엄마와 복님이 이미 매포에 도착해서 우리를 기다리고 있기를 바라면서 걸음을 재촉했다. 하늘에선 별들이 빛을 떨구기 시작했고 길은 칠판에 백묵으로 그은 선처럼 어둠 속에서 하얗게 드러나 있었다.

잠시 후 나는 매포국민학교에 다다랐다. 아직 깜깜한 밤은 아니었다. 누가 교문 앞에서 혼자 오는 나를 향해 서 있는 것이 보였다. 형이었다.

형이 고개를 저었다. 형과 나는 말없이 펌프로 가서 대충 씻은 다음 교실로 향했다.

"형, 나루터가 여기서 얼마나 멀어?"

"거의 다 온 거나 마찬가지야. 여기서 한 20분." 형이 말했다.

"우린 오늘 저녁 없어. 주먹밥이 다 쉬었어." 형이 다시 말했다.

나는 내 봇짐에 쌀가루가 들어 있는 것을 알고 있었다. 그러나 나는 무엇을 먹고 싶은 생각도 없었고 배가 고픈지도 몰랐다. 내 생각은 나를 떠나 엄마와 복님과 그들과 함께 있을 아기에게 가 있었다. 교실 안에는 여기저기서 인기척이 났다. 창문 가까이에서 누군가 손에 촛불을 들고 륙색을 뒤지고 있었다. 동생들은 이미 잠에 빠졌다. 우리도 그들 옆에 누웠다.

"못 만난 게로구나?" 할머니가 물었다.

"걱정 마세요, 할머니. 엄마는 아직 매포에 오지도 강을 건너지도 않았어. 내일 아침에 만날 수 있을 거예요." 형의 말에서 자신이 묻어났다.

그러나 나의 걱정은 사라지지 않았다. 그들 중 누군가 다쳤거나 병이 나서 걸을 수 없다면? 그래서 못 오는 것이라면? 그래도 우리는 강을 건너야 할까? 나는 이런 생각들을 형에게 말했다. 형은 아무 말도 없었다. 그는 이미 잠들어 있었다.

금강을 건너다

다음 날 아침, 눈을 뜨니 할머니가 밥을 해놓고 기다리고 있었다. 우리는 빨리 아침을 먹고 교실을 나와 교문 앞에서 엄마를 기다렸다. 길에는 피난민들이 띄엄띄엄 나루터 쪽으로 가고 있었다. 꾸준히 늘어나는 그들의 숫자가 우리를 안달 나게 했다. 나루터의 줄도 그만큼 길어지고 있을 것 같았다.

그러나 엄마 일행은 보이지 않았다.

"나루터로 가야 할 것 같은데? 거기서 기다리고 있을지도 모르잖아? 여기 계속 이러고 시간을 낭비할 순 없어." 형이 말한 다음 길로 나가 나루터 쪽으로 걸음을 옮기기 시작했다. 할머니와 동생들이 형을 따라나섰다. 이 순간이었다. 어찌할 줄 모르던 나의 눈에 멀리서 걸어오는 한 여자가 들어왔다.

"저거 엄마 아냐?" 내가 소리쳤다.

할머니와 형이 걸음을 멈추고 내가 가리키는 곳을 보았다. 피난민들에 가려 보였다 안 보였다 하면서 점점 가까워지던 그녀의 얼굴에 환한 웃음이 피어나는 것을 보았을 때 우리는 환호했다. 엄마였다. 잃어버렸다 다시 찾은 엄마였다. 엄마 옆에서 걸어오는 복님도 좋아 어쩔 줄을 몰라 했다. 막 떠오르는 아침 햇살 속에 환하게 웃던 엄마의 그 얼굴, 지금도 내 기억 속에서 웃고 있다.

"너희들 다시는 못 보는 줄 알고 내가 얼마나 걱정했는지 아니?" 말하는 엄마의 얼굴에 기쁨과 안도의 웃음이 넘쳐났다.

할머니 손을 잡고 있던 남동생이 엄마에게 내닫더니 엄마의 다리를 꽉 껴안았다. 그 바람에 손에 보퉁이를 든 엄마가 균형을 잃고 넘어질 뻔했다.

"엄마, 어떻게 된 거야?" 형이 볼멘소리로 물었다.

"길가 빈집 앞에서 쉬면서 너희들을 기다리고 있었지. 복님이 말이 너희들이 우리 뒤에 오고 있는 것 같다는 게 아니겠니? 그런 줄 알고 기다리다가 한참이나 돼도 안 오길래 아마도 우리 뒤가 아니고 우리 앞에 갔을 거로 생각했어. 그래서, 그럼 오늘 아침 나루터에서 만날 수 있겠거니 하고 서둘러 온 거 아니니? 엄마를 떼어 놓고 강을 건너지는 않을 테니까 하고."

"엄마 생각이 옳았어. 나도 나루터에서 만날 거라고 생각은 했었어. 그렇지만 다시 못 만나면 어떡하나 하고 걱정도 했지. 엄마 없는 가족, 생각만 해도…" 형이 감정을 억누르느라 말끝을 흐렸다.

"원 무서운 말도 다 하는구나!" 할머니가 형을 보며 눈을 흘겼다.

이미 많은 사람들이 나룻배를 기다리고 있었다. 그 숫자가 예상을 넘었기 때문에 나는 더럭 겁이 났다. 전쟁이 쫓아오고 있다 하지 않는가? 강둑에서 내려다보는 나의 눈에 그들은 순서도 질서도 없이 그냥 모여있는 사람의 떼, 아니면 모래밭에 내려앉은 구름 같았다.

"저 사람들 어젯밤 모래 위에서 잔 거 아냐?" 형이 말했다.

"그럴지도. 그렇잖으면 어떻게 벌써…" 엄마가 말끝을 흐렸다.

나룻배는 강 한가운데쯤에서 반대편을 향해 점점 멀어지고 있었다. 나는 오늘로 강을 못 건널 것 같아 실망했다. 나루터 가까이에 두 개의 다리가 있었다. 왼편에는 철골로 덮여 있는 철 다리, 오른쪽에는 사람과 자동차가 다니는 콘크리트 다리였다. 그러나 그 다리는 군용차만 다닐 수 있었다. 우리는 강둑을 내려와 나루터로 접근했다. 가까이 가서 보니 그들에게는 질서가 있었다. 갈겨쓴 붓글씨처럼 구불구불한 줄이 겹겹이 감겨 있었다. 그 줄을 잡아당겨 펴면 몇백 미터는 될 것 같았다. 우리는 줄 맨 끝에 가서 붙었다. 우리 바로 뒤에는 중년 부부가 와서 섰다. 한 시간쯤 지났다. 그러나 줄은 조금밖에 나아가지 않았다. 다시 얼마를 지났을까, 해는 중천에 가까워지고 있었고 내리쬐는 햇볕과 모래에서 올라오는 열기는 참기 힘들었다.

"매포 학교로 돌아갈까? 쟤가 더위를 견딜 수 있을까?" 형이 복님이 등에 업혀있는 젖먹이 동생을 걱정하며 말했다.

"그다음엔?" 엄마가 형을 돌아보며 물었다.

"내일 아침 더 일찍 나오면…."

"더위라면 여기 있는 거나 학교로 돌아가는 길이나 거기서 거기야. 쟤는 지금까지 더위를 잘 견뎠어. 난 저 애를 알아." 엄마가 고개를 저었다.

이 순간 젖먹이가 징징거리기 시작했다. 마치 엄마 말에 동의하지 않는다는 듯이.

"앞으로 가요. 아무도 뭐라 안 할 건데." 우리 앞에 서 있던 나이 든 여자가 엄마를 돌아보며 말했다.

그러나 엄마는 사람들을 둘러보며 주저했다. 이때 어떤 남자의 목소리가 들렸다.

"그렇게 하십시오." 뒤에 서 있던 중년 남자가 우리 앞으로 나오며 말했다.

"곧 돌아오겠소." 그가 그의 부인에게 말한 다음 우리에게 따라오라고 하면서 앞장서서 걷기 시작했다. 우리는 그를 따라 줄을 가로지르기도 하며 돌기도 하며 앞으로 나아갔다. 얼마 후 햇빛에 반짝이며 흘러가는 강물이 나의 눈에 들어왔다. 강은 넓고 물살은 빨라 보였다. 줄 맨 앞에는 한 가족, 남편과 아내 그리고 두 아이가 앉아 있었다.

"이 가족이 댁의 앞으로 가도 될까요?" 그 남자가 정중하게 물었다.

그러자 그들 부부가 우리를 둘러보고 나서 다시 자기들 뒤에 쭉 서 있는 사람들을 쳐다보았다. 아무도 뭐라고 하는 사람들이 없자 부부가 그 남자에게 고개를 끄덕였다. 그리고 우리 보고는 자기들 앞에 앉으라고 했다. 이렇게 해서 우리는 맨 앞에 앉게 되었다.

"피난 잘하십시오. 행운을 빕니다." 그 친절한 남자가 돌아서면서 손을 흔들었다.

"정말 고맙습니다. 피난 잘하세요. 부인과 함께!" 엄마가 그를 향해 말했다. 그의 모습은 이미 사람들에 가려 보이지 않았다. 그가 들었을까? 아마 들었을 것이다.

얼마 후, 해가 하늘 꼭대기를 지났을 때, 우리는 나룻배를 탔다. 배는 바닥이 평평하고 지붕이 없는 나무배였다. 사공은 삯을 받았다. 사공은 먼저 배의 앞쪽으로 가서 삿대를 밀어 배를 상류 쪽으로 끌어올렸다. 그런 다음 뒤쪽으로 가 있는 힘을 다해 노를 저어 강 가운데로 나아가기 시작했다. 그가 긴 노를 왼쪽 오른쪽으로 힘차게 저으며 나아갈 때 햇빛에 빛나는 땀에 젖은 그의 몸은 사람 같지 않았다. 힘차게 돌아가는 기계 같았다.

나는 흥분했다. 나룻배를 보는 것도 타는 것도 처음이었다. 피난민 승객들은 대부분 바닥에 서 있거나 짐 위에 앉았다. 나는 강물을 가까이에서 볼 수 있는 뱃전에 앉았다. 배가 강 한가운데로 갈수록 물살은 더 빨라졌다. 물살이 빨라질수록 사공의 몸짓도 빨라졌다. 그렇지만 배는 완전히 물살을 이기지는 못하는 것 같았다. 얼마쯤은 하류로 밀리고 있었다. 뱃전에 와닿는 물소리밖에는 아무 소리도 들리지 않았다. 아니, 어쩌면 내가 그 소리만 들으려 했었는지도 모른다.

꽤 많은 시간이 지났다는 생각이 들었을 때, 사공이 노를 내려놓고 배의 앞쪽으로 가는 것이 보였다. 삿대를 잡더니 배가 모래 위에 얹히지 않도록 모래에 대고 힘껏 밀었다. 나는 우리가 강을 건넌 것을 알았다. 이제 이 강이 전쟁의 발목을 얼마 동안 우리 뒤에 묶어 둘 것이다.

우리는 같이 내린 피난민들과 함께 모래밭을 지나 강둑을 넘어 가로수가 줄지어 서 있는 도로에 발을 디뎠다. 조금 걸어갔을 때 왼편으로 제법 큰 동네가 나타났다. 신탄진이라고 했다. 앞에 걷던 엄마가 뒤를 돌아보며 무엇을 좀 먹어야 하겠다고 했다. 길가에 있는 집들은 모두 문이 활짝 열려 있었다. 빈집들이었다. 아무 집이나 하나를 찾아 들어갔다.

큰 마당 한쪽으로 장독대가 있고 담에는 애호박이 주렁주렁 매달려 있었다. 그것들로 음식을 만들어 우리는 집을 떠난 후 처음으로 더운 점심을 먹었다. 점심을 끝내고 짐을 챙기면서 형이 엄마에게 물었다.

"남의 것들을 이렇게 먹어도 돼, 엄마?"

"응. 지금은 전쟁 중이고 우리는 피난민들이니까. 우리도 많은 것을 그냥 두고 왔잖니? 텃밭에 채소도 닭도 돼지도. 우리 뒤에 오는 피난민들이 그것들을 먹었다면 그걸 뭐라고 나무랄 수 있겠니?"

"나무랄 수는 없지." 형이 말하며 고개를 끄덕였다.

우리는 좀 가벼워진 기분으로 그 집을 나왔다. 한동안 논 사이로 뻗어 있는 도로를 걸으면서 벼에 이삭이 팬 것을 보았다. 몇 분 걷지도 않았는데 우리는 벌써 땀에 젖었다. 가끔 길가에 샘물이 보이면 할머니는 그 물을 손으로 떠서 어린 동생들 입에 넣어 주었다. 작은 고개를 넘어 다시 평평한 지대로 들어섰을 때 어디서 비행기 소리가 들리는가 싶더니 벌써 은백색의 비행기 한 대가 머리 위에 와 있었다. 그 비행기는 너무 낮게 옆으로 날라 날개의 한쪽 끝이 땅에 닿을 듯 말 듯 하며 언덕 너머로 사라졌다. 무언가 수상한 것을 발견하고 급강하했던 것 같았다. 그런데 그 비행기는 전에 보던 것과 달랐다. 날개 끝에 무엇을 달았고 소리도 전에 듣던 소리가 아니었다. 날카로운 쇳소리가 났다. 또 너무 빨리 사라져서 비행기가 아닌 어떤 환영을 본 것 같았다.

"저게 바로 제트기란 거구나!" 뒤에서 굵은 목소리가 들려왔다.

"전에도 본 적이 있습네까?" 북녘 억양의 목소리가 물었다.

"그런 건 아니오. 그러나 모양이나 소리가 전에 본 것들과 다르지 않습니까? 전선이 가까워졌나 봅니다."

"전선이 가까워진 건 어떻게 압네까?"

"낮게 날지 않습니까? 만일 전선이 멀리 있으면 저렇게 낮게 날지는 않겠지요? 멀리 가야 하니까?"

"듣고 보니 그럴 것 같기도 합네다." 북녘 억양이 수긍한다는 듯 말했다.

"서울에서들 오십니까?" 또 한 사람이 끼어들었다. 약간 쉰 목소리였다. 두 사람 다 그렇다고 하는 것 같았다.

"그럼 한강 다리를 건넜습니까?" 그가 다시 물었다.

"예, 다리가 끊어지기 바로 전에 건너디오. 다리를 건넌 후 몇 걸음 떼지 않아 폭발음을 들었음네다." 북녘 억양이 말했다.

"난 말이요, 글쎄 내 앞에서 번쩍하는 섬광이 일더니 앞에 가던 사람들이 공중에 떠오르더라구요. 당신이 폭발음을 들은 바로 그때였을 거요. 내가 그때 어디 있었는지 아십니까?"

"다리 가까이 어디쯤 있었나요?"

"바로 다리 위에 있었어요."

"허, 지금 뭐라 했습니까? 그게 정말입니까?"

"정확히 어디였는지는 말 못 하겠소. 그러나 다리를 반쯤은 더 건너간 어디쯤이었을 거요. 내가 조금만 더 빨리 걸었다면 나도 공중으로 솟구쳤을 거요."

"아, 선생은 천운이군요! 그다음에는요?"

"다음 날 미명에 강을 헤엄쳐 건넜소." 쉰 목소리가 말하고 나서 껄껄 웃었다. 나는 뒤를 한 번 휙 돌아보았다. 그는 큰 키에 무엇을 메었는지 어깨에 가느다란 멜빵이 보였다.

"아주 긴박한 상황도 아니었는데 왜 경고도 없이 그랬는지…. 남으로 가는 하나밖에 없는 다리를?"

"그러니 말이오. 피하지 못한 서울 시민들은 어떡하라고?"

"어디 시민들뿐이겠습니까? 후퇴하는 군인들은 어찌 되었겠소?"

한동안 그들의 말소리가 들리지 않았다. 말이 끝났다고 생각했다. 그러나 잠시 뒤 북녘 억양의 목소리가 다시 들려왔다.

"그런데 서울 어디에 사십네까?"

"돈암동이오." 굵은 목소리가 대답했다.

"미아리 아랫동네 말이오? 거긴 북에서 내려오자면 서울의 관문이나 마찬가지 아닙네까?"

"맞아요. 그래서 서울에 들어온 인민군을 내 눈으로 보았지요. 길가에 죽어 있는 민간인들도 보았어요."

"어떻게요? 말 좀 들어 봅시다?" 쉰 목소리가 물었다.

"정말이오? 후회하지 않을 겁니까?"

"아니요. 안 하겠소."

그들의 말소리가 바로 내 뒤에서 들렸다. 그들은 우리보다 빨리 걸었다. 나는 다시 한번 뒤돌아보았다. 그들은 함께 걷는 가족이 없는 것 같았다.

"밤새도록 총소리가 났습니다. 시가전인 것 같았어요. 아침에 혼자 집을 나와 한강을 향해 걸었지요. 원남동 들어서서 창경원 돌담을 끼고 걷는데 맞은편 길가에 군인들이 쭉 앉아 있는 것이 눈에 들어왔습니다. 인민군들이었습니다. 틀림없었습니다. 그들은 나를 건너다보면서도 본체만체했습니다. 그들을 지나 플라타너스 가로수 아래로 걸어가는데 내 앞에 사람들이 누워 있는 것이 보였습니다. 처음엔 그냥 지나치려 했었죠. 그런데 좀 더 가까이 갔을 때 나는 놀라 뒤로 자빠질 뻔했습니다."

"아니, 왜요?" 두 사람이 동시에 물었다.

"놀라지 마세요. 살아 있는 사람들이 아니었습니다."

"군인들이었나요? 국군이었습니까? 아니면 인민군…?"

"민간인들이었습니다. 내가 정신을 수습하고 좀 더 걸어갔을 때 어디선가 아기 우는 소리가 들렸습니다. 더 가까이 가니 땅에 머리를 박고 누워 있는 여자의 등에서 아기가 울고 있었습니다. 그 아기는 담요와 띠에 매여 있었고 그녀의 머리는 나뭇가지로 덮여 있었습니다. 아기를 업은 채 총을 맞았던 거지요. 여기저기 위를 향해 누워 있는 사람들도 모두 얼굴이 나뭇가지로 덮여 있었습니다. 아기가 울면서 계속 주먹으로 그녀의 등을 치고 있었습니다. 아, 또 하나, 차마 볼 수 없는 광경이 나타났습니다. 계속할까요?" 그가 깊은 한숨을 내쉬었다.

"아닙네다. 그걸로 됐습네다. 더 이상…" 북녘 억양이 말끝을 흐렸다.

"그건 그렇고… 왜 민간인들을 죽였을까요?" 쉰 목소리가 물었다.

"밤이라서 구별을 못 했겠지요. 낮이었다면 그들은 죽지 않았을 겁니다. 어둠 속에서 피아 간에 적으로 생각했겠지요. 내가 밤새도록 들었던 총소리 중 하나가 그 아기의 엄마를 죽였을 겁니다."

그들은 서로 손짓을 해가며 내 앞에서 멀어지고 있었다. 말소리는 이미 들리지 않았다. 또 한 대의 비행기가 왔다가 갔다. 머리 위로 낮게 스쳐 간 그 비행기의 굉음에 놀란 젖먹이 동생이 복님의 등에서 자지러지게 울었다.

다음 날 정오쯤 대전에 도착한 우리는 형이 하숙하던 집으로 향했다. 집은 꽤 크고 방도 여러 개였으나 모두 비어 있었다. 여기저기 짐을 내려놓자 엄마는 오면서 산 양배추로 김치를 만들었다. 쌀도 조금 샀기 때문에 이날 우리의 점심은 푸짐했다. 대전은 큰 도시였지만 주민들은 다 떠나고 없었다.

다음 날 아침 우리는 다시 피난민 행렬에 합류했다. 어디라는 정해진 곳도 없이 그냥 남쪽으로 꾸물꾸물 걸었다. 가끔 나타나는 철길 위로 대포와 탄약을 실은 지붕 없는 화물차를 달고 북으로 달리는 기관차의 시커먼 연기가 보였다.

금강을 건넌 후부터 우리는 서울과 부산을 잇는 간선도로를 따라 걸었다. 이것은 남한에서 가장 큰 도로이기 때문에 아마도 북한군의 주 공격로가 될 것이었다. 나는 만일 전선이 계속 우리를 쫓아온다면 부산까지 가야 한다고 생각했다. 그러나 한편 그것은 우리에게 너무 큰 욕심이라는 생각이 들기도 했다. 종종 뒤로 처지는 동생들의 발을 살피는 엄마의 안색이 어두워지는 것을 볼 때는 더욱 그랬다. 그러던 중 형이 엄마에게 말하는 것을 들었다.

"엄마, 우리 부산 가는 거 포기하고 어디 숨어 있는 마을 하나 찾아 작은 길로 접어들어야 할 것 같아."

"나도 그런 생각 했어. 그렇지만 여기는 어쩐지 안전한 것 같지가 않다. 계속 이 길로 하루나 이틀 더 가 보자."

나는 엄마와 형도 나와 같은 생각을 하고 있었다는 것을 알았다.

그다음 날이나 다음다음 날이었을 것이다. 우리는 멀리 마을이 내려다보이는 어느 고갯마루에 다다랐다. 우리가 서 있는 큰길에서 왼쪽으로 갈라져 나온 작은 길 하나가 그 마을로 뻗어 있었다. 지름길이었다. 한편 우리가 걸어온 큰길은 오른쪽으로 커브를 틀더니 병풍처럼 둘러선 산허리들을 굽이굽이 돌아 내려간 다음 저 아래서 다시 왼쪽으로 돌아 마을로 향하고 있었다. 그 두 길은 활 모양을 하고 있었는데 큰길이 활대라면 지름길은 활시위였다. 피난민들은 모두 활대를 버리고 활시위를 택했다. 걸음과 시간을 아껴야 했기 때문이었다. 처음 가파르게 시작한 좁은 지름길은 곧 평탄해졌다. 우리가 그 길을 한 반쯤 갔을 때 오른쪽으로 보이는 큰길가에 군용차들이 서 있는 것이 보였다. 그 차들은 우리가 며칠 전 지나온 큰 도시 대전 쪽을 향하고 있었다. 선두에는 지프가 있었고 그 지프의 운전병 뒷자리엔 군인 하나가 피난 행렬을 물끄러미 내려다보며 앉아있었다. 그들은 전선으로 가는 군인들이 틀림없었다. 이때 예상치 않은 일이 생겼다. 그 군인이 형과 나를 향해 손짓하는 것이 아닌가! 우리보고 오라는 것이었다. 그가 오라고 할 이유가 없다고 생각한 우리는 그가 부르는 것이 우리가 맞는지를 확인하려고 손으로 우리를 가리켜 보였다. 그가 고개를 끄덕였다. 소리를 지르면 들릴 만한 거리인데도 그는 손짓만 했다.

식구들을 기다리게 하고 형과 나는 주저하면서 밭을 가로질러 큰길 쪽으로 올라갔다. 가까이 가 보니 그는 한국군이 아니라 미군이었다. 우리가 다가가서 그의 지프 옆에 섰다. 그러자 그는 상자에서 무엇인가를 꺼냈다. 알루미늄 종이로 싼 납작하고 둥글게 생긴 것이었다. 그는 그것을 손바닥에 올려놓더니 손가락으로 한가운데를 가로질러 직선을 그려 보인 다음 형에게 내밀었다. 둘이서 반반씩 나누어 가지라는 뜻이었다.

"아이 쌩 큐!" 하며 형이 그것을 받았다. 나는 이때 처음으로 한국 사람이 말하는 영어를 들었다. 우리는 기다리고 있는 가족들에게 돌아와 그것을 엄마에게 주었다. 엄마가 포장을 뜯고 냄새를 맡아보더니,

"이거 초콜릿이다." 하고 말했다. 우리는 처음 보는 것이었지만 엄마는 알고 있었다. 형은 그것을 여러 조각으로 나누어 식구들에게 돌렸다. 엄마는 안 먹겠다고 받지 않았지만, 형이 자꾸만 권하자 나중에는 마지못해 받았다.

"엄마, 군인들은 전쟁이 안 무서워?" 내가 물었다.

"글쎄… 전쟁은 다들 무서워하는데? 그런데 왜 갑자기 그걸 물어?" 엄마가 이상하다는 듯 되물었다.

"그 사람 아주 태연했어. 전장으로 가는 군인 같지가 않았어." 내가

말했다.

"전투를 많이 겪은 노병 같았어. 2차 대전에서 유럽이나 태평양에서 싸운 그의 눈엔 이 전쟁이 시시하게 보일지도 몰라. 독일군이나 일본군과 벌인 전투에 비하면." 뒤이어 나온 형의 말에 엄마가 머리를 끄덕였다.

걸으면서 큰길을 올려다보았다. 그 차들은 그대로 있었고 그들은 피난민 행렬에서 눈을 떼지 않고 있었다. 피난민 행렬의 크기에서 자신들이 곧 맞게 될 전투의 규모를 가늠해 보고 있는 것 같다는 생각이 들었다.

마을 입구에 이르렀다. 큰 느티나무 아래 농부 가족이 집에서 만든 음식을 가지고 나와 팔고 있었다. 그 시원한 그늘에서 우리는 엄마가 사주는 점심을 맛있게 먹었다.

11

우리는 마을로 들어가 기차 정거장을 향해 걸었다. 곧 정거장이 눈에 들어왔다. 승강장 옆 철로에 기관차가 여러 개의 곳간차를 뒤에 달고 남쪽을 향해 서 있었고 그 곳간차 지붕 위에는 많은 사람들이 앉아 있는 것이 보였다. 피난민들이었다. 승강장 쪽으로 접근했다. 우리도 그 지붕 위에 탈 수 있을지 모른다는 희망에 부풀었다.

그러나 승강장에 도착하자마자 우리는 곳간차들의 지붕뿐만 아니라 안에도 예상보다 많은 사람들이 타고 있는 것을 알았다. 빼곡하게 앉아 있는 사람과 사람 사이에 비집고 들어갈 틈은 없어 보였다. 우리는 하나나 둘도 아니고 아홉이 아닌가! 그들은 서울, 아니면 바로 그 아래 어딘가에서 기차가 데려다주는 데—원하기는 부산—까지 가기를 원하고 무작정 올라탄 사람들이었다. 이들 운 좋은 사람들은 서울에서 여기까지 오는데 꼬박 이틀이 걸렸다고 했다. 전쟁 전보다 열 배나 더 시간이 걸린 것이었다. 기관차는 떠날 생각을 하지 않고 있었다. 낮에 떠날지 밤에 떠날지도 모르고 그들은 그냥 앉아 있었다.

승강장에는 우리를 포함해 두세 가족밖에 없었다. 다른 사람들은 기차역이 있는 것을 모르거나 아니면 아예 포기하고 도로를 택했을 것이다. 지붕 위에서 오십 대로 보이는 남자 하나가 승강장에 서 있는 우리를 내려다보며 들려준 이야기는 너무 무서웠다.

"어젯밤 칠흑 같은 어둠 속에 아이의 이름을 부르는 여자의 다급한 목소리를 들었어요. 기차를 멈추라고 비명을 질러댔지만 어디 기관사가 들을 수 있었겠어? 끔찍한 것은 기차가 굴에 들어갈 때야. 갑자기 몰아치는 소용돌이 광풍에 애들은 말할 것도 없고 어른들도 아찔했지요. 아마 여기까지 오는 동안 몇 사람은 떨어졌을 겁니다. 이 지붕을 좀 봐. 양쪽으로 경사가 져 있고 난간도 없고 그렇다고 달리 잡을 데도 없어. 또 차가 움직이면 양쪽으로 흔들린다구요. 잠이 든다는 것은 떨어진다는 것과 마찬가지 이야기지."

그러나 우리 가족은 아직 희망을 내던지지 못했다. 기회가 다시 올 것 같지 않았다. 지금 우리 앞에 서 있는 이것이 우리가 만난 최후의 남행열차 같았다. 나는 내 어린 동생들을 자꾸만 내려다보는 엄마의 얼굴을 보았다. 시간이 흐르고 있었다. 결단해야 했다.

지붕 위에 있는 사람들이 우리를 계속 지켜보고 있었고 나도 그들을 올려다보고 있었다. 나의 시선과 그들의 시선이 불과 3m 공간 건너 서로의 얼굴에서 멎어 있었다. 이 짧은 거리가 그들과 우리의 운명을 갈라놓고 있다는 생각이 들었다. 나의 시선을 타고 점점 내게 가까워지는 그들의 얼굴에서 행운이 웃고 있는 것 같았다. 이때, 엄마의 목소리가 들렸다.

"어떻게 저 위에 자리 아홉을 만들 수 있겠니? 아니, 그 이전에 어떻게 저기를 오를 수가 있겠니?"

"이 차를 타야 해, 엄마! 이 차를 꼭 타야 해! 무슨 일이 있어도 이 차를 놓치면 안 돼!" 나는 나도 모르게 외쳤다.

그러나, 형과 할머니와 엄마는 이미 승강장을 벗어나고 있었다. 나도 할 수 없이 복님과 동생들과 함께 뒤를 따랐다. 승강장을 빠져나오면서 흰색에 까만 글씨로 쓴 안내판을 본 나는 이곳이 '이원'이란 것, 그리고 다음 역이 영동이란 것을 알았다. 승강장에서 걸어 나오는 우리 앞에 철로를 가로지르는 길이 나타났다. 우리를 이곳까지 데려온 서울—부산 간 국도에서 갈라져 나온 작은 길이었다. 그 길에서 엄마와 형이 왼쪽으로 방향을 틀었다. 논과 밭 사이로 뻗어 있는 그 길에는 사람의 그림자도 보이지 않았다. 엄마와 형은 아무 말도 해 주지 않았지만 나는 우리가 부산으로 가는 길을 버리고 샛길로 접어들어 '숨어 있는 어떤 마을'을 찾아가고 있는 것을 알았다. 그러나 그런 곳이 있을 것 같지가 않았다. 위험을 막아줄 것 같은 큰 산도 보이지 않고 눈앞에는 먼 데까지 펼쳐진 보리밭과 논과 띄엄띄엄 나타났다 사라지는 외딴집뿐이었다. 우리가 낮은 언덕을 넘어 조금 더 걸어갔을 때 왼쪽으로 사과 과수원이 나타났다. 사과나무 위로 원두막의 지붕이 보이고 과수원 초입에서는 밀짚모자를 쓴 남자가 일을 하고 있었다. 그것을 본 엄마가 형에게 그리 멀지 않은 곳에 마을이 있는지 물어보고 오라고 말했다.

형이 그에게 갔다. 두 사람이 손짓을 하며 묻고 대답하는 것이 보였다.

돌아오는 형의 얼굴에 웃음이 돌았다.

"이 길로 계속 가면 왼쪽으로 갈라진 작은 길이 나오는데 그 끝에 아주 작은 마을 하나가 있대요. 한 시간이 채 안 걸릴 거래."

"그 마을 이름이 뭐래? 물어봤어?" 엄마가 물었다.

"응, 물어봤어. 수영골이래."

우리는 이름도 생소한 그 수영골이라는 이름의 마을을 향해 걸었다. 길은 조용하다 못해 적막하고 한참을 가도 사람이라고는 우리 가족이 전부였다. 나는 우리가 피난민들도 전쟁도 없는 어떤 다른 세상의 문으로 들어가는 듯한 착각에 빠졌다. 바로 그때였을 것이다. 나는 멀리서 우리가 조금 전에 지나온 그 낮은 언덕을 넘어오는 기적 소리를 들었다. 기차가 떠나고 있었다. 그 기적 소리에 3m 거리에서 내 눈에 와닿던, 그 운 좋은 곳간차 지붕 위 사람들의 환영이 실려 오고 있었다. 그 기적 소리와 함께 우리의 행운도 사라지고 있었다. 그때, 엄마만이라도, 형만이라도, 그 곳간차 지붕 위에 오를 수 있었는데… 만일 나와 내 동생들이 없었다면… 생각이 꼬리를 물고 나를 어지럽혔다.

얼마를 더 걸었을 때, 형이 들은 대로 왼쪽으로 갈라져 나간 작은 길이 나타났다. 우마차 하나가 간신히 다닐 만큼 좁았다. 우리는 오던 길을 버리고 그길로 들어섰다. 마을은 보이지 않았다. 과연 사람 사는 인가가 나올까? 몇 걸음 더 걸었을 때 우리는 인가가 나올 것이라고 확신했다. 길 위에 흩어져 있는 쇠똥 몇 개를 발견했기 때문이다. 그것들은 다 말라 부스러져 있었다. 우리의 걸음이 빨라졌다. 얼마 후 둥근 언덕

하나를 돌아 나온 우리의 눈앞에 마을이 나타났다. 마을이라고 하기엔 너무 작았다. 집 몇 채가 오후의 태양 아래 졸고 있었다. 그 흔한 누렁이 한 마리 보이지 않았다.

마을 조금 앞에 우물이 있었다. 그 우물을 지나면서 형이 물었다.

"엄마, 사람이 살지 않는 빈 마을 같네?"

"아니, 그럴 리가 없어."

"어떻게 알아? 사람은커녕 개 짖는 소리도 닭 우는 소리도 안 들리는데?"

"넌 우물에 있는 두레박도 못 봤니? 젖어 있잖아? 누가 물을 길어간지 십 분도 안 되었을걸."

엄마의 말에 형이 고개를 돌려 지나온 우물을 돌아보았다. 우리는 제일 앞쪽에 있는 집으로 가까이 갔다. 나뭇가지를 엮어 만든 낮은 사립문 한쪽이 조금 열려 있었다. 엄마가 그 너머로 안을 들여다보았다. 흰털북숭이 강아지 한 마리가 꼬리를 치며 천천히 다가왔다.

"누구 있어요?" 엄마가 나직한 목소리로 말했다. 안에서는 대답이 없었다.

"누구 있어요?" 엄마가 조금 큰 소리로 말했다.

그러자 집 뒤쪽에서 어떤 여자가 걸어 나오더니 마당 한가운데쯤에서 멈췄다. 그녀의 손에 들려 있는 바가지가 젖어 있었다.

"누구요?" 그녀가 물었다.

"피난민들이에요. 애들하고 더 갈 수가 없어서 여기서 좀 머물렀으면

해서요." 엄마가 말했다.

엄마의 애원 조의 목소리에서 나는 우리가 매우 힘든 상황에 빠졌다는 것을 알았다.

"피난민이요? 그게 뭔가요? 처음 들어보는 말이라…." 그녀가 우리를 이상한 눈으로 바라보면서 물었다. 엄마는 그것이 거절하는 말이라고 생각했다.

"아, 네… 알았어요. 미안합니다." 엄마가 말하며 돌아섰다.

우리는 다른 집으로 향했다. 우리가 미처 열 발자국도 못 갔을 때 뒤에서 누가 부르는 소리가 들렸다. 돌아보니 조금 전 그 집 문 앞에 어떤 남자가 우리를 보고 서 있었다.

"우리 집 바로 뒤에 거의 다 지은 집이 있어요. 도배장판은 아직 안 했지만, 거기라도 좋다면 써도 돼요." 그 남자가 말했다.

남자 옆에는 조금 전 그녀가 우리를 보며 서 있었다. 서로 부부인 것 같았다.

"벽지나 장판 같은 것은 상관없어요. 잠만 잘 수 있다면." 엄마가 반색하며 말했다.

우리는 그를 따라 그 짓다 말았다는 집으로 갔다. 부엌과 방 하나가 있는 아주 작은 집이었다. 방바닥과 벽에서는 신선한 흙냄새가, 나무 기둥과 지붕을 떠받치고 있는 서까래에서는 소나무 향기가 났다.

"바닥이 다 마르긴 했지만 그래도 옷이 더러워지니까 저기 있는 저것이라도 깔아야 할 걸세." 그가 부엌에 쌓여 있는 밀짚을 가리키며 형에게 말한 다음 다시 엄마와 할머니를 보며 계속했다. "여기 사람들은 난리가 난 것도 몰라요. 나도 어제 이원에 나갔다가 피난민들을 보았다니까요. 신문이 있나 라지오가 있나 전기가 들어오나…."

형과 나는 그가 말한 대로 밀짚을 한 아름씩 날라다 방에 깔았다. 바짝 마른 밀짚은 깨끗했고 매끈매끈한 호박색 표면에서는 윤이 났다. 형과 내가 시험 삼아 그 밀짚 위에 누워보았다. 오! 코에 스미는 밀짚 냄새가 마치 밀밭 한가운데 누운 것 같은 착각에 빠지게 했다. 형과 나를 물끄러미 내려다보던 동생들도 밀짚 위에서 뛰기도 하고 누워 뒹굴기도 하며 재미있어 어쩔 줄을 몰랐다.

"꼭 우리 집 돼지우리의 새끼 돼지들 같구나!" 우리의 모습을 내려다보던 엄마가 웃으며 말했다. 그 말에 할머니도 뭐라고 맞장구를 쳤다.

그랬다. 우리 집 텃밭에 있는, 짚이 깔린 돼지우리의 새끼 돼지들처럼, 또 우리 집 지붕 밑에 있는 제비 둥지의 제비 새끼들처럼, 우리도 이제 흙바닥에 밀짚을 깔아 둥지를 만들었다.

"너희 아버지가 보면 뭐라고 할까?" 엄마가 다시 말했다. 얼굴은 웃었지만 목소리에선 슬픔이 묻어났다.

형과 나는 일어나서 밖으로 나왔다. 그리고 큰 돌을 몇 개 주워다 마당 가에 화덕을 만들었다. 마지막 남은 쌀을 냄비에 쏟아부어 우물로 씻으러 가는 엄마의 뒷모습을 보며 서 있는 나의 귀에 어디선가 째깍째깍 시계의 초침 소리가 들려왔다. 수영골에서의 우리의 시간이 시작된 것이었다.

아버지, 집에 돌아오다

저수지 마을 이 씨의 집에 아버지가 몸을 피한 지 사나흘째 되던 날 오후 늦게 이 씨가 소식을 가져왔다. 그 지역에 있던 군인과 경찰이 보도 연맹원들을 처형한 뒤 모두 남쪽으로 후퇴했다는 것이다.

"보도연맹원들을 처형했다구요? 왜요?"

"모르겠어요. J읍에서도 헌병과 경찰이 그 지역 보도연맹원들을 트럭에 싣고 청원군 쪽으로 모두 빠져나갔다는 말을 들었습니다."

아버지는 할 말을 찾지 못했다. 이제야 왜 지서장이 부하를 보내 빨리 피하라고 했는지 알 것 같았다. 보도연맹 가입을 종용하면서 지서장이 한 말—만일 이 일로 선생님께 불이익이 생기면 제가 책임지겠습니다— 이 떠올랐다.

다음 날 아침 아버지는 이 씨의 집을 떠나 J읍으로 향했다. 이곳에 올 때 걸었던 길을 택했다. 둑 아래 논 옆으로 난 길을 조금 걸었을 때, 저 만큼 짙은 안개 속에 어떤 물체의 윤곽 같은 것이 나타났다. 그것은 움직이고 있었고 점점 가까워지고 있었다. 잠시 후 아버지는 그것이 사람들이란 것을 알았다. 그들은 농부들이었다. 모두 어깨에 긴 괭이 같은 것을 메고 있었다. 거리가 좁혀졌을 때 아버지는 그들이 멘 것이 괭이가 아니라 소총인 것을 알았다. 그들은 군인들이었다. 국군일까? 인민군일까? 거리가 더 좁혀졌다. 그들의 군복이 선명하게 눈에 들어왔다. 그들은 국군이었다. 순간, 아버지가 주변을 둘러보았다. 이미 늦었다. 아버지에게 시선을 고정한 채 그들은 빠르게 다가오고 있었다. 아버지는 그들에게 시선을 주지 않고 앞만 보며 똑바로 걸었다. 서로가 막 지나칠 때 그들이 앞을 막았다.

"잠깐, 어디 사시오?" 그들 중 하나가 물었다.

"J읍에 삽니다." 아버지가 대답했다.

그러자 그의 입에서 전혀 예상치 못한 말이 나왔다.

"여기서 청주가 얼마나 됩니까? 어디로 가야 하는지 길을 말해 주시오."

아버지의 얼굴에 시선을 집중한 채 대답을 기다리고 있는 그들의 군복은 군데군데 흙이 묻어 있었고 계급장도 없었다. 소속 부대를 찾아가는 낙오병들이었다.

"이 둑을 넘어 냇물을 건너시오. 저쪽 둑에 올라서면 멀리 도로가 보일 겁니다. 그 도로에서 우측으로 계속 가면 청주가 나옵니다. 한 네 시간쯤 걸릴 겁니다."

"큰길 말고 이런 작은 길은 없소?"

"그럼 이 둑을 따라 쭉 가다 보면 왼쪽으로 갈라지는 지류가 나옵니다. 그 지류를 따라 계속 가면 됩니다. 시간은 좀 더 걸릴 겁니다."

"아, 고맙습니다!" 그의 어투가 갑자기 공손해졌다. 그들의 얼굴에 한줄기 안도의 빛이 떠오르고 돌아서서 걸어가는 그들의 발걸음도 빨라졌다.

그들과 조우한 뒤 얼마를 더 걸었을까, 둑 위에 올라서니 저만치 J읍 기차역 급수탑 머리 부분이 보였다. 둑을 내려와 냇물을 건넜다. 맞은편 둑에 올라서자 철길 위에서 반쯤 부서진 곳간차들이 가느다란 연기를 스멀스멀 피워 올리고 있었다. 아버지는 철길을 건너 집들 사이로 난 골목길로 접어든 다음 집을 향해 걸었다. 곧 행길 건너에 우리 집이 나타났다. 병원의 출입문과 대문은 모두 활짝 열려 있었다. 주위를 둘러보았다. 아무도 보이지 않았다. 행길을 가로질러 대문 안으로 들어섰다. 집안은 조용했다. 마루에 흩어져 있는 옷가지들만이 가족들이 안골이나 또는 더 멀리 남쪽으로 떠난 것을 말해주고 있었다. 병원채에 딸린 방으로 들어가 보았다. 엉망이었다. 먹다 남은 음식, 식기와 숟가락들이 여기저기 나뒹그러져 있었다. 진료실과 처치실은 더했다. 피 묻은 압박붕대, 찢어진 군복, 담배꽁초 등으로 너저분했다. 아버지는 자신의 병원이 후퇴하는 군인들의 응급처치소로 사용된 것을 알았다. 그것들을 쓸어 모아 아궁이에 넣고 병원채와 안채를 대충 치운 다음 안골로 향했다. 우리가 혹시 거기에 있을까 해서였다. 그러나 헛걸음이었다. 그 집은 비어 있었다. 힘없이 돌아섰다. 우리가 돌아올 때까지—그때가 언제인지는 모르지만—기다릴 수밖에 없다고 생각하면서. 안골을 떠나 J읍으로 향하던 아버지가 언덕에 올라섰을 때 갑자기 비행기 소리가 들렸다. J읍 쪽에서 비행기 한 대가 하늘로 치솟는 것이 보이더니 뒤이어 검붉은 연기가 공중으로 피어올랐다. 아마도 기차역인 것 같았다.

집에 돌아온 아버지가 휘청 걸음으로 부엌에 딸린 광으로 들어갔다. 배가 고팠다. 이 항아리 저 항아리 열어 보았으나 모두 비어 있었다. 돌아서 나오려는데 구석에 가려져 있는 항아리 하나에 눈이 갔다. 뚜껑을 열고 안을 들여다보았다. 무시래기 엮은 것과 산나물 말린 것들이 들어 있었다. 그냥 돌아서려다 혹시나 하는 생각에 그것들을 조금씩 걷어내 보았다. 그랬더니 그 아래 깊은 곳에 감추어 놓은 쌀이 있지 않은가! 아버지는 엄마에게 감사하며 그 쌀을 우물가로 가지고 가 씻었다. 솥에 넣고 불을 지피려던 아버지가 멈칫했다. 조금 전에 본 비행기 생각이 머리를 스친 것이다. 기다려야 했다. 해가 진 후 어둠 속에서 반찬 없는 밥으로 허기를 달랬다. 온몸에 피로가 몰려왔다. 마루에 누워 가족의 안위를 걱정하다가 이내 깊은 잠에 빠져들었다.

✦

다음 날 아침, 미루나무의 참새들이 아버지를 깨웠다. 마루에 누운 채로 처마 밑의 제비 둥지를 올려다보았다. 비어 있었다. 올해는 왜 제비들이 일찍 돌아갔는지 이상한 생각이 들었다. 곧이어 서까래 아래 걸려 있는 닭 둥지가 눈에 들어왔다. 일어나 발돋움을 하고 손을 넣어 보았다. 혹시나 했는데 달걀이 손에 잡혔다. 마지막 선물, 알을 남긴 닭이 고마웠다.

행길 쪽에서 나는 요란한 소리에 아버지가 대문 밖으로 나가 본 것은 정오가 좀 안 되었을 때였다. 행길에는 기관총을 장착한 사이드카의 행렬이 이어지고 있었다. 아버지는 그들이 북한군이란 것을 직감했다. 사이드카에 앉아있는 운전병과 사수가 길 양편에 서서 손뼉을 치는 사람들에게 손을 흔들었다. 사이드카들은 나뭇가지로 위장되어 있었고 운전병들은 소련제 자동 소총을 등에 메고 있었다. 손뼉을 치며 서 있는 사람들의 수는 많지 않았지만, 도대체 어디에 있다가 나온 사람들인지 아버지는 알 수가 없었다. 어제만 해도 동전 떨어지는 소리도 들릴 만큼 거리가 조용하지 않았던가. 실은 그들은 피난을 가지 않고 가까운 이웃마을 이곳저곳에서 잠시 머물다 돌아온 노인들이 대부분이었다. 사이드카의 행렬은 짧았고 곧 청주 쪽으로 사라졌다. 전투부대라기보다는 점령지역의 경비나 수색이 주 임무인 일종의 순찰조 같았다.

아버지가 집 안으로 다시 들어오려고 대문을 향해 돌아섰을 때, 누가 뒤에서 부르는 소리가 들렸다. 어깨너머로 힐끗 돌아보았다.

"안녕하십니까? 의사 동무!" 청년들 서넛이 다가오며 인사를 했다.

그들의 어투나 얼굴에 적대적인 기색은 없었지만 '동무'라는 호칭이 귀에 거슬렸다. 동무란 아이들이 자기와 같거나 비슷은 나이의 친한 짝을 지칭할 때 사용하는 말이었기 때문이다. 어른을, 그것도 연장자를 동무라고 부르는 것은 유교적 전통 사회에서는 큰 무례였다.

"누구요? 난 당신들 동무가 아니오." 아버지가 말했다.

"지금부턴 나이나 신분과 관계없이 모두가 동무요. 조선민주주의인민공화국에선 모두가 동무요. 이승만의 개들만 빼고. 동무는 나를 기억하지 못할 겁니다. 동무는 낫에 벤 내 상처를 꿰매 준 적이 있습니다." 그 청년이 자기의 손을 앞으로 내보이며 말했다. 아버지의 기억 속에 그가 있었다. 그는 강의록으로 중학 과정을 공부하던 소작농의 아들이었다.

"이제 알겠소. 기억이 나요. 그동안 어떻게 지냈습니까? 중학교 과정은 다 마쳤습니까?"

"마치지 못했습니다. 그러나 지금은 잘 지내고 있습니다. 보시다시피."

"그런데 그 팔에 찬 완장은 무엇이오?" 그들 모두가 팔에 두르고 있는 붉은 완장을 가리키며 아버지가 물었다.

"우리는 민주청년동맹을 결성했습니다. 그 표지입니다. 북에서 내려오는 행정요원들을 돕고 이 지역의 치안을 유지하는 것이 우리의 임무입니다."

"뭐라구요? 그들이 언제 내려옵니까?"

"일부는 어제 이미 도착했습니다. 지금 구 면사무소에서 인민위원회를 조직하는 과업에 착수했습니다. 의사 동무, 동무는 운이 좋았습니다. 우리 삼촌은 집단처형을 피하지 못했습니다." 청년이 말을 마쳤다.

그의 말에 아버지는 J읍 보도연맹원들도 처형된 것을 알았다. 이 씨의 집에 피신해 있을 때, 이 씨가 전해 주었던 소식은 모두 사실이었다.

아버지가 멀어져 가는 그들의 뒷모습에서 눈을 떼고 대문 안으로 들어왔다. 마루에 걸터앉아 마당 건너 미루나무를 멍하니 바라보며 금방이라도 대문을 열고 들어오는 가족의 모습을 상상했다. 그러나 그의 상상은 텃밭으로 통하는 작은 문 쪽에서 들려오는 소리에 그만 중단되고 말았다. 오! 복돌! 그 소리의 주인은 복돌이었다. 목줄을 끌며 복돌이 꼬리를 치면서 다가온다. 아버지가 몸을 굽혀 머리를 쓰다듬는다. 복돌의 차가운 코가 아버지의 얼굴에 닿는다. 복돌의 다리는 젖어 있었다.

텃밭 옆 도랑을 건너온 것이 틀림없었다. 너 지금 어디서 오는 거니? 복돌에게 물었다. 우리가 집을 떠나기 전 형이 복돌을 도랑 건너 석이네 집에 맡긴 것을 아버지가 알 턱이 없었다. 홀쭉한 복돌의 배를 만져본 아버지가 밥을 주었다.

✦

다시 아침이 왔다. 집에 돌아온 지 두 번째 맞는 아침이었다. 잠자리에서 일어난 아버지가 안채에서 나와 병원채로 갔다. 버려야 할 것과 쓸만한 것들을 가려내고 있을 때 누가 문을 두드리는 소리가 들렸다. 문밖에 삼십 대 중반으로 보이는 남자가 서 있었다. 환자? 그러나 환자 같지는 않았다.

"의사 동무, 안녕하셨습니까? 어제 민주청년동맹원들한테서 동무가 집에 돌아오신 걸 알았습니다." 그가 말했다. 모르는 사람이었다.

"나를 아십니까? 댁이 나를 어디서 만난 적이 있었나요?"

"예. 보도연맹 모임에서 몇 번 만났습니다."

"아, 그렇습니까? 미안합니다."

"나의 이름은 안병채입니다. 나도 민주청년동맹원입니다. 나와 함께 가시지요, 동무."

"가자구요? 어디로?"

"인민위원회 사무실입니다."

"어제 듣긴 했지만…. 거기가 뭐 하는 곳입니까?"

"곧 알게 될 겁니다, 동무. 사무실은 과거 면사무소 건물에 있습니다."

"나는 인민위원회와는 관련이 없는 사람입니다."

"그런 건 상관없습니다. 모든 생존한 보도연맹원들은 인민위원회 회의실로 가야 합니다. 동무를 데리고 오라는 지시를 받고 왔습니다."

"그러나 사실 나는 진정한 보도연맹원도 아니었습니다."

"그것도 상관없습니다. 동무가 강권에 못 이겨 가입한 것을 알고 있습니다. 북에서 온 정치군관 동무도 그런 사람들이 많다는 것을 알고 있습니다. 동무, 이건 명령입니다!"

말을 마친 안병채가 앞장서 걸었다. 아버지가 그의 뒤를 따랐다. 과거의 경찰지서 앞에 위장한 사이드카와 군복을 입은 사람들 몇이 서 있는 것이 보였다. 그들을 지나 면사무소 건물 앞에 도착했을 때 아버지는 면사무소 간판이 있던 자리에 인민위원회 간판이 붙어 있는 것을 보았다.

안으로 들어갔다. 약 삼십 명 정도가 출석해 있었는데 대부분은 회의실 한가운데 의자에 앉아 있고 나머지는 그들 주위에 빙 둘러서 있었다. 앞쪽 벽 아래 사십 대 중반의 군복을 입은 사람이 그들을 마주 보고 앉아있는 것이 보였다. 같이 온 안병채는 어디론가 사라지고 보이지 않았다. 아버지는 그들 뒤에 가서 섰다.

잠시 후 그 군복의 사십 대가 일어나 앞으로 두어 걸음 나왔다. 그의 예리한 시선이 사람들의 머리 위로 천천히 지나갔다. 그가 등지고 서 있는 흰 벽에는 인공기와 김일성과 스탈린의 사진이 높이 걸려 있었다.

곧이어 그의 입에서 나오는 북녘 억양의 고음이 실내의 긴장된 공기를 흔들기 시작했다.

"동무들 반갑습네다. 용감무쌍한 우리 인민군대는 승리에 승리를 거듭하고 있습네다. 대전 점령은 시간문제외다. 우리는 이제 곧 이승만 도당과 미 제국주의 침략자들을 부산 앞바다에 처넣을 것이오. 동무들! 바로 지금이 조선민주주의 통일인민국가 건설을 위해 자본주의 잔재를 모두 없애야 할 때입네다!" 그가 잠시 말을 멈추고 좌중을 둘러보았다. 앞쪽에서 누가 손뼉을 쳤다. 박수 소리가 전체로 퍼져나갔다. 그는 비록 군복을 입고 있었지만, 군인이라기보다는 점령지역의 특수임무를 띠고 내려온 정치 요원이었다. 그가 계속했다. "우리 공화국의 이상을 실현하기 위하여 가난한 농민을 착취한 지주와 괴뢰정부에 협력한 반동적 요소들과 일제와 놀아난 친일파들을 제거해야 하갔습네다. 일제는 우리 민족의 불구대천의 원수입네다. 그들이 우리 조국을 침탈하지 아니하였다면 국토의 분단도, 또 이 동족상잔의 비극도 없었을 것입네다. 이러한 미룰 수 없는 과업을 위해 곧 인민재판이 열릴 것입네다. 그들에 대한 온정은 곧 조국에 대한 배반임을 기억하시라요." 그가 말을 멈추고 좌중을 둘러보았다. 다시 박수 소리가 실내의 긴장된 공기를 흔들었다.

그가 이 밖에도 많은 주제들에 대하여 언급하는 동안 꽤 시간이 흘렀다. 혹시 출석한 사람들 중에 교사가 있느냐고 그가 물었다. 아버지가 서 있는 바로 앞 좌석에서 젊은 사람 하나가 손을 들었다.

"우리는 어린 학생 동무들에게 우리의 혁명과업이 무엇인지 가르쳐야 하오. 교사 동무, 학생들을 모아 혁명의 노래를 가르치도록 하시라요."

"알겠습니다. 연락되는 동료들과 함께 내일부터라도 시작하겠습니다. 군관 동무."

"고맙소. 교사 동무!"

그가 말을 마치자 앉아 있던 사람들이 일제히 일어나 돌아섰다. 대부분 모르는 사람들이었으나 그들은 아버지를 알아보고 아는 체를 했다. 사실 J읍 주민 중 한 번도 아버지의 환자가 아니었던 사람은 거의 없었을 것이다.

그들의 표정은 상기되어 있었다. 그들 대부분은 가난한 상인들이거나 인근 마을의 소작농들이었다. 그들의 얼굴에서 바뀐 세상이 그들에게 줄 준비가 되어 있는 농지와 지위에 대한 희망이 반짝이고 있었다.

"보도연맹 동무들은 그대로 있으라요." 군관이 명령했다.

사람들이 나가고 실내가 조용해졌다. 군관이 다시 입을 열었다.

"많은 보도연맹 동무들이 이승만 괴뢰 정권에 의해 처형된 것을 알고 있소. 동무들이 목숨을 건진 것을 축하하오. 아직도 숨어 있는 동무들이 있으면 속히 나와 우리의 혁명 대열에 합류해야 할 것입네다." 그가 계속했다. "그러나 동무들은 우리 공산주의 이념을 버리고 민족 반역자 이승만이 만든 보도연맹에 가입했었소. 동무들은 변절자들이오. 또한 동무들 중에는 원래 우리 편이 아니었는데도 공산주의자로 몰렸거나 오인되어 전향자란 이름을 얻게 되고 이 때문에 후일 보도연맹에 억지로 이름을 올린 사람들도 있다는 것을 알고 있습네다. 이런 점에서 보면 여기 앉아있는 동무들은 변절자이거나 아예 공산주의자가 아니었거나 둘 중 하나일 것이오. 그러나 인민의 이름으로 나는 동무들이 조국을 위해 일할 기회를 주겠소. 당과 인민에게 감사하시오. 오늘은 여기까지입니다. 모두들 집에서 대기하시오. 자, 돌아들 가도 좋소!"

집으로 향하는 아버지에게 동행자가 있었다. 아버지를 인민위원회에 데리고 간 안병채가 어디 있다가 나타났는지 자기 집도 같은 방향이라고 하면서 따라붙었다. 아버지는 안병채가 자기를 지켜보고 있는 것 같다는 생각이 들었다.

"그런데 어떻게 처형을 피했나요?" 걸으면서 아버지가 물었다.

"그게… 소집한 보도연맹원들을 쌀 창고로 데려가기 전에 지서장이 한 열 명가량을 추려내더라구요. 그리고 나서 지서 뒷마당으로 데리고 가더니 빨리 도망가라고 말했어요. 아주 작은 소리로. 그중에 나도 있었습니다. 지서장은 내가 날조된 혐의 때문에 잘못 가입된 연맹원이란 걸 알고 있었어요."

"참 용감한 경찰관이었군요. 많은 생명을 구했네요!" 아버지가 감탄하며 말했다. 또한 지서장이 연맹원들을 소집하기 전에 부하를 보내 자기를 미리 피신시킨 것은 일종의 '우대'였다는 것을 깨달았다.

"그렇고 말구요. 그렇지만 그 대가로…" 안병채가 말끝을 흐렸다.

"그 대가로…? 무슨 말이오?" 아버지가 물었다.

"자신의 생명과 바꾼 거지요."

"뭐라구요? 바꾸다니…?" 아버지가 다시 물었다.

"처형당했답니다. 그것도 바로 자기 지서 안에서."

"인민군들이 올 때까지 철수를 안 하고 있었나요?" 아버지가 물었다.

"국군 헌병들이 처형했습니다. 연맹원들을 처형 장소로 호송하려고 트럭을 가지고 온 헌병들에게 그 일이 그만 알려지고 말았어요. 지서장이 연맹원 몇을 풀어준 것이." 안병채가 긴 한숨을 쉬었다.

아버지는 충격을 받았다. 지금 들은 그 말이 사실이 아니기를, 그리고 그 지서장이 지금 어디에선가 살아 있기를 바랬다.

"안 씨도 나처럼 날조된 혐의로 인해 잘못 가입된 보도연맹원이었다고 조금 전에 말했지요?" 아버지가 물었다.

"예."

"그럼 왜 북에서 온 그 군관을 돕습니까?"

"나는 가난한 소작농의 아들입니다. 이게 답입니다. 난 공산주의에 대해선 잘 모릅니다. 내가 바라는 것은 토지개혁입니다." 안병채의 목소리에 힘이 들어가 있었다. 두 사람은 말없이 걸었다.

다음 날 아침 다시 안병채가 왔다. 함께 인민위원회로 가자고 했다. 안병채는 아버지가 J읍 인민병원 의사에 임명될 것이라고 했다. 아버지는 안병채의 말을 의심했으나 그 의심은 단 몇 분밖에 지속되지 않았다. 안병채가 아버지를 사무실로 안내했다.

"어서 오시오, 의사 동무! 본 인민위원회의 결정에 따라 동무는 오늘부로 J읍 인민병원 의사에 임명되셨소." 오십 대 중반의 남자가 선언 조로 말했다. 어디서 본 것 같기도 한 얼굴이었지만 확실치 않았다. 그의 테이블에 인민위원장 명패가 놓여 있었다.

"우리 읍에는 나 말고도 의사가 또 있는데요?"

"알고 있소. 그러나 그 동무는 지금 우리 읍에 없소. 그 동무가 돌아올 때까지는 동무가 유일한 우리 J읍 인민병원 의사요." 위원장이 말했다.

아버지는 인민병원 의사라는 처음 듣는 그 직책이 싫었다. 머뭇거리며 서 있는 아버지를 정면으로 쏘아보며 위원장이 다시 입을 열었다.

"보도연맹원들이라고 해서 모두가 우리 측 인사들이었던 것은 아니오. 대동청년단이 동무를 좌익으로 지목했지만, 그것은 그들이 날조한 것이오. 동무는 우리 측이 아니었소."

"그 일을 아십니까? 그 내막을?" 아버지가 물었다.

"믿을 만한 사람이 내게 귀띔해 주었소. 그 사람은 당시 대동청년단 단원이었소." 그가 계속했다. "더욱이 동무의 병원은 전쟁 전 국군 촉탁 병원으로 지정받았고 그래서 동무는 이승만의 군대를 치료해 주었소. 이런 것은 북에서 내려온 군관 동무에게는 말하지 않았소. 최선을 다하시오." 위원장이 언성을 높였다.

"그렇지만 나는 인민병원 의사직을 받아들일 수가 없습니다. 약도 기구도 다 떨어지거나 훼손되고 없습니다. 환자를 진료할 수가 없습니다."

"그런 것은 아무래도 좋소. 우리는 당장 비어 있는 직책들을 채워야 합니다. 동무는 자신이 우리 읍의 유일한 의사임을 명심하시오. 지체가 용납되지 않는단 말이오!"

이렇게 해서 아버지는 J읍 인민병원 의사가 되었다.

(이것은 인민위원회의 일방적인 임명이었다. 근무 장소나 업무 수칙도 없었다. 이름뿐인 직책이었기 때문에 눈에 띄게 달라진 것은 없었다. 아버지는 자신이 지금까지 해 오던 대로 환자를 진료하면 된다고 생각했다. 그러나 일은 그렇게 단순하지가 않았다. '인민병원 의사'라는 강제로 씌워진 이 신분이 문제였다. 임명의 배경이나 전말을 알지 못하는 일반인들은 직책만 보고 그 사람의 사상을 판단했다.)

✦

수영골에서 우리는 아버지의 행방을 모른 채 집으로 돌아갈 날만 기다리며 시간을 죽이고 있었다. 그러던 어느 날, 형과 나는 우연히 마을 뒤쪽에서 산으로 난 오솔길을 발견하고 그 길로 들어가 보았다. 완만한 오르막길을 조금 올라갔더니 큰 느티나무 하나가 눈에 들어왔다. 그 거목이 서 있는 언덕을 지나 계속 걸어가자 너덜이 나타났다. 너덜 안으로 들어가니 갑자기 시원하고 아늑한 느낌이 우리를 감쌌다. 좁고 똑바로 난 그 너덜길은 온갖 덩굴이 하늘을 가려 천연동굴처럼 컴컴했다. 그것은 마치 숨겨져 있는 딴 세상 같았다. 우리는 그 어떤 알 수 없는 매혹에 이끌려 무엇에 홀린 듯 계속 걸었다.

너덜을 지나 조금 더 갔을 때 갑자기 발아래 깊고 넓은 분지가 나타나면서 강한 바람이 불어 닥쳤다. 주변 산봉우리에서 불어 내려오는 세

찬 바람이 그릇 모양으로 둥글게 파여 있는 그 분지에 부딪혀 갈 곳을 몰라 소용돌이치며 그 안에 있는 모든 것들을 뒤흔들고 있었다. 그 강한 힘에 눈도 제대로 뜰 수 없고 숨도 막혔지만 나는 이 미처 날뛰는 바람이 좋았다. 마치 옷자락을 잡아당기며 같이 놀자고 조르는 것 같았다. 바람아 너는 어디서 오는 거니? 이 전쟁을 싹 쓸어 가 다오! 나는 마음속으로 부르짖었다. 우리가 머무는 그 허름하고 답답한 마을 가까이에 어떻게 이런 아름다움을 넘어 장엄하기까지 한 곳이 있을 수 있을까…? 믿을 수가 없었다. 그 바람은 지금도 내 기억 속에서 불고 있다. 내가 취해 있을 때도, 일에 바쁠 때도, 느닷없이 찾아와 그 매혹적인 너덜 동굴과 그 언덕에 서 있던 느티나무 거목과 내 발밑에 갑자기 나타났던 그 분지로 나를 데려가곤 한다.

이제 마을 사람들은 쌀이 떨어졌다. 지난해 수확한 쌀은 그들의 쌀독에 한 톨도 남아 있지 않다고 했다. 그들의 밥상에 오르는 것은 보리와 콩, 그리고 거친 잡곡밥밖에는 없었다. 엄마는 그들에게서 보리를 샀다. 그들은 호박잎과 상추 등 밭에 심은 채소를 그냥 뜯어다 먹으라고 했다. 우리는 보리를 삶아서 호박잎에 싸 먹었다. 밥을 굶지 않는 것만으로도 다행이라 생각했다. 이렇게 마을 사람들의 온정과 우리를 둘러싼 흙벽의 향기와 장판 대신 깔려 있는 밀짚의 부드러운 감촉에 감사하며 하루하루를 보냈다.

그런데 이상하게도 나는 그 일상이 싫지가 않았다. 내리쬐는 불볕 아래 먼지를 뒤집어쓰고 뜨겁게 달아오른 길을 땀에 절어 걷지 않아도 되었다. 또 우리의 생활이 너무나 단순했기 때문에 마치 여름 별장에 놀러 온 것 같은 착각에 빠지기도 했다. 엄마가 일상의 고된 일에서 벗어나 한가한 시간을 보내는 것을 보는 것도 나를 편하게 했다. 이곳 수영골이란 곳에서 처음으로 엄마는 손에 아무것도 들지 않은 채 가만히 앉아 있는 모습을 내게 보여주었다. 그러나 내가 생각 못 한 것이 있었을 것이다. 엄마의 마음속엔 무엇이 있었을까? 집을 떠난 후 우리 가족 누구의 입에서도 아버지에 관한 말은 나오지 않았다. 우리 가족 누구도 그의 생존 여부를 알지 못했다. 할머니도 엄마도 형도 아버지의 말을 꺼내는 것을 두려워했다. 때때로 아버지에 대한 의문이 나의 혀끝에 맴돌았지만 나는 그때마다 재빨리 나오던 말을 삼켜버렸다.

어느 날 아침, 비행기 소리가 나를 잠에서 깨웠다. 형과 나는 급히 뛰어나가 하늘을 올려다보았다. 낮게 뜬 여러 대의 비행기들이 한 방향으로 사라지고 있었다.

"엄마, 어제부터 많은 비행기들이 북서쪽으로 날아가네…. 여기서 북서쪽이면 대전일 텐데." 형이 말했다.

"그래…? 그런데?"

"대전에서 큰 전투가 벌어지고 있는 것 같은데? 대전은 서울 남쪽에 있는 첫 번째 주요 도시잖아?"

"더 중요한 서울도 포기했잖아. 대전은 훨씬 작은 도시지. 서울에서 오는 피난민들 얘기 못 들었어? 북한군 탱크에 속수무책이라는…."

"맞아. 나도 그 말 들었어. 그렇지만 이번엔 미군이란 말이야. 미군은 독일군도 일본군도 이겼잖아? 초콜릿 캔디를 준 그 미군은 아주 당당해 보였어."

"그래서?"

"미군들이 우리 읍을 지나서 북쪽으로 진격하면 우리는 집에 돌아갈 수 있겠지."

"그들이 평양까지 가면 외할머니도 만날 수 있겠네?" 내가 끼어들었다.

"그럼 외할머니가 얼마나 좋아하실까!" 엄마의 얼굴이 꽃처럼 활짝 피어났다.

"그럼 약속해 줘. 나 꼭 데려간다고!" 내가 힘주어 말했다.

"왜 아니겠니? 내가 약속했어, 지금." 엄마가 손가락을 들어 보이며 말했다.

"그런데 비행기가 날아가는 방향을 보고 전투가 어디서 벌어지는지를 알 수 있을까? 이원에 가서 거기 사람들한테 물어보자." 엄마가 제안했다.

"그거 좋은 생각이야. 언제 가는 게 좋을까?"

"내일모레쯤. 어떠니?"

"좋아요, 엄마. 이원은 여기서 가까우니까 갔다 오는 데 두 시간이면 충분할 거야." 형이 말했다. 나는 속으로 쾌재를 불렀다. 나를 데리고 갈 것으로 생각했기 때문이었다.

다시 새벽이 왔다. 해가 뜨자 비행기 소리가 났다. 형이 밖에 나가 보더니, 비행기들이 높이 떠서 대전 쪽이 아닌 다른 방향으로 날아간다고 했다.

마을 사람들은 비행기에 신경 쓰지 않는 듯했다. 그들은 밭 갈고 풀 뽑는 농사일에만 매달렸다. 전쟁의 위험은 안중에도 없고 오직 그들을 걱정하게 하는 것은 가뭄과 홍수 두 가지였다. 그들은 말도 별로 없는 사람들이었다. 하지만 엄마가 이 마을에 도착하자마자 있을 곳을 물어보았던 그 여자는 달랐다. 처음에는 그녀도 말을 아꼈지만, 나중에는 엄마에게 여러 가지를 물어보기도 하고 주방용품을 쓰라고 주기도 했다. 엄마는 그녀에게 한글을 가르쳐 주었는데 우리가 떠날 때쯤 그녀는 자신의 이름과 주소를 쓸 수 있게 되었다. 하지만 그녀가 종이에 서투른 필체로 쓰던 그녀의 이름은 지금 나의 기억에 없다.

아침 열 시쯤, 엄마와 형과 나는 우리 가족이 곳간차에 오르기를 포기했던, 철도가 있는 그 마을 이원을 향해 출발했다. 우리는 등에 멘 것도 손에 든 것도 없었다. 여러 날 만에 맨몸으로 길에 나선 우리는 너무도 홀가분해서 마치 산보 가는 기분이었다.

형이 앞장섰고 나는 엄마 뒤에서 엄마의 발자국을 밟으며 걸었다. 엄마의 은비녀에 눈이 갔다. 엄마가 발걸음을 옮길 때마다 그 은비녀가 햇빛에 빛나고 있었다. 갑자기 나는 엄마를 따라 장에 가던 그때가 그리워졌다. 다음 순간 나는 어느새 J읍의 골목을 걷고 있었다. 다시 한번 내 앞에 쌀을 팔러 나온 농부들과 엄마를 보며 씩 웃던 그 말감고의 햇볕에 그을린 얼굴이 나타났다. 약장수의 북소리와 도붓장수들의 외치는 소리도 들려왔다. 이 꿈같은 상태에 조금이라도 더 머물고 싶었던 나는 방해가 되는 주변의 풍경을 따돌리면서 엄마의 은비녀에 온 시선을 집중하고 걸었다. 그렇지만 이 매혹의 시간은 얼마 가지 않았다. 앞에 가던 엄마가 갑자기 뒤를 획 돌아보았다.

"왜 살금~ 살금~ 내 뒤만 따라오니? 오늘이 장날인 줄 아니?" 엄마가 손가락으로 내 얼굴을 가리키며 웃었다.

나는 그냥 고개를 끄덕끄덕했다. 나쁜 짓을 하다 들킨 것처럼 무안하고 부끄러웠다. 앞에 가던 형이 엄마의 말소리를 들었을지도 몰랐다. 그러나 설령 들었다 해도 그 말의 의미를 몰랐을 것이다. 형은 엄마를 따라 장에 가 본 적이 없다. 엄마의 은비녀와 장터에서의 일들은 오직 엄마와 나만의 추억이었다.

"엄마도 장에 가던 생각 나?"

"그럼. 지금만이 아니고."

"지금만 아니라고? 그럼 언제 또?"

"네가 내 뒤를 밟을 때마다."

"그럼 집 떠나서 여기 올 때까지?"

"물론이지. 네가 앞에 걸을 때만 빼고."

"나 엄마하고 다시 장에 가 보고 싶어."

"나도 다시 너를 데리고 장에 가고 싶어."

"왜? 나하고 가는 게 좋아서?"

묻고 나서 나는 곧 내가 하나 마나 한 것을 물은 것을 깨달았지만 그래도 나는 엄마의 대답을 듣고 싶었다.

그러나 내 귀에는 엄마의 대답보다 더 빠르게 다가오는 소리가 있었다. 비행기 소리였다. 낮게 뜬 비행기가 우리 머리 위에 나타났다. 비행기의 날개에서 불이 번쩍이는 것이 보이자마자 고막을 찢는 소리가 천지를 흔들었다. 당황한 우리는 어쩔 줄 모르고 그 자리에 그냥 서 있었다.

"날개에서 불꽃이 나오는 게 보였어. 가까운 어디에 기관총 소사를 한 것이 틀림없어!" 형이 놀란 목소리로 말했다.

"전에는 비행기들이 저러지 않고 그냥 지나갔잖아? 그런데 이번에는 왜 그래?" 내가 물었다.

"잘 모르겠어. 어쩌면 인민군이 이미 이 지역을 점령했는지도 몰라." 형이 말했다.

"그럼 넌 전투가 이미 우리를 지나갔단 말이지?" 엄마가 형에게 물었다.

"응. 그런 것 같아. 이제 곧 이원에 가면 알 수 있을 거야. 사람들에게 물어보자고." 형이 말했다.

이원에 도착한 우리는 철길을 건너 주거 지역으로 향했다. 철길과 승강장에는 사람도 곳간차도 보이지 않았다. 곧 집들이 나타났다. 모두 비어있는 것 같았다. 주거 지역을 가로지르는 큰 도로에 이르렀을 때 주민인 듯한 한 노인을 만났다. 엄마가 그에게 전쟁이 지금 어디쯤 있는지 물어보았다.

"댁은 뉘시오? 어디서 오는 사람들이오?" 노인이 되물었다.

"이 근처 마을에 머물고 있는 피난민입니다."

"어젯밤 여기를 통과했소." 노인이 퉁명스럽게 말했다.

"이곳에서 전투는 없었나요?" 형이 물었다.

"없었어. 미군들이 영동 쪽으로 갔지. 어떤 사람들은 총도 없더라고. 아마 대전을 잃었나 봐. 물을 떠다 주느라 바빴어."

"또 다른 것은 못 보셨나요?"

"웬걸. 그리고 나서 어젯밤이었어. 초저녁에서 새벽까지 밤새도록 군인들과 대포와 탱크들이 길을 가득 메우고 지나갔지. 인민군들이라고 하더군. 얼마나 놀랐는지!"

말하는 노인의 표정에 아직도 공포의 빛이 역력했다. 우리는 노인의 말을 믿을 수밖에 없었다. 전투가 어디쯤 있는지 달리 알 방법은 없었다. 어디에도 부서진 건물이나 부러진 전봇대 같은 전투가 지나간 흔적은 보이지 않았지만 도로 위의 부서진 자갈과 남아 있는 탱크의 자국들이 노인의 말을 뒷받침하고 있었다.

"고생 그만하고 집에 가도 되네." 노인이 형에게 말했다.

우리는 돌아서서 수영골로 향했다. 사과 과수원을 지날 때 앞에 가던 엄마가 돌아보며 잠시 쉬었다 가자고 했다. 우리는 과수원으로 들어가 가운데 있는 원두막으로 갔다. 놓여 있는 사다리를 타고 올라가 조금 있으니 주인이 다가와 우리를 올려다보았다. 형에게 수영골 가는 길을 알려주었던 바로 그 사람이었다. 그는 지금도 밀짚모자를 쓰고 있었다. 그가 형을 알아보았다.

"그날 수영골 쉽게 찾았어?" 그가 물었다.

"예. 쉽게 찾았어요. 고맙습니다."

"사과를 드시려구요?" 그가 엄마를 보며 물었다.

"예. 시지 않은 거로 네 개만 주세요."

엄마의 말에 그가 원두막 아래 놓여 있던 바구니에서 사과를 꺼내 목판에 담았다.

"거기 구석 어디에 칼이 있네." 그가 사과가 담긴 목판을 형에게 올려주면서 말했다.

"이리 줘 내가 깎을게."

형에게서 사과와 칼을 건네받은 엄마가 껍질을 벗기기 시작했다.

껍질을 벗기는 엄마의 손에 예쁜 반지가 끼어 있었다. 그것은 엄마가 전에 즐겨 끼던 진주 반지와는 다른 것이었다. 손의 움직임을 따라 반짝반짝 빛나는 파란 사파이어가 너무 예뻤다. 나의 눈도 한참이나 그 반지를 따라 움직였다.

두 개를 깎아 형과 나에게 하나씩 건네준 엄마가 세 번째 사과를 깎기 시작했다. 다 깎은 엄마는 나의 예상과는 달리 그것을 반으로 갈라 목판에 놓으면서 형과 내게 한쪽씩 더 먹으라고 했다.

"이건 엄마 먹어." 형이 사양하며 엄마에게 권했다.

"아니야. 난 이거면 돼." 엄마가 남아 있는 작은 사과를 집으며 말했다. 나는 엄마가 밥상머리에서도 좋은 것은 항상 싫다고 우리들보고 먹으라고 하던 것이 떠올랐다.

나는 엄마에게 아직 돈이 조금 남아 있는 것을 알고 있었다. 그 돈은 우리가 고작 한 달 아니면 두 달밖에 살 수 없는 만큼의 것인지도 몰랐다. 엄마는 오늘 쓰지 말았어야 할 돈을 쓴 것 같다는 생각이 들었다. 엄마가 과수원을 그냥 지나치지 못한 것은 형과 나 때문이었을 것이다. 형과 내가 엄마에게 돈을 쓰게 한 것이다. 어쩌면 집에 가도 된다는 그 노인의 말에 단단하게 졸라맸던 엄마의 마음이 조금 풀어졌었는지도 몰랐다.

과수원에서 나온 우리는 곧바로 도로에 오르지 않고 잠시 도로 옆으로 나 있는 마른 건천을 걷기로 했다. 모래 위를 걸으면서 엄마가 갑자기 소녀 시절의 추억을 떠올렸다.

"그들은 우리 할아버지를 자주 찾아왔었지. 할아버지가 유명한 장로였거든. 평양에서 정익노 장로 하면 다들 알았지."

"그들? 그들이 누군데?" 형이 물었다.

"미국 선교사들. 우리한테 참 친절했어."

"그 사람들하고 자주 말해 봤어?"

"응. 그 사람들 한국말 잘했어."

"정말? 어떻게 한국말을 배웠지? 그들이 한 한국말 한 가지만 말해 봐." 내가 엄마를 졸랐다. 엄마가 헛기침을 하며 목소리를 가다듬었다.

"나는~너를 사랑하~고 너는 나를 사랑~한~다."

엄마가 그들의 우스꽝스러운 발음을 흉내 내서 말했다. 나는 나오는 웃음을 억지로 참았다. 무엇이 엄마로 하여금 지나간 소녀 시절에 있었던 이런 재미있고 유쾌한 일들을 떠올리게 했을까? 나는 그 이유가 궁금했다. 우리는 지금 집을 멀리 떠나 아버지의 행방도 알지 못한 채 내일을 모르며 살아가는 상황이 아닌가? 수영골로 오는 동안 내내 엄마의 얼굴은 편안해 보였다. 아마도 지나가는 전투에 가족 누구도 희생되지 않은 것과 이제 흙냄새 나는 방을 뒤로하고 집에 돌아갈 수 있다는 생각이 엄마를 안도하게 했을 것이다.

수영골에 도착했다. 할머니가 밀짚 깔린 방에 앉아 마당으로 들어서는 우리에게 의문의 눈길을 보내고 있었다.

"전쟁이 이원을 지나갔대요. 이제 집에 갈 수 있어요, 할머니." 형이 할머니의 궁금증을 풀어 주었다. 순간 할머니의 눈이 빛났다. 아들과의 재회에 대한 엄마들의 희망과 기대 같은 것, 그런 것 때문이었을 것이다.

"엄마, 우리 집에 돌아가나요? 이제?" 복님이 물었다.

"응. 내일모레쯤 떠날 거다." 엄마가 대답했다.

다음 날 오후, 형과 나는 느티나무가 서 있는 그 언덕에 다시 올랐다. 우리는 마지막으로 덩굴이 굴을 이룬 그 아늑하고 시원한 너덜을 걸어 그 장난기 어린 미친바람과 놀고 싶었다. 너덜길은 전보다 더욱더 매혹적이었고 바람은 더 강하게 불었다. 다시 우리를 볼 수 없을 것을 알기라도 하듯.

"형, 형은 저 너덜길과 이 바람 부는 계곡을 다시 보고 싶어 할 거야?" 형에게 물었다.

"말이라고? 이것들이 없었으면 우리는 더 답답하고 힘들었을 걸." 형이 발아래 계곡을 내려다보며 나지막하게 말했다. 바람이 그의 옷을 벗겨 버릴 듯이 덤벼들고 있었다.

"형은 집에 가는 것이 좋아?" 내가 물었다.

"물론이지!"

"그럼 대전에는 언제 갈 거야? 학교 계속 가야 하잖아?"

"잘 몰라. 왜냐하면…." 형이 말꼬리를 흐렸다.

"왜냐하면? 그게 뭔데?"

"국군이나 인민군에 징집될지도 몰라. 전쟁이 내년까지도 계속되면."

"왜? 전선은 이미 지나갔잖아? 안 그래?"

"그래, 지나갔어. 그런데 다시 올지도 몰라."

"그렇게 되면 국군하고도 인민군하고도 싸울 수 있게 돼? 누구하고 싸울지 아직 몰라?"

"응. 상대를 선택하는 건 내 것이 아닐 테니까."

"그럼 양쪽 모두 형의 적이 될 수 있는 거란 말이야?"

"그만! 지금 난 대답할 준비가 안 되어 있어. 나는 바보야! 불행한 바보라고!"

나는 더 묻지 않았다. 대신 내게 돌진해 오는 바람을 향해 두 팔을 벌려 바람의 몸통을 껴안았다. 바람은 내 팔 안에서 몸을 비틀고 이리저리 부딪치며 힘은 세지만 인정 많은 동물처럼 자꾸만 내 귀에 대고 속삭였다. 가지 말라고, 나하고 놀자고. 갑자기 나는 집으로 돌아가기가 싫어졌다. 나는 내가 서 있는 바로 이 자리에서 잎새를 날리며 바람과 놀고 싶었다. 나는 인간 아닌 나무가 되고 싶었다.

12

작별의 날이 왔다. 우물 옆을 지날 때 몇몇 아낙네들이 하던 일을 멈추고 우리를 건너다보았다.

"아무 일 없이 무사히 잘 가세요." 한 여자가 말했다. 그러자 다른 여자들이 웃으며 손을 흔들었다.

"고마워요. 그동안 신세 많이 졌어요." 엄마가 웃으며 대답했다.

우리는 이원으로 가는 도로를 향해 마을 앞 좁은 길을 천천히 걸어갔다. 내가 언덕 모롱이를 돌면서 뒤를 한 번 돌아다보자 우리에게 머물 곳을 마련해 주었던 그 부부가 아직도 문 앞에 서 있다가 내게 손을 흔들었다.

우리가 이원으로 가는 도로에 막 올라섰을 때 멀리 산 너머에서 비행기들이 치솟기도 하고 내리박히기도 하는 것이 보였다. 곧이어 검붉은 연기 기둥들이 하늘로 올라가기 시작했다. 굵고 직선으로 올라가는 그것들은 그림책에서 본 것 같은 어느 불타는 신전의 거대한 기둥들을 연상시켰다. 몇 분이나 지났을까, 우리는 지금까지 듣지 못한 소리를 들었다. 소리만 들리고 보이는 것은 아무것도 없었다. 휘파람 소리 같은, 일정한 간격을 두고 들리는 그 소리는 비행기들이 폭격하는 그 산 너머로 멀어져 갔다. 길은 텅 비어 있어 물어볼 사람도 없었다. 잠시 후 맞은편에서 걸어오는 한 남자가 있었다. 우리를 지나치려던 그가 걸음을 멈추고 입을 열었다.

"어디 가시오?"

"집으로 가는 피난민입니다." 형이 대답했다.

"좋소! 빨리 가시오!" 그가 힘주어 말했다.

이때였다. 그 소리가 다시 들려왔다.

"이 소리가 무슨 소린지 아세요?" 형이 그에게 물었다.

"인민군이 지금 포 사격을 하고 있어. 대포 주둥이가 이렇게 커." 그가 두 팔로 원을 그려 보이며 의기양양하게 말한 다음 가던 길을 걸어갔다. 북한에 동조하는 민간인이 틀림없어 보였다.

이원에 도착한 우리는 지름길로 들어서서 언덕 위를 지나가는 큰 국도를 향해 걸었다. 우리는 갈 때도 올 때와 같은 경로를 따라갈 생각이었다. 지름길을 걸으면서 나는 우리를 손짓해 부르던 그 미군 생각이 났다. 큰길을 올려다보았다. 그의 지프가 서 있던 곳에는 아무것도 없었다. 그 많은 피난민 중에서 왜 하필 우리를 오라고 했을까? 뜨거운 태양 아래 짐을 지고 이고 힘들게 걸어가는 두 여자와 그에 딸린 모든 크기의 일곱 아이들. 아마도 그의 눈엔 우리 가족이 특히 불쌍해 보였을 것이다. 그는 지금 어디 있을까? 이런 생각을 하면서 나는 가파른 지름길의 마지막 구간을 지나 큰길에 올라섰다. 공기를 가르며 지나가던, 휘파람 소리 같던 그 소리는 이제 들리지 않았다. 뒤를 돌아보니 저 아래 이원이 보였고 수영골은 보이지 않았다. 그렇지만 우리에게 있을 곳을 마련해 준 그 남자의 부인, 그녀의 목소리가 내 귀를 울렸다. "이 난리를 무사히 넘기고 애들과 행복하게 사세요." 하고 말하며 엄마를 보고 웃던 그녀의 얼굴과 함께. 길은 비어 있었다. 가끔 마을과 마을을 오가는 사람들이 하나둘 눈에 들어왔다가 곧 사라질 뿐이었다.

"그 많던 피난민들은 다 어디로 갔을까?" 엄마가 혼잣말로 물었다.

"큰길을 벗어나 어디엔가 머물고들 있겠지. 며칠 있으면 나와서 집으로 돌아갈 거라고." 형이 말했다.

우리는 외로웠다. 여러 사람들 틈에 끼어 걸을 때보다 더 힘들고 지루했다.

"이제 일곱 밤만 자면 집이다!" 엄마가 가끔 동생들의 투정을 달랬다. 그럴 때마다 그들의 발걸음이 빨라졌다. 그러나 그들의 불평은 십 리나 이십 리를 넘기지 못하고 다시 찾아오곤 했다.

다음 날 우리는 옥천을 지났다. 옥천을 뒤로하고 얼마쯤 더 가서 커브 길을 돌았을 때 가로수 아래 트럭이 서 있는 것이 보였다. 나뭇가지로 위장한 그 트럭은 전에 본 미군 트럭과 달랐다. 더 작고 색은 더 진했다. 그 트럭 뒤에서 군인들 셋이 소총을 닦고 있었다.

"비행기를 조심하라요." 그들 중 하나가 우리에게 주의를 주었다.

"우리는 군인이 아닌데요?" 형이 말했다.

"공중에서 군인인지 아닌지 그걸 어케 알간?" 그들이 웃음을 터뜨렸다.

"당신들, 비행기 소리가 들리믄 날래 가로수를 끌어안으오." 다른 하나가 말했다.

우리가 그들을 지나 열 발자국쯤 갔을 때 다시 그들의 말소리가 들려왔다.

"나무가 없으믄 그 자리에 꼼짝 말고 서 있으라우. 나무처럼 움직이지 말고!"

그들이 가지고 있는 소총도 국군이나 미군 것과 달라 보였다. 탄환도 황동색이 아니라 구리색이었다. 우리는 그들의 주의를 귀담아듣지 않았다. 그것은 우리의 실수였다. 불과 몇 분 뒤 비행기 소리가 들리는가 싶더니 곧이어 귀를 찢는 기관총 소리와 폭음이 들렸다. 우리는 놀라 어찌할 줄 몰랐다. 길 양편에 가로수들이 있었지만, 아이들이 많이 딸린 훈련되지 않은 가족에게는 무용지물이었다. 비행기 소리가 사라진 뒤 형이 우리를 둘러보았다. 모두 아무렇지도 않았다. 조금 전 그 트럭이 목표였을까? 그러나 아니었다. 잠시 후 우리가 모퉁이를 돌았을 때 저만큼 앞에 있는 마을에서 연기가 오르는 것이 보였다. 지나가면서 보니 집들이 불타고 부서진 벽과 가구들이 길에 나뒹굴고 있었다.

"오폭인 것 같네?" 형이 말했다.

"전쟁은 지나가지 않았어. 모든 곳이 다 전쟁터야." 말하는 엄마의 목소리에 실망이 배어 있었다.

이후 우리는 되도록 가로수에 바짝 붙어 걸었다.

수영골을 떠난 후 두 밤을 보냈다. 피난민 수가 아주 적어 잘 곳을 찾기는 쉬웠다. 우리는 지금 협곡에 자리 잡은 세천이란 이름의, 대전 이전의 마지막 철도역이 있는 마을을 지났다. 평탄하던 길은 구불구불하고 높낮이가 많은 길로 변했다. 우리는 자주 숨이 찼다. 불과 한 달쯤 전에 우리는 이 길을 걸어 남으로 갔었다. 그런데도 눈앞에 보이는 풍경들은 생소했다. 우리는 지금 반대 방향으로 가고 있었고 또한 전쟁이 길의 모습을 바꾸어 놓았다. 여기저기 흩어진 무기들, 총알구멍이 난 버리고 간 군용차들, 도로 이곳저곳에 남아 있는 검게 그을린 흔적들은 우리가 남으로 갈 때는 없었던 것들이었다.

이런 길을 한 시간쯤 걸었을 때, 형이 눈앞의 밋밋한 언덕을 가리키며 '저 너머에 대전이 있다.'고 말했다. 형의 말에 나는 마음이 가벼워졌다.

형의 비명이 들린 것은 바로 이때였다.

"저것 봐!"

머리를 들어 형이 가리키는 곳을 본 나는 그만 그 자리에 얼어붙고 말았다. 약 칠팔 미터 앞 도로 위에 여러 명의 군인들이 아무렇게나 누워 있었다. 어떤 사람은 하늘을 향해, 어떤 사람은 땅에 얼굴을 박고, 또 어떤 사람은 허리를 구부린 채 흩어져 있는 그들의 몸의 일부가 얇게 흩뿌린 붉은색 흙에 덮여 있었다. 똑바로 누운 사람들의 얼굴에서 나는 그들이 미군임을 알았다.

"그 미군 살았을까? 우리한테 초콜릿 캔디 준 그 사람!" 내가 형에게 물었다. 그러나 형의 목소리는 들리지 않았다. 그는 벌써 저 앞에 가족들과 함께 걸어가고 있었다.

나는 그 충격적인 장면을 내 기억에서 지울 수가 없었다. 전쟁이 끝나고서도 여러 해가 지난 뒤, 대전 전투에 대한 문헌을 찾아보았다. 문헌에는 미군과 인민군의 주력이 시가전에 집중하는 동안 인민군 일부 병력이 도시의 배후로 우회하여 미군의 후퇴로를 차단하려 했다는 기록이 있었다. 깜깜한 밤에 지형을 잘 모르는 미군들이 황급히 후퇴하다가 그들의 매복에 희생되었을 가능성이 컸다.

곧 우리는 대전이 내려다보이는 언덕에 이르렀다. 그 도시는 폐허였다. 건물도 전봇대도 서 있는 것은 없었다. 엄마가 시가지를 통과하지 말고 다른 길로 돌아가자고 했다. 우리는 밭과 과수원이 있는 구릉지대로 뻗어 있는 샛길로 들어섰다. 완만한 경사의 한 과수원 옆을 지날 때 엄마가 그늘에서 잠시 쉬면서 뭣 좀 먹고 가자고 했다. 우리는 좋아라고 과수원 안으로 들어갔다.

사과나무들이 마련해 주는 그늘에 앉아 우리는 찐 감자를 먹었다. 먹고 나자 세 살 반짜리 동생이 졸린 듯 풀 위에 누웠다. 아무도 다시 걷는 것을 원치 않았다. 그늘은 너무 좋았고 우리는 졸리기 시작했다.

"엄마, 이 애들 낮잠 좀 자게 하면 안 돼?" 형이 애원 조로 말했다.

"그러자꾸나. 모두 고단해 보인다." 엄마가 어린것들을 바라보며 머리를 끄덕였다. 그러고 나서 짐을 쌌던 보자기들을 풀어 바닥에 깔았다. 우리는 그 위에 발을 뻗고 누웠다. 나무에 기대앉은 엄마의 팔 안에서 두 살짜리도 잠이 들었다. 어디선가 들려오는 새소리를 듣다가 나도 잠에 빠졌다.

엄마의 목소리에 눈을 떴다.

"자, 이제 가자!"

모두 일어섰다. 태양이 나무 그늘을 동쪽으로 몇 미터쯤 밀어 놓은 것을 보고 나는 시간이 꽤 흐른 것을 알았다.

"복님아, 엄마가 보고 싶지 않니?" 아기를 복님에게 건네주며 엄마가 물었다.

"보고 싶어요." 복님이 아기를 받으며 대답했다.

"물론이지. 당연한 걸 내가 물었지 뭐니?" 엄마가 웃었다.

"J읍에 가면 나 우리 집에 가야 하나요?" 복님이 물었다.

"그럼. 가야지." 엄마가 웃으며 말했다.

"더 오래 있고 싶어요. 헤어지는 거 싫어요. 우리 식구들도 피난 가서 없을지 몰라요."

"갔다가 오면 되지. 오고 싶으면 언제든지 와도 돼." 엄마가 나직하게 속삭이듯 말하자 복님의 얼굴이 환해졌다.

우리는 짐을 챙겨 다시 어깨에 메고 등에 지고 손에 들었다. 그러나 채 몇 걸음 가기도 전에 비행기의 굉음이 들리는가 하더니 기관총 소리가 '따따따' 하고 귀를 때렸다. 우리는 땅에 몸을 처박고 엎드렸다. 놀란 동생들이 울음을 터뜨렸다.

"엎드려, 꼼짝하지 마!" 엄마가 동생들에게 외치는 소리가 들렸다.

엎드린 채로 머리를 살짝 들어 동생들을 보았다. 모두 땅에 얼굴을 박은 채 꼼짝하지 않고 있었다. 비행기 소리가 멀어졌다. 나는 비행기가 임무를 끝내고 돌아간다고 생각했다. 우리가 일어나려 했을 때 멀어지던 비행기 소리가 다시 가까워졌다. 곧이어 그 공포의 기관총 소리가 바로 머리 위에서 마치 폭포수처럼 쏟아져 내렸다. 과수원을 목표로 한 것이 틀림없어 보였다. 그 기관총 소리에 섞여 나뭇가지들이 꺾이는 소리와 투두둑하고 무엇이 떨어지는 소리가 들렸다. 비행기 소리가 다시 멀어지더니 아주 사라져 버렸다. 우리는 일어나 주위를 둘러보았다.

"저것 봐!" 형이 소리쳤다.

형이 손가락으로 가리키는 곳에 부서진 흙이 직선을 그려 놓았다. 그것은 마치 소가 쟁기를 끌고 지나간 밭 같았다. 죽음이 그렇게 우리 옆을 스쳐 갔던 것이다.

"우리가 목표였을까?" 내가 형에게 물었다.

"아니. 조종사는 우리를 볼 수 없었어. 적군이 있을지도 모른다고 생각하고 그냥 쏜 거야. 과수원은 군대나 무기를 숨기기가 쉽거든."

"이제부턴 과수원은 피하자." 엄마가 말했다.

대전을 우회한 우리는 샛길을 버리고 다시 국도로 나왔다. 얼마쯤 갔을 때 회덕이란 마을이 나왔다. 우리는 이곳에서 자기로 하고 빈집을 찾아 들어갔다. 내일이면 우리는 나루터가 있는 신탄진에 도착할 것이다. 우리가 집에 가기를 원한다면 그곳에서 금강을 건너야만 한다. 나룻배는 그대로 있을까? 비행기들이 그대로 뒀을까? 그 사공은 어떻게 되었을까? 아직도 노를 젓고 있을까? 할머니와 엄마와 형의 생각 속에도 이런 걱정들이 들어 있는 것을 나는 알고 있었다. 속에만 묶어 둔 채 아무도 입 밖에 내놓지 않을 뿐이었다.

다음 날 오후, 신탄진에 도착한 우리는 마을을 통과해 강으로 가 보았다. 철교도 인도교도 부서졌고 나룻배는 보이지 않았다. 엄마의 얼굴이 어두워졌고 할머니와 형의 얼굴에도 실망의 빛이 떠올랐다. 형의 외침이 들린 것은 잠시 후였다.

"엄마! 나룻배 저기 있어, 바로 저~어~기!"

형이 외치면서 손가락으로 가리킨 쪽은 배를 타고 내리는 나루터가 아니고 상류로 조금 올라간 곳이었다. 거기 부서진 철교 아래 무엇인가 나뭇가지 같은 것으로 위장된 것이 보였다. 직감적으로 밤에만 나룻배가 다닌다는 것을 우리는 알았다.

"지금은 시간이 너무 일러. 밤이라 해도 건널 사람이 좀 있어야 사공이 배를 저으려고 할 건데?" 형이 말했다.

우리는 주위를 둘러보았다. 강 저쪽에도 이쪽에도 보이는 것은 물과 모래와 우리 가족밖에는 없었다.

"오늘 밤엔 못 건널지도 모르겠구나." 엄마가 힘없이 말했다.

우리는 마을로 돌아와 어느 빈집의 마루에 걸터앉아 쉬었다. 저녁을 해 먹고 땅거미가 내리기 시작할 무렵 큰 희망도 품지 않은 채 터벅터벅 다시 강을 향해 걸었다. 강에 이른 우리의 눈에 예상치 않은 광경이 들어왔다. 서너 가족이 모래 위에 앉아 언제 올지 모르는 나룻배를 기다리고 있는 것이었다. 그들의 모습에서 우리는 무언의 격려를 받았다. 우리도 그들 뒤에 가 앉았다.

그러나 아무리 기다려도 배가 노를 저어 오는 낌새는 없었다. 별들만이 나의 머리 위에서 반짝이고 있었다. 팔을 뻗으면 손에 잡힐 듯 별들은 아주 가까이 내려와 있었다. 사방은 조용했다. 바람도 없고 강물도 흐르기를 멈춘 것 같다. "그냥 돌아가야 할까 봐." 우리 앞쪽에 앉아있는 가족 중 누군가가 한숨을 쉬었다. 강물 쪽에서 무슨 소리가 난 것은 바로 이때였다. 곧 어둠 속에서 마치 유령처럼 어떤 모습이 나타나더니 점점 커지기 시작했다. 나룻배였다. 어른 대여섯이 배에서 내렸다.

"우리를 건네주시오." 누가 말했다.

"담배 한 대 피우고 봅시다." 사공의 투박한 목소리에 이어 성냥 긋는 소리가 들렸다. 성냥불에 비친 얼굴은 지난번 우리를 건네준 그 사공의 얼굴이었다. 잠시 후 우리는 배에 올랐다. 사람들이 사공에게 뱃삯을 건네는 말소리가 들렸다. 엄마의 목소리도 들렸다. 어둠 속이라 세지도 않고 주는 대로 받았다. 이번에도 나는 뱃전에 앉았다. 강물은 보이지 않았다. 보이지 않는 물 위에서 별들이 춤을 추고 있었다. 이처럼 은밀하고 비밀스러운 세상은 없을 것이었다. 뱃전에 닿는 물결도 정적을 깨지 않으려는 듯 소리를 죽였다. 나는 지금 은하수를 건너는 동화 속의 소년, 나를 잃어버리고 영원히 이 황홀한 무아의 세계에 머물고 싶었다.

"자, 거의 다 왔소. 배가 모래를 밟을 때까지 그대로 있으시오!"

사공의 목소리가 나를 황홀경에서 흔들어 깨웠다. 무사히 강을 건너 안도하는 말소리들이 들려왔다. 그러나 이 순간, 비행기의 굉음이 들렸다.

"괜찮소. 비행기가 어둠 속에서 우리를 볼 수 없을 거요." 사공이 우리를 안심시켰다.

그러자 마치 응수라도 하듯 지축을 흔드는 기관총 소리가 쏟아져 내렸다. 비행기는 보이지 않았다. 우리가 볼 수 있는 것은 별이 총총한 하늘에서 사선을 그리며 점선으로 떨어지는 불덩어리들뿐이었다. 그 불덩어리들이 간격을 두고 내리꽂힐 때마다 고막을 찢는 기관총 소리에 섞여 첨벙첨벙하고 물 튀는 소리가 들렸다. 내가 소리를 듣지 못하는 귀먹은 아이였다면 그 광경은 얼마나 장엄하고 신비했을까! 나의 눈에 그것은 지구에 돌진하는 별똥별이었을 것이다.

나는 약한 충격을 느꼈다. 배가 모래에 닿은 것이다. 공습에 겁먹은 사람들이 급히 배에서 내려 허둥지둥 모래 위로 내달았다. 비행기는 아직 머리 위에서 돌고 있었다. 조종사는 그곳이 나루터라는 것을 알고 있었고 기총소사는 경고사격이었을 것이다.

낮게 내려온 별빛과 강변의 흰 모래가 옆에서 걷는 사람들을 볼 수 있게 했다. 비행기 소리는 이제 들리지 않았다. 돌아보니 형과 할머니와 동생들이 있었다. 그러나 엄마와 복남은 보이지 않았다.

"엄마하고 복남은 뒤에 오고 있어?" 형에게 물었다.

"아닌데? 모르겠는데. 앞에 있나 한 번 살펴보자." 형이 말했다.

나는 당황했다. 단 몇 미터 앞밖에는 볼 수가 없었다. 어둠 속을 살피면서 매포를 향해 걸어가는 나의 마음에 우울한 상상이 자리 잡기 시작했다. 그러나 그 상상은 오래가지 않았다. 그렇게 조금 더 갔을 때 길가 키 작은 관목 아래 앉아 있는 사람들의 윤곽이 눈에 들어왔다. 엄마와 복님 같았다. "엄마~." 하고 불러 보았다. 그것은 엄마였다. 나의 목소리를 알아본 엄마와 복님이 일어섰다.

"난 너희들이 우리 앞에 가는 줄 알았지. 따라잡으려고 빨리 걸었잖니!" 엄마가 말했다. 표정은 읽을 수 없었다. 그리고 복님의 웃는 소리가 들렸다. 그것은 안도의 웃음이었다. 나도 따라 웃었다. 별들도 머리 위에서 웃고 있었다.

곧 매포에 다다랐다. 매포는 갈 때 한 번, 올 때 한 번, 엄마를 두 번이나 잃었다 찾은 곳이었다. 마을은 등화관제로 깜깜했다. 저만큼에 학교 건물의 검은 형체가 나타났다. 조심조심 접근한 다음 손으로 건물 벽을 더듬어 교실을 찾아 들어갔다. 마룻바닥에 짐을 내려놓자마자 우리는 여기저기 아무렇게나 드러누웠다.

이제 우리는 무사히 금강을 건넜다. 강을 건넜다는 안도의 물결이 식구들을 잠으로 끌어들였다. 그러나 나는 아니었다. 하나의 의문이 나를 사로잡았기 때문이다. 왜 몇 가족만 집으로 돌아가려고 강을 건넜을까? 남으로 갈 때 우리와 함께 강을 건넜던 그 많은 사람들은 왜 보이지 않을까? 나룻배가 폭격에 부서졌을 거로 생각하고 다른 길로 우회했을까? 아니면 지나갔던 전선이 되돌아올지도 모른다는 생각에 아직도 이 마을 저 마을에 숨어서 기회를 저울질하고 있을까? 그렇다면 우리는 너무 일찍 금강을 건넌 것이 아닌가? 이런 의문들이 꼬리를 물고 달려들어 나의 잠을 쫓아 버렸다. 왜 우리는 전쟁이 끝날 때까지 수영골에 머물 생각을 안 했을까? 엄마가 가진 돈으로 우리는 최소한 여름은 날 수가 있다. 여름이 가고 돈이 떨어지면 우리는 마을 사람들의 추수를 도울 수도 있지 않은가? 그들은 모두 농부들이고 그들의 논과 밭에는 먹을 것이 잔뜩 자라고 있는데 최소한 우리가 굶기야 하겠는가? 식량으로 말한다면 우리가 J읍에 간다고 해도 형편은 마찬가지이거나 더 나쁠 것이다. 그들은 대부분 상인들이다. 그리고 우리는 아버지의 행방도 생사도 모르고 있지 않은가. 수영골이 폭격에도 더 안전할 것이다. 비행기들이 그 초라하다 못해 하잘것없게 보이는 그곳에 왜 폭탄을 떨어뜨리겠는가? 또한 우리 집이 부서지지 않고 그대로 서 있을지 누가 아는가.

갑자기 교실 안을 환하게 비치고 사라지는 섬광이 내 생각의 사슬을 끊어놓았다. 소리 없이 빛뿐인 그 창백한 섬광은 일정 간격으로 교실 유리창을 통해 들어왔다. 섬광이 비칠 때마다 나는 잠에 빠진 내 동생들의 창백한 얼굴들을 보았다. 멀리서 천둥 없이 빛만 오는 그 번개는 집으로 돌아가는 우리의 결정을 나무라는 무언의 경고처럼 두렵고 무서웠다.

이날 밤 나는 꿈을 꾸었다. 우리가 강을 건너려고 기다리고 있는데 갑자기 나타난 폭격기가 단 한 개의 폭탄으로 우리를 태우러 오던 나룻배를 산산조각 내는 바람에 우리는 할 수 없이 수영골로 되돌아가야 했다. 무성영화의 한 장면처럼 소리도 없이 아주 짧게 휙 지나가 버린 그런 꿈이었다.

다음 날 아침이 왔다. 눈을 떴다. 형이 내 옆에서 무엇인가 하고 있었다. 나는 형에게 꿈 얘기를 했다.

"허, 너무 늦었어, 폭격기야! 우리는 이미 강 이쪽에 와 있거든!" 형은 나의 꿈을 그냥 웃어넘겼다.

"배는 폭격도 맞지 않고 그대로 있었어. 그리고 어젯밤 그 비행기가 기총소사했지만 우리가 탄 배는 끄떡없었어. 이게 뭘 의미하니?" 형이 내게 물었다.

"글쎄… 일이 너무 잘되어가고 있다는 생각 안 들어? 우리가 그렇게 운이 좋은 사람들일까?"

"생각해 봐라. 강도 우리를 도왔잖니? 바람도 없고 물결도 아주 조용했잖니? 이제 사나흘 가면 집이야!" 형이 나를 내려다보며 웃었다.

"정말 우리를 도왔을까? 자연의 속셈을 어떻게 알아?" 내가 물었다. 그러나 대답이 없었다. 짐을 챙기느라 못 들은 것 같았다. 나의 이 물음 속에는 간밤에 내 눈에 와닿던 그 번갯불의 잔영이 숨어 있었다.

✦

매포를 지난 지 나흘째 되던 날 드디어 저 멀리 우리 집이 있는 J읍이 나타났다. 그러나 가까이 가면 갈수록 사람이 사는 곳 같지가 않았다. 더구나 우리가 십 년 가까이 살았던 곳이라는 느낌은 전혀 안 들었다. 심장을 뛰게 하는 귀환의 기쁨도 없었다. 그곳은 상상으로 그린 빛바랜

수채화같이 고독해 보였다. 우리의 피난 여정은 이제 곧 끝나려 하고 있었지만 우리의 발걸음은 점점 느려지고 있었다. 아버지는 무사히 집에 돌아올 수 있었을까? 지금 집에서 우리를 기다리고 있을까? 아무도 이 말을 꺼내는 사람은 없었다. 마치 해서는 안 되는 말처럼. 우리는 말없이 걸었다. 두려움이 우리의 발걸음을 느리게 했다.

"철길로 돌아서 가자." 엄마가 말했다.

"철길로 가면 더 먼데?" 형이 의아하다는 듯 물었다.

"우리를 좀 봐라. 우리 행색이 좀 우습지 않니?"

나는 우리를 한 번 쭉 둘러보았다. 입고 있는 옷은 깨끗하지 않고 후줄근했다. 조금 멀어도 사람들이 안 다니는 철길이 더 좋을 것 같았다. 우리는 도로를 벗어나 논을 가로질러 철길로 향했다. 레일은 기차가 다니지 않아 녹슬어 있었다. 선로가 역에 가까워지면서 여러 갈래로 분기하는 지점에 이르렀을 때 어떤 남자가 뛰어오는 것이 보였다. 뒤를 돌아보았으나 아무도 없었다. 그가 우리를 목표로 뛰어오는 것이 분명했다. 가까이 온 그는 형의 친구 '석'이었다.

"아, 다 무사하셨군요!" 활짝 웃는 땀에 젖은 그의 얼굴이 햇빛에 빛났다. 하릴없이 역 구내를 배회하다가 철길로 다가오는 우리를 한눈에 알아보고 뛰어왔다고 했다.

"선생님은 집에 돌아오셨어요. 지금 식구들이 돌아오기만 고대하고 계세요." 그가 말한 뒤 우리의 표정을 번갈아 살폈다. 마치 우리들의 얼굴에 곧 떠오를 안도의 표정을 놓치지 않겠다는 듯이.

순간, 나는 엄마를 쳐다보았다. 엄마의 표정이 변하기 시작했다. 저속 촬영한 영화처럼 천천히 그녀의 얼굴에 웃음이 피어올랐다. 엄마는 석이의 말을 현실로 바꾸는 데 시간이 필요했다. 눈부신 엄마의 웃는 얼굴 옆에서 할머니와 형과 나도 빙긋이 웃었다. 하지만 동생들의 얼굴에는 별다른 표정이 없었다.

"그동안 어떻게 지냈어? 가족들 아무 일 없고?" 형은 이제야 생각난 듯 석의 안부를 물었다.

"응. 우리 집도 다 괜찮아." 석이 대답했다. 여전히 웃고 있었다.

그의 가족은 피난을 가지 않고 남아 있었다. 석이 엄마의 짐을 하나 빼앗아 어깨에 메었다. 우리는 역 구내의 창고 건물들을 지나 집들 사이로 난 골목길로 접어들었다. 곧이어 우리 앞에 행길이 나타났다. 길 건너에 우리 집이 서 있었다. 파괴되지 않고 멀쩡한 채로. 다행이다 싶었다. 그러나 약 석 달도 채 못 되어 나는 그것이 우리의 불행인 것을 알았다. 내가 본 것이 멀쩡하게 서 있는 집이 아니라 폭격에 맞아 못쓰게 된 집이었다면 얼마나 좋았을까?

우리는 행길을 건너 집 앞에 섰다. 형이 대문을 밀었다. 안에서 복돌이 뛰어나와 매달리며 짖어댔다.

"그동안 우리 강아지를 돌봐줘서 고마워." 형이 복돌의 머리를 쓰다듬으며 말했다. 석은 말없이 웃기만 했다.

형은 짐도 내려놓기 전에 변소로 향했다. 숨겨 두었던 영어사전이 갈라진 벽 틈에서 그를 기다리고 있었다. 그러나 병원채에도 안채에도 아버지의 모습은 보이지 않았다.

"선생님은 아마 동굴에 계실 겁니다." 석이 엄마에게 말했다.

"동굴? 동굴이 어디 있는데?" 형이 물었다.

"학교 가는 길로 가다 보면 도랑 옆 조그만 절벽에 있어."

형과 나는 석을 따라 동굴로 내달았다. 잠시 후, 홍수가 만들어 놓은 듯한 절벽이 나타났다. 그 아랫부분에 굴이 뚫려 있었다. 입구는 좁았지만 안은 꽤 넓었다. 그러나 아버지는 없었다. 돌아오는 길에 석이 형을 보며 입을 열었다.

"폭탄 떨어진 데 가 보지 않겠어? 따라와." 석은 대답도 듣지 않고 앞장서 걷기 시작했다.

길은 텅 비었고 많은 집들이 파괴되어 있었다. 돌을 던지면 닿을 만치 우리 집에서 가깝던 재민네 집도 그중 하나였다. 재민네 집이 있던 자리엔 분화구같이 생긴 구덩이가 입을 벌리고 있었다. 그 애는 나보다 두 살 아래였고 부모와 같이 사는 외아들이었다.

"재민이하고 재민이 엄마 아빠는 어디 있어?" 내가 석에게 물었다.

"그 애 부모들은 행방을 몰라. 집이 폭격을 맞은 후 아무도 그 사람들을 보지 못했어. 부모들은 집 안에 있었고 재민이는 다른 데 있었다나 봐. 재민이가 집에 돌아와서 본 것은 아직 연기가 피어오르고 있던 이 폭탄 구멍밖엔 없었어. 직격탄에 맞은 거지."

"그럼 재민이는 지금 어디 있는데?" 걸으면서 형이 물었다.

"모르겠어. 가끔 그 둘레에 서성거리는 걸 보긴 했는데."

"둘레?"

"그 폭탄 구멍 가장자리 말이야. 사람들이 먹을 것을 주려고 불러도 안 듣더라고."

"저런! 참 안됐다." 형의 입에서 긴 한숨이 나왔다.

우리는 장터를 지나 행길을 건넜다. 이때, "폭탄 떨어진 데 또 하나 보여줄게." 하고 석이 말했다.

그는 우리를 역 구내에 있는 통운회사 창고 쪽으로 데리고 갔다. 전쟁이 나기 전 철로에서 놀면서 보아 오던 그 창고 근처에 커다란 깔때기 모양으로 땅이 깊게 파여 있었다. 재민이네 집을 날려버린 그 구덩이보다 훨씬 더 컸다.

"지름이 줄잡아 20m는 되겠는데?" 형이 놀란 소리로 말했다.

"어른들 말이 1톤짜리 폭탄이 떨어졌다고 하더라고. 저 창고시설을 목표로 한 것 같은데 엉뚱하게 애꿎은 사람들만 죽인 거지." 멀쩡하게 서 있는 창고들을 가리키며 석이 말했다.

"저기 저걸 좀 보라고." 이번에는 석이 저만큼 떨어진 곳을 가리키며 말했다.

거기에는 쇳조각이 있었다. 크기는 어른 손 두 배만 했고 가장자리는 날카롭고 들쭉날쭉했다. 비슷한 것이 여기저기 몇 개 더 있었다. 폭탄의 파편들이라고 석이 말했다. 우리는 이제 행길로 나와 집으로 향했다. 길에는 우리밖에 없었다.

"낮에는 다른 데 가 있다가 밤에만 읍내로 들어오는 사람들이 많아."

빈 길을 걸으며 석이 말했다. 곧 집 앞에 다다랐다.

"석아, 고마워. 이제 또 만나자." 형이 말했다.

"응, 잘 쉬어. 고생했어, 멀리 갔다 오느라." 석도 웃으며 손을 흔들었다.

대문 안으로 들어서니 할머니와 엄마와 대화하는 아버지의 목소리가 들렸다. 우리는 안방으로 들어가 아버지에게 절을 했다. 아버지는 환하게 웃으며 우리의 머리를 쓰다듬었다. 면도하지 않은 얼굴은 초췌해 보였다. 나는 아버지와 엄마가 재회하는 장면을 놓친 것이 못내 아쉬웠다. 그날 밤 잠들기 전 내가 들은 엄마와 아빠의 대화에는 '수영골' '나룻배' '공습' '상배 할아버지' 등의 말들이 섞여 있었다.

점점 더 심해지는 공습에 우리는 집에 있기가 두려웠다. 주위의 집들보다 크고 행길가에 있으면서 진한 색 함석지붕을 한 우리 집은 공중에서 내려다볼 때 쉬운 표적이 될 수 있다는 생각이 우리를 불안하게 했다. 우리가 집에 돌아온 지 사흘째 되던 날 아침이었을 것이다. 아버지가 우리를 남으로 피난을 떠나기 전에 이틀간 머물렀던 안골에 있는 그 집으로 데리고 갔다. 집주인은 같은 방을 선뜻 내주었다. 하지만, 그 방은 꽤 컸지만, 우리 식구 수에 비하면 너무 작았다. 그래서 형과 나는 주로 J읍 집에 머무르기로 했다. 여기에는 비행기 소리를 듣는 즉시 근처에 있는 작은 콘크리트 다리 아래로 뛰어 들어가 숨을 수 있다는 계산이 깔려 있었다. 엄마는 이제 형과 내가 있는 J읍과 나머지 식구들이 있는 안골을 오가며 두 집 살림을 하게 되었다. J읍과 안골 중간쯤에는 여기저기 무덤이 있는 호젓한 구간이 있었다. 엄마가 밤에 이 길을 가게 되면 나는 엄마를 보호한다는 구실을 달아 엄마 옆에 따라붙곤 했다.

비록 우리 가족은 피난길에서 무사히 돌아와 아버지도 만났지만 많은 주민이 보도연맹 학살과 인민재판과 공습에 가족을 잃은 상황에서 우리도 마음이 편치 못했다. 폭격에 부모를 잃은 재민이는 자기 집이 있던 집터와 거리를 배회했고 인민재판에서 아버지와 할아버지를 함께 잃은 상배도 거리를 떠돌았다. 나보다 한 살 아래인 상배는 바로 행길 건너 우리 집 맞은편에 살았다. 인민재판 후 발포가 시작되기 전 상배 할아버지가 아들만은 살려달라고 애원했지만 소용이 없었다고 했다.

✦

행길을 따라 늘어선 집과 건물 벽에 김일성과 스탈린의 사진이 붙어 있었다. 사진 아래 글씨가 있었지만, 그 내용은 내가 이해할 수 없는 것들이었다. 전쟁 전과 마찬가지로 정치는 나 같은 아이들의 일이 아니라고 생각했다. 그러나 그렇게는 되지 않았다. 학교에서 학생들을 소집했다. 학교에 가 보니 남자애들만 나왔고 인원수는 전쟁 전의 삼 분의 일쯤 되었다. 우리는 저녁에 학교에 가서 김일성의 빨치산 활동과 공산주의 혁명을 찬양하는 노래를 배웠다. 여름이어서 저녁이 늦게 왔기 때문에 칠판에 쓴 글씨를 못 읽게 될 때까지는 그래도 두 시간 정도는 되었다. 밤이 내리면 우리는 선생들의 인도에 따라 조금 전에 배운 노래를 부르며 학교 순찰에 나섰다. 정규적인 수업 없이 매일 저녁 우리는 노래만 배우고 불렀다. 그나마 내가 학교에 간 것은 나흘이나 닷새 정도였다. 노래만 되풀이하는 데 싫증이 났다.

비행기들은 쉴 새 없이 날아들었다. 폭격기가 부서진 다리에 또 폭탄을 떨어뜨렸다. 삼백여 미터 밖에서 터진 그 폭발의 파장이 집까지 도달해 엄마와 나의 옷을 흔들고 기둥이 우르르 떠는소리를 냈다. 그것은 공포 그 자체였다.

이런 상황에서도 즐거운 시간은 있었다. 친구들과 함께 형은 몇 번인가 꽤 멀리 고기를 잡으러 갔다. 나도 한 번 따라가 보았지만, 그들은 나를 끼워 주지 않았다. 그래서 나는 또래들과 가까운 냇물에서 수영을 즐겼다. 하지만 어느 날 내게 좋지 못한 일이 일어났다. 누가 내 신발을 가져간 것이다. 풀밭에 신발을 벗어 놓고 옷을 벗어 그 위에 놓은 다음 물에 들어갔었다. 그런데 한참을 놀다 물에서 나와 보니 옷 밑에 있어야 할 신발이 보이지 않았다. 이때부터 나는 맨발로 다녀야 했다. 돈이 있다 해도 파는 데가 없었다. 상점들은 텅텅 비었거나 닫혀 있었다.

감을 팔다

논에는 벼가 노랗게 익어가고 있었다. 농부들은 곧 벼를 벨 것이다. 우리는 농부가 아니었다. 농부들에게서 쌀을 사야 할 사람들이었다. 아버지에게 찾아오는 환자들이 있었지만, 그들을 치료할 약은 필요한 만큼 없었다. 아버지가 집에 돌아와 진료실을 청소하면서 주워 모았던 것들은 거의 소진되었고 새로 공급받을 데도 없었다. 대부분의 환자를 '구두 처방'만으로 돌려보내야 했다. 우리의 재정이 소진되어 갔다. 어느 날 엄마가 뜻밖의 제안을 했다.

"누구리마을에 감 사러 가자." 엄마가 말하면서 살짝 웃었다.

"누구리? 거기가 어딘데?" 형의 눈이 휘둥그레졌다.

"음성 쪽으로 시오 리쯤 가면 된대."

"사서 우리가 먹으려고?"

"아니, 우리가 그걸 팔아서 쌀을 살 거지."

"우리가 그걸 판다고? '우리'가 누군데?"

"두 남자애와 그 애들의 엄마." 엄마가 형과 나를 번갈아 보며 웃었다.

엄마 말은 생존을 위하여 우리가 감 장사라도 해야 한다는 것이었다. 나는 우리가 전쟁만큼 무서운 또 다른 위기에 처했다는 생각이 들었다.

"그렇지만 우린 물건을 팔 줄 모르는데? 지금까지 아무것도 팔아보지 않았잖아? 사기만 했지?" 형의 얼굴에 한줄기 당혹감이 떠올랐다.

"목판에 감을 담아 대문 앞에 놓고 지나가는 사람들한테 팔면 돼. 장터에서 해가 질 때까지 달걀을 앞에 놓고 쪼그리고 앉아 있던 그 여자애 넌 못 봤니? 그 애도 자기가 달걀을 팔게 될 거라는 생각은 못 했었는지도 몰라. 날 때부터 장사로 태어난 사람은 없어. 다른 사람들에게 닥친 일은 나한테도 닥칠 수 있어." 엄마가 형을 똑바로 보며 말했다.

이튿날 이른 오후 우리는 처음 들어 보는 '누구리'라는 이름의 마을로 향했다. 도착해 보니 언덕 아래 자리 잡은 이십여 호 정도의 작은 마을이었는데 감나무가 없는 집이 없었다. 감을 잔뜩 매달고 축축 늘어진 가지에 가려 지붕들이 잘 보이지 않았다. 감은 이제 막 노란색을 띠기 시작했다. 우리의 걸음이 활짝 열려 있는 어느 사립문 앞에서 멎었다.

"엄마, 아직 딸 때가 안 된 것 같은데? 저걸 갖다 어떻게 팔아?" 실망의 빛이 형의 얼굴을 스쳐 갔다.

"이삼일만 지나면 다 익어." 엄마가 말했다. 그러나 형은 못 믿겠다는 듯 고개를 갸우뚱했다.

"떫어서 못 먹어. 갔다가 며칠 후 다시 오는 게 좋겠어, 엄마." 형이 엄마의 마음을 바꾸려 했다. 그러나 형의 말이 채 끝나기도 전에 엄마가 그 집 마당 안으로 들어섰다.

"왜 그러시죠? 이 마을에 누구를 찾습니까?" 사십이 넘어 보이는 남자가 엄마에게 물었다.

"감을 사러 왔어요."

"감이라구요? 얼마 나요?"

"세 접만 주세요."

"에! 그렇게 많이요? 다 뭐 하려구요?" 그의 입이 크게 벌어졌다.

"우리는 감 장사들입니다." 엄마가 정색하고 말했다.

엄마의 표정을 살피던 그의 눈이 엄마가 들고 있는 광주리로 옮아갔다.

"좋습니다. 좋은 값에 드리지요. 전쟁 중이니까요." 그가 알았다는 듯 고개를 끄덕였다. 그러고 나서 큰 소리로 누군가를 불렀다. 곧 형 또래의 남자애가 고리가 달린 장대 둘을 들고 나타났는데 그들은 삽시간에 일을 끝냈다.

엄마가 값을 치르는 동안 형과 나는 자루 둘과 광주리 하나에 감을 나누어 담았다. 값을 치르고 난 엄마가 쪼그리고 앉아 똬리를 머리에 얹자 형과 내가 감 광주리를 들어 엄마 머리 위에 올려놓았다. 엄마가 두 손으로 광주리를 잡고 천천히 일어선 것을 보고 나서 형과 나는 각자의 감 자루를 어깨에 메었다. 우리는 한 줄로 걸었다. 형은 맨 앞에, 나는 맨 뒤에 섰다. 엄마는 머리에 인 광주리를 두 손으로 꼭 잡고 걸었다. 그런데 얼마 가지 않아 엄마의 광주리가 자꾸 한쪽으로 쏠리는 것이 보였다.

"엄마, 너무 힘들어?" 내가 물었으나 엄마는 대답하지 않았다. 온 신경을 균형을 잡는 데 집중하는 것 같았다. 밭둑길을 벗어나 큰길에 이른 우리는 좀 쉬었다 가기로 했다.

"머리에 인 광주리를 손으로 잡지도 않고 걸어가는 행상인들과 나를 비교하는 건 아니겠지?" 엄마가 가쁜 숨을 내쉬며 말했다.

"엄마 것을 내게 좀 덜어줘." 형이 간청하듯 말했다.

그러나 엄마는 거절했다. 형이 재차 말했지만, 엄마는 또 거절했다. 엄마의 몫이 제일 무거웠다. 형도 나도 엄마의 광주리 무게를 생각지 못했었다.

비가 오지 않아 도로는 먼지로 푹석거렸고 엄마와 형의 고무신은 회색으로 변했다. 나의 맨발도 회색 양말을 신었다. 여러 번 쉰 끝에 냇가에 도착한 우리는 둑을 내려가 임시로 깔아놓은 모래 가마니 위를 걸어 물을 건넜다. 해는 이제 막 졌다. 맞은편 둑을 향해 모래밭을 가로질러 걸어가는데 비행기 소리가 들렸다. 비행기들은 둑 너머에서 모습을 가린 채 땅에 닿을 듯 말 듯 아주 낮게 날아왔기 때문에 우리는 그들을 보지 못했다. 비행기들이 바로 이마 위에 나타났을 때 우리는 모래에 몸을 던졌다. '틀림없이 우리를 보았을 것이다. 곧 폭탄이 터질 것이다.' 우리는 마지막 순간이 왔다고 생각했다. 그러나 아무 일도 일어나지 않았다. 고개를 들어보니 비행기 두 대가 다른 쪽 둑을 넘어 저녁 하늘로 사라지고 있었다. 우리는 정신을 가다듬고 여기저기 흩어진 감을 다시 주워 담아 집을 향해 걸었다. 그 비행기들은 기관총을 쏘는 비행기들보다 더 크고 주로 저녁 무렵에 나타났다. 그 때문인지 사람들은 그들을 '야간 폭격기'라고 불렀다. 그 후에도 그들은 두세 번 더 우리 눈앞에 나타났었다.

집에 돌아오자 엄마는 그 덜 익은 감을 방바닥에 깔아 놓은 다음 아궁이에 불을 지펴 방을 덥혔다. 그것들은 얼마 안 가서 홍색의 익은 감으로 변했다. 감을 파는 일은 내가 맡았다. 엄마 말대로 감을 큰 목판에 담아 대문 앞에 차려놓고 기다리다 고객이 오면 달라는 만큼 준 다음 돈을 받고 거스름돈을 내어 주었다. 첫날은 어색했지만, 곧 익숙해졌다. 그렇지만 우리의 감 파는 일은 오래 계속되지 않았다. 우리는 누구리마을에 세 번밖에 더 가지 못했다.

구월 중순 어느 날, 해 뜰 무렵, 누가 대문을 두드렸다. 내가 문을 열었다. 밖에 군인이 서 있었고 그 뒤에는 트럭이 있었다. 대문 안을 살피던 그의 눈이 내게로 향했다.

"동무, 이 차를 대문 안으로 들여놔야겠어." 그가 웃으며 말했다. 나는 그가 하늘에서 보이지 않게 트럭을 감추고 싶어 한다는 것을 알았다. 그는 나의 대답을 기다리지 않고 대문을 활짝 열었다. 그런 다음 차에 앉아있는 운전병에게 손짓했다. 운전병이 차를 대문 안으로 들여놓았다. 그들은 내가 트럭과 총에 손을 대도 그냥 만져보게 놔두었다. 내게 비스킷도 주었는데 그 봉지에 쓰여 있는 글씨에서 나는 그것이 국군의 보급품인 것을 알았다. 노획물이었다.

다음 날 해가 진 뒤, 나는 엔진 거는 소리를 들었다.

"우리는 지금 떠납니다." 그 군인이 엄마에게 말했다.

"어디로 가시는 건가요?" 엄마가 물었다.

"낙동강 전선에 있었는데 이제 평양으로 갑니다."

"그럼 왜 이리 돌아서 가요? 서울 쪽으로 해서 가면 가까운데? 한강 다리가 끊어져서 그러나요?" 나는 의문을 누르지 못하고 생각 없이 불쑥 말을 꺼내고 말았다. 그가 힐끗 나를 한 번 보더니, 엄마에게 눈을 돌렸다.

"우리는 지금 후퇴하고 있습니다. 멀다는 것을 알면서도 할 수 없이 돌아서 가게 됐습니다. 그럴 이유가 있어요."

엄마는 아무 말도 하지 않았다. 그 군인은 돌아서서 차에 올랐다. 나는 대문에 기대 불도 켜지 않은 채 저녁 어스름 속으로 멀어져 가는 그 트럭을 보고 서 있었다.

13

그 트럭이 지나간 지 이틀 후였을 것이다. 대문간에 서 있던 나는 행길 저 멀리에 많은 사람들이 나타나는 것을 보았다. 그들은 남쪽에서 오고 있었다. 길 한가운데로 발을 끌며 천천히 다가오는 그들은 황록색 군복을 입고 있었다. 시선은 앞쪽 어딘가에 못 박은 채 표정도 말도 없이 걸어오는 그들은 마치 움직이는 조각들 같았다. 가끔 앳된 소년병들도 있었는데 그들의 긴 총신이 땅에 끌리는 것이 보였다. 다리를 저는 사람도 있었고 장교와 사병의 구별도 없었다. 그들은 서서 구경하는 주민들에게 음식도 쉴 곳도 요구하지 않았다. 얼굴에는 슬픔도 기쁨도 희망도 절망도 없어 보였다. 그들의 승리의 행군이 저 남쪽 어디쯤에서 멈추었을 때, 그들을 덮쳤던 검은 죽음의 공포가 희로애락의 모든 감정을 지워버린 것 같았다. 내 옆에서 어른들끼리 말하는 소리가 들렸다.

"갑자기 무슨 일이지?"

"전후방 임무 교대인가?"

"왜 저렇게 길 한가운데로만 걸어가지? 비행기 눈에 쉽게 띄려고?"

그들은 비행기에 전혀 신경 쓰지 않는 것 같았다. 비행기뿐만 아니라 그 아무것도에도 신경 쓰지 않는다는 것이 더 정확한 말인지도 모른다.

다음날은 더 많은 그들이 나타났다. 숫자만 많을 뿐 복장도 어깨에 멘 총도 길 한가운데로 걷는 것도 걸어가는 방향도 똑같았다.

그들은 낙동강 전선에서 후퇴하는 인민군 병력의 일부였다. 그런데 왜 서울을 지나는 최단 경로 대신 J읍을 지나는 우회로를 택했을까? 그들도 처음에는 서울을 통과해 가려고 했을 것이다. 그런데 어디선가, 아마도 대전쯤에서, 유엔군의 인천 상륙 소식을 접한 그들이 자신들이 통과하기 전에 서울이 유엔군의 수중에 떨어지리라 예측하고 갑자기 후퇴로를 북동으로 바꾸었을 것이다. 나의 추측이다.

짝짝이 고무신

그날 오후, 군인들이 다 지나간 다음, 마루에 걸터앉아 있는데 엄마가 고무신 한 켤레를 가지고 와서 내 발아래 내려놓았다.

"한 번 신어 봐. 신을 수가 있을지?" 엄마의 목소리에 힘이 없었다.

한눈에 보아도 그것은 짝짝이였다. 크기도 색도 달랐다. 신어 보니 오른쪽 것은 맞았지만 왼쪽 것은 커서 헐렁거렸다.

"큰 것은 끈으로 묶으면 되겠다. 먼 길 가려면 작은 것보다는 큰 것이 낫지. 그게 거기 있는 것 중에선 제일 나은 거란다."

"어디서 났는데?" 내가 물었다.

"너희 학교 너머에 있는 쓰레기 더미에서 찾아낸 거지."

나는 엄마에게 미안했다. 내게 신길 신발을 찾으려고 이리저리 쓰레기 더미를 뒤지는 엄마를 상상하면서 나는 마음이 아팠다. 엄마는 왜 말도 없이 혼자 가서 그것들을 찾느라 고생을 했을까? 장소만 알려줬으면 내가 가서 찾았을 텐데? 아마도 엄마는 내가 맨발로 쓰레기 더미에 올라가는 것이 위험하다고 생각했을 것이다. 신발을 잃어버린 나 자신을 나무랐다. 또 한 가지 내 마음을 무겁게 한 것은 엄마가 한 말—먼 길 가려면—이었다. 그래서 엄마에게 물었다.

"우리 어디 갈 건데?"

"곧 알게 돼."

나는 엄마의 대답에 만족하지 못했지만 더 캐묻지 않았다. 엄마가 말해주지 않는 이유를 나는 알고 있었다. 그것이 무엇인지는 모르지만, 그것을 알려주기에는 내가 너무 어리다고 엄마는 생각하고 있었다. 어른들에게는 애들에게 말하면 안 되는 것들이 많이 있었다. 그것들은 분명 중요한 것임이 틀림없었다.

그날 밤, 엄마와 나는 나란히 마루에 걸터앉았다. 밝은 달빛이 마당과 우물과 엄마 발등에 턱을 대고 엎드려 있는 복돌의 머리를 비추고 있었다. 무엇을 보고 그러는지 복돌이 가끔 으르렁거렸다.

"너 몇 살이지?" 엄마가 물었다.

"열한 살. 엄만 애들 나이도 몰라?"

"물론 알지. 너희들 나이는 열여덟 살, 열한 살, 일곱 살, 다섯 살, 세 살, 그리고 두 살 반."

"엄마는 서른여덟 살, 그렇지?"

"응, 맞아."

"서른여덟 살이면 젊은 거야 늙은 거야?" 내가 물었다.

사실 나는 엄마의 나이가 얼마나 젊은 나이인지, 얼마나 늙은 나이인지 잘 모르고 있었다.

"글쎄… 젊다고 해야 하겠지? 아직 할 일이 많으니까?"

"할 일이 많다고? 그 일이 뭔데?"

"이북에 있는 엄마를 다시 만나는 일, 그리고 아이들을 키우는 엄마가 할 일." 엄마는 포플러 가지에 달린 달을 보며 마치 소원을 빌듯 조용조용 말했다.

"엄마가 내 엄마라서 좋아." 내가 엄마에게 기대면서 말했다.

"나도 내가 너의 엄마여서 좋아." 엄마도 내게 얼굴을 돌리며 말했다.

"그런데 너하고 나하고 앉은키가 같잖아!" 엄마가 무슨 큰일이라도 발견한 것같이 말했다. 나는 갑자기 키 크는 것이 싫어졌다. 나는 엄마보다 키가 작은, 영원한 엄마의 아이로 남아 있고 싶었다.

이때 복돌이 대문 쪽으로 급히 뛰어갔다. 곧 삐걱하고 대문 열리는 소리가 나더니 복돌이 반갑다고 짖어댔다. 아버지였다. 안골에 임시로 차린 진료실에서 돌아오는 길이었다. 이즈음 엄마와 아빠는 잠자리에 든 후 오래 대화를 나누었다. 작게 말했으므로 말의 내용은 들리지 않고 목소리만 들렸다. 그날 밤도 엄마와 아빠의 목소리는 힘이 없고 침울하고 대화는 오래 이어졌다. 나는 그만 잠이 들었다. 그다음 날 밤엔 나는 엄마 아빠의 대화를 들을 수 없었다.

✦

이튿날 늦은 오후, 안골에 갔던 형이 돌아왔다. 엄마도 아기 젖만 먹이고 곧 뒤따라올 것이라고 형은 말했다. 형과 내가 우물에 기대어 이런저런 얘기를 하고 있을 때 아버지가 병원채에서 마당으로 나왔다. 등에는 륙색을 메고 있었다. 아버지가 우리에게 오더니 허리를 굽히고 나의 신발을 살펴보았다.

"자, 가자. 신발은 그냥 괜찮아 보인다." 아버지가 허리를 펴며 말했다.

나는 당황했다. 어디로? 왜?

"다시 만날 때까지 잘 있거라. 엄마를 도와라." 아버지가 형을 보며 말했다. 그의 음성이 감정에 복받쳐 떨리는 듯했다.

"아버지, 지금 떠나시려구요?" 형이 놀라며 한 걸음 다가섰다. 믿기지 않는다는 표정이었다.

나는 무슨 일이 일어나고 있는지 몰랐다. "먼 길 가려면…" 신발을 신겨보며 하던 엄마의 말이 떠올랐지만, 그 먼 길이 어떤 길인지는 모르고 있었다. 이제 그 먼 길이 막 시작되고 있었다.

"응. 지금 네 동생 데리고 떠난다."

"아니, 안 돼요! 어머니 지금 오고 있어요! 아기 젖만 먹이고 바로 제 뒤에 따라오겠다고 했어요. 엄마 보고 가세요! 지금 오시는 중이에요.

조금만 기다리세요!" 형은 아버지에게 엄마를 만나고 떠나라고 애원했다.

그러나 그의 애원은 성공하지 못했다. 내가 모르는 것을 형은 이미 알고 있었다. 아버지가 어디로, 그리고 왜 떠나는지. 그러나 엄마가 곧 도착할 것을 알면서도 왜 그냥 떠나려는지는 형도 모르고 있는 것이 확실했다. 아버지가 시간에 쫓기고 있는 상황도 아니었다. 자식들 앞에서 이별의 눈물을 보이는 것이 싫었을 수도, 그 어려운 혼돈의 상황에서 가족을 부인에게 떠맡긴 채 륙색을 메고 떠나는 한 남자의 초라한 뒷모습을 부인에게 보여주기가 미안했을 수도 있었을 것이다. 그러나, 이것도, 나의 추측일 뿐이다.

아버지와 내가 집을 나온 다음, 형은 계속 콘크리트 우물 전에 기대어서 있었다. 엄마가 올 때까지 아버지를 붙잡지 못한 것이 자신의 잘못인 것 같아 형은 마음이 무거웠다.

한편, 엄마는 아기에게 젖을 먹인 뒤 아버지와 나를 떠나보내기 위해 안골을 떠나 J읍 집으로 향했다. 곧 눈앞에 닥칠 슬픈 이별의 순간을 향해서 엄마는 발걸음을 재촉했다.

대문 안으로 들어선 엄마의 눈에 우물가에 홀로 서 있는 형의 모습이 들어왔다.

두 사람의 눈이 마주쳤다.

형의 눈빛에서 엄마는 아버지와 내가 이미 떠난 것을 알았다.

"아빠 떠나셨니?"

"응."

"언제?"

"바로 조금 전. 지금쯤 개울을 건너셨을 거야." 형이 시무룩한 얼굴로 중얼거렸다.

왈칵, 주체할 수 없는 슬픔이 홍수처럼 엄마를 덮쳤다. 개울은 불과 300m도 채 안 되는 거리였다. 여보, 왜 그렇게 빨리 서둘러야 했어요? 왜 우리는 이별의 말도 못 한 채 헤어져야 하나요? 형의 귀에 엄마의 깊은 한 숨소리가 들려왔다. 땅을 내려다보고 서 있던 형이 얼굴을 들었을 때, 엄마의 얼굴은 눈물에 젖어 있었다.

"헤어졌다 만난 지 얼마 안 되었는데… 다시 헤어…요…"

엄마는 목이 메어 말을 잇지 못했다. 흐르는 눈물을 닦지도 않고 멍한 얼굴로 그냥 서 있었다.

✦

아버지를 따라 대문을 나오면서 나는 왜 엄마가 쓰레기 더미를 뒤져 이 짝짝이 신발을 주워 왔는지 알았다. 우리는 충주 방향으로 걸었다. 나는 우리가 가는 곳이 어디인지, 엄마가 말한 그 먼 길의 끝에 무엇이 있는지, 또 왜 아버지가 나만 데리고 가는지 알지도 못한 채 옆에서 걷다 뒤에서 걷다 하며 따라갔다.

길은 텅 비어 있었다. 냇물을 건너면서 아마도 지금쯤 엄마가 집에 왔을 거라고 생각했다. 엄마의 얼굴에 떠올랐을 슬픔과 좌절이 내게로 날아와 나의 온몸을 흔들고 지나갔다. 철도 건널목을 건널 때 오른쪽 저 아래로 저녁 어스름 속에 그림같이 누워있는 누구리마을이 눈에 들어왔다. 엄마와 형과 감을 사러 가던 그때가 떠올랐다. 아버지가 가끔 걸음을 멈추고 끈으로 묶은 나의 왼쪽 신발이 문제를 일으키지 않는지 확인했다. 산허리를 돌아가는 도로에는 아버지와 나밖에 없었다. 우리가 백마령 고개 위에 이르렀을 때는 이미 밤이었다. 고개를 거의 내려갔을 때 아버지가 왼쪽으로 나 있는 작은 길로 접어들었다. 얼마 안 되어 눈앞에 마을 하나가 희미하게 나타났다. 아버지가 어느 집 앞에서 멈춰 섰다. 언덕 위로 떠오르는 달이 그 집의 초가지붕을 비추고 있었다.

아버지가 다가가 대문을 두드렸다.

어떤 남자가 나왔다. 역광으로 비치는 달빛 때문인지 그는 아버지를 알아보지 못했다. 아버지가 이름을 말하자 그제야 그는 우리를 집 안의 어느 방으로 안내했다. 등잔불 하나가 졸고 있었고 창문은 천으로 가려져 있었다. 아버지보다 훨씬 나이가 많은 그는 매우 점잖아 보였다.

"반 선생님, 이렇게 갑자기 찾아와서 미안합니다." 아버지가 조용히 말했다.

나는 그 노인의 성이 반 씨인 것을 알았다. 전쟁 전 우리 병원에서 일하던 그 선하고 똑똑한 청년의 성도 반 씨였다.

"그런 말씀은 안 하셔도 됩니다, 선생님. 난 선생님에게 붙은 보도연맹의 꼬리표가 선생님을 거의 사지로 몰아넣었던 것을 알고 있었어요. 그

런데 나중에 그것이 다시 선생님에게 인민병원 의사라는 직책을 안겼다
는 말을 들었습니다."

"알고 계셨군요. 그런데 인민병원 의사라는, 이름뿐인 그 직책이 저를
다시 위험으로 내몰고 있습니다."

"이 무슨 얄궂은 일이람! 선생님만이 아닙니다. 우리 마을에서도 무고
한 사람들이 어디론가 모르는 곳으로 떠났습니다." 그가 들릴 듯 말 듯
한 목소리로 말했다. 말할 때마다 그의 흰 턱수염의 검은 그림자가 벽에
서 흔들리는 것이 보였다. 나는 그 그림자에서 눈을 떼지 않은 채 두 사
람의 대화를 엿듣고 있었다.

그들의 대화를 놓치지 않고 귀담아듣는 동안, 나는 집을 떠나 이곳에
올 때까지 내 마음속에 떠올렸던, 혹시나 했던 낙관적인 상상들을 하나,
둘, 비관적인 현실로 바꾸어야 했다. 아버지는 또다시 도피자가 된 것이
었다.

다음 날, 다시 길에 나섰을 때, 아버지가 내게 물었다.

"우리가 지금 어디로 가는지 아니?"

"아니요. 몰라요, 아버지."

"너의 왕대고모님댁으로 가고 있다."

삼 년 전 우리 집을 방문했을 때 본 왕대고모할머니의 얼굴이 떠올랐
다. 그 집에 가 본 것도 아닌데 왠지 그 집에 가는 것이 싫었다. 그러나
다음 순간, 그곳이 지금 아버지가 갈 수 있는 유일한 곳일지도 모른다는
생각이 들었다.

길은 비어 있었다. 아주 가끔 우리 쪽으로 걸어오는 사람들이 하나둘 눈에 뜨일 뿐이었다. 비행기들은 높이 떠 지나갈 뿐 공습을 하지 않았다. 벌써 이틀째였다. 커브를 돌자 저만치 길 왼쪽으로 외딴집 하나가 나타났다. 그 집 마루에 인민군 두 사람이 길을 향해 걸터앉아 잡담하고 있었다. 우리가 그들을 막 지나칠 때 갑자기 총성이 울렸다. 총소리는 그 집 뒤에 있는 낮은 산 너머에서 드르륵 드르륵 하고 단속적으로 들려왔다. 자동소총 사격이 분명했다.

"저것이 교전하는 총소립니까?" 아버지가 걸음을 멈추고 그들에게 물었다.

그들이 힐끗 아버지를 쳐다보더니 고개를 가로저었다. 아니라는 것이었다. 그들은 다시 자신들의 대화로 돌아갔다. 교전이 아니라면 왜 총을 쏘지? 아버지가 고개를 갸우뚱했다. 우리는 다시 걷기 시작했다. 총소리는 곧 잦아들었다. 그때 내가 들은 그 총소리는 후퇴하는 군인들이 민간인을 처형하는 총소리였을까? 그것이 교전하는 총소리가 아니었다면? 이 의문은 풀리지 않는 수수께끼로 나의 머릿속에 오랫동안 머물러 있었다.

우리가 한참을 걸었을 때 길가에 어른 키만 한 둔덕이 나타났다. 아버지가 주머니에서 자신의 이름이 새겨진 손가락 크기의 목도장을 꺼내더니 그 둔덕의 흙벽에 깊이 밀어 넣었다. 이제 아버지의 이름을 알 수 있는 단 하나의 물적 증거가 사라진 것이다.

아버지는 왜 나만 데리고 가는 걸까? 나는 이 의문을 풀지 못한 채 음

성이란 마을을 지나 왕대고모의 집이 있다는 비산마을로 이어지는 구
불구불한 고갯길을 넘었다. 그러나 나는 아버지에게 묻지 않았다. 내가
스스로 알 때까지 기다리기로 했다. 혹시 내가 아버지를 난처하게 할까
봐 두려웠다.

아버지와 내가 비산마을에 도착한 것은 정오경이었다.

"이제 다 왔다! 이 집이다." 아버지가 길 오른쪽에 큰 대문이 달린 집으
로 다가가며 말했다. 도로에서 십 미터쯤 떨어져 나앉아있는 그 집은 꽤
번듯하게 잘 지어진 집이었다. 아버지를 따라 대문을 들어가니 곧 마당
이 나왔다. 마당 저편 헛간 옆에서 왕대고모가 무엇을 하고 있었다. 우
리의 갑작스러운 방문에 그녀의 주름진 얼굴에 놀라움이 떠올랐다.

"아니, 이게 누구?"

"안녕하셨어요, 대고모님? 오랫동안 못 뵈었습니다."

"갑자기 웬일인감? 어서 안으로 들어와, 어서."

왕대고모를 따라 안방으로 들어갔다. 곧 소리를 듣고 할아버지와 할
머니—왕대고모의 아들과 며느리—가 들어오며 우리를 반겼다. 아버지
가 자신에게 일어난 일들을 설명하기 시작했다. 설명을 듣는 그들의 표
정이 차츰 굳어졌다.

"안전할 때까지 여기 머물도록 해." 왕대고모가 걱정스러운 얼굴로 말
했다.

"안 돼요. 여기는 J읍하고 너무 가까워요. 전선이 이 마을을 통과하는

대로 서울로 가겠습니다."

"서울? 거기 누구 믿을 만한 사람이라도 있는가?" 할아버지가 물었다.

"믿을 수 있는 사람이 있어요. 그가 서울에 남아 있는지는 확실치 않지만… 아마 있을 겁니다."

침묵이 왔다. 그 침묵 속에 세 사람의 눈이 아버지의 얼굴을 열심히 살폈다. 그들은 아버지의 얼굴에서 그 어떤 결심 같은 것을 보았을 것이다.

"그럼 아들은 여기 두고 가게." 할아버지가 말했다.

"그래도 될까요? 그렇지 않아도 그것을 부탁드리려고 했는데…"

"아무렴 되고말고! 두고 가. 우리가 맡을게." 왕대고모가 명령하듯 말했다.

나는 아버지가 나 하나만을 데리고 집을 떠났던 이유를 알았다. 그것도 확실히. 아내의 짐을 덜어 주려는 남편의 배려였다. 내 동생들은 너무 어려서 엄마가 필요했고 형은 엄마를 도와야 했다. 똑똑한 아이라면 집을 떠날 때 벌써 깨달았을 것이다.

닭 우는 소리가 나를 깨웠다. 집을 떠난 지 이틀째 되는 날이 밝은 것이다. 옆방에서 아버지와 할아버지의 말소리가 들렸다. 일어나서 마당으로 나왔다. 마당 가에 있는 외양간에서 어떤 애가 소에게 여물을 먹이고 있었다. 왕대고모님의 손자일까 생각하며 가까이 다가갔다.

"이름이 뭐니? 내 이름은 문인데."

"기웅."

"여기가 니 집이니?"

"아니. 여긴 우리 고모 집이야. 난 소도 먹이고 농사일도 도와주고 있어."

"그러니? 여긴 내 왕대고모댁이야. 여기 한동안 머물게 됐어."

기웅이 소리 없이 웃었다. 그 애는 농사일에 익숙한 것 같았다.

한 열 시쯤 되었을 때였다. 길에서 소란스러운 소리가 들려왔다. 대문 밖으로 뛰어나갔다. 도로 위로 군용차들이 천천히 충주 방향으로 가고 있었다. 선두 지프 뒤 모서리에서 안테나가 휘청휘청 흔들리는 것이 보였다.

"미군들이구나." 사람들이 속삭였다.

군인들을 태운 스리쿼터와 장갑차들이 뒤따랐지만 줄은 그리 길지 않았고 금방 지나갔다. 전투 부대가 아니라 이미 탈환한 지역의 안전을 확보하기 위한 순찰 부대 같았다. 사라져 가는 그들을 보면서 나는 내가 남한이 도로 찾은 땅에 서 있다는 것을 알았다. 세상이 또 한 번 바뀌었다.

다음 날, 아침을 먹은 후, 아버지가 륙색을 챙겼다.

"왜 이렇게 서둘담? 며칠 더 묵었다 가면 안 되나?" 할아버지가 물었다.

"이곳은 집에서 너무 가까워요. 더 머물다 동네 사람들 눈에 띄면 의심을 살 수 있어요. 그렇지만 서울 같은 큰 도시에선 누가 누군지 신경 쓰지 않을 겁니다."

아버지가 일어섰다. 그런 다음 륙색을 어깨에 메고 방을 나와 대문으로 향했다. 때가 온 것이다. 나는 아버지와 헤어져야 했고 아버지도 나를 두고 떠나야 했다. 둘로 갈라졌던 우리 가족은 이제 셋으로 나뉘는 것이다. 전날 밤, 아버지는 내게 당부했었다. 왕대고모님과 할아버지의 말 잘 듣고 또 나 자신을 돌보는 것도 잊지 말라고.

"얼마 있으면 엄마나 형이 너를 데리러 올 거다."

"혼자서도 갈 수 있는데요?"

"안다. 그렇지만 누가 올 때까지 기다리는 것이 좋다." 아버지가 주의를 줬다.

아빠는 다시 돌아올 수 있을까? 나는 나 자신을 안심시키려고 애썼지만 잘 안 되었다.

아버지와 왕대고모가 대문간에서 이별의 말을 나눴다. 그런 다음 아버지와 할아버지와 나는 도로로 나와 음성 쪽으로 걸었다. 가을이었다. 햇살은 부드러웠고 아침 공기는 상쾌했다. 마을을 벗어나자 아버지가 할아버지에게 그만 돌아가시라고 말했지만 할아버지는 조금만 더 가겠다고 했다.

스리쿼터 하나가 경사진 산길을 내려오는 것을 보았을 때, 우리는 이미 꽤 많이 걸어온 뒤였다. 그냥 지나갈 줄 알았던 그 스리쿼터가 끼익하고 브레이크 소리를 내며 우리 옆에서 멎었다. 차의 뒷부분은 방수포로 덮여 있었다. 군인 둘이 내렸다. 그들이 쓴 철모에 '헌병'이란 흰 글씨가 보였다. 그들이 우리를 검문하려는 줄 알고 걸음을 멈췄다. 그러나 아니었다. 그들이 차를 세운 이유는 딴 데 있었다.

"차가 너무 힘들어. 한 셋만 줄여. 여기를 그냥 지나칠 뻔했잖아? 이 좋은 곳을." 상사인 듯한 사람이 길가의 작은 계곡을 가리키며 말했다.

"뒤에서부터 할까요?" 부하가 물었다.

상사가 트럭의 엔진 덮개를 열면서 머리를 끄덕였다. 그러자 그 헌병이 트럭 뒤로 돌아가 방수포의 커튼을 열었다. 트럭 안에 사람들이 앉아 있는 것이 보였다.

"너, 너, 너, 내려!" 헌병이 카빈총으로 한 사람씩 가리키면서 명령했다. 음성은 낮았으나 냉정하고 단호했다. 세 사람이 내려와 헌병 앞에 섰다. 그들의 손은 뒤로 묶여 있었다. 이때 엔진을 점검한 상사가 와서 방수포의 커튼을 다시 닫았다. 그들은 모두 젊었다. 한 사람은 군복을, 다른 두 사람은 잘 맞지 않는 민간인 옷을 입고 있었다. 그들이 입은 옷은 흰 무명옷이었다. 나는 그들이 인민군 포로일 것으로 생각했다. 아마도 빠르게 전진하는 국군이 그들을 따라잡기 전에 농촌에 숨어들어 갈아입은 옷 같았다. 하지만 머리카락은 하룻밤 사이에 자라지 않았다. 또 하나의 명백한 증거는 그들의 북녘 억양이었다. 이상하게도 마지막 태양이 자신들의 얼굴을 비치고 있음을 알고 있을 그들의 얼굴에선 아무런 두려움도 찾아볼 수 없었다. 폭풍이 지나간 뒤의 평온함 같은 그런 얼굴이었다.

헌병이 총으로 계곡을 가리켰다. 그리 들어가라는 무언의 지시였다. 이 순간 그들 중 하나가 헌병에게 말했다. 군복을 입은 사람이었다.

"청이 하나 있습네다."

"청? 그게 뭐야?"

"주머니에 이름과 집 주소가 적힌 쪽지가 있습네다. 혹시 전진 중 그리로 지나가게 되든 저의 가족이나 그 지역 사람들에게 여게서 내가 최후를 맞은 것을 전해 주시라요." 그가 말한 다음 턱으로 군복의 앞주머니를 가리켰다.

"가족이 나를 기다리지 않게 하고 싶습네다." 그가 다시 말했다.

헌병은 처음에는 픽 웃고 말았지만 무슨 생각을 했는지 그의 주머니에서 종이쪽지를 꺼내 힐끗 한 번 보더니 자기 바지 주머니에 넣었다. 헌병이 총으로 다시 계곡을 가리켰다. 세 사람이 도로를 벗어나 계곡으로 향했고 헌병이 그 뒤를 따랐다. 작은 그 계곡은 말라 있었다. 곧 그들의 모습이 나무와 바위 뒤로 사라졌다. 잠시 후 무릎 꿇고 앉으라는 헌병의 명령이 들려왔다. 이어서 몇 발의 총성이 산을 흔들었다. 무표정한 얼굴로 계곡에서 나온 헌병이 트럭으로 걸어가는 것을 보고 우리도 돌아서서 다시 걷기 시작했다. 이때였다. 우리 뒤에서 거친 목소리가 들려왔다.

"거기 서시오!"

우리는 걸음을 멈추고 뒤돌아보았다. 목소리의 주인은 트럭으로 가던 그 헌병이었다.

"당신 뭐요?" 그가 물었다.

그 헌병은 할아버지와 나는 무시한 채 아버지를 노려보고 있었다. 나는 아버지의 얼굴을 올려다보았다. 놀라는 기색이 없었다. 이런 상황을 전혀 예측하지 못했던 것 같았다. 드디어 그 헌병이 아버지에게 시선을 고정한 채 다가왔다. 나는 그만 선 채로 얼어붙고 말았다. 바로 이때, 할아버지가 얼른 한 걸음 앞으로 나아가며 다급하게 말했다.

"이 사람은 내 조카이고 이 애는 그 아들입니다. 우리 집에 피난 와 있다가 지금 서울 집으로 돌아가는 길입니다."

그러자 헌병이 멈춰 섰다. 그런 다음 아버지와 나를 몇 번씩 번갈아보더니 말없이 돌아서서 트럭으로 향했다. 곧 트럭이 먼지를 일으키며 멀어져 갔다. 아버지는 준비 없이 갑자기 닥친 위기를 넘겼다. 할아버지의 기지는 말할 것도 없고 내가 아버지를 많이 닮은 것도 도움이 되었을 것이다. 그는 아버지와 나의 생김새에서 우리가 부자간이란 것을 믿었고 또한 할아버지의 말이 거짓이 아니라고 판단했을 것이다.

하지만 그가 내게 단 하나의 질문이라도 했다면 그는 할아버지의 말이 거짓이었음을 쉽게 알아냈을 것이다. 나는 거짓말로 아버지의 신분을 숨길 준비가 안 되어 있었다. 또 서울에 우리 집이 있다고 할아버지가 헌병에게 말했지만 나는 서울에 대하여 아는 것이 하나도 없었다. 우리 집이 서울 어느 동에 있느냐고 헌병이 물었다면 나는 그가 믿을 만한 대답을 내어놓지 못했을 것이다. 가는 길에 또 어떤 위험을 만날지 모르니 서울행을 포기하고 그냥 집으로 돌아가자고 할아버지가 권했으나 아버지는 듣지 않았다. 서울은 멀었고 혼자서는 더 위험했다. 아버지가 그것을 몰랐을까? 아니다. 각오한 사람이 아니면 갈 수 없는 길이었다. 마침내 할아버지와 나는 아버지와 작별을 나누고 돌아서서 비산마을로 향했다.

"그 헌병이 너의 아버지 직업과 이름을 물었다면 넌 뭐라고 대답했겠니?" 걸으면서 할아버지가 물었다.

"생각 안 해 보았어요. 몰라요, 어떻게 대답했을지."

"어떻게 대답하라고 너희 아버지가 일러주지 않았니?"

"아니요. 말 안 해 주셨어요."

"말 안 해 주었다고?" 할아버지가 믿기지 않는다는 듯이 중얼거렸다.

"왜? 자신이 결백해서? 아니면 아들에게 거짓말하는 법을 가르치는 것을 원치 않아서?" 할아버지가 다시 혼잣말로 물었다.

"그렇다면, 만일 그 헌병이 너를 신문했다면 말이다. 우리 모두 그 물마른 계곡으로 끌려 들어갔기 십상이다." 할아버지가 껄껄 웃으면서 깊은 한숨을 내쉬었다.

그때, 그 헌병이 왜 내게 아무것도 물어보지 않았는지 나는 아직도 궁금하다. 그의 실수였을까? 아니면 그만이 아는 어떤 이유로 실수하는 척했을까?

지금 그 길은 넓게 포장되어 직선으로 뻗어 있고 그 계곡은 세월이 덮어 버렸다.

14

여기는 다시 J읍 집. 엄마와 형은 그냥 말없이 서 있었다. 엄마도 형도 무슨 말을 해야 할지 생각나지 않았다. 뺨을 흘러 내리던 엄마의 눈물은 마르고 해는 지고 있었다. 아마도 이때쯤 아버지와 나는 누구리마을을 지나고 있었을 것이다.

갑자기 엄마는 마냥 슬퍼하고 있을 때가 아니란 것을 깨달았다.

"우리가 이제 어디로 가야 하니? 갈 데가 있겠니?" 엄마가 물었으나 형의 입에서는 대답이 나오지 않았다. 한참 생각에 잠겼던 엄마가 입을 열었다.

"내일 아침 식구들을 이리로 데려오자."

"응, 엄마." 형이 찬성했다.

두 사람은 집을 나서 남은 가족들이 기다리는 안골로 향했다. 그런데 행길을 지나 언덕을 오르는 작은 길로 접어들던 엄마가 갑자기 마음을 바꾸었다.

"아니, 안 돼. 집으로 데려오면 안 돼!"

"왜 안 돼, 엄마? 아버지가 잘못이 없는 거 다 알잖아? 사람들 눈에는 아빠가 환자 진료에 전념하는 의사일 거 아냐, 지금까지 쭉 그렇게 해 온 것처럼?"

"그렇지만 너의 아버지 이름이 아직도 보도연맹 명부에 있을 거야. 어디 그뿐인가…. 인민병원 의사로 지명되기도 했었잖아? 집으로 데려오는 것이 두렵다."

"알아. 그렇지만 그 청년단 사람들이 아빠를 좌익으로 몰았고 그것 때문에 경찰이 강제로 보도연맹에 가입시킨 거였잖아? 그리고 인민병원 의사란 것도 의사가 아버지 하나밖에 없어서 그렇게 된 것이고?"

"맞아. 그렇지만 보통 사람들은 그런 뒷이야기를 모르지. 그리고 군인들이 우리 읍에 들어오면 자세한 내용은 조사하지도 않고 직함이나 명단에 있는지 없는지만 가지고 판단할 거라고."

"정말 그럴까, 엄마?"

"상배 할아버지를 생각해 봐라. 그 사람이 무슨 잘못을 했니? 구장이라는 직함 때문에 북에서 온 군인들한테 처형당했단 말 듣지 않았니?"

"상배 아버지도 처형당했단 말 들었어. 그 사람도 무슨 직함을 가지고 있었어?"

"아니야. 그 사람은 아무 직함도 없었어. 구장의 아들이란 이유로 그렇게 됐어. 상배 엄마는 여자였기 때문에 살았고."

"그렇지만 경찰은 아버지가 진짜 좌익이 아니었다는 것을 알고 있는데? 그래서 지서장이 연맹원들을 소집하기 전에 부하를 보내서 미리 피하게 한 거잖아?"

"그랬지. 그렇지만 경찰보다 군인들이 먼저 올 거야."

엄마 말에 형이 말없이 머리를 끄덕였다. 그들은 안골을 향해 어둠이 내린 호젓한 언덕길을 계속 걸어갔다.

다음 날 오전 일단의 국군 헌병이 J읍에 들어왔다. 그들은 우리 집을
숙소와 사무실로 쓰면서 부역자들을 색출하기 시작했다. 아버지의 진료
실이 취조실이 된 것이다. 집이 크고 길가에 있다는 편리함 때문이었을
것이다. 이 소식은 곧 안골에도 전해졌다. 두려움에 엄마의 가슴이 두근
거렸다. 우리가 계속 이 집에 머물러도 괜찮을까? 엄마가 두려워하는 데
에는 근거가 있었다. 불안한 집주인이 떠나 달라고 눈치를 주기 시작했
다. 인민병원 의사의 가족을 숨겨주었다는 이유로 처벌받을까 두려웠던
것이다. 그의 두려움을 무시하고 계속 이 집에 머문다면? 우리를 신고
할까? 아니, 이미 신고했다면? 이 모든 가능성이 엄마를 급박하게 옥죄
였다. 속히 어떤 결정을 내려야만 했다.

다음 날 오전 열 시경, "청안 쪽으로 가면 어때, 엄마?" 형이 말했다.

"아무 데나. 우리는 지금 떠나야 해. 이 집에 더 있을 수 없어." 엄마가
그러자고 했다.

복님까지 일곱 명의 가족이 청안으로 가기 위해 그 집을 나왔다. 그러
나 그들이 청안 쪽을 바라보았을 때 그곳도 갈 수 있는 곳이 아닌 것 같
았다. 검붉은 불기둥이 하늘로 치솟고 전투기가 내리꽂히며 지상공격을
하는 것이 보였다. 청안도 선택이 아니라고 생각한 그들은 다시 그 집으
로 들어갔다.

"이 어린것들을 데리고 어디로 가겠니?" 엄마가 동생들을 내려다보며

한숨을 쉬었다.

갈 곳도 머물 곳도 없는 완벽한 진퇴양난 한가운데 갇히고 만 형국이었다.

"너희 아버지는 좌익이 아니었어. 그 사람은 아무런 잘못이 없어. 사실이지, 그렇지 않니? 그 보도연맹원이란 것도 인민병원 의사란 것도 다 강제로 된 거야! 집에 가서 무슨 일이 있나 한번 보고 올게!"

"집에? 그다음에는?" 형의 얼굴이 불안해졌다.

"괜찮아 보이면 집으로 가는 거다." 엄마가 결심한 듯 말했다.

혼란하고 급박한 상황에서 엄마가 생각할 수 있는 유일한 선택이었는지도 몰랐다. 가족의 안위에 대한 책임감이 엄마의 모든 감정과 이성을 압도했다.

"아기 이리 줘." 엄마가 복님에게서 아기를 받아 젖을 물렸다. 엄마의 걱정 어린 눈이 젖 먹는 아기의 천진난만한 얼굴을 내려다보고 있었다. 아기가 물고 있던 젖꼭지를 놓았다. 엄마가 아기를 복님에게 넘겨주고 일어섰다. 이제 J읍 집으로 가려는 것이다.

"나도 같이 가면 안 돼, 엄마?" 형이 물었다.

"너는 그냥 있는 게 좋아. 넌 남자인데다 그 사람들 눈엔 어른 같아 보일 수도 있어." 엄마가 형을 걱정했다. 아마도 엄마가 제일 걱정하는 건 형인지도 몰랐다.

"조심해, 엄마!" 형이 엄마 등 뒤에 대고 소리쳤다.

아, 형아야, 엄마를 못 가게 막았어야지!

엄마

엄마가 집에 도착했다. 스리쿼터 한 대가 병원 앞 공터에 서 있는 것이 보였다. 대문 앞으로 다가가 열린 문틈으로 안을 들여다보았다. 헌병들과 팔에 완장을 찬 민간인들이 보였다. 공기가 삼엄했다. 퍼뜩 아직 가족을 데리고 올 때가 아니라는 생각이 든 엄마가 재빨리 돌아섰다. 그러나 이때 우리 집 쪽으로 오고 있던 한 여자가 돌아서는 엄마를 보았다. 그녀는 급히 병원으로 뛰어 들어가 헌병들에게 알렸다. 인민병원 의사 부인이 나타났다고.

헌병 하나가 뛰어나와 안골로 향하던 엄마를 따라잡았다.

"도망 못 가!" 그가 소리치면서 엄마의 팔을 잡아당겼다.

엄마가 힘없이 행길 바닥에 쓰러졌다. 그러자 헌병은 그의 카빈 개머리판으로 엄마의 옆얼굴을 내리쳤다. 이 순간 어디선가 복돌이 달려와 헌병을 공격했다. 그가 물리지 않으려고 뒤로 물러섰다. 복돌은 더욱 사납게 덤벼들었다. 그가 총을 발사했다. 복돌이 그 자리에서 축 늘어졌다. 동네 부인 두셋이 이 광경을 목격하고 충격을 받았다. 그들은 아버지가 무고한 것을 알고 있었지만, 자신들에게 해가 될까 봐 나서지 못했다.

엄마의 상처에서 피가 방울방울 땅에 떨어졌다.

"일어나!" 헌병이 소리쳤다.

엄마는 일어나려 했지만 안 되었다. 그가 엄마의 팔을 잡아 일으킨 다음 끌다시피 병원 안으로 데리고 들어갔다. 아버지의 진료용 회전의자에 상사로 보이는 헌병 하나가 앉아 있었다.

"이 여자가 피신한 이 병원 의사의 여편넵니다." 헌병이 상사에게 말했다.

"거기 앉혀." 상사가 환자용 작은 의자를 턱으로 가리켰다.

"여기가 당신 집 맞나? 당신이 의사 부인인가?"

"예."

"당신 남편 어디 있어? 말해!"

"모릅니다."

"거짓말 마!"

"간 곳을 모릅니다. 말 안 하고 떠났습니다."

같은 질문과 같은 대답이 반복되었다.

"좋아, 당신 인민군 밥도 해 주고 재워도 줬다지? 사실이지?"

"예, 한 번 그랬습니다." 엄마가 사실대로 대답했다. 동네 사람들이 말해서 알고 있는 것 같았다.

"그것이 이적 행위란 걸 모르나?"

"전시에 누가 군인의 요구를 거절할 수 있겠어요? 국군들에게도 그렇게 했을 겁니다."

"애들이 많다는 걸 알고 있어. 애들은 지금 어디 있어?" 그가 엄마의 가장 두려운 곳을 건드렸다. 엄마는 대답하지 않았다.

"당신 남편의 행방을 말해. 그렇지 않으면 당신과 당신 애들은 살 수 없어." 그가 계속했다. "당신 남편이 당신 자신과 애들보다 더 중요해? 잘 생각해 봐!"

이번에도 엄마는 대답하지 않았다.

"잘 생각해 보라고, 살고 싶으면." 그가 말한 다음 큰 소리로 부하를 불렀다. 부하가 들어왔다.

"이 여자 안채로 데려가."

부하가 엄마를 안채로 데려가 안방에 감금했다.

엄마는 벽에 기대앉았다. 어지러웠다. 자신이 치우고 닦고 하던, 자신의 손때가 묻은 바로 그 방이었다. 검은 피부에 유난히 반짝이는 작은 눈, 그녀의 얼굴이 떠올랐다. 난 당신을 해친 일이 없는데 당신은 어떻게 이런 잔혹한 일을 내게? 당신도 애를 키우는 여자이면서?

그녀의 남편도 의사였다. 성이 정 씨라서 사람들은 그를 '정 의사'라고 불렀다. 피난에서 돌아와 보니 의료기기와 약품이 없어져 환자들을 진료할 수가 없었다. 우리 집에는 혹시 남겨진 것이 있을지도 모른다는 생각에 우리 집으로 향하던 그녀가 엄마를 발견했다. 그런데 왜 엄마를 일러바쳤을까? 아버지의 높은 명성 때문에 평소 우리를 시샘하고 있었을까? 아니면 헌병들에게 환심을 사서 원하는 것을 가져가려고? 그것도 아니면 한낱 눈먼 공명심 때문이었을까?

엄마의 상처가 부어올랐다. 팔도 아파왔다. 내가 없으면 내 아이들은 어떻게 될까? 나 없이 그 젖먹이가 살 수 있을까? 배고파 젖 달라고 우는 아기 울음소리가 자꾸만 귀에 와 박혔다.

"사모님과 개인적인 감정은 없어요. 어떻게 하다 보니 제가 사모님을 감시하게 되었어요. 군인들의 지시를 거역할 수가 없어요. 날 나쁘게 보지 마세요."

창호지로 바른 문밖에서 여자의 낮은 음성이 들려왔다. 어디서 들어본 적이 있는 목소리 같았다. 헌병들이 붙여 놓은 감시자였다. 동네 사람들이 군인들의 부역자 색출과 숙식을 돕고 있었다. 그들은 대부분 인민재판에서 희생된 사람들의 가족이거나 지역 우익 인사들, 또는 그들의 부인들이었다.

✦

이 시간, 안골에서는 형과 할머니가 고문 같은 초조함 속에서 엄마가 돌아오기를 기다리고 있었다. 엄마는 왜 안 돌아올까? 엄마에게 아무 일도 일어나지 않았다면 벌써 오고도 남았을 텐데? 이제 기다리는 고통은 한계에 다다랐고 아기는 엄마를 찾으며 계속 울어댔다.

"할머니, 내가 가 봐야겠어. 아무래도 무슨 일이 일어난 것 같아."

형이 드디어 마음을 정했다.

"조심해라. 아주 조심해야 한다!" 할머니가 주의를 주었다. 할머니는 형의 안전이 걱정되었지만 보내지 않을 수도 없었다.

"엄마에게 무슨 일이 일어났으면 나는 돌아올 수 없을지도 몰라. 그럼 할머니가 애들 데리고 어디로든 다른 곳으로 가야 해요." 형은 이 말을 남기고 급히 J읍으로 향했다.

형

집에 도착한 형도 스리쿼터 한 대가 주차된 것을 보았다. 집 안에 군인들이 있다는 것을 알았다. 주위를 살폈다. 아무도 없었다. 문간으로 접근해서 대문을 손으로 조금 밀어 연 다음 안을 엿보았다. 안에는 아무도 보이지 않았다. 문을 조금 더 열고 안으로 발을 들여놓았다. 이 순간, 통로 저쪽 끝에서 한 남자가 나타났다. 두 사람의 눈이 마주쳤다. 낯익은 얼굴이었지만 누군지 생각이 나지 않았다. 그러나 그 남자가 형을 알아보았다.

"저놈 잡아!" 그가 소리쳤다.

형이 돌아섰다. 행길을 건너 철도로 이어지는 골목으로 뛰어들었다. 방안에서 엄마가 "저놈 잡아!" 하고 외치는 소리와 대문을 향해 전력 질주하는 소리를 들었다. 형이 온 것을 직감했다. 아! 엄마가 두려워하고 있던 일이 지금 막 벌어지고 있었다. '저 애를 지켜주세요, 제발! 제발!' 엄마가 속으로 외쳤다.

형이 뒤를 돌아보았다. 추격자가 추격을 그만둘 것 같지 않았다. 오히려 더 큰 소리로 외쳤다.

"저놈 잡아! 저놈 잡아!"

주위에 사람들이 있었지만 아무도 형을 잡으려 하지 않았다. 그들은 그냥 구경만 하고 서 있었다. 십 대 소년을 잡으려는 키 크고 건장한 남자의 추격은 마치 쥐와 고양이의 게임 같았을까? 그러나 두 사람의 거리는 쉽게 좁혀지지 않았다. 잡히면 죽을 것이라는 생각이 형을 필사적으로 달리게 했다. 추격자는 헌병들의 부역자 색출 작업을 돕고 있는 동네 사람이었다. 그는 우리 가족 중 누군가 엄마를 찾으러 나타나리라는 것을 예상하고 있었다.

철로를 건너면서 형의 귀에 추격자의 발자국 소리가 더 가까워졌다. 논을 가로질러 개울 둑에 올라섰다. 돌 징검다리는 물에 잠겨 보이지 않았다. 허위적, 허위적, 무릎까지 차는 물을 건넜다. 추격자도 물을 건넜다.

"거기 서! 살고 싶으면 거기 서라고!"

숨찬 목소리가 형의 발꿈치를 바짝 따라왔다. 형은 그가 그러면 그럴수록 있는 힘을 다해서 뛰었다. 형이 반대편 둑에 올라섰다. 발아래 벼가 노랗게 익은 논이 멀리까지 펼쳐져 있었다. 둑 아래로 몸을 굴려 논으로 뛰어들었다. 그리고는 머리를 조금 들어 벼 이삭 사이로 둑 위를 올려다보았다. 추격자가 포기하고 돌아갔기를 바라면서. 그러나 곧 그의 큰 키가 둑 위로 불쑥 올라왔다. 둑 위에서 그의 눈이 탐조등처럼 논을 좌우로 훑으며 지나가기 시작했다. 형은 축축한 논바닥에 머리를 박은 채 꼼짝하지 않았다. 눈을 감고 하늘에 운명을 맡겼다. 피를 말리는 긴장 속에 옆 논에서 벼 베는 농부들의 말소리가 들려왔다. 그렇게 얼마의 시간이 흘렀다.

"당신들 젊은 애 하나 넘어오는 거 못 봤소?" 둑 위에서 그가 묻는 소리가 들렸다.

형이 침을 삼켰다. 틀림없이 보았을 거야. 이렇게 가까이서 어떻게 못 보았겠어.

"아니요. 못 보았소." 농부 중 누군가 대답했다.

"그건 말이 안 되오. 어디에 숨었는지 본 대로 말하시오!"

"못 보았다니까요!" 다른 누가 말했다.

"어떻게 못 볼 수가 있소? 좋은 말로 할 때 어서 말하시오!" 그가 언성을 높였다.

"이거 보시오, 젊은이. 못 보았다고 하지 않소? 우리 말이 안 들리시오?" 이번엔 나이 많은 농부가 꾸짖듯이 말했다.

"고맙습니다, 할아버지…" 형이 소리 죽여 중얼거렸다.

한동안 침묵이 흘렀다. 형이 머리를 조금 들어 벼 사이로 둑 위를 보았다. 그는 아직 둑 위에서 얼굴을 이리저리 돌리며 논을 살피고 있었다. 그의 시선이 자신의 머리 위를 스쳐 갈 때마다 형은 눈을 감았다. 무거워 머리를 숙이고 축 늘어진 벼 이삭들은 도주자에게 좋은 가림막을 제공하고 있었다. 잠시 후, 머리를 들어 다시 둑 위를 올려다본 형은 자기 눈을 의심하지 않을 수 없었다. 그의 상반신이 둑 너머로 사라지고 있는 것이었다.

그가 돌아가는구나! 형의 입에서 "휴~." 하고 안도의 한숨이 나왔다. 그러나 다음 순간, 혹시 그의 속임수인지도 모른다는 생각이 형을 다시 긴장시켰다. 꼼짝하지 않고 엎드린 채 둑 위에 눈을 고정했다. 습한 논바닥에서 올라오는 한기가 몸을 파고들었다. 얼마나 시간이 지났을까? 벼 베는 농부들의 말소리도 끊어진 지 오래고 바야흐로 어둠이 내리고 있었다. 추격자는 다시 나타나지 않았다.

그 지역은 내가 겨울에 썰매 타던 곳이었다. 집도 나무도 언덕도 없고 오직 넓게 펼쳐진 논, 논, 논뿐이었다. 그는 형이 멀리 가지 못하고 바로 둑 아래 어디쯤 벼 포기 사이에 숨어 있는 것을 알고 있었다. 그가 둑에서 내려와 근처의 논을 빗으로 빗듯이 샅샅이 뒤졌다면 형은 잡혔을 것이다. 농부들에게 물어본 것은 쉽게 찾으려 했기 때문이었을 것이다. 내 짐작으로 두 사람이 쫓고 쫓긴 거리는 줄잡아 칠팔백 미터는 되었을 것이다. 그런데 왜 돌아섰을까? 갑자기 찾아온 어떤 죄의식 같은 두려움이 그의 발길을 돌리게 했을까? 그만이 아는 어떤 이유가 있었을 것이다.

형이 둑 위로 올라왔다. 사방은 어두웠다. 개울 건너 저 멀리 J읍의 불빛이 보였다. "저기 저곳, 우리 집에 엄마가 있다. 내가 엄마를 다시 볼 수 있을까? 내가 잡혀 끌려가서 엄마가 갇혀있는 방에 처넣어졌다면?" 상상만으로도 끔찍했다. 하지만 엄마를 구하기 위해 자기가 할 수 있는 일이 없음을 알고 형은 가슴이 미어졌다. 이제 어디로 가야 하나? 이때쯤 할머니도 형이 돌아오지 않는 것을 보고 형에게도 무슨 일이 생겼음을 알았을 것이다.

형은 비산마을로 향했다. 그는 아버지와 내가 왕대고모댁에 간 것을 알고 있었다. 엄마에게 일어난 일을 아버지에게 알려야 했다. 아버지가 아직 서울로 떠나지 않았기를 바라면서 어둠 속을 걸었다. 이 무슨 어처구니없는 일인가? 모든 것이 거짓말 같았다. 비록 밤이었지만 혹 자기를 알아보는 사람과 마주칠까 두려워 도로를 버리고 철길을 걸었다.

오전 11시쯤이었을 것이다. 하릴없이 대문간에 서서 시간을 보내고 있을 때 저만치 도로 위에 누가 걸어오는 것이 보였다. 형이었다. 처음에는 그를 알아보지 못했다. 옷은 더러웠고 얼굴엔 표정이 없었다. 나를 데리러 오는 걸까? 아닐 것이다. 형의 행색에서 나는 그에게 어떤 끔찍한 일이 일어났었다는 것을 알았다.

"형, 왜 와? 무슨 일 있었어?"

"아빠를 만나야 해."

"아빠 서울로 떠났는데?"

"뭐라고? 벌써? 언제?"

"오늘 아침. 두 시간 좀 넘었어."

형이 주먹으로 가슴을 치며 한숨을 내쉬더니 대문 안으로 들어갔다. 나도 따라 들어갔다. 때아닌 형의 출현에 왕대고모와 할아버지의 얼굴에 놀라움이 떠올랐다. 세 사람이 방으로 들어가 꽤 오래 귓속말을 주고받았다. 무엇인가 내가 들으면 안 되는 일 같았다. 형은 무엇을 좀 먹은 뒤 바로 어디론가 떠났다.

"지금쯤 엄마에게 무슨 일이 일어났을 거다." 형이 대문을 나서다 말고 나를 돌아보며 말했다.

"그게 무슨 말인데?" 내가 물었다.

그러나 그는 뒤도 돌아보지 않고 음성 쪽을 향해 멀어져 갔다. 나는 그가 가는 곳을 몰랐다. J읍 집은 아닌 것 같았다.

엄마

자신의 집, 자기가 살던 방에 갇혀서, 시시각각 삶의 마지막 순간이 다가올 때, 엄마의 마음에는 어떤 생각들이 오고 갔을까? 다음은 나의 상상과 당시 집 안에서 군인들을 돕던 사람들의 전언과 또 그때의 상황을 지켜본 우리와 가까웠던 이웃 부인들의 후일담을 토대로 재구성해 본 것이다:

형을 추격하던 남자가 대문 안으로 들어섰다. 마루에 앉아 엄마를 감시하던 여자가 그에게 의문의 눈길을 보냈다.

"개울 건너까지 쫓아갔지만 못 잡았어. 제기랄!" 그가 투덜댔다.

"그 애가 운이 좋았네! 정말 잡으려고 했었어요?"

여자가 물었지만 남자는 대답을 하지 않았다. '논을 좀 뒤졌으면 잡을 수 있었다'는 말도 하지 않았다. 그냥 어깨를 늘어뜨린 채 헌병들이 있는 병원채로 사라졌다.

방 안에서 그들의 대화를 엿들은 엄마가 가슴을 쓸어내렸다. 그리고 마음속으로 외쳤다. 고맙다! 아들아! 멀리 어디로든 가라, 꼭 살아남아라! 그러나, 엄마의 가슴에 최악의 걱정 하나는 아직 남아 있었다. '애들이 오면 어쩌나? 젖 달라고 우는 아기를 업고 복님이 나타나기라도 한다면? 틈을 보아 이곳을 빠져나갈 수는 없을까?' 그러나 감시가 붙어 있었다. 비록 감시가 없었다 해도 엄마는 몸을 피할 수가 없었을 것이다. 그들이 남은 가족을 찾아내려고 뒤를 밟을 수도 있기 때문이었다.

이제 밤은 깊어가고 있었다. 얼굴의 상처가 아파왔다. 엄마의 희미한

의식 속에 아버지의 모습이 나타났다.

"당신이 집에 오지 말았어야 했는데…."

"날 나무라지 말아요, 안 올 수가 없었어요. 난 이 사람들이 이렇게 잔인할 줄 몰랐어요…. 여자인 내게…. 더구나 아이들이 딸린 엄마에게…."

"저들이 우리의 전통적 가치를 이렇게도 무참히 짓밟을 줄 나도 몰랐소. 내 잘못이오. 나를 용서하오."

"남자들은 정치적인 일에 아녀자들을 항상 무시하지 않았나요? 그게 이 나라의 불문율이 아니었던가요?"

"뭐라고 할 말을 찾지 못하겠소."

"당신이 하루나 이틀 사이에 서울에 도착할 것을 알아요. 김민호 씨가 제발 집에 있으면 좋겠어요."

"가는 길 내내 아무 일도 일어나지 않는다면…?"

"아, 그런 말 하지 말아요! 무슨 일이 있어도 당신은 살아야 해요. 우리 어린것들을 키워야 해요! 당신이 우리를 이곳에 두고 떠난 것을 원망하지 않아요. 아기가 딸린 여자에게 이런 짓을 할 줄 누가 알았겠어요? 당신과 함께했던 지난 19년 동안 난 참 행복했어요. 당신도 알고 있지요? 그렇지만 난 내가 하던 일 그대로 두고 떠나요. 당신이 해 주셔야 해요. 미안해요, 여보." 엄마가 계속한다. "저들은 나를 죽일 거예요. 당신이 간 곳과 아이들이 있는 곳을 대지 않으면. 자기가 살겠다고 남편과 아이들의 생명을 내어 줄 여자가 어디 있겠어요? 그렇지만, 그렇지만, 여보, 난 두려워요."

온종일 아무것도 먹지 않았다. 상처는 점점 더 아팠다. 치료를 받지 않으면 풀려난다 해도 생명을 건지기 어려울 수도 있었다. 엄마도 그런 생각을 했었을까? 이제 엄마의 흔들리는 의식 속에 외할머니의 얼굴이 나타났다.

"애야, 내 딸아, 이게 무슨 일이니? 왜 여기 이러고 있는 거니? 네 아이들은 어떻게 하고?"

"엄마, 그리고 아빠, 고마워요. 엄마 아빠와 같이 살던 때가 참 행복했어요. 이제 엄마가 주신 생명은 얼마 안 남았어요. 엄마 미안해요. 이제 이 세상에서는 엄마를 만날 수 없어요. 이사 가지 않고 그 집에 계속 사실 거라고 한 말씀도 이제 소용없어요. 먼저 가서 기다리고 있을게요, 엄마 아빠! 그렇지만, 그렇지만, 전 두려워요!"

비몽사몽간에 이번에는 어디서 아기 울음소리가 들려왔다.

"아, 너였구나? 내 아기야! 내 가엾은 아기! 배고프지? 돌아오지 않는 엄마에게 화가 났지? 나중에 크면 알게 될 거야. 왜 내가 여기 와야 했는지? 왜 네게 돌아가지 못했는지? 그리고 왜 배가 고픈데도 젖을 주지 못했는지? 내 아기야, 부디 살아다오! 부디! 부디!" 엄마의 얼굴에 눈물이 빗물처럼 흘러내렸다. 이제 눈앞에 큰아이들이 나타났다.

"너희들을 너무 일찍 떠나는 나를 용서해라. 난 좋은 엄마가 되어 너희들을 잘 키우고 싶었다. 너희들은 나중에 내 얼굴도 기억 못 하겠지. 왜 너희들이 어린 나이에 엄마를 잃어야 하는지 하늘에 물었지만, 대답이 없구나. 그렇지만 나는 다른 세상에서 꼭 너희들을 지켜 줄 거야."

이때, 감시하는 여자의 목소리가 엄마의 생각을 멈추게 했다.

"군인들이 말하는 것을 들었어요. 남편의 행방과 아이들 있는 곳을 대지 않으면 정말로 살려 두지 않을 거라나 봐요."

"댁도 아이들의 엄마인 것을 알고 있어요. 만일 댁이 나라면 어떻게 하겠어요?"

"난 사모님의 아이들이 안골에 있는 것을 알고 있어요. 그러나 이 말은 입도 뻥긋 안 할게요." 여자가 문에다 입을 대고 속삭였다.

엄마는 그녀의 말을 믿을 수밖에 없었다. 동네 부인들은 엄마가 J읍과 안골을 빈번히 오고 가는 것을 다 보았을 것이다.

"이것 말고는 내가 사모님을 위해서 할 수 있는 일이 없어요." 그녀가 다시 말했다. 엄마는 아무 말도 하지 않았다.

"군인들은 댁의 남편이 인민병원 의사였다는 것만으로 충분하다고 생각하나 봐요. 더 이상 물어보지도 듣지도 않는대요." 그녀가 다시 작은 목소리로 말했다.

엄마는 이번에도 아무 말 하지 않았다. 아마도 가느다란 의식 속에 배고파 울고 있을 아기의 애처로운 울음소리 외에는 아무것도 들리지 않았는지도 모른다.

할머니

한편, 안골에서는 할머니가 초조와 불안 속에 어찌할 바를 모르고 있었다. J읍 집에 갔다 오겠다던 며느리는 돌아오지 않았고 며느리를 찾으러 간 손자도 돌아오지 않았다. 할머니는 자주 마을 입구로 나가 J읍으로 난 길을 바라보고 서 있었다. 엄마나 형을 기다리는 것이 아니라 누군가 자신과 가족들을 잡으러 오는 사람이 있나 살피는 것이었다. 이미 엄마와 형이 차례로 잡혔을 것이라고 믿고 있었다.

복님 또한 아기를 달래느라 애를 먹었다. 아기는 자기를 달래는 복님을 발로 차며 계속 울어댔다. 오직 엄마만을 찾았다. 아직 '엄마' 소리도 제대로 못 했지만 "난 엄마를 원해! 엄마를 데려와!" 하고 우는 것이 분명했고 배가 고파도 돌아오지 않는 엄마를 원망하는 것이 틀림없었다.

"복님아." 드디어 할머니가 복님을 불렀다.

"예, 할머니."

"내일 아침 재를 업고 집에 가 봐야겠다. 안 되겠다, 젖을 먹여야지."

"예, 할머니."

할머니는 군인들이 어린 여자애와 젖먹이에게는 해를 입히지 않을 것으로 생각했다.

엄마

새벽이 왔다. 방바닥에 온기가 돌기 시작했다. 여자들이 군인들에게 줄 밥을 하느라고 아궁이에 불을 지핀 것이었다. 엄마는 목이 말랐고 기력도 고갈되었다. 그런 상황에서도 엄마의 귀는 대문 쪽을 향해 열려 있었다. 애들이 엄마! 하고 뛰어 들어올 것만 같았다. '애들이 들이닥치면 어떻게 하나? 애들을 구하기 위해 애들 아빠의 행방을 말해야 하나?' 그렇다고도 아니라고도 말할 수 없었다. 이때 마당에서 사람들 소리가 들렸다. 엄마는 창호지에 난 틈으로 밖을 내다보았다. 감시하는 여자가 등을 보이고 마루에 걸터앉아 있었다.

"군인들 오늘 간대." 여자들이 군인들에게 줄 음식을 들고 가면서 말했다.

"어디로 간대?" 감시하는 여자가 물었다.

"어딘지는 잘 모르겠어. 여기서 한 것과 같은 것을 한대나 봐. 부역자 색출과 처벌."

"오늘 떠나는지 어떻게 알았어?"

"군인들이 나한테 말했어."

'아, 저들은 곧 떠날 것이다. 그러면 남은 가족들은 살 수 있다. 내 아이들은 살 수 있다. 어머니, 애들을 보내지 마세요. 꼭 잡고 계세요. 얘들아 오지 마! 오지 마! 몇 시간만 기다려!' 그들의 대화를 들은 엄마가 속으로 외쳤다.

"그 여자 데려와!" 병원 쪽에서 거친 목소리가 들리더니 헌병 하나가 나왔다.

감시하는 여자가 방문을 열고 엄마를 데리고 나가 그에게로 갔다.

진료실 안—전날 엄마를 취조하던 상사가 진료용 회전의자에 앉아 들어오는 엄마를 쏘아보고 있다가 턱으로 환자용 의자를 가리켰다. 헌병이 그 의자에 엄마를 앉혔다.

"당신에게 충분한 시간을 줬어. 이제 남편 행방만 말하면 돼."

"모릅니다."

"당신은 알고 있어. 나를 속이려 하지 마."

"내 남편은 좌익이 아닙니다. 억울하게 모함을 받았습니다. 정말입니다. 믿어주세요."

"모함이라고? 그럼 애들이 있는 데를 말해."

"나는 애들 엄마입니다. 엄마라는 것이 무엇인지 아셨다면 그런 질문은 안 하셨을 겁니다."

그가 잠시 침묵에 빠졌다. 얼마 후 그가 다시 시작했다.

"당신 나이를 생각해 봐. 너무 아까운 나이 아닌가!"

엄마는 아무 말도 하지 않았다.

"당신은 평양 태생인 데다 인민병원 의사의 부인이고 인민군에게 밥을 해 먹였어! 죽을죄를 몇 가지나 진 걸 알아야 해!" 그가 내뱉듯 말했다.

"김 상병!" 그가 부르자 젊은 헌병 하나가 들어왔다.

"이 여자 트럭에 실어!"

젊은 헌병이 잠시 머뭇거렸다.

"내 말 못 들었나?" 그가 젊은 헌병을 쏘아보며 냅다 소리를 질렀다.

젊은 헌병이 엄마를 데리고 나와 스리쿼터 트럭의 난간을 열고 오르게 했다. 그런 다음 운전석에 앉아있는 동료에게 무슨 말인가 속삭인 뒤 다시 병원으로 들어갔다. 엄마는 운전석에도 헌병이 있는 것을 알았다.

오전 11시경이었다. 전형적인 가을 날씨였다. 밝은 태양이 온화한 빛을 떨구어 행길을 덮히고 있었다. 트럭의 뒤쪽 난간 안에 앉은 엄마의 눈이 열심히 행길을 살폈다. 아기를 업은 복님의 모습이 나타날까 두려웠다. 트럭이 빨리 떠나기를 빌었다. 트럭의 위와 옆은 방수포로 가려져 있어 옆은 볼 수 없었지만 트럭 뒤의 행길은 멀리까지 시야에 들어왔다. 길가에서 동네 부인들 몇이 이야기를 하고 있었다. 그들의 낯익은 얼굴과 눈이 마주치면 엄마는 시선을 돌렸다.

한편, 여기는 안골. 엄마의 예상은 맞았다. 복님이 우는 아기를 업고 J읍으로 향했다.

"엄마한테 가자~. 엄마한테 가자~." 복님의 말에 아기는 금세 울음을 그쳤다.

언덕길을 지나 J읍에 들어온 복님이 행길로 접어들었다. 곧 행길 저만큼에 자기 쪽을 향해 걸어오는 여자애가 엄마 눈에 들어왔다. 그 애는 등에 애를 업고 있었다. 바로 복님이었다. 엄마가 그렇게도 간절히 일어나지 않기를 바랐던 그 일이 지금 막 눈앞에서 벌어지고 있었다. 복님이 가까워졌다. "돌아가, 돌아가, 오면 안 돼!" 당황한 엄마가 황급히 손을 내저었다. 그러나 복님은 알아채지 못했다. 계속 걸어왔다. 이제 복님이 10m 앞으로 접근했다. 복님도 엄마가 트럭에 앉아 있는 것과 엄마의 몸짓과 표정이 뭔가 이상하단 생각이 들기는 했지만 돌아서기엔 너무 반가웠다.

"엄마 저기 있다~, 엄마 저기 있다~." 복님이 걸어오면서 등에 업힌 아기가 엄마를 볼 수 있게 몸을 옆으로 틀며 속삭였다. 그러자 아기가 엄마에게 안기려고 팔을 뻗었다. 아기가 포대기에서 거의 빠져나왔다. 아, 엄마 여기 있었네! 얼마나 엄마를 찾았는지 알아?

이제 거리는 3m까지 줄어들었다. 엄마에게 안기려는 아기의 발버둥이 더 격렬해졌다.

그러나, 그러나 운전석의 헌병 때문에 엄마는 목소리를 낼 수가 없었다. 어찌해야 하나? 어떻게 하면 헌병 모르게 복님을 돌아서게 할 수 있을까? 얼굴에 성난 표정을 지으며 팔을 뻗어 주먹으로 복님을 때리는 시늉을 했다. 그래도 복님은 멈추지 않았다. 아아 이 일을 어쩌나! 이제 불과 2m. '오지 마! 가! 돌아가!' 엄마가 두 손을 내밀어 복님을 떠미는 시늉을 하며 소리 없이 외쳤다. 이 순간, 복님의 눈에 엄마의 옆얼굴에 난 상처가 들어왔다. 그리고 엄마의 필사적인 몸짓과 군용 트럭, 알 수 없는 전율이 그녀를 흔들고 지나갔다. 깜짝 놀란 복님, 마침내 이 영리한 열 살짜리 소녀가 확 돌아섰다. 그리고 멀리 달아나기 시작했다.

이 뜻하지 않은 상황의 반전에 바로 눈앞에서 엄마의 품을 빼앗긴 아기의 좌절과 분노의 울음소리가 엄마의 귀를 때리며 멀어져 갔다. 복님은 엄마가 왜 군 트럭에 앉아있는지, 그리고 왜 자신을 그렇게 무서운 시늉을 해 가며 쫓아 보내는지 알 수가 없었다. 다만 엄마에게 무슨 일이 있다고만 생각했다. 아기가 복님의 등을 두드리며 발버둥 쳤다. 뒤를 돌아다 보며 계속 울어댔다. 그러나 이 똑똑한 소녀는 돌아서지 않고 있는 힘을 다해 안골을 향해 냅다 뛰었다. 엄마의 귀에 아기의 울음소리는 이제 들리지 않았다. 복님의 등에서 몸부림치며 자꾸 뒤돌아보는 몸짓만 보였다. 이윽고 그들의 모습이 행길에서 사라졌다. 운전석에 앉아 있는 헌병은 자기 뒤에서 일어나는 일을 감지하지 못한 것 같았다. 엄마는 길게 안도의 한숨을 내쉬었다. 복님아, 고맙다! 내 아기야 엄마를 용서해다오!

길가에 서 있던 부인들이 이 광경을 지켜보고 있었다.

"왜 젖을 먹이지 않았을까? 마지막일지도 모르는데."

"그 의사가 진짜 좌익은 아니었잖아, 안 그래?"

"우리 애 아빠 말이 사람들 모함이었대. 또 인민병원 의사란 것도 원해서 한 게 아니고."

"그런데 왜 군인들이 가족들에게까지 해를 입혀?"

"군인들은 그 사람의 인민병원 의사직과 보도연맹에 연루되었던 것만 가지고 판단한대. 자세한 내막은 알려고 하지도 않고. 북에서 온 사람들도 그랬잖아? 지금 화난 군인들 눈에 보이는 것이 뭐겠어?"

"그럼 지금 저 집 안에서 군인들을 돕고 있는 사람들은 왜 그걸 말해주지 않을까? 댁 남편도 지금 저 집 안에 있잖아?"

"다들 무서워한다나 봐. 부역자와 한패로 몰려 자기들도 처벌받을까 봐. 누가 감히 성난 군인들에게 잘못하는 거라고 말할 수 있겠어?"

"그런데 왜 젖을 안 먹였을까? 났다면 젖을 물렸을 거구먼. 젖 먹는 어린것을 보고 풀어 줬을지도 모르잖아?"

"그러다 아기까지 위험해지면 어떡하게? 이런저런 생각 다 안 해 봤겠어?"

"그런데 정 의사 부인이 무슨 억하심정으로 일러바쳤을까?"

"그 속을 누가 알겠어. 잘은 모르지만 아마 시샘이었겠지. 아니면 아첨이던가."

"그 여자도 일이 이렇게까지 될 줄은 몰랐을 거구먼. 그 무거운 짐을 지고 어떻게 살아갈꼬?"

곧 헌병들이 병원에서 나와 트럭에 올랐다. 손이 묶인 민간인 남자 둘도 트럭에 실렸다. 트럭이 충주 쪽으로 움직이기 시작했다. 그들은 이제 J읍에서의 임무를 마친 것이다. 엄마의 시선이 우리 집과 아빠의 병원을 향한 채 움직일 줄 몰랐다. 그러나 그것도 잠깐이었다. 사랑하는 남편과 십 년의 애환을 같이했던 그 집, 아이 넷을 낳아 기르며 온갖 희망을 품었던 그 집은 시야에서 작아지다 이내 사라지고 말았다. 모든 것이 꿈만 같았다. 거짓말 같았다.

(그때 만일 복남이 돌아서지 않았다면…? 안골에 남아 있는 가족들은 쉽게 발견되었을 것이다. 세월이 많이 지난 후, 40대의 부인이 된 복남이 우리를 찾아왔다. 그 끔찍했던 순간을 회상하며 자기를 쫓아 보내던 그때의 엄마의 표정은 자기가 상상할 수 있는 그 어떤 절박한 표정보다 더하면 더 했다고 회고했다.)

J읍을 빠져나간 트럭이 개울을 건널 때, 엄마는 두 아들과 함께 감을

사러 가던 생각이 났을 것이다. 이제 트럭에 짐으로 실려 그 개울을 다시 건너게 될 줄을 누가 알았을까.

트럭이 개울을 건너 조금 더 갔을 때 마주 걸어오는 40대의 남자가 있었다. 그를 보고 트럭이 멈췄다.

"당신 어디 사시오?" 날카로운 목소리가 물었다.

"저기 개울 건너 J읍에 삽니다."

"이름은?"

"내 이름은 김진수입니다."

"어디 갔다 오는 거요?"

"동무네 집에 갔다 옵니다."

"동무네 집이라고 했소?"

"예."

"차에 실어. 입에서 동무 소리가 나오는 걸 보니 빨갱이가 맞아." 날카로운 목소리가 뒤에 대고 소리치자 짐칸에 타고 있던 헌병 하나가 내렸다. 그가 그 남자에게 트럭에 타라고 명령했다.

"인민군 점령 시에는 사람들이 다 동무라고 불렀습니다. 습관이 돼서 나도 모르게 나온 말입니다." 남자가 태연하게 말하며 명령에 따르지 않았다.

헌병이 그의 가슴에 총을 들이댔다. 남자의 얼굴색이 변했다. 헌병이 총으로 트럭을 가리켰다. 남자는 하는 수 없이 트럭에 올랐다. 트럭이 다시 출발했다. 속도를 높이자 먼지가 구름처럼 꼬리를 물고 따라왔다.

몇 분 뒤, 이 불운한 행인은 길가 배추밭에서 죽음을 맞았다. 다시 떠난 트럭이 조금 더 갔을 때 갈림길이 나왔다. 트럭이 오른쪽으로 커브를 틀어 괴산 쪽으로 향했다. 약 이 삼 분 더 갔을 때 도로 오른쪽으로 병풍처럼 늘어선 산들이 나타났다. 트럭이 멈췄다. 운전병이 내리더니 트럭 뒤로 와 모두 내리라고 손짓을 했다. 민간인들도 헌병들도 다 내렸다.

엄마를 신문하던 그 헌병이 엄마에게 마지막 진술 기회를 주었다.

"목숨을 구할 수 있는 마지막 기회요. 남편이 어디 있소?"

엄마는 대답하지 않았다.

"말해!"

엄마가 머리를 좌우로 저었다.

"그럼 아이들은?"

"엄마가 무엇인지 아직도 모르는군요." 엄마가 말했다.

"…." 그가 한참을 말없이 서 있더니 부하들을 향해 돌아섰다.

"여기가 좋아. 빨리. 멀리 가지 말고!" 그가 명령했다.

도로변 논에서 벼를 베던 농부들이 일을 멈추고 긴장 속에 이 광경을 지켜보고 있었다.

잠시 후, 총성이 울렸다. 한 번… 두 번… 세 번 그리고 다시 한번. 그것은 각각 다른 방향에서 울렸다. 벼 베던 농부들도, 북쪽으로 약 1km 떨어진 마을 사람들도 이 총소리를 들었다.

"아이들이 있는 젊은 엄마 같은데."

"어떻게 여자한테 총을 쏴?"

"여자가 죄를 지었으면 무슨 큰 죄를 지었다고? 못된 사람들!"

마을의 어느 집 마당에서 노년의 부부가 멀리 들판 너머 산을 건너다보며 말을 주고 받았다.

그날 오후, 그 마을에 사는 노인 하나가 수수깡을 엮어 만든 발과 삽을 들고 집을 나섰다.

그 여자는 똑바로 누워 있었다. 노인이 수수깡 발을 펴서 그녀를 덮었다. 그런 다음 삽으로 흙을 떠 발 위에 골고루 펼쳐놓았다. 한 삽, 두 삽… 노인의 삽질은 수수깡이 보이지 않게 될 때까지 계속되었다. 이제 노인이 산을 내려가기 시작했다. 그러나 몇 발자국을 뗀 후 걸음을 멈추더니 다시 돌아와 삽질을 계속했다. 곧 조그맣고 예쁜 흙더미가 생겼다.

"됐어. 이만하면 들쥐나 다른 동물들이 파헤치지 못하겠지." 노인이 혼잣말을 했다. "전쟁이 끝나면 찾아올 거구먼, 가족 중 누가 살아 있다면."

마을에서 노인의 부인이 멀리 그를 지켜보고 서 있었다.

기적은 없었다. 신의 가호도 없었다.

나는 다음 날까지도 모르고 있었다. 내가 모른 채 여러 날이 지나갔다. 엄마가 힘들게 힘들게 산을 오르고 있었을 그때도, 내가 있던 비산 마을에서 20㎞ 떨어진 그 잡초가 바람에 날리는 산 능선에 엄마가 서 있었을 그 순간에도 나는 내가 무엇을 하고 있었는지 모른다. 내가 엄마

없는 아이가 되는 것도 모르고 혼자 마을 주위를 배회하거나 아니면 기웅과 동네 아이들과 근처 야산에서 땔나무를 하고 있었을 것이다.

　어느 날 밤, 나는 꿈에서 엄마를 보았다. 아마도 엄마가 우리를 떠나던 바로 그날 밤이었을 것이다. 엄마가 개울 둑 위에 서서 모래밭에 서 있는 나와 내 동생들을 내려다보고 있었다. 형은 없었다. 한동안 말없이 내려다보기만 하던 엄마가 무엇인가 우리에게 뿌려 주었다. 우리는 모두 두 팔을 벌리고 그것을 받았다. 비타민같이 생긴 알약들이었다. 꿈에서 깬 나는 왜 내가 전혀 상상도 하지 않은 꿈을 꾸었는지, 그리고 왜 형은 없고 우리만 있었는지 이상한 생각이 들었다. 형은 우리를 떠나 멀리 있었기 때문에? 아니면 우리보다 커서 혼자 힘으로 살 수 있기 때문에? 이 생각들은 오랫동안 내게 풀리지 않는 의문으로 남아 있었다.

15

비산마을 외곽 도로에서 가까스로 위험을 피한 아버지는 나흘을 걸어 서울에 발을 디뎠다. 경찰이 아직 되찾은 지역에 들어오기 전이었기 때문인지 검문 한 번 받지 않고 별 탈 없이 서울에 도착할 수 있었다. 왕십리를 지나 도심 쪽으로 접근하자 전쟁이 남기고 간 상흔들이 나타나기 시작했다. 검게 변한 창문들, 벽에 난 총알 자국, 무너져 내린 빌딩의 잔해들로 전쟁이 휩쓸고 간 도시의 얼굴은 처참했다. 동대문을 지나 종로로 들어섰다. 아버지는 지금 민호의 집이 있는 명륜동으로 향하고 있었다. "집에 있어야 해. 나를 위해 꼭 집에 있어 줘야 해." 아버지는 속으로 빌면서 걸었다. 대학을 졸업하고 무의촌 근무를 마친 후, 그는 운 좋게도 서울에 병원을 차렸다. 해가 진 거리에는 어둠이 내리고 있었다. 아버지의 걸음이 빨라졌다. 큰길을 벗어나 주택가로 들어선 뒤 민호의 집이 올려다보이는 모퉁이 상점이 나올 때까지 계속 경사진 길을 올라갔다.

집은 그 자리에 그대로 있었다. 그러나 집 가까이 갔을 때, 흰 돌에 검은 글씨로 쓰여 있던 그의 문패가 보이지 않았다. 이사를 했나? 대문에 다가서서 문을 밀었다. 문은 안에서 걸려 있었다. 안에 누군가 있다는 증거였다. 아버지는 다소 안도했다. 문을 두드려 보았다. 대답이 없었다. 더욱더 세게 두드렸다. 그러나 역시 대답이 없었다. 빈집일까? 아버지의 얼굴에 실망의 빛이 떠오를 때쯤 대문 안에서 인기척이 들렸다. 누가 문틈으로 밖을 살피고 있었다.

"여기가 김민호 선생 댁이지요? 지금 집에 있습니까?" 아버지가 다소 급하게 말했다.

"누구세요?" 문틈으로 가냘픈 여자의 목소리가 새어 나왔다.

"J읍에 사는 민호 친구입니다."

"잠깐만요, 선생님." 그녀가 말한 다음 한 번 더 아버지를 살피고 나서 안으로 사라졌다.

그녀는 민호의 부인이었다. 남편으로부터 수없이 아버지 이야기를 들어 잘 알고 있었을 뿐만 아니라 약 삼 년 전 아버지가 서울에 왔을 때 한 번 만난 적도 있었다. 그런데도 불구하고 저녁 어스름 속에 륙색을 메고 대문 앞에 서 있는 그 남자의 얼굴은 자기의 기억 속에 있는 그 얼굴이 아닌 것 같았다. 그럴 만도 했다. 아버지는 많이 변해 있었다.

잠시 후, 대문이 활짝 열리면서 누가 뛰어나왔다. 민호였다.

"이게 누구야! 이게 정말 자네라고?"

그의 표정은 어둠 속에서 희미했다. 오히려 놀라움과 반가움에 뒤섞여 터져 나오는 들뜬 목소리가 그가 민호인 것과 아버지를 진심으로 환영하고 있다는 것을 알렸다.

"맞네, 날세." 아버지가 말했다.

귀에 익은 목소리였다. "하하, 틀림없구만! 자, 어서 안으로 들어가세!"

아버지가 민호 부부를 따라 안으로 들어갔다.

방안에는 석유 남포 하나가 어둠을 쫓아내고 있었다. 아버지가 전쟁을 전후해서 자신에게 일어난 일들을 다 털어놓는 동안 민호는 머리를 끄덕이기도 하고 어떤 대목에선 놀라기도 하며 열심히 들었다.

"하! 그동안 기막힌 일이 참 많았군. 미안하네, 그런 줄도 모르고…. 세상이 미쳤어!" 민호가 탄식했다. 그의 탄식에 분노가 섞여 나왔다.

그는 아내와 두 아이를 데리고 남으로 피난길에 올랐었지만, 서울을 빠져나가지 못했다.

"한강을 건너지 못했어. 지금 생각하면 행인지 불행인지 모르겠어."

"그랬나? 만일 자네가 한강을 건넜다면 나는 문밖에서 그냥 돌아서야 했겠지. 자네를 만난 이 행운은 영원히 내 것이 아니었을 테고." 아버지가 계속했다. "한강교 폭파 소식은 나도 들어서 알고 있었다네. 그래서 어쩌면 자네가 서울에 남아 있을 거라고 생각했지."

"정확히 짚었네! 그래서 적 치하에서 지난 석 달을 저 골방과 다락에서 꼼짝 않고 숨어 지내야 했어."

"그래서 문패를 떼어 버렸군? 이사를 했나 했지."

"문패가 없는 걸 보았나? 맞아, 그랬어." 긴 한숨을 쉰 후 민호가 말을 이어갔다. "그런데 말이야, 내 병원이 잿더미가 된 것 자네 모르지?" 민호의 얼굴에 허망한 웃음이 떠올랐다.

"저런! 폭격을 맞았나?"

"왜 아니겠나. 그건 그렇고… 너무 걱정하지 말게. 자네가 위험에서 벗어날 방도를 강구해 보겠네. 그때까지 내 집에 머무르게. 내게 생각이 있네."

"고맙네. 그러나 모험은 하지 말게."

"내게 고맙단 말은 안 어울리네. 자네가 날 위해 모험한 것은 어떡하고?"

"그건 오래전 이야기 아닌가." 아버지가 웃으며 말했다.

민호 부부가 맨 구석방을 쓰라고 주었다. 대문에서 멀리 떨어진 곳이 안전하다는 배려에서다. 민호 부인이 갖다 놓은 이부자리에 누워 아버지는 곧 깊은 잠에 빠져들었다. 아버지는 꿈에서 엄마를 만난다.

빨간 한복을 입고 방에 들어온 엄마가 말없이 아버지 앞에 앉는다. 아버지가 너무 반가워서 엄마를 보며 활짝 웃는다. 그러나 다음 순간, 엄마는 아버지의 무릎에 얼굴을 묻고 엎어진다. 그렇게 잠시 후 흐느끼던 엄마가 얼굴을 들더니 "여기를 맞았어요." 하면서 손으로 머리를 가리킨다.

아, 꿈이었구나! 깜짝 놀라 잠에서 깬 아버지는 그것이 꿈이었다는 것을 안다. 아직 동이 트기 전이다. 왜 이런 꿈을? 요 위에 앉은 채 아버지는 깊은 생각에 잠긴다.

혹시…? 아니, 그럴 리가? 그럴 리가 없어! 꿈일 뿐이야, 안 그래? 불안한 남자가 꾸는…. 그러나, 그러나, 그냥 꿈으로 넘기기엔 너무 생생하지 않은가! 아버지가 머리를 흔들며 다시 중얼거린다. 최악의 경우는 생각지 말자. 꿈은 꿈일 뿐이다. 아버지는 자신을 진정시키려고 안간힘을 쓴다.

✦

가족과 자신의 안위에 대한 불안에 사로잡힌 채 아버지는 민호의 집에서 벌써 나흘을 보냈다. 민호 또한 아버지와 함께 집에 머물며 친구를 도울 궁리에 매달렸다. 민호의 부인만 먹을거리를 살 겸 거리의 동정도 살필 겸 문밖출입을 하고 있었다.

"그래 병원은 어떻게 할 건가?" 아버지가 물었다.

"방법이 없어. 다시 지을 수 있을지…? 또 어느 날 전선이 다시 남하할까 걱정도 되고. 누가 알겠나?" 민호가 혼잣말로 물은 다음 말머리를 돌렸다. "그런데 자네 나한테 형이 있는 거 알고 있나? 내가 언제 한번 말하지 않았었나?"

"응. 부산에서 경찰 보조로 일하고 있다던 분? 내가 그렇게 들었지, 아마?"

"대단한 기억력이야! 내가 말한 때가 우리가 의학 공부하던 그 시절이었을 텐데."

"아직도 부산에 계신가?"

"아닐세. 해방 후 서울에 올라와 경찰 간부로 근무 중에 전쟁이 났지."

"경찰 간부? 서울에서?" 민호 쪽으로 다가앉으며 아버지가 물었다.

"응. 전쟁 발발 후 형과 소식이 끊겼어. 인민군이 들어오기 전에 서울을 빠져나갔을 거야. 틀림없어." 민호가 계속했다. "아침에 밖에 나갔던 아내가 그러는데 길에서 경찰들을 보았대. 지금 경찰들이 돌아오고 있나 봐."

"자네 형님은 그냥 일본 경찰의 보조로 일했었잖아? 그렇게 들었던 것 같은데?"

"맞아. 그런데 해방 후 정식으로 경찰이 되었어. 그다음 공산당 체포에 한몫했지. 그 공을 인정받아 서울로 영전했어."

"어쩌면 형님이 이미 서울에 계실지도 모르겠네?"

"그럴 수도 있고 아닐 수도 있고…. 이삼일 안으로 경찰서로 한번 가봐야겠어. 지독한 반공 경찰이야. 그렇지만 걱정하지 말게. 형은 내 말을 들을 거야. 게다가 진짜 좌익인지 아닌지 가려내는 특별한 눈을 가졌다는 평을 듣는 사람이니까."

아버지는 민호의 말에서 그가 아버지를 안심시키려 애쓰고 있다는 것을 알았다. 그리고 자신의 형이 진짜와 가짜를 식별하는 특별한 능력의 소유자란 민호의 말에 희망을 걸었다.

닷새째 되던 날, 오후 네 시경, 두 친구가 방에서 대화를 나누고 있을 때 누가 요란하게 대문을 두드렸다. 아버지도 민호도 긴장했다.

"빨리 저리 들어가!" 민호가 구석방을 가리키며 급히 말한 다음 대문

쪽으로 사라졌다.

"김민호 의사 댁입니까?"

민호가 대문을 열었을 때 문 앞에 서 있는 군복 차림의 남자가 물었다. 그의 뒤에 지프 한 대가 엔진이 걸린 채 서 있었다.

"예, 제가 김민호입니다만?"

"저는 김명호 경감님이 보낸 최 경장입니다. 댁에 계신지 가 보고 계시면 모시고 오라는 명령입니다."

"아, 그렇습니까? 형님이 무사히 귀환하셨습니까?" 민호가 대문 밖으로 한 발자국 내디디며 물었다."

"예, 마침내. 경감님께서는 동생 가족이 남으로 피난을 했는지 아니면 서울에 남아 있다가 북으로 끌려갔는지 몹시 궁금해하셨습니다."

"잠깐만요, 옷을 갈아입고 나오겠습니다." 민호가 말하며 안으로 들어왔다.

"여보게, 나와도 되네!" 민호가 옷을 갈아입으며 구석방을 향해 소리쳤다.

"형님이 돌아왔어. 부하를 보냈어, 나를 데려오라고!" 흥분한 민호의 목소리가 집안을 울렸다.

"아, 너무 좋은 소식이야. 어서 다녀오게!" 아버지가 구석방에서 나오며 말했다.

민호가 지프에 올라 최 경장 옆에 앉았다. 골목길을 내려와 큰길에 이르자 요소요소를 경비하고 있는 군인과 경찰의 모습이 보였다. 가끔 민간인들을 실은 군 트럭이 질주하는 것이 보이고 또 피난처에서 돌아오는 지 띄엄띄엄 길 가장자리를 따라 걷고 있는 사람들도 눈에 들어왔다. 그 들의 지프가 경찰서에 도착했다. 차에서 내린 두 사람은 곧장 이층에 있는 김 경감의 집무실로 향했다. 최 경장이 노크를 했다. 잠시 후, 문이 열리면서 김 경감의 얼굴이 나타났다.

"형!" 민호가 외쳤다.

"아, 김민호 의사가 살아 있었구나!" 김 경감의 목소리가 떨렸다. 두 형 제의 포옹 속에 잠시 침묵이 흘렀다.

"서울에 있었어? 아니면 남으로 피난 갔다 돌아온 거야?" 김 경감이 물었다.

"서울에 있었어. 가족을 데리고 피난길에 올랐었지만 한강에서 그만 돌아서고 말았어."

"네가 온 것을 보고 그렇게 생각했다. 피난을 갔었다면 이렇게 빨리 돌아올 수가 없었을 테니까."

"형수님과 아이들은?"

"다 무사히 돌아왔어. 내가 데리고 다녔거든. 경찰 가족들과 함께."

"참 다행이었네! 서울에 남아 있었으면 어쩔 뻔했어?"

"큰일 날 뻔했지. 경찰 가족이라고 다 죽였겠지. 너의 가족이 살아남 은 것은 또 얼마나 다행이니? 경찰을 형으로 둔 죄로 죽거나 북으로 끌 려갈 뻔했잖니? 게다가 난 경찰 중에서도 대공 수사로 이름난 사람이 아 닌가! 하하…." 김 경감이 호탕하게 웃었다.

"사실이지 형 걱정을 많이 했어."

"고맙다. 실은 죽을 고비를 한번 넘겼었지. 피난민들 틈에 끼어있던 적 공작원이 피스톨을 꺼내는 순간 나의 부하가 먼저 처치했어. 하마터면 널 못 만날 뻔했지."

"저런, 참 천운이었다!"

"아니라고는 말 못 하겠지!" 김 경감이 머리를 끄덕였다.

"형은 지금 어떤 일을 하고 있는데? 도시가 텅 비어 있어. 피난민들도 다 돌아오려면 아직 멀었고."

"내가 하던 일의 연장이지. 관할 지역의 부역자 색출 및 처벌. 적 치하 에서 우익 인사들에게 해를 입힌 자들을 잡아들여야 하니까."

"그들을 색출해서 어떻게 하는데?"

"밟아야 할 정식 법적 절차도 시간도 없어. 그래서 여러 가지 역할을 다할 수밖에 없지. 체포, 구금, 신문, 판단 등등… 무고한 자들은 풀어 주고 아닌 자들은 군 수사대로 넘기기도 하고. 그다음엔 결과 보고를 하고… 등등."

"풀려난 사람들은 혐의에서 벗어나는 건가?"

"그렇지. 일단 풀려나면. 최소한 모든 공공질서가 회복될 때까지는."

"그럼 군 수사대로 넘어간 사람들은 어떻게 되는데?"

"그들이 하기 나름이겠지? 풀어 줄 수도 있고 안 풀어 줄 수도 있고."

"안 풀어 주면? 그다음은?"

"더러는 아마 집 아닌 다른 곳으로 가게 되겠지."

"집 아닌 다른 곳으로? 그럼 군 영창에?"

"이 와중에 그럴 시간이 어디 있겠어!"

민호의 머리에 조금 전 길에서 본 군 트럭과 그 위에 실려있던 민간인들의 모습이 떠올랐다. 그 트럭이 간 곳은 어디일까? 일말의 불안감에 민호가 마른침을 삼켰다.

"하지만 재판을 거치지 않으면 무고한 사람들을 처벌할 수도 있잖아?"

"그럴 수도 있지. 그러나 어쩔 수 없어. 전시 상황에선 무고한 사람을 처벌하는 실수는 항상 있게 마련이야." 김 경감이 계속했다. "그러나 그들은 실수로 그렇게 한 것이 아니야."

"그들이 실수로 그렇게 한 것이 아니라니? 무슨 의미야?" 민호가 의아한 얼굴로 물었다.

"적 치하에서 얼마나 많은 사람들이 반동이란 이름으로 처형되었는지, 또 얼마나 많은 우익 인사들과 무고한 시민들이 북으로 끌려갔는지 너도 알지? 그건 그들의 계획된 범죄 행위였어. 실수가 아니고."

"형, 그건 나도 알고 있어. 나는 운 좋게 피했지만. 그렇지만 그 이전에 우리 경찰이 한 것도 있었잖아? 그건…."

"우리 경찰이 뭐라고? 무슨 이야기야, 민호?" 민호가 말을 마치기도 전에 김 경감이 정색하며 물었다.

"전쟁 발발 직후 보도연맹원과 정치범 집단처형 말이야. 우리 역사상 유례가 없는 민간인 학살이었잖아? 수없이 많은 무고한 사람들이 희생된 거 형도 알잖아? 누가 우리나라를 진정한 민주 국가라고 믿을 수 있겠어?"

"안다. 그렇지만 생각해 봐, 누가 이 전쟁을 일으켰나?"

"북한 정권이지! 그래서 우리가 그들을 증오하고 있잖아. 그렇지만 그들의 불법 남침과 이에 대한 우리의 분노가 우리 정부의 민간인 학살을 정당화할 수는 없어. 어떻게 민주 국가와 독재 국가의 도덕 수준을 같은 잣대로 비교할 수가 있겠어. 형, 안 그래?"

"민호, 넌 그들을 동정하고 있구나. 무고한 사람들이 생명을 잃었다는 것 나도 안다. 그래서 나도 그들에 대한 연민을 느끼고 있어." 김 경감의 목소리가 한결 부드러워졌다.

민호는 김 경감이 자신도 희생된 보도연맹원들에게 연민을 느낀다고 한 말에 고무되었다. 그러나 아직 말을 꺼내기가 망설여졌다. 안심이 안되었다. 김 경감이 과연 자신의 친구를 위험에 몰아넣은 그 조작된 신분을 바로잡아 줄 수 있는 위치에 있는지 한 번 더 확인해야 할 것 같았다. 민호가 다음 질문을 생각하는 동안 침묵이 흘렀다. 잠시 후 민호가 물었다.

"그래서, 혐의자들을 풀어 주고 말고는 일단 형의 결정에 달렸단 말이지, 형?"

"그렇다니까!" 김 경감이 호쾌하게 웃으며 말했다.

김 경감의 명확한 대답이 민호를 다소 안심시켰다. 그러나 다시 침묵이 왔다. 복도를 오고 가는 발자국 소리가 더 크게 들렸다. 말을 꺼내도 정말 괜찮을까? 지금 안 꺼내면 언제? 이때 누가 말했다. "그는 너의 형

이다. 그것도 단 하나밖에 없는… 풀어 주는 것은 자신의 결정이고 풀려
나면 일단 혐의를 벗는다고 하지 않는가? 왜 더 망설여야 해? 잃을 시간
이 어디 있다고?" 말한 사람은 민호 자신이었다. 생각이 여기에 이르렀
을 때 민호가 마침내 입을 열었다.

"형, 나를 좀 도와주겠어?"

"도와 달라고? 그게 뭔데? 무엇이든 말해 봐!" 김 경감이 익살스레 웃
었다.

"집에 숨겨 놓은 친구가 하나 있어. 지금 도피 중이야."

"뭐라고? 왜? 그 사람이 뭘 했는데?" 김 경감의 얼굴에서 웃음이 싹
가셨다.

"전쟁 전 보도연맹원이었어. 또 적 치하에서 자신이 원하지도 않은 인
민병원 의사에 임명되었었고. 당시 그 지역에 의사가 그 친구 하나밖에
없다는 이유로."

김 경감의 얼굴이 차츰 굳어져 갔다. 그의 태도가 변했다. 마치 피의
자를 다루듯 민호를 신문하기 시작했다.

"그를 어떻게 알게 되었나? 어떻게 해서 서로 친구가 되었는가 말이
야?"

"의학 공부할 때 같은 반이었어."

"그게 전부야?"

"응. 그게 전부라고."

"넌 해서는 안 될 것을 했어. 어떤 방법으로든 그와 사상적으로 얽히

거나 서로 오고 간 것이 있나?"

"형, 그런 건 없어!"

"그래? 그렇다면 좋다. 서로 얽힌 것이 없다면. 그러나 그를 네 집에 두면 안 돼. 난 너를 보호하려는 거다. 넌 나의 혈육이고 또한 경찰 간부의 동생이 아닌가. 너를 위해서나 나를 위해서나 좋지 않아."

"그렇지만 그는 무고한 사람이야. 해방 후 자기 지역 대동청년단이 그를 좌익으로 몰았어. 보도연맹에 가입한 것도, 이에 따른 온갖 수난도, 모두 이 날조된 혐의가 갖다준 거야. 정치적인 사람이 아냐. 환자들 진료밖에 몰랐던 시골 의사야. 시국이 그를 그렇게 만들었어. 그리고…"

"잠깐!" 김 경감이 민호의 말을 끊고 급히 밖으로 나갔다.

몇 분 뒤 김 경감이 다시 들어왔다. 두 형제의 대화가 다시 이어졌다. 그러나 아무리 민호가 열심히 설득해도 김 경감은 믿으려 하지 않았다. 점점 더 완강하게 아버지의 보도연맹 이력과 인민병원 의사 신분을 문제삼았다. 말을 꺼낸 것이 나의 실책이었나? 이제 어떻게 한다? 민호의 속이 타들어 갔다.

얼마의 시간이 흘렀을 때 복도를 따라 가까이 오는 발자국 소리가 들리더니 문밖에서 멈췄다. 노크 소리가 났다.

"들어와!" 김 경감이 큰 소리로 말했다. 문이 삐걱 소리를 내며 열렸다. 최 경장이었다.

"명령을 수행했습니다. 데리고 들어올까요?"

"아니. 그냥 유치장에. 그리고 한 번 더 갔다 와, 최 경장. 여기 김민호

의사를 집에 데려다줘야겠어."

"넵, 경감님."

"아니야, 형. 나 혼자 걸어가도 돼."

"그러기엔 시간이 충분치 않아. 곧 통금이야."

"형, 내일 다시 와도 돼?"

"그럼. 언제라도. 그렇지만 오늘 한 이야기는 다시 꺼내지 마. 나를 섭섭하게 생각하지도 말고. 다 너의 안전을 위해서니까."

최 경장이 모는 지프가 민호의 집에 도착했을 때는 해가 진 후였다.

"왜 혼자 와요? 닥터 송은 나중에 와요?" 민호의 부인이 대문을 열고 민호를 맞으면서 물었다.

"닥터 송은 나중에 오느냐고? 여보, 그게 무슨 소리야?"

"닥터 송을 못 봤어요?"

"아니, 못 봤어. 닥터 송 지금 집에 없어?"

"그 사람들이 와서 데리고 갔는데? 난 당신도 아는지 알았지?"

"뭐라고? 그 사람들이 누군데?"

"지금 왔다 간 최 경장하고 또 다른 사람들 둘하고. 형님의 지시라고 하던데?"

"아, 맙소사! 형이 내 친구를 체포했어!" 민호의 얼굴이 하얗게 변했다. 명령을 수행했습니다. 데리고 들어올까요? 아니. 그냥 유치장에. 조금 전 김 경감과 최 경장이 주고받던 말이 떠올랐다.

"형이 나를 배신했어." 민호의 입에서 긴 한숨이 나왔다.

"이제 어떻게 하지…? 그래, 지금 형한테 가야 해. 아, 퇴근했겠지…. 그럼 집으로." 민호가 대문으로 향했다.

"지금은 안 돼요! 통금 시작되었어요."

부인의 말에 민호가 돌아섰다. 내일 아침까지는 아무 데도 갈 수 없다는 것을 깨달았다. 둘은 안방으로 들어와 마주 앉았다.

"형님은 당신이 피의자를 숨겨 주었다고 처벌이라도 받을까 봐 닥터 송을 데려간 거잖아요? 안 그래요?" 민호의 부인이 남편을 진정시키려 했다.

"그럼 왜 나도 모르게?"

"당신 형님이 미리 말했다면 당신이 어떻게 했겠어요? 그러라고 했겠어요?"

"이유가 어떻든 난 형을 용서할 수가 없어. 친구야 미안하다. 내가 너무 순진했어… 형을 믿은 것이…." 민호가 신음하듯 중얼거렸다.

이 얼마나 어이없는 사태의 반전인가! 친구에게 진 빚을 갚을 수 있는 일생에 단 한 번밖에 없는 절호의 기회라고 생각했던, 그 기회가 사라져 버리고 말았다.

"내가 너무 성급했어. 친구를 도운 게 아니라 오히려 더 깊은 위험의 수렁에 빠뜨렸어. 분명 내 잘못이야." 민호가 주먹으로 가슴을 쳤다.

다음 날 아침, 통금이 해제되자마자 민호가 경찰서로 형을 찾아갔다. 그는 군 트럭에 올라타는 친구의 환영에 밤새도록 잠을 이룰 수가 없었다.

김 경감이 집무실에서 서류를 뒤적이고 있었다.

"형, 일찍 출근했네." 민호가 웃으며 말했다.

"어, 왔구나. 앉아. 어젯밤 여기서 잤어." 김 경감이 창 아래 놓여 있는 야전 침대를 가리켰다.

"그런데 눈이 충혈되었구나. 친구 걱정에 잠을 설친 게로군?"

민호에게 잠시 머물렀던 김 경감의 시선이 다시 서류로 옮아갔다. 김 경감의 말엔 아무 대꾸도 하지 않고 한동안 뜸을 들이던 민호가 무겁게 입을 열었다.

"오늘은 형한테 들려주고 싶은 이야기가 있어. 말해도 돼?"

"물론. 말해 봐, 무슨 이야기인지."

"내가 의사가 되도록 도와준 사람 이야기야."

김 경감이 서류에서 눈을 떼고 민호를 쳐다봤다.

"그래? 그건 내가 예상했던 이야기가 아닌 것 같네? 좋아, 어서 해 봐." 김 경감이 관심을 보였다.

"응. 조금 다른 이야기야. 그런데 아침 식사는 했어, 형? 이야기가 조금 길어질 수도 있는데…?"

"했어, 일찌감치. 너도 했겠지?"

"응, 나도 했어." 민호가 거짓말을 했다.

"좋아, 본론으로 들어가."

"의대 다닐 때 같은 반이었어. 어느 날 그에게 대리 시험을 봐 달라고 부탁했어. 내가 학비를 벌려고 가정교사 했던 것 형도 알잖아?" 김 경감이 머리를 끄덕였다. "그것 때문에 막상 내 공부는 뒷전이었어. 그는 나의 청을 단번에 거절했지. 그런데 나중에 마음을 바꿔 나 대신 시험장에 앉았어. 그런데 감독에게 적발되어 그도 나도 일 년 정학을 맞고 말았지." 민호가 잠시 멈췄다. 이때 김 경감이 입을 열었다.

"잠깐, 네가 졸업을 예정보다 늦게 한 것이 건강 때문인 줄 알았었는데 아니었구나?"

"미안해, 형. 내가 둘러댔던 거였어."

"좋아. 계속해 봐."

"만일 그 친구가 대리시험을 거절했다면 난 즉시 부산으로 내려가 어선을 탔을 거야, 삼촌처럼."

"그 친구는 왜 모험을 하면서까지 너의 부정한 요구를 들어주었나? 두 사람 사이에 오고 간 것이라도 있었던 건가?"

"그런 게 아니야, 형. 그 친구는 삼촌이 침몰하는 어선과 함께 생명을 잃은 것을 알고 있었어. 그래서 내가 배에 타는 것만은 막으려 했어. 삼촌의 비극을 되풀이할까 봐. 그게 전부야."

"그렇지만 결과적으로 그의 도움은 아무런 소용도 없었잖아? 오히려 두 사람 다 처벌만 받았지."

"응, 형 말이 맞아. 그러나 그가 내게 용기를 주었어. 정학 기간 동안 무슨 일이 있어도 평양에 남아 학자금을 마련, 학업을 계속해서 꼭 의사가 되어야 한다고. 배를 타는 건 당치 않다고." 민호가 계속했다. "그 친구의 도움과 희생이 없었다면 나는 삼촌의 운명을 반복했을지도 몰라. 형은 수없이 말했잖아? 의사 동생을 둔 형 자신이 자랑스럽다고. 그래서 가끔 나를 '민호' 대신 '닥터 김'으로도 부르고 또 김민호 의사라고도 불렀잖아?"

"맞아. 지금 이 순간도 나는 의사 동생을 둔 내가 자랑스러워."

"솔직히 나는 그 친구의 희생을 무위로 만들 순 없었어. 그래서 이를 악물고 학업을 계속해서 의사가 되었어. 그가 아니었다면 형은 동생이 없거나 지금 형 앞에 앉아있는 나는 의사가 아닐 거야. 아이러니하게도 나에 대한 형의 자부심은 그 친구에게 갚아야 할 형의 빚인지도 몰라."

"감동적인 이야기다. 계속해. 그는 지금 어디 있어?"

"더 할 이야기 없어, 형. 다 해버렸어!"

"어디 있냐고 물었다. 전쟁이 끝나면 한번 만나고 싶다. 남과 북 어디에 있어?" 김 경감이 대답을 재촉했다.

"형과 나와 같은 지붕 아래! 형의 감시 아래!" 민호의 입에서 격앙된 목소리가 튀어나왔다.

김 경감이 들고 있던 펜을 테이블에 떨어뜨렸다. 민호를 멍하니 응시하던 그의 시선도 테이블 위에 멎었다.

"그래서… 내가 체포한 그가… 네 이야기 속의 바로 그 사람이란 말이지!"

"응. 그 사람이야. 만나 봤어?"

"아직. 이따 오후에."

"제발 도와줘! 어제 한 말 다시 반복할게. 그는 진짜 좌익이 아냐. 거짓 혐의를 뒤집어쓴 무고한 사람이야!" 민호의 목소리가 너무 커서 마치 자기 혈육에 대한 김 경감의 불신을 꾸짖는 것처럼 들렸다.

"민호, 네가 학비를 벌기 위해 일하며 공부하며 힘든 시간을 보낸 것 알고 있었다. 너를 도울 수 없었던 당시의 내 처지가 얼마나 나를 괴롭혔는지 아니? 형이 된 책임을 다하지 못한 죄의식 같은 것이 아직도 내 마음 어딘가에 남아 있는 것을 넌 모를 거다." 김 경감이 조용한 어조로 말했다. 그는 경찰관으로서의 자기 직업에 대한 충성과 형으로서의 혈육에 대한 우애와 애정 사이에서 방황하는 것 같았다.

"그럼 말이야, 두 사람이 어떻게 친구가 되었었느냐고 내가 어제 물었을 때 왜 지금 한 이야기를 안 했나?" 김 경감이 물었다.

"내 부끄러운 부정행위를 언급하고 싶지 않았어." 민호가 머리를 숙인 채 긴 한숨을 내뿜었다. 침묵이 흘렀다. 계속 이어지는 무거운 침묵을 깬 것은 김 경감이었다.

"민호, 내 말 좀 들어 봐. 내가 무고하다고 믿고 풀어 주었던 사람 중 나중에 골수 좌익분자로 판명된 경우가 몇 건 있었어. 말하자면 그들의 허위 진술에 내가 놀아났던 거지."

"그럼 그 반대의 경우는? 무고한 사람을 잘못 처벌한 경우는?"

"국가적 위기에 좌익들을 척결하는 과정에서 일부 무고한 자들이 희생되는 건 피할 수 없어. 실수는 언제나 있기 마련이야. 어제도 말했지만."

"그렇지만 소중한 인간의 생명은 최대한 존중해야 하는 것 아냐?"

"넌 인간의 생명을 살리는 의사이고 나는 국가를 적으로부터 지키려고 충성을 다 하는 충직한 경찰관이다. 네가 단 하나의 생명이라도 놓치면 안 되듯이 나도 단 하나의 적이라도 놓치면 안 돼."

"그렇지만 일본 경찰이 조국의 주권을 찾으려는 애국지사들을 체포하는 것을 도와준 사람이 누군데?" 입 밖으로 튀어나오는 이 말을 민호는 간신히 다시 삼켜 버렸다.

"그래서 나는 너의 친구를 철저히 신문하려는 거다. 나는 우리가 그에게 마음의 빚이 있는 것과 그의 인간미를 인정한다. 그러나 사상은 또 다른 문제야. 전쟁을 일으킨 북한 공산주의자들에 부역한 자는 반드시 처벌해야 해!"

"그래서 꼭 신문해야 한다고?"

"그래, 민호야. 그냥 넘어갈 수는 없어!" 김 경감은 한 치도 물러서지 않았다. 잠시 망설임 속에 왔다 갔다 하던 그의 마음의 저울추가 혈육의 정에서 직업에 대한 충성으로 옮겨 가고 있었다.

"신문을 시작하자마자 그의 무고함을 알게 될 텐데? 사람들 말처럼 형이 용의자의 유 무죄를 단번에 알아내는 타고난 능력의 수사관인 것이 맞는다면? 난 그 친구의 말이 다 끝나기도 전에 그의 결백을 알 수 있었어. 하물며 베테랑 수사관인 형에게랴! 해방 후 혼란기에 전국을 휩쓸었던 사상 전쟁의 광풍에 휘말린 희생자 중 하나일 뿐이야!" 민호가 계속했다. "그래, 난 의사야. 꽤 많은 생명을 구했어. 좌익도 우익도 가리지 않았어. 의사를 동생으로 두어서 자랑스럽다 했지? 형은 빨갱이 하나를 안 놓치려고 무고한 사람들을 잡아들여 처벌해도 좋단 말이야? 뭐, 실수는 피할 수 없다고? 그게 국가에 대한 충성이야? 아냐, 그건 형 개인의 신조에 대한 충성이야. 자격 없어! 은혜도 혈육도 몰라봐. 형을 잘 못 알았어. 그래, 취조하려면 하라고. 취조해! 맘대로 해 보라고!" 민호가 입에서 나오는 대로 마구 퍼부었다. 충격을 받은 듯 아무 말 없이 민호를 쏘아보는 김 경감의 시선을 타고 한 오라기 증오 같은 것이 민호의 얼굴에 와 박히고 있었다.

✦

같은 날, 오후 두 시쯤, 경관 하나가 아버지를 김 경감의 취조실로 데리고 갔다. 방 한가운데 테이블이 있고 그 양쪽에 나무 의자가 있었다. 천장과 벽 모두 칙칙한 회색 페인트로 칠해져 있었고 출입문 맞은편 벽의 작은 창으로부터 오후의 태양이 엷은 빛을 드리우고 있었다.

"저기 앉으시오." 데리고 들어온 경관이 말했다.

아버지는 그가 가리키는 의자에 앉았다. 곧 계급이 높아 보이는 나이 지긋한 경찰관이 들어와 아버지의 맞은편에 앉았다. 그는 전투복 차림이었다. 키는 작았지만 다부진 체격의 소유자였으며 민호와 눈에 띄게 닮아있었다. 아버지는 그가 민호의 형 김 경감임을 알아차렸다.

그가 부하에게 나가라고 신호를 보낸 다음 피의자에게 시선을 고정했다.

아버지는 의외로 태연했다. 이제 자신에게 닥칠 그 어떤 일도 맞을 준비가 되어 있었다. 자신을 따라다니는 불운과 싸우느라 몸도 마음도 지쳐 있었다. 서울로 향할 때, 비산마을 외곽 도로에서 만났던 그 위기에서 이미 그의 생명은 사라진 것이나 다름없었다. 그는 그렇게 생각하고 있었다.

아버지는 눈을 감았다. 구걸하지 말자! 자신에게 다짐했다. 순간 아이들의 얼굴이 떠올랐다. 마음속으로 그들에게 말했다. 나보다 엄마가 너희들을 더 잘 돌봐 줄 거야…!

김 경감이 막대기로 테이블을 내리쳤다. 그 소리에 아버지가 눈을 떴다.

"이름은?"

아버지가 말했다.

"주소는?"

아버지가 말했다.

"내가 누구인지 아는가?"

"예."

"말해 보시오."

"경찰관 김 경감입니다." 아버지가 담담하게 말했다.

김 경감이 눈살을 찌푸렸다. 그가 예상했던 대답이 아니었다.

"그렇소, 나는 김 경감이오. 동시에 민호의 형이오. 난 당신이 내가 경찰이기 이전에 당신 친구의 형이라는 것을 알고 있었다고 생각했는데?"

"예, 알고 있었습니다."

"그럼 왜 그렇게 말하지 않았소?"

"'김 경감'이 '민호의 형'보다 더 맞는 대답이라고 생각했습니다. 왜냐하면 저를 체포하고 신문하는 분이기 때문입니다."

침묵이 왔다. 김 경감의 꿰뚫는 시선을 피하려고 아버지는 그의 전투복 상의의 단추를 응시하고 있었다.

"좋소, 당신 말이 옳아. 그럼 내 동생한테 배신당했다고 생각하시오?"

"전혀 아닙니다, 경감님. 경감님의 동생은 오랜 친구를 배반할 사람이 아닙니다. 배신감을 느낀 사람은 오히려 경감님의 동생일 것입니다."

김 경감이 대답의 의미를 찾느라 생각에 잠겼다. 잠시 후, 자기 생각이 틀림없다는 듯 김 경감이 언성이 높아졌다.

"당신은 배신감을 느낀 사람이 당신이 아니고 내 동생 민호일 것이라고 했소. 이것은 바로 당신이 민호에게 거짓을 말했다는 것이오, 안 그런가?"

"아닙니다, 경감님. 저는 진실만을 말했습니다. 저의 안전을 위해 민호를 속이지 않았습니다."

다시 침묵이 왔다. 김 경감이 그의 다음 질문을 찾느라 분주했다.

"그렇다면 왜 내 동생이 당신에게 배신감을 느껴야 하나? 그 이유를 말하시오?"

"그가 저에게 배신감을 느낄 것이라고 말하지 않았습니다."

"그럼 누가 그를 배신했다는 것인가? 그리고 왜? 말하시오!" 김 경감이 짜증 섞인 목소리로 대답을 재촉했다.

"경감님이 민호를 믿으셨다면 민호가 경감님 집무실에 있는 동안 부하를 보내 저를 체포하지는 않으셨을 겁니다. 민호가 어제저녁 집에 돌아가 제게 무슨 일이 일어났는지 알았을 때 그는 경감님을 탓했을 것입니다."

"그렇게 말할 수 있는 근거가 무엇인가?"

"조금 전에도 말씀드렸지만 저는 민호가 저를 배신했다고는 생각지 않습니다. 그러나 다른 사람이 보면 민호가 정보원 노릇을 했다고 생각할 수 있습니다. 저를 체포하러 왔던 경감님의 부하들도 그렇게 생각했을 것입니다. 민호가 정말 정보원 역할을 했습니까? 그렇게 생각지 않으실 것으로 믿습니다. 저는 민호가 친구를 위험에서 구하기 위해 경감님을 설득하는 데 최선을 다했을 것으로 생각합니다. 그러나 그의 노력은 아이러니하게도 친구를 더 큰 위험에 빠뜨리고 말았습니다. 이것은 다만 저의 추측입니다. 그러나 저의 추측이 맞는다면 배신감을 느낀 사람은 민호였을 것입니다." 아버지는 김 경감을 정면으로 바라보며 또박또박 분명히 말했다.

김 경감의 얼굴에 당혹감이 떠올랐다. 아버지가 에둘러 말한 것의 의미를 파악한 기색이 역력했다. 사실 김 경감이 아버지를 체포한 것은 크게는 자기 동생 민호를 위한 것이었다. 그러므로 그는 자신이 민호를 배반했다는 생각은 안 하고 있었다. 불편한 침묵이 이어졌다.

얼굴을 찌푸린 채 김 경감이 천천히 자리에서 일어섰다. 머리를 숙이고 뒷짐을 진 채 실내를 걷기 시작했다. 왜? 피의자의 풍자 섞인 지적에 자존심이 상했을까? 아니면 피의자 신문 시 그가 취하는 습관에 지나지 않는 것일까? 아버지가 자문자답했다.

김 경감이 다시 자리에 앉았다. 이번에는 아버지의 보도연맹 이력에 초점을 맞추었다.

"보도연맹에 가입했던 것이 사실인가?"

"예, 사실입니다."

"대동청년단에 의해 무고하게 좌익으로 몰린 것이 보도연맹 가입의 이유라고 내 동생에게 말한 것도 사실인가? 진실을 말하시오."

"예. 그렇게 말했습니다. 사실입니다."

"사실을 말하라 했소."

"사실을 말했습니다."

"그럼 어떻게 처형을 면한 거요?"

"연맹원들을 소집하기 전에 지서장이 제게 부하를 보내 속히 피신하라 하였습니다."

"왜 지서장이 그랬다고 생각하나?"

"그는 제가 조작된 좌익이란 것도 그래서 억지로 보도연맹에 가입해야 했던 것도 알고 있었습니다. 실은 그의 강권 때문에 가입했던 것입니다. 이밖에 다른 이유는 생각나지 않습니다."

"지서장이 미리 피신시킨 사람이 당신 한 사람뿐인가?"

"그것은 모르겠습니다. 다만 제가 알고 있는 것은 저 외에도 처형을 면

한 사람들이 있다는 것입니다."

"설명해 보라!"

"지서장이 연맹원들을 지서에 소집한 뒤 헌병대가 도착하기 직전 그가 무고하다고 생각하는 몇 사람을 피하게 했습니다."

"그것을 어떻게 알았소?"

"후에 지역 사람들에게 들어서 알았습니다. 지서장은 저를 먼저 피신시킨 후에 연맹원들을 소집했고 그 소집한 사람 중 몇 명을 다시 풀어 주었던 것입니다."

"그럼 그 지서장은 자기 판단에 따라 자의로 연맹원들을 풀어 주었단 말인가?"

"그렇습니다. 제가 들은 이야기가 사실이라면."

"그것은 명백한 명령 불복종이야. 통신이 복구되면 그와 접촉해서 지금 내게 말한 것이 사실인지 확인해 보겠소."

"경감님이 그를 접촉 할 수 없으실까 봐 두렵습니다."

"접촉할 수 없을까 두렵다? 무슨 의미인가?"

"그는 이 세상에 없을 수도 있습니다."

"이 세상에 없다?"

"예, 그렇게 들었습니다."

"들은 것을 말하시오."

"우리 읍에 도착한 처형 담당 헌병들이 인수인계 과정에서 연맹원들 일부를 지서장이 풀어준 것을 알았습니다. 그들은 지서 안에서 지서장을 즉결했습니다. 이것이 제가 들은 것의 전부입니다."

김 경감의 얼굴에 놀라움이 떠올랐다. 그러고는 마치 그 지서장에 대하여 더 듣기를 원한다는 듯 그의 멍한 시선이 한동안 아버지에게 머물러 있었다.

김 경감이 머리를 숙이고 천천히 일어났다. 그의 발자국 소리가 멀어지더니 삐걱하고 문이 열렸다 닫혔다. 신문을 끝낸 걸까? 아버지는 그러기를 바랐다. 잠시 후 문이 다시 열리고 누가 들어왔다. 김 경감이었다. 신문이 다시 계속되었다. 그의 목소리가 한결 부드러워져 있었다.

"이 전쟁에 대해 어떻게 생각하는가?" 김 경감이 표정 없는 얼굴로 물었다.

질문의 의도를 잡아내기가 쉽지 않았다. 일반적이고 광범위했다. 신문의 방향이 바뀌고 있었다.

"생명을 다루는 의사이기 때문이라기보다 평화를 열망하는 일개 시민으로서 저는 어떠한 종류의 전쟁도 증오합니다." 아버지가 평소의 생각대로 대답했다.

"그럼 누가 이 전쟁을 일으켰다고 생각하시오?"

"북한군이 삼팔선 전역에서 일제히 공격을 개시했다고 들었습니다. 남한이 열세인 군사력으로 어떻게 전쟁을 시도할 수 있었겠습니까?"

"맞는 말이오. 그런데 우리의 군사력이 열세인 것을 어떻게 알았는가? 우리 군에 대한 정보를 수집한 적이 있는가?"

"신문 기사와 군 환자들로부터 알았습니다."

"군 환자들?"

"예, 그렇습니다. 정부 수립 후 군 자체의 의료 시설이 없었을 때 저는 정부의 촉탁으로 군인들을 진료했었습니다. 저의 병원에 입원해 있던 군인들에게서 들었습니다."

"정말이오? 왜 내게 정부 촉탁으로 군인들을 진료한 것을 미리 말하지 않았소?"

"묻지 않으신 것으로 기억합니다. 물으셨습니까?"

두 사람 사이에 짧은 침묵이 왔다. 잠시 후, 김 경감이 다시 입을 열었다.

"좋소. 해방 이후 우리의 정치 지도자 중에서 누구를 가장 존경하는지 말해 보시오."

예상치 못한 질문이었다. 아버지는 선뜻 대답하지 못했다. 시간이 흐르고 있었다.

"내 말 못 들었소?" 김 경감이 대답을 독촉했다.

"이 동족상잔을 미리 예견하고 민족적 비극을 막기 위해 분투한 지도자가 있었다면 저는 그를 존경했을 것입니다."

예상치 않았던 대답에 김 경감이 어리둥절했다. 예상치 못한 질문에 예상치 못한 대답이 나왔다.

"질문의 핵심을 피해 가려 하지 마시오. 그런 점에서 이승만 대통령을 존경한다는 뜻인가? 그에 대해서 생각하는 바를 말해 보시오."

"그는 독립을 위해서 싸웠습니다. 현재 우리의 대통령이며 북한의 침

공으로부터 나라를 지키려고 애쓰고 있습니다."

"맞는 말이오. 그러면 그를 우리의 위대한 지도자로서 존경한다는 뜻이오? 그렇소?"

이제 김 경감은 그가 원하는 대답을 유도해 내려는 것 같았다. 이승만 박사는 현직 대통령이며 반공 지도자였다. 경찰관으로서 김 경감의 그에 대한 충성심은 의심의 여지가 없었다. 왜 대답이 이미 들어 있는 질문을? 아니라고 대답하면 그는 나를 좌익이라고 판단할 것이다. 나를 도와주기 위해서인가? 이런 생각들이 아버지의 뇌리를 바쁘게 스쳐 갔다. 그러나 다음 순간, 그의 입에서 나온 말은 긍정도 부정도 아니었다.

"우리 대통령과 행정부가 이 전쟁을 준비 없이 만나 많은 희생을 치르지 않았기를 원합니다. 또한, 민간인 대피계획도 미리 수립해 두었더라면 혼란과 인명 손실을 최소화할 수도 있었을 것입니다."

"민간인 대피계획이 없었는지 어떻게 아시오?"

"안심하라는 거짓 뉴스와 한강교를 너무 일찍 폭파해 많은 군경과 시민들을 서울에 묶어 둔 것이 그것을 말하고 있습니다. 그 결과 다수의 우익인사가 처형당하거나 납북되었습니다."

"서울에 있지도 않았으면서 어떻게 그것을 아는가?"

"저의 라디오에서 흘러나오는 뉴스를 들었습니다. 그리고 자세한 것은 민호에게서 들었습니다."

"아, 왜 내가 그 가능성을 생각하지 못했지?" 김 경감이 탄식조로 중얼거린 다음 껄껄 웃었다.

"이보라고… 선전 포고도 없는 일제 공격이었다는 것을 모르나? 그것도 일요일 미명에. 이런 종류의 공격을 미리 예상해서 준비 태세를 갖출수 있는 사람이 어디 있겠소? 더구나 같은 피를 나눈 동족 간에?"

"본래 하나였던 나라가 사상이 다른 두 적대적인 진영으로 나뉘었을 때 전쟁의 씨앗은 이미 싹트고 있지 않았겠습니까? 전쟁의 개연성 말입니다. 왜 우리 정부는 북에서 일어나는 일을 탐지하지 못했을까요? 북이준비 없이 이런 대규모의 전쟁을 일으켰다고 생각하십니까? 미안합니다, 김 경감님."

"그러나 우리는 인민군을 삼팔선 이북으로 몰아내고 계속 북진하고있지 않은가? 이제 통일이 우리의 손안에 있다는 것을 모르나?"

"그렇습니다. 다행히 미군과 유엔군의 도움으로 그들을 저지할 수 있었습니다."

"그 미군과 유엔군을 불러들인 분이 누구요? 이승만 박사가 대통령이아니었다면 그들이 참전했을까?"

"누가 대통령이든 저는 그들이 자유 진영의 공동의 이익을 지키기 위해 참전했다고 생각합니다."

김 경감의 얼굴에 불쾌한 표정이 떠올랐다. 아버지를 쏘아보는 그의눈에 일말의 분노가 어른거렸다. 계속되는 피신문자의 무모한 듯한 대답에 충격을 받은 것 같았다. 그는 왜 그렇게 자기 자신에게 정직하지 않으면 안 되었을까? 혹자는 신문자의 배려에 반하는 부주의한 답변이라고말할 수도, 또 혹자는 이미 모든 것을 각오한 사람의 입에서 나오는 거리낌 없는 답변이라고 여길 수도 있을 것이다.

실내가 어둑어둑해지기 시작했다. 최 경장이 석유램프를 들고 들어와 테이블 한옆에 놓고 나갔다. 흔들리는 램프의 불빛이 닿는 신문자의 얼굴에 피로의 기색이 역력했다.

"그건 그렇다 치고… 그런데 왜 모험을 하면서까지 민호의 대리 시험을 쳐주었지? 발각되면 최소한 정학 처분을 받는다는 것쯤은 알고 있었을 텐데? 안 그렇소?"

"아, 민호에게서 그 이야기를 들으셨군요."

"그렇소, 민호가 말했지. 그러나 민호를 도와준 바로 그 사람에게서 직접 그 이유를 듣고 싶소."

"저는 민호가 배를 타는 것을 막으려 했을 뿐입니다. 그의 삼촌의 불행을 되풀이할까 두려웠습니다."

"민호를 도우려다 신상에 명예롭지 못한 기록을 남겼소. 지금 이 순간, 그때 그 일을 후회하는가? 말해 보시오."

"그 일로 후회한 적은 없습니다. 솔직하게 말씀드리면 그것은 민호만을 위해서가 아니라 저 자신의 마음 걱정을 덜려고 한 일이기도 합니다."

"정말이오? 만일 그 일이 없었다면 지금 이런 식으로 나와 마주 앉을 일은 없었을 거요. 이렇게 될 줄을 미리 알았어도 그때 민호를 도와주었을까? 질문이 좀 이상하지만 한번 말해 보시오?"

"잘 모르겠습니다. 그럴 수도, 아닐 수도 있습니다. 분명한 것은 저는 그 일을 후회하지 않는다는 것입니다." 아버지가 사실대로 침착하게 말했다.

김 경감이 머리를 끄덕였다. 그러고는 생각에 잠긴 듯 침묵을 지키던 그가 전혀 예측하지 못한 질문을 했다.

"자, 그럼 원하는 것을 말해 보시오. 혹 마지막 소원 같은 것이라도 있다면?"

"…?"

"말하시오."

"가족이 있는 곳으로 돌아가서… 시골 의사로 살고 싶습니다. 같은 의자에 앉아 찾아오는 환자를 진료하고…. 같은 자전거의 페달을 밟아 왕진을 다니고 싶습니다. 그러나…. 사람들이 서로 싸우지 않는 곳, 통일된 나라의 한 시골에서 말입니다." 아버지가 감정을 억누르느라 말을 더듬었다. 김 경감은 머리를 숙인 채 한동안 아무 말도 하지 않았다.

생각에 잠겼던 김 경감이 얼굴을 들고 아버지를 응시했다.

"그 대답이 나를 감동시켰소. 그러나… 어떻게 한다…?" 김 경감이 잠시 멈췄다가 다시 계속했다. "통신선이 복구될 때까지 나는 당신 지역의 경찰에 연락할 수도 없고 당신의 신원을 확인할 수도 없소. 그러므로 나의 독자적인 판단으로 당신을 구금에서 풀어 주겠소. 그러나 한 가지 조건이 있소. 내일 아침까지 민호의 집을 떠나시오. 내 말 알아듣겠소?" 김 경감이 다짐하듯 강한 어조로 말했다.

"이해합니다. 민호의 집을 떠나겠습니다." 아버지가 약속했다. 최악의 상황은 지나갔다고 생각했다. 김 경감이 자리에서 벌떡 일어났다. 그리고 복도에서 대기하고 있던 최 경장을 부르더니 아버지를 민호의 집에 데려다주라고 지시했다.

아버지가 김 경감에게 작별의 인사를 한 후 최 경장을 따라 복도로 나갔다. "나를 나쁘게 생각지 마시오. 그리고 집에는 가지 마시오. 아직 때가 이르니까!"

김 경감의 외치는 소리가 어둠침침한 복도를 따라왔다. 그는 몰인정한 사람일까? 아니, 아마도 자신의 입장에서 내게 줄 수 있는 최선의 결정이겠지…. 계단을 내려가면서 아버지는 마음속으로 고마움을 표했다. 밖은 어두웠다. 통금이 시작된 지도 한참 지난 것 같았다.

"그런데, 이제 어디로 간다?" 민호의 집으로 향하는 지프에 앉아 아버지는 자신에게 물었다. 집에 남아 있는 민호를 만났을 때 얼마나 기뻤던가? 그러나 이제 그 기쁨은 앞에 어디엔가 분명히 놓여 있을 또 다른 위험에 대한 불안으로 바뀌고 말았다. 그날 밤늦게 김 경감이 아버지에게 보내는 물건들을 가지고 최 경장이 한 번 더 민호의 집을 방문했다.

16

다음 날 아침, 조금만 더 머물러 달라는 민호 부부의 간청을 뿌리치고 아버지가 어깨에 륙색을 메었다. 그런 다음 민호의 부인에게 그동안 해 준 일에 대하여 감사를 표하고 대문을 나왔다. 민호가 따라 나왔다.

"여보게, 닥터 송, 그럼 당분간 내 처가에 가 있게. 그러면 무슨 해결책이 나올 걸세. 내가 어떻게든 해 보겠네. 부탁일세!" 작별을 고하려는 아버지에게 민호가 다급히 말했다.

"아닐세. 서울에 갈 데가 또 있다네. 그러니 걱정하지 말게나!"

"정말인가? 그게 누군가? 믿을 수 있는 사람인가?" 민호가 아버지의 얼굴을 살피며 걱정스레 물었다.

"믿을 만한 친구일세. 내가 왜 그 친구 생각을 못 하고 있었는지…?"

"미안하네. 자네한테 진 빚을 갚을 수 있는 하늘이 준 기회를 놓치고 말았어!" 민호가 한숨을 쉬더니 고개를 떨구었다. 그는 이제 아버지의 마음을 돌릴 수 없다는 것을 깨달은 것 같았다.

"자네는 내게 빚이 없네. 오히려 내가 자네한테 빚을 졌으면 졌지." 아버지가 웃으며 말했다.

"자네가 내게 빚을 졌다고?" 민호가 의아한 얼굴로 쳐다보았다.

아버지는 말없이 자신이 입고 있는 군복과 신고 있는 군화를 가리켰다. 그런 다음 주머니에서 김 경감이 만들어 준 신원보증서를 꺼내 민호에게 흔들어 보였다. 그것들은 모두 전날 밤 최 경장을 시켜 김 경감이 보내온 것이었다.

"그것들을 대단하게 생각지 말게." 민호가 말했다.

"나는 그를 다시는 만나고 싶지 않아. 나를 배신했다고." 민호가 다시 혼잣말로 중얼거렸다.

"그가 누구야?"

"누군지 몰라서 묻나? 내 형 말고 또 누가 있겠어? 아니지… 내 형이 아니라 이제는 김 경감이야! 자네가 그게 누구냐고 묻는 뜻을 알겠네."

"민호, 적자생존이 자네의 종교라고 말했던 것 기억하나? 기억한다면 자네는 자네 형님을 탓할 수가 없을 걸세."

"내가 그런 말을 했다고?" 민호가 어리둥절한 표정으로 물었다.

"했지. 약 이십 년 전… 우리가 정학을 마치고 복학한 바로 그 학기 첫 시간 강의가 끝난 후 다음 시간 시작종이 울리기 전 복도에서."

민호가 옛 기억을 헤집는 동안 침묵이 왔다.

"아, 맞아. 기억이 났어. 자네 대단한 기억력이야!" 감탄의 표정이 민호의 얼굴을 스쳐 지나갔다.

"그런데, 그게 지금 우리 일하고 무슨 상관인가?"

"형님을 책망할 수 없단 말일세. 자네가 지금도 적자생존을 신봉한다면 말일세."

"자네의 의도를 알겠네. 그러나 그것을 여기에 적용하는 것은 너무 비약일세, 안 그런가?" 민호가 말한 다음 씩 웃었다.

"그러니 진정하라니까. 자네 형님은 경찰관으로서 의무와 책임에 충실한 한 것뿐이네. 그의 성격과 그의 위치에서 그가 나를 위해 이보다 더해줄 수 있는 일이 있겠는가?"

"안전해질 때까지 자네를 계속 내 집에 머물도록 할 수도 있었잖아? 어디 그뿐인가? 자네를 따라다니는 그 엉터리 좌익 꼬리표도 떼어 낼 수 있었다고. 형은, 아니 김 경감은…" 민호가 말을 끊으려다 계속했다. "자네도 알지만, 해방 전엔 일본 경찰에도 협력했었어. 우리 고위 경찰직에 득실거리는 친일 경력자 중 하나라고. 나는 그게 싫어!" 민호의 얼굴이 굳어졌다.

민호에게 작별의 말을 건넨 후 아버지가 골목길을 내려오기 시작했다. 하지만 민호는 아직 작별할 준비가 안 된 듯 멀어져 가는 친구의 뒷모습을 그냥 바라보고만 서 있었다. 잠시 후 아버지의 귀에 누가 뒤에서 외치는 소리가 들려왔다.

"닥터 송, 내가 필요하면 언제든지 다시 와~ 다시 오라니까~!"

아버지가 뒤를 돌아보았다. 민호의 모습은 없었다. 벌써 건물들이 소리의 임자를 감추어 버렸다.

"그럴게~. 고맙다 친~구~야~." 아버지가 어깨너머로 소리쳤다.

✦

　깊은 절망감을 가슴에 안은 채 골목길을 빠져나온 아버지가 종로로 향했다. 부서진 집들과 불타버린 건물 사이에서 고아가 된 아이들이 먹을 것을 찾아 배회하고 있었다. 떠나지 말라는 민호의 간청을 뿌리치고 그의 집을 나오기는 했지만 실은 어디로 가야 할지 막막했다. 물론 착용하고 있는 전투복과 야전모가 당분간 약간의 안전을 제공하기는 할 것이다. 또한, 군복 윗주머니에는 소지자의 신분을 보장한다는 김 경감의 신원보증서가 들어 있지 않은가.

　통신의 불통은 양날의 칼이었다. 길에서 검문하는 경관이나 헌병이 신원보증서의 진위를 김 경감에게 문의할 수 없다는 것은 분명히 아버지에게 불리한 것이었지만 반대로 그들과 J읍 경찰 사이에 통화가 불가능하다는 것은 유리한 점이었다. 경찰은 중요하고 긴급한 업무만 군 통신선에 의존하고 있었다. 행인의 신원 확인은 그렇게 중요하거나 긴급한 업무가 아니었다.

　어디로 가야 하나? 전신주에 몸을 기댔다. 힘없이 고개를 떨구자 두 개의 군화가 눈에 들어왔다. '너희들이 대답해다오.' 하고 속삭이며 아버지는 생각을 쥐어짰다. 서울에 다른 친구들이 없는 것은 아니었다. 그러나 그들이 피난에서 돌아왔는지 알 수 없었고 또 돌아왔더라도 그들에게 도움을 청하고 싶지는 않았다. 이런 절박한 상황에서도 자존심이 그들의 문을 노크하는 것을 허락지 않았다. 그냥 집으로 돌아갈까? 자신에게 물었다. 순간, 김 경감의 목소리가 들려왔다. 집에는 가지 마시오. 아직 때가 이르니까. 그의 충고를 따라야 할까? 그래 따라야 해. 적어도 당분간은. 아버지는 눈을 감았다. 지난 세월에 만났던 얼굴들을 불러낸 다음 하나씩 하나씩 지워 나아갔다. 하나가 남았다. 아무리 지우려 해도 그 얼굴은 지워지지 않았다.

그 지워지지 않는 얼굴을 향해 아버지가 동쪽으로 방향을 잡았다. 빠른 걸음으로 계속 걸었다. 왕십리를 지나 광나루에 닿았다. 강을 건너자 동남쪽으로 방향을 틀었다. 그는 지금 약 이십 년 전에 한 번 머문 적이 있던 어느 곳을 향해 걸음을 재촉하고 있었다. 그가 아직 거기에 있을까? 그렇다고도 아니라고도 말할 수 없었다.

거기에도 많은 변화가 있었을 것이다. 효 스님도 어쩌면 그곳을 떠났을 것이다. 그러나 가까이 지냈던 스님 중 몇몇은 그대로 있을 것이란 생각에 희망을 걸었다.

많은 검문소를 통과했다. 입고 있는 군복 때문이었는지 아니면 운이었는지 민호의 집을 떠난 수일간 아무도 아버지를 불러 세우지 않았다. 그는 지금 한강 지류의 하나인 달내강에 접근하고 있었다. 그 절에 가려면 건너야 하는 강이었다. 아버지의 출생지 충주는 강 건너 불과 십 리 거리에 있었고 J읍도 이곳에서 그리 멀지 않았다. 그러므로 그를 알아보는 사람과 부딪칠 가능성이 많은 지점이었다. 아버지가 야전모를 아래로 푹 눌러썼다. 알아보는 사람과의 조우에 대비한 것이었다. 콘크리트 다리는 파괴되어 있었고 그 조금 아래 임시로 가설된 다리 입구에 검문소가 보였다. 지프 옆에서 경관 몇 명이 잡담을 하고 있었다. 아버지가 똑바로 앞만 보며 다리로 접근했다. 그들이 갑자기 잡담을 멈추고 아버지를 향해 돌아섰다. 그들의 시선을 얼굴에 받으며 가능한 한 태연히 걸었다. 아버지의 곁눈에 고개를 돌려가며 계속 자기를 주시하는 그들의 모습이 들어왔다. 그러나 아무 일도 일어나지 않았다. 어깨너머로 다시 그들의 잡담 소리가 들려왔다.

이제 아버지가 다리에 들어섰다. 다리를 채 반도 못 건넜을 때 맞은편에서 오는 검은 복장의 민간인 하나와 마주쳤다. 서로를 응시한 채 둘은 말없이 지나쳤다. 퍼뜩 어디서 본 듯한 얼굴이라는 생각이 들었다. 아마도 J읍 주민 같았다. 아버지가 긴장했다. 잠시 후 뒤에서 날카로운 목소리가 들려왔다.

"거기 서시오!"

아버지는 그것이 누구에게 하는 말인지 알았다. 가슴이 덜컹했다. 그러나 못 들은 척 계속 걸었다.

"거기 서시오! 내 말 안 들리나?"

아버지가 어깨너머로 돌아다보았다. 그들이 오라고 손짓을 했다. 유효 사거리 이내였다. 선택의 여지는 없었다. 발걸음을 되돌려 그들에게 갔다.

"안녕하시오, 인민병원 의사 선생?" 키가 큰 경관 하나가 비꼬는 어조로 말했다. 그들 옆에 서 있던 검은 복장의 그 민간인은 돌아서서 가던 길을 가기 시작했다. 그가 향한 곳이 어딘지는 알 수 없었다. 아버지는 그가 가는 곳이 J읍이 아니기를 빌었다.

"그렇소. 저 사람이 말한 것이 사실이오." 멀어져 가는 그를 가리키며 아버지가 말했다.

"어디서 오는 길이오?"

"서울에서 옵니다."

"서울이라 했습니까?"

"에, 들으신 대로요."

"좋소. 그럼 그 전투복과 야전모는 어디서 난 거요?"

"당신은 지금 변장하고 있소. 안 그런가?" 아버지가 미처 대답하기 전에 다른 경관이 나섰다.

"당신 군인이나 경찰을 죽이고 빼앗아 입은 거지?" 키 큰 경관이 언성을 높였다.

"아니요. 나는 사람의 생명을 살리는 의사요."

"당신은 의사니까 사람의 생명을 빼앗을 줄도 알겠지." 그가 야유조로 말하면서 킬킬댔다.

"닥치시오! 나를 모욕하지 마시오!" 아버지가 자신도 모르게 폭발했다. 오래 참았던 분노가 분출하고 만 것이다. 그들이 움찔했다.

"이것들은 모두 서울의 김명호 경감이 내게 준 것이오." 아버지가 말한 다음 앞주머니에서 신원보증서를 꺼내 그들에게 내밀었다. 그들 중 하나가 그것을 받았다. 다른 두 사람이 그것을 보려고 한 걸음씩 앞으로 나왔다. "이런 이름 들어 봤어?" "응, 들어 봤어. 정치범 수사로 유명하지."

신원보증서를 훑어보며 그들이 수군거렸다.

"김 경감을 어떻게 만난 거요?" 신원보증서를 들고 있는 경관이 물었다.

"그가 부하를 시켜 나를 체포했습니다. 그의 취조실에서 만났소."

"그의 경찰서에서 며칠이나 있었던 거요?"

"만 하루 동안이오."

"이거 위조한 것 아니오? 바른대로 말하시오! 그가 당신의 인민 의사 신분을 알았다면 당신을 풀어 주지 않았을 거요." 그가 계속했다. "당신이 그에게 거짓말을 했거나 아니면 지금 우리에게 거짓말을 하거나 둘 중 하나일 거요. 어느 것이 사실이오?"

"그것을 내게 돌려주시오. 그리고 나를 당신들의 상사에게 데려가시오. 당신들과 말하고 싶지 않소!" 아버지가 소리치면서 그가 들고 있는 김 경감의 신원보증서를 도로 빼앗으려 했다. 이렇게 된 이상 아무것도 두려운 것이 없었다. 빼앗기지 않으려고 몸을 뒤로 젖힌 그가 한동안 물끄러미 아버지를 바라보더니 돌아서서 다른 두 사람과 무슨 말인지 주고받았다.

"좋소. 그러나 본서로 가기 전에 소지품을 수색해야겠소." 하나가 말했다. 아버지가 륙색을 벗어 땅 위에 내려놓았다. 그가 륙색 안을 들여다보는 동안 다른 하나가 아버지의 옷을 더듬었다.

"무기는?"

"없어. 이 주머니칼밖에."

그들이 낮은 목소리로 주고받았다. 이때 다리를 건너오는 지프 하나가 아버지의 눈에 들어왔다. 교대조가 오는 것을 보고 그들 중 하나가 차에 올라 시동을 걸었다. 다른 둘이 뒷좌석에 오르면서 아버지에게 운전석 옆에 앉으라고 했다.

20분 정도 지난 후 그들을 태운 차가 충주경찰서에 도착했다. 아버지가 유치장에서 본관 이층의 어느 방으로 옮겨진 것은 그로부터 약 두 시간 후였다. 전투복에 야전모를 깊게 눌러쓴 경관 한 사람이 사무용 테이블에 앉아 있었다. 나이가 아버지 또래로 보이는 그의 얼굴은 어디선가 본 것 같기도 했지만 확실한 기억은 없었다. 그가 맞은편에 앉으라고 말했다.

"J읍에 거주하는 의사입니까?" 그가 부드러운 목소리로 물었다.

그의 부드러운 음성이 실내의 긴장을 누그러뜨렸다.

"그렇습니다."

"그럼 왜 서울에서 옵니까? 왜 서울에 갔었습니까?"

"서울 친구 집에 피신하고 있었습니다."

"피신한 이유는 무엇입니까?"

아버지는 전쟁 전 대동청년단의 테러와 그에 따른 보도연맹 가입, 그리고 북한 점령 시 J읍 인민병원 의사에 임명된 것 등을 사실대로 진술했다. 또한 자신은 좌익사상을 가진 사람이 아니라고 말했다.

"그래요? 많은 수난을 겪었군요. 그런데 서울에서 김 경감을 만난 것이 사실입니까? 그리고 입고 있는 그 군복과 이 신원보증서를 그에게서 받은 것도 사실입니까?"

"모두 사실입니다."

"그가 서울말을 쓰던가요?"

"남쪽 억양이 섞여 있었습니다."

"그랬을 겁니다. 그는 출생이 부산이니까요. 만난 적은 없지만, 그에 관한 이야기는 여러 번 들었습니다. 그러나 이 보증서는 그의 개인적인 언급에 불과합니다. 그의 관할 지역을 벗어나면 경찰관에 따라 받아들일 수도, 안 받아들일 수도 있습니다. 하지만 이 보증서는 이것을 소지한 사람이 베테랑 대공수사관의 신문을 통과했다는 것을 의미합니다. 누구도 이것을 부정할 수는 없습니다." 그가 계속했다. "나는 당신이 정직하고 유교적 예의에 철저했던 사람으로 기억합니다. 우리의 학창 시절을 돌아볼 때 당신은 공산주의와는 거리가 먼 사람이었습니다." 말을 끝낸 그가 빙긋이 웃었다.

"무슨 말씀이신지…? 끝에 하신 말씀을 이해할 수가…." 아버지가 혼잣말처럼 중얼거렸다.

"자네 아직도 나를 몰라보나?" 그가 속삭이듯 말했다. 아버지가 의아한 눈으로 멍하니 바라보자 그가 눌러썼던 야전모를 천천히 벗었다. 그러자 조금 전 그의 얼굴 대신 넓은 이마와 곱슬머리의 얼굴 하나가 웃고 있었다.

"이게 누구야? 자넨 한상…?" 아버지가 놀라 소리쳤다. 눈으로는 아직도 못 믿겠다는 듯이 그의 얼굴을 살피면서.

"맞아, 나야. 나 한상윤이야, 자네의 대전중학교 동기 동창!" 그가 활짝 웃으며 테이블을 돌아 아버지에게 다가왔다. 둘은 굳게 손을 잡았다. 이 얼마 만인가! 졸업식에서 헤어진 후 약 이십이삼 년의 세월이 흘렀다.

"자네가 의사가 되어 강원도 어디에선가 공의로 있다는 말을 풍문에 들었었지."

"응, 그랬었어." 아버지가 머리를 끄덕였다.

(어떻게 해서 그동안 연락이 끊겼었을까? 그 시절엔 전화는 드물었고 바뀐 주소를 찾아가는 우편 전달 제도도 없었으며 교통 또한 매우 불편하였다. 학교 졸업 후 서로 연락이 끊기는 것은 예사였는데 일단 소식이 끊기면 길에서 우연히 마주치지 않는 한 서로 만나기는 쉽지 않았다.)

"그런데 어떻게 경찰에 몸을 담게 되었나? 내 기억에 자네는 법조계를 희망했던 것 같은데… 안 그랬나?"

"맞아. 그런데 나중에 생각을 바꿨어. 다른 지역에서 근무하다가 2년 전쯤 경위로 승진하면서 이곳으로 오게 되었지. 이렇게 자네를 만나려고, 하하하…. 그런데 여기가 자네 고향이 아니던가?"

"맞네, 내가 출생한 곳이지."

"그럼 다리에서 검문당했을 때 이곳으로 오는 중이었나?"

"아닐세. 내가 오래전 한때 머물렀던 사찰로 가는 중이었지. 이곳을 지나가야 하거든."

"사찰? 그 절이 어디에 있나? 그리고 왜 가야 하는데?"

"남쪽으로 며칠 더 가야 하네. 내가 안전해질 때까지 머물 곳이 필요해서. 도중에 자네를 만날 줄을 누가 알았겠는가!"

"내 부하가 이 신원보증서를 가져왔을 때 여기 적힌 이름을 보고 깜짝 놀랐어. 동명이인일 거란 생각이 퍼뜩 들기도 했다네."

"내 이름이 흔한 이름이 아니란 걸 알지 않나?"

"그래서 더더욱 놀란 것 아니겠나? 여하튼 내가 자네 일을 맡게 되어서 다행일세."

"고맙네, 친구."

"당분간 우리 경찰병원에서 근무하도록 해 보겠네. 마침 의사가 필요해. 현재 면허 있는 의사가 없어. 이 신원보증서를 가져오기를 잘했네. 비록 법적 구속력은 없지만 서장님을 설득하는 데 좋은 구실이 될 것이 틀림없어. 이제 절에 갈 필요가 없네."

"절에 갈 필요가 없다니? 그게 정말인가?"

"내게 맡기게."

"아, 알겠네."

"나를 한 경위라고 불러주게. 지금부터."

"알겠네, 한 경위!"

다음날부터 아버지는 충주경찰병원 의사로 일을 시작하였다. 행운이라면 행운이었다. 아버지의 신분이 또 한 번 바뀌었다. 인민병원 의사에서 경찰병원 의사로. 병원은 크지 않았다. 무면허 의사 하나와 간호원 둘이 일하고 있었다.

시작부터 아버지는 일에 파묻혔다. 그 병원은 경찰뿐만 아니라 민간인도 진료했다. 개인 병원 의사들이 피난처에서 아직 돌아오지 않았기 때문이었다. 한 경위가 인근에 마련해 준 하숙집에 기거하면서 아버지는 도보로 출퇴근했다. 이로써 아버지는 위험으로부터 한걸음 물러나게 되었다. 그러나 그의 안전은 충주경찰서 관내에 한정된 것이었다. 만일 J읍 지서에서 알면 관할권을 내세워 그를 보내 달라고 요구할 수도 있었다.

✦

여기는 다시 비산마을 왕대고모 집. 가을이 가고 초겨울에 접어들었다. 추수를 끝낸 가족들은 곳간과 장독대 가득 햇곡식을 쌓아놓고 편안한 나날을 보내고 있었다. 한편, 점점 추워지는 날씨 때문에 기웅과 나는 마을 아이들과 함께 거의 매일 산에 가서 땔 나무를 했다. 어느 날 오후, 산에서 돌아와 보니 계증조할머니—증조할아버지의 재혼한 부인—가 나를 기다리고 있었다. 해방되던 해 북경에서 귀국한 증조할머니 가족은 J읍 우리 집에서 함께 살다가 다음 해 증조할아버지가 타계한 후 따로 살림을 나 충주 근처 어느 마을에서 살고 있었다. 우리 집에서 함께 살 때 증조할머니는 나를 몹시 귀여워했었다. 86세였던 증조할아버지도 나만 보면 "이놈, 개구쟁이" 하고 환하게 웃으며 같이 놀아주곤 했었다.

증조할머니는 왕대고모할머니와 마주 앉아 말을 나누고 있었는데 내가 반갑게 인사하자 "아이구, 그동안 많이 컸구나. 난리 통에 고생이 많지? 네 아버지가 보내서 왔다." 하고 나의 머리를 쓰다듬었다. 이어서 "네 아버지가 지금 충주에 있어. 거기 경찰병원에서 일하고 있어. 나보고 J읍 집에 가서 가족들이 어떻게 지내고 있는지 알아보고 또 가는 길에 널 집으로 데려가라고 해서 온 거다."라고 말했다. 아버지의 안부를 궁금해하던 나는 그 소식에 적이 안심이 되었다. 그러나 증조할머니의 얼굴엔 웃음이 없었다. 증조할머니가 내게 알리지 않는 어떤 다른 일이 있는 것 같은 느낌이 들었다.

이튿날, 아침 일찍, 우리는 J읍으로 향했다. 그날은 몹시 추웠다. 그렇지만 엄마를 만난다는 생각에 나의 가슴은 훈훈했다. 길을 걸으면서 증조할머니는 내게 아버지가 충주에 있단 말을 아무에게도 말하지 말라고 이르고 또 일렀다. 증조할머니와 내가 J읍에 닿은 것은 날이 어두워지기 시작했을 때였다.

대문을 들어서면서 나는 엄마를 큰 소리로 불렀다. 그러나 엄마의 목소리는 들리지 않았다. 증조할머니와 함께 안방으로 들어갔다. 어둑한 방에 할머니가 동생들과 함께 앉아 있었다. 엄마는 없었다. 할머니의 얼굴은 풀이 죽어 있었다. 복님도 보이지 않았다. 전기는 아직 복구되지 않았고 램프를 켤 석유도 없는 것 같았다.

"어머님이 갑자기 웬일이세요?" 생각지 않은 증조할머니의 방문에 할머니가 놀라서 물었다. "애들 아범 심부름으로 왔다네." 증조할머니가 말했다. "아범이 살아 있어요?" 할머니가 목소리에 갑자기 생기가 돌았다. 그러더니 "목소리를 줄이세요, 누가 들어요, 어머님." 하고 급히 말하며 증조할머니에게 바짝 다가앉았다. "지금 충주에 있어, 거기… 병원에서…" 증조할머니가 귓속말로 말했다. 두 사람의 대화가 계속 이어졌지만 너무 작게 말해서 알아들을 수가 없었다.

밤이 깊어도 엄마는 어디 갔는지 돌아오지 않았다. 안골 그 집에 있을까? 그럴 것 같지가 않았다. 엄마 혼자서 왜 거기에? 어디 갔다 내일 오려나? 할머니에게 물었지만 모른다고 했다. 이 생각 저 생각 하다가 온종일 걷느라 피곤했던지 나는 그만 잠이 들고 말았다.

다음 날이 밝았다. 아침이랄 것도 없는 것을 조금 먹고 나는 엄마를 기다렸다. 점심때가 가까워져도 엄마는 오지 않았다. 이상하게도 증조할머니는 엄마가 안 보여도 어디 갔는지 언제 오는지 아무에게도 묻지를 않았다. 나는 그만 참지 못하고 할머니한테 다시 물었다.

"엄마 어디 갔어? 언제 와?"

아무 말도 없이 나를 바라보던 할머니가 고개를 숙였다.

"너의 엄마는 이 세상에 없어." 할머니가 고개를 숙인 채 말했다.

"지금 뭐라고 했어, 할머니?" 나는 할머니 말을 믿지 않았다.

"엄마 어디 있어? 말해, 할머니." 내가 재촉했다.

"너의 엄마는 죽었어. 넌 다시 엄마를 볼 수 없어."

할머니는 분명하게 말했다. 그러고 나서 그동안 있었던 일들을 자세히 내게 말해 주었다. 군인들이 우리 집 병원채에 묵으면서 부역자들을 색출하고 심문했다는 것, 그들이 엄마의 생명을 빼앗았다는 것을 떠듬떠

듬 슬픔에 떨리는 목소리로 말했다. 할머니는 형에게 일어났던 일도 말해 주었다. 형의 탈출에 관한 말을 듣는 순간, 나는 깨달았다. 형이 비산 마을에 잠깐 들렀다 떠나면서 내게 중얼거리던 말—엄마한테 무슨 일이 일어났을 거다—을, 그 말의 의미를. 나는 그냥 어리둥절한 채 서 있었다. 어디 있어, 엄마? 할머니 말이 정말인 거야? 울컥 눈물이 나왔다. 제정신이 아니었다. 마구 벽에 머리를 찧었다.

그래도 나는 엄마를 다시 만날 수 없다는 것을 믿을 수 없었다. 언제라도 대문을 열고 웃으며 들어올 것 같았다. 할머니가 한 말이 사실이 아닐 수도 있다고 생각했다. 그러나 그런 행운은 내게 오지 않았다. 그날 하루가 가고 다시 새날이 와도 엄마가 돌아오지 않았을 때, 나는 이제 할머니 말을 믿어야 한다는 것을 조금씩 깨닫기 시작했다.

집안을 둘러보았다. 헛간으로 들어갔다. 세간살이들이 여기저기 어지럽게 널려 있었다. 사진첩이 눈에 들어왔다. 쪼그리고 앉아 그것을 펼쳤다. 그 속에 엄마의 결혼사진이 있었다. 순백의 면사포를 입고 아버지와 팔짱을 끼고 서 있는 엄마를 보는 순간 나의 얼굴은 눈물범벅이 되어버렸다. 흐느낌으로 어깨가 들먹거렸다. 동네 어른 하나와 아이들 몇이 들어와 내 뒤에서 내려다보고 서 있는 것도 한참이나 모르고 있었다.

그들이 나를 지켜보는 것에 신경 쓰지 않았다. 나는 아무것도 부끄럽지 않았다. 눈물이 떨어져 사진을 적셨다. 그냥 두었다. 모든 것이 흐릿하게 보였다. 나는 그들이 나가는 것도 알지 못했다. 둘러보니 나 혼자였다. 주먹으로 눈물을 닦으면서 나는 온 집안을 뒤지기 시작했다. 그러나 나의 눈에 띈 것은 재봉틀과 다듬잇돌과 몇 점의 옷가지뿐이었다. 나는 눈에 불을 켜고 구석구석을 샅샅이 살폈다. 모든 서랍을 다 열어 보았다. 그러나 내가 찾는 엄마의 은비녀와 반지들은 보이지 않았다. 엄마가 감금되어 있었다던 안방 벽을 바라보았다. 다시 보고 또 보았다. 그 벽들이 우리에게 남긴 엄마의 마지막 말을 들었을 것 같았다. 나는 그들에게서 엄마의 말을 듣고 싶었다. 눈을 감는다. 순간, 수많은 엄마의 얼굴이 나를 둘러싸며 웃는다. 엄마, 엄마, 미안해! 용서해 주세요! 엄마에게 무슨 일이 일어나고 있는지도 모르고 동네 아이들과 시시덕거리며 놀고 있었어요! 나의 가슴이 외쳤다. 나와 같은 반에 엄마 없는 아이들이 있었다. 나는 그 애들을 불쌍히 여겼었다. 그 아이들처럼 나도 이제 엄마 없는 아이가 되어 있었다. 하지만, 어린 동생들은 계속 엄마를 기다렸다. 그들은 삶이 무엇인지 죽음이 무엇인지 알지 못했다. 실없는 바람이 대문을 흔들고 지나갈 때마다 그들은 누웠다가도 얼른 일어나 대문 쪽으로 귀를 기울였다.

종종 동네 부인들이 지나가다 들렀다. 방안에 모여 앉아있는 동생들을 보고 한마디씩 했다. "저 이쁜 것들을 두고 어이 갔을꼬…?" 나는 슬픔이 내 나이를 따라 자라나서 영원히 나와 함께 있을 것이란 것을 이때는 몰랐다.

집에서 사나흘 머문 뒤 나는 증조할머니와 함께 비산마을로 되돌아왔다. 집에는 먹을 것이 부족했다. 할머니와 동생들은 이웃들이 갖다주는 양식에 의존하고 있었다. 비산마을에 도착한 다음 날 중조할머니는 충주로 떠났다. 아버지를 만나 J읍 가족들이 어떻게 지내고 있는지 본 대로 들은 대로 말해 줄 참이었다.

그로부터 며칠이 지난 어느 날 저녁 무렵, 산에서 땔감을 해서 돌아오는데 안방에서 아버지와 왕대고모할머니와 할아버지의 말소리가 새어 나오고 있었다. 나무를 부려 놓고 안방으로 들어갔다. 아버지에게 절을 하고 옆에 앉았다. 아버지가 웃음 띤 얼굴로 나의 손을 잡았다.

"그동안 잘 있었니?"

"예, 잘 있었어요. 아버지는요?"

"나도 잘 있었다." 아버지가 고개를 끄덕이며 조용히 말했다.

"누가 너보고 나무해 오라고 그랬니?" 왕대고모할머니가 물었다. 내게 물었다기보다는 아버지 들으라고 한 말이었다.

"나무하는 거 재밌어요. 기웅과 동네 애들과 나무하고 노는 거 너무 재밌어요." 나는 웃으며 말했다.

"추운 날은 산에 가지 말라고 했는데 얘는 말을 안 들어. 감기 들면 어쩌려구." 왕대고모 할머니가 혼잣말처럼 말했다. 할아버지는 옆에서 그냥 웃기만 했다.

"걱정하지 마세요. 아이들은 집에 처박혀 있는 것 싫어해요." 아버지가 말했다. 어색해하는 왕대고모할머니를 편하게 하려고 한 말이었다.

그날 밤 아버지와 나는 한방에서 잤다. 나란히 자리에 누워 아버지가 물었다.

"집에 가 보고 알았겠지? 슬프니?"

나는 대답할 수가 없었다. 그냥 가만히 있었다.

"누가 네 엄마를 뺏어 갔는지 아니?"

"예. 군인들이요."

"아니, 어떤 남자가 그랬어."

"그게 누군데요? 어떤 남자가요?"

"그 현명하지 못했던 사람. 지금 네 옆에 누워 있는."

"무슨 말인데요?"

"가족 모두를 이 마을로 데려왔을 것이다. 현명한 사람이었다면." 어둠 속에서 아버지의 한숨 소리가 들렸다.

한참 후, 아버지가 내 젖먹이 동생의 건강 상태와 가족들이 어떻게 지내고 있었는지 물었다. 증조할머니가 이미 말을 했을 것이다. 그러나 혹시 증조할머니가 아버지가 걱정할 것을 염려해서 숨긴 것이 있을지도 모른다는 생각에 내게 직접 듣고 싶어 하는 것 같았다. 나는 본 것을 그대로 말했다: "할머니는 아버지가 아직 살아 있다는 말에 걱정을 덜었지만 며느리를 잃은 충격에서 벗어나지 못했고, 동생들은 대문 소리에 귀를 기울이며 아직도 엄마를 기다리고 있으며, 아기는 엄마를 찾으며 자주 보채며 울고 점점 야위어가고, 동네 여자 하나가 가끔 와서 젖을 물리지만 그것으로는 부족하고, 복님은 자기 집으로 돌아가고, 창배 엄마와 다른 동네 부인들이 곡식과 먹을 것을 갖다주고 있고, 사람들이 아버지가 어디 있는지 또 건강이 어떤지 물었지만 대답하지 않았으며, 최소한 가족 중 아무도 아픈 사람은 없다."라고 말했다.

이튿날 아침 아버지와 나는 비산마을을 떠나 충주로 향했다. 아버지의 하숙집에서 같이 살게 된 것이다. 나는 비산마을에서 추수를 돕고 땔감을 하며 약 3개월을 보냈다. 왕대고모할머니와 할아버지 내외는 그동안 내게 참 잘해 주었다. 밥을 먹을 때도 할아버지와 아랫목에서 겸상해서 먹게 했다. 그렇지만 이것이 왕대고모할머니와의 마지막 작별이 될 줄을 나는 알지 못했다. 그녀는 80이 가까운 나이였다.

✦

처음 가 본 충주는 J읍보다는 훨씬 큰 하나의 도시였다. 아버지의 하숙집 가까이 빈터에 미군 캠프가 있었다. 거리에는 많은 군용 트럭들이 속도를 내며 오가고 있었고 커브마다 노선 번호를 나타내는 영문 도로 표지판이 서 있었다. 많은 주민들이 피난에서 돌아온 것 같았지만 아직 도시는 쓸쓸하고 무기력했으며 문을 연 상점들은 없었다. 캠프 주위를 어슬렁거리며 들어가고 나오는 차들과 뜨고 내리는 헬리콥터들을 보면서 나는 시간을 보냈다. 그러다가 시들해지면 아버지가 근무하는 경찰병원으로 갔다. 20세 전후로 보이는 간호원들은 매번 아주 상냥한 미소로 나를 맞았다. 그렇지만 나는 같이 놀 친구가 필요했고 또 엄마가 보고 싶었다. 그리고 엄마가 생각날 때마다 외할머니 생각이 났다. 두 사람은 내 마음속에서 항상 붙어 다녔다. 나는 가끔 하늘을 올려다보았다.

겨울 하늘은 끝 간 데 없이 높아 보였고 그 아스라한 코발트색은 나를 더 춥고 외롭게 했다. 가끔은 고개를 뒤로 젖히고 '보기는 했지만 기억할 수 없는 그 얼굴'을 공중에 그리며 가만히 속삭였다. 외할머니, 기다리지 마. 기다려도 소용없어요. 엄만 저 하늘에 올라가 천사가 되었어요.

아버지는 말이 없었다. 얼굴에 슬픈 빛도 없었다. 그냥 평온한 얼굴이었다. 하지만 나는 잠결에 누가 무엇인가 참는 것 같은 소리를 들었다. 그것은 아버지였다. 남자는 슬퍼도 울면 안 된다고 내게 가르치던 바로 그였다. 슬픔이었을까, 아니면 분노였을까. 아마 둘 다였을 것이다.

1950년, 내 생애에서 가장 잔인한 해가 저물었다. 1월로 접어들면서 눈이 많이 내렸다. 내린 눈이 땅과 부서진 집과 건물들을 흰 이불로 덮었고 그 위로 불어오는 바람은 무자비하게 차가웠다. 미군 트럭의 숫자는 나날이 불어났고 그 트럭의 바퀴에는 쇠사슬이 감겨 있었다. 트럭들이 질주할 때마다 그 쇠사슬이 서로 부딪치는 소리가 공기를 갈기갈기 찢어 놓았다. 어떤 사람들은 유엔군이 벌써 몇 달 전에 삼팔선을 넘어 지금쯤 북한 전역을 손에 넣었다고 했다. 또 어떤 사람들은 이제 곧 전쟁이 끝날 것이라고도 했다. 그런데 우리와 같은 하숙집에 세 들어 있던 젊은 경찰관의 부인은 전혀 다른 말을 했다.

"너의 아버지하고 넌 우리와 같이 남쪽 어디론가 가야 해." 마당 건너에서 그녀가 나를 보며 말했다.

"뭐라구요? 전쟁이 곧 끝난다는데 왜 또 남쪽으로 가요?" 나는 의아한 눈으로 그녀를 보며 물었다.

"아냐. 그건 사실이 아니야. 그렇지만 걱정 안 해도 돼. 경찰서에서 우리가 타고 갈 트럭을 이미 마련해 놓았다니까." 그녀가 자신 있게 말했다.

또 피난을 가야 한다고? 이 눈 내리는 겨울에? 나는 그녀의 말을 믿고 싶지 않았다. 그녀가 뭔가 잘못 알고 있다고 생각했다. 그러나 그녀의 말이 사실이라는 것을 알기까지는 채 하루가 걸리지 않았다. 봇짐을 진 사람들이 거리에 나타나기 시작한 것이었다. 그들은 두꺼운 옷을 입고 방한모를 썼으며 그들의 입에선 하얀 김이 뿜어져 나오고 있었다. 다음 날 그들의 숫자는 더 불어나서 행렬을 이루었다.

무슨 일이 일어나고 있었는가? 승리의 목전에서 중공군이 국경을 넘어 한반도로 몰려들었다. 그들은 인해 전술로 유엔군에 대한 대규모 공격을 퍼부었다. 병력의 수적 열세도 열세였지만 익숙하지 않은 산악 지형에서의 살인적인 추위는 유엔군에게 중공군보다 더 힘든 적이었다. 유엔군은 진지를 내어 주고 후퇴에 후퇴를 거듭하였고 중공군은 빠르게 남진하여 수도 서울을 점령하고 결국 우리와 가까운 지역까지 위협하기에 이른 것이었다.

"우리 내일 떠난다." 저녁 무렵, 병원 근무를 마친 아버지가 하숙집 대문을 열고 들어서면서 마루에 앉아있는 나를 보고 말했다.

"왜 또 피난을 가야 해요, 아버지?" 나는 볼멘소리로 물었다.

"여름과 같다. 이번엔 중공군이란 것이 다를 뿐. 역사적 수치의 대물림이지."

나는 아버지가 한 말의 뜻을 다 알지는 못했다. 그러나 나는 묻지 않았다. 그냥 어른들의 말이라고 생각했다.

"경찰 가족들과 같은 차로 가나요?"

"아니, 우리는 따로 갈 거다. 걸어서."

아버지는 분명히 '걸어서'라고 말했다. 왜 우리만 따로? 처음에 나는 의아한 생각이 들었지만, 곧 그 대답이 머리에 떠올랐다. J읍에 있는 할머니와 동생들 때문이었다.

"경찰과 그 가족들은 영동으로 간다. 그런 다음 다시 이리 돌아오거나 아니면 더 남쪽으로 내려갈 거다." 아버지가 말을 이었다. "너하고 나는 내일 아침 J읍으로 향한다. 식구들이 집에 있으면 데리고 영동으로 가서 경찰 가족과 합류할 거다."

"우리가 도착하기 전에 식구들이 이미 피난을 떠났으면요?"

"그럼 뒤쫓아가면서 계속 찾아야지. 할머니가 아기를 업고 또 어린것들을 데리고 빨리 걷지는 못하실 거니까. 피난민들을 꼼꼼히 살펴봐야지." 아버지가 머리를 숙인 채 말했다.

17

아침이 왔다. 우리는 떠나야 했다. 하숙집 주인 가족은 벌써 떠나고 없었다. 건너편 방에 있던 경찰 가족도 보이지 않았다. 아침을 해 먹은 다음 남은 밥으로 길에서 먹을 주먹밥을 만들었다. 그러고 나서 나는 담요와 옷가지들을 챙겨 보에 쌌다. 아버지는 응급약과 주먹밥과 쌀을 륙색에 넣은 다음 어깨에 메었다. 그는 군복에 야전모 차림이었다. 야전모의 창 위에 적십자 표시가 선명했다. 우리가 큰길로 나왔을 때 속력을 내며 달리는 군용차들 옆으로 몸을 웅크리고 걸어가는 피난민들이 보였다. 약 삼십 분 후 달내강에 도착했다. 둑 위에 올라서니 바지와 치마를 걷어 올리고 강을 건너는 사람들이 보였다. 버려진 수레도 눈에 띄었다. 파괴된 다리 옆에 임시로 가설한 다리는 군용차 전용이었다.

강가에 쌓여 있는 눈 자락에 앉아 우리도 바지를 무릎 위로 걷어 올리고 신발과 양말을 벗어 짐 속에 밀어 넣은 다음 가장자리의 얼음 위를 걸어 물에 발을 넣었다. 순간 냉기가 전류처럼 온몸을 관통했다. 물은 고통스러울 만큼 차가웠다. 앞에 아들의 등에 업혀 건너는 노인이 보였다. 그래도 사람들은 물이 깊지 않은 것에 안도하는 것 같았다. 눈이 녹는 것을 막아 준 추운 날씨 덕분이었다. 하지만 가운데로 갈수록 빨라지는 물살과 발밑의 미끄러운 돌 때문에 균형을 유지하기가 만만치 않았다. 넘어져서 옷을 적신다면 그것은 낭패였다. 다행히도 아버지도 나도 아무 일 없이 건너편 강변에 발을 디뎠다.

"발을 완전히 말려라." 아버지가 륙색에서 수건을 꺼내 주면서 말했다. 나는 아버지가 내가 동상에 걸리는 것을 두려워한다는 것을 알았다. 우리는 다시 피난민 대열에 합류했다. 발에 감각이 없었다. 그것들은 내게 속하지 않은 것 같았고 나의 몸은 발 없이 다리만으로 걸어가는 느낌이었다. 얼마의 시간이 지났을 때, 마치 불에 쬔 것처럼 발이 후끈후끈해지기 시작했다. 아버지도 비슷한 느낌이었을 것으로 생각하고 나는 아무 말도 하지 않았다. 밟고 밟아 쇠처럼 단단해진 눈 때문에 길은 몹시 미끄러웠다. 우리 앞에 수레를 끌고 가는 가족이 있었는데 그 뒤를 바짝 따라가는 강아지 한 마리가 눈에 들어왔다. 갑자기 복돌 생각이 났다. 그 개는 주인 가족이 어디로 가는지도 모른 채 무작정 따라나섰을 것이다. 피난민들은 말이 없었다. 그냥 걷기만 했다. 가끔, 벌거벗은 가로수에서 마지막 남은 잎새들이 떨어져 눈 위에 굴렀다.

점심때가 되어 우리는 길가의 어느 집으로 들어갔다. 아버지가 륙색에서 아침에 만든 주먹밥을 꺼냈다.

"아, 돌같이 얼었네!" 아버지가 어이없다는 듯 말했다.

그것들은 너무 딱딱해서 이빨이 망가지는 것을 각오하지 않는 한 물어뜯을 수가 없었다.

"먼저 손으로 조금 녹인 다음 이빨로 조금씩 갉아먹는 게 좋겠다." 아버지가 말했다. 사과만 한 주먹밥 하나를 먹는데 우리는 거의 30분을 소비해야 했다.

해가 졌다. 이날 우리는 15㎞ 정도밖에 걷지 못했다. 길가에 있는 마을에 들어갔으나 잠잘 곳을 찾을 수 없었다. 방이란 방은 모두 피난민들로 들어차 있었다. 그들은 멀리서 온 사람들이었으며 잠잘 곳을 찾는 방법을 알고 있었다. 걷는 것을 일찍 시작해서 일찍 멈춘 사람들이었다. 사방은 벌써 어두워지고 눈까지 내리기 시작했다. 잘 곳을 찾아 보이지도 않는 다른 마을로 향한다는 것은 모험에 가까웠다. 검은 어둠 속에 사선을 그리며 떨어지는 굵은 눈발을 바라보며 나는 우리가 위기에 처했다고 생각했다.

주위를 둘러보던 아버지가 어떤 방 하나를 향해 성큼성큼 걸어갔다. 륙색을 벗어 눈을 턴 다음 땅에 몇 번 발을 굴렀다. 군화의 눈이 떨어졌다. 아버지가 방문을 열었다. 방안엔 사람들이 누워 있었다. 그들은 사람들을 더 들이지 않겠다는 결의라도 한 것처럼 큰 대자로 최대한 넓게 자리를 차지하고 누워 있었다.

"날이 저물어 더는 갈 수가 없습니다. 댁들과 하룻밤 같이 보내야겠습니다. 부탁합니다." 아버지의 말이 절박하게 들렸다. 그들이 미처 대답도 하기 전에 아버지가 방으로 들어갔다. 여기저기서 투덜거리는 소리가 들렸지만 아버지는 신경 쓰지 않았다. 가까스로 둘이 누울 자리를 마련했다. 아버지의 단호함 때문이었는지 그가 입은 군복 때문이었는지 우리는 하룻밤을 한 데서 얼어서 보내지 않아도 되었다. 아버지가 잠깐 나갔을 때 그들 중 누가 투덜투덜하며 내게 아버지의 신분을 물었다. 무심코 '경찰병원 의사'라고 말했다. 순간 그들의 불평이 뚝 끊겼다. 아버지가 다시 들어오자 그들은 자진해서 우리에게 더 많은 공간을 내어 주었다. 다음 날 아침 길을 걸으면서 아버지는 내가 그들에게 혹시 아버지의 신분을 말했는지 물었다. 나는 그렇다고 대답했다. 아버지는 다시는 경찰병원 의사라는 말을 하지 말라고 했다. 왜냐하면, 피난민으로 가장한 제오열이 있을 수 있다는 것이었다.

다시 다음 날, 해 질 무렵, 아버지와 나는 엄마를 태운 헌병들의 스리쿼터 트럭이 괴산 쪽으로 방향을 틀었던 그 삼거리를 지나고 있었다.

아버지가 멈추더니 저 앞쪽 눈 덮인 언덕을 가리키며 말했다.

"아마도 너의 엄마는 저기 저 산비탈 눈 아래 누워있을 거다. 괴산 쪽으로 첫 번째 산이라고 한 경위가 말하더라. 지금 우리를 내려다보고 있을지도 모르지."

아버지와 나는 한동안 미동도 하지 않고 지는 해를 반사하고 있는 눈 덮인 언덕을 바라보며 서 있었다. 한 경위는 그것을 어떻게 알았을까? 나는 궁금했으나 묻지 않았다.

"자전거로 왕진을 하러 가면서 저 산 아래를 지날 때마다 왜 그런지 무서운 생각이 들었었지." 아버지가 생각에 잠겼다.

우리는 돌아서서 가던 길을 다시 걷기 시작했다. 잠시 뒤 개울을 건너자 J읍이 눈에 들어왔다. J읍까지 곧게 뻗어있는 도로는 한적하다 못해 고적했다. 우리 둘뿐이었다. 음성을 지나면서 많은 사람들이 남쪽으로 난 지름길을 택했고 소이를 지나면서 또 일부가 갈라져 나갔다. 얼마 남지 않은 피난민들도 이미 하루의 고행을 마감한 뒤였다. J읍을 약 300m 앞둔 길가에 살림집이 딸린 외딴 정미소 하나가 있었다. 놀랍게도 방 두 개와 부엌이 모두 비어 있었다. 우리는 그날 밤을 거기서 자기로 했다. J읍 경찰이 떠났는지 그대로 있는지 모르면서 J읍으로 들어가는 것은 무모한 행동이었다. J읍에서 아버지는 아직 수배자였다. 오늘은 이미 저물었다. 우리 가족은 내일 아침까지는 집에 있을 것이다. 아직 떠나지 않았다면. 그날 밤, 나는 잠결에 아버지의 한숨 소리를 들었다. 그의 후회는 언제나 슬픔으로 시작해서 분노로 끝나는 것 같았다. 나는 그의 슬픔이 어디서 오는지는 알았지만, 분노가 향하는 곳은 잘 알지 못했다. 나의 가슴속에도 분노가 숨을 쉬고 있었다. 나의 분노는 엄마를 빼앗아 간 그 군인들을 향하고 있었다. 그러나 나는 그 군인들의 얼굴도 이름도 소속도 알지 못했다.

(이로부터 몇 년의 세월이 흐른 뒤 나는 우연히 '6·25 전사'를 읽다가 육군 1개 사단이 북진 중 인근 도시 청주에 일시 주둔했던 사실을 알았다. 그 헌병들은 그 사단 소속이었을지도 모른다.)

다음 날 새벽, 해 뜨기 전, 나는 혼자 J읍으로 들어갔다. 지서 앞을 지나면서 안을 들여다보았다. 아무도 없었다. 버려진 서류들만 지나다 들어와 소용돌이치는 새벽바람에 이리저리 날리고 있었다. 경찰들이 떠난 것이 틀림없었다. 길가의 집들도 텅텅 비어 있었다. 집에 도착하자 대문을 밀고 뛰어 들어갔다. 그러나 비어 있었다. 할머니와 동생들이 이미 떠난 것이었다. 남긴 것이 없나 방안을 살피고 부엌에도 들어가 보았다. 없었다. 나는 다시 아버지에게 돌아왔다.

"빨리 말해!" 아버지가 눈으로 재촉했다.

"집에 아무도 없어요. 지서에 경찰들도 다 떠나고 없구요."

"어디로 간다는 쪽지도 없고?"

"방과 부엌을 살폈지만 그런 거 못 보았어요."

"청주 너의 고모네 집으로 가 보자."

"할머니가 고모네 집으로 갔을까요?"

"처음엔 우리를 기다리셨겠지. 그러나 우리가 아마 못 올 수도 있다는 생각에 고모네로 가셨을 거다. 고모네가 떠나기 전에 만나야 한다는 생각에 서둘러서." 아버지가 말했다.

아침을 먹은 다음 주먹밥을 만들어 륙색에 넣고 정미소를 떠났다. J읍을 통과하면서 아버지가 우리 집 앞에서 멈추더니 안으로 들어갔다. 방과 부엌을 둘러본 다음 마당과 우물에도 눈길을 주었다. 그의 눈길이 닿은 모든 곳에서 엄마가 웃고 있었을지도 모른다.

청주로 향했다. 집들의 벽에는 여름보다 더 많은 쪽지가 다닥다닥 붙어 있었다. 잃어버린 가족들을 찾는 것들이었다. 우리도 이제 그 쪽지들을 눈여겨 살펴야 했다. J읍을 통과하자 길은 우리를 빈 들판으로 데리고 갔다. 잿빛 하늘 아래 보이는 것은 벌거벗은 가로수와 눈과 그 위를 걷고 있는 피난민들뿐이고 들리는 것은 살을 베어갈 듯 휘몰아치는 바람의 아우성뿐이었다. 피난민들의 수는 단 한 줄의 행렬로 크게 줄어들었는데 그나마 여기저기 끊어지다 이어지다 했다. 나는 가끔 광대한 흰색 천 위를 걷고 있는 착각에 빠지곤 했다. 이따금 나타나는 잎이 떨어진 포플러나 눈 위로 삐죽 나와 있는 베고 난 벼의 그루터기가 아니었다면 어디가 길이고 어디가 논인지 알 수가 없었을 것이다. 풍경의 변화 외에도 변한 것은 또 있었다. 지난여름 둘로 쪼개졌던 우리 가족은 지금은 넷으로 나뉘었다. 눈 덮인 언덕에 홀로 있는 엄마, 어딘가 알 수 없는 곳에 있을 형, 손자 손녀들을 데리고 눈길을 걷고 있을 할머니, 그리고 그들을 찾기 위해 지금 바람을 뚫고 걸어가는 아버지와 나. 갑자기 뜨거운 태양 아래 힘겹게 걸어가던 지난여름이 그리워졌다.

길가에 빈집이 하나 있었다. 그 집 마루에 걸터앉았다. 아버지가 륙색에서 아침에 만든 주먹밥을 꺼냈다. 예상했던 대로였다. 얼어 있었다. 돌보다 더 딱딱했다.

"그냥은 못 먹겠다. 깨뜨려야 되겠다." 아버지가 말한 다음 수건을 꺼내더니 주먹밥을 쌌다. 나는 방 안을 둘러보았다. 다듬잇방망이가 눈에 들어왔다. 아버지가 수건에 싼 주먹밥을 마룻바닥에 놓자 나는 그것을 방망이로 두드렸다. 수건 안에서 여러 조각으로 부서진 주먹밥을 우리는 마치 쌀과자를 씹듯 힘 안 들이고 먹었다.

고모네 집에 도착한 것은 황혼 무렵이었다. 할머니가 있을지도 모른다는 생각에 나는 힘껏 대문을 밀고 뛰어 들어갔다. 그러나 나를 맞은 것은 적막이었다. 문이 열려 있는 빈방들만이 나를 바라보고 있었다. 우두

커니 마당에 서 있는 아버지의 얼굴에서 조금 전까지 보이던 설렘과 희망이 보이지 않았다.

어린것들을 데리고 할머니가 틀림없이 딸네 집으로 향했으리라는 것이 아버지의 확신이었다. 그러나 할머니가 고모를 만났을 것이라는 확신은 그에게 없었다. 할머니는 고모를 만났을까? 이 의문에 아버지가 '그렇다'고 대답할 수 있었다면 아버지는 마음을 놓았을 것이다. 고모가 자신의 엄마와 어린 조카들을 정성껏 보살펴 줄 것이라고 믿고 있었기 때문이었다. 만일 할머니가 도착했을 때 고모네가 이미 떠나고 없었다면 할머니는 어디로 향했을까? 고모나 할머니가 혹 행선지를 알리는 쪽지라도 남겼을까 하고 찾아보았지만 그런 것은 없었다.

할머니

아버지의 추측은 옳았다. 기다리고 기다려도 아버지와 내가 나타나지 않자 할머니는 손자 손녀 넷을 데리고 고모네로 떠났다. 고모네가 피난을 떠나기 전에 도착하려고 만 이틀을 있는 힘을 다해 걸었다. 사흘째 되는 날 오전 할머니가 청주 고모네 집에 도착했다. 집 앞에 웬 트럭이 서 있는 것이 보였다. 할머니는 그 트럭이 고모네를 위한 것이라고는 생각지 않았다. 민간인이 트럭을 타고 피난을 간다는 것은 상상할 수도 없는 일이었기 때문이다. 그러나 그 트럭에 가까이 간 할머니의 눈에 놀라운 광경이 들어왔다. 트럭 위에 고모가 있었다. 실려있는 세간살이 위에 아이들과 함께 앉아있는 사람은 분명히 고모였다. 이 무슨 꿈같은 행운인가! 할머니는 고모의 이름을 소리쳐 불렀다. 나의 두 여동생도 트럭을 타게 된 줄 알고 쾌재를 불렀다.

"엄마!" 트럭 아래 서 있는 할머니와 아이들을 발견한 고모가 놀라 소리쳤다.

"얘야, 같이 가자!" 할머니가 숨 가쁘게 소리쳤다.

"오빠하고 올케는 어디 있어요? 그리고 큰애들은?"

"말할게, 말해 줄게…. 위에 올라가서 다 말…."

할머니가 등에 업었던 아기를 트럭의 난간 위로 들어 올렸다. 고모가 아기를 받으려고 몸을 엎드려 팔을 뻗었다. 그러나 고모 뜻대로 되지 않았다. 아기를 막 잡으려 할 때 트럭이 갑자기 앞으로 움직이기 시작했다. '조금 가다가 멈추겠지.' 하고 생각한 할머니가 아기를 들어 올린 채 트럭을 따라갔다. 하지만 트럭은 멈추지 않았다. 속력을 냈다.

"왜 안 서…!" 할머니가 외쳤다. 그래도 트럭은 멈추지 않았다. "얘야! 얘야~!" 할머니는 외치고 또 외쳤다. 트럭 위에 실린 채 고모는 어찌할 줄을 몰랐다. 점점 작아지던 트럭이 이내 할머니의 시야에서 사라졌다. 그뿐이었다.

무슨 일이 있었던 걸까? 운전사 옆에 앉아 있던 고모의 시부모가 앞 유리창으로 할머니와 아이들이 오는 것을 보고 있었다. 곧이어 밖에서 일어나고 있는 일을 감지하고 운전사에게 그냥 빨리 떠나라고 지시했던 것이다.

신기루처럼 나타났던 행운은 낭패와 좌절만을 떠안기고 신기루처럼 눈앞에서 없어졌다. 할머니는 다리에 힘이 빠져 더는 걸을 수가 없었다. 고모네 빈집에서 그날 낮과 밤을 보냈다. 아침에 어린것들을 데리고 다시 길에 나섰지만 어디로 가야 할지 몰랐다. 도무지 목적지가 떠오르지 않았다. 그냥 피난민들 속에 섞여 발길 닿는 대로 갈 수밖에 없었다. 어디로든 가기는 가야 했다. 어떻게든 어미 잃은 어린것들을 전쟁에서 지켰다가 아들에게 내어 주어야만 했다.

✦

할머니와 동생들이 하룻밤을 보내고 간 것도 모르고 아버지와 나는 그날 밤을 고모네 집에서 잤다. 우리가 도시를 벗어나 넓은 들판으로 나왔을 때 눈바람이 우리의 얼굴과 귀를 빨갛게 물들였고 손은 얇은 면장갑 안에서 감각을 잃어갔다. 할머니와 동생들이 이런 강추위를 견딜 수 있을까, 나는 몇 번이고 속으로 물었다.

아버지는 우리가 어디로 향해야 할지 아직 결정하지 못한 것 같았다. 영동으로 곧장 가서 먼저 가 있을 충주경찰과 합류해야 할지, 아니면 확신도 없이 할머니와 아이들을 계속 찾아야 할지.

"할머니가 고모를 만났을 것 같니?"

"그랬으면 좋겠어요."

"너도 자신이 없구나! 당연하지."

"그것만이 아니에요, 아버지."

"그것만이 아니라? 그럼 또 뭐?"

"할머니가 고모를 만났다 해도 고모네와 같이 갈 수 있었을까요?"

"맞다. 너의 고모는 할머니의 딸이기 전에, 도씨 집 며느리야. 시부모가 친정 식구들을 데리고 가는 것을 허락하지 않았을 수도 있다."

아버지가 걸음을 멈추고 저 멀리 눈 덮인 언덕을 바라보며 잠시 생각에 잠겼다.

"최악의 경우를 생각해야겠다."

"그게 뭔데요?"

"할머니가 도착하기 전에 고모네가 떠났을 경우, 또 할머니가 고모를 만났지만 고모네와 같이 갈 수 없었을 경우."

"고모네를 만나서 같이 갔을 수도 있는데요?"

"최악의 경우를 생각하는 것이 더 안전해. 너의 부모는 그런 생각을 못 했어." 아버지가 먼 언덕에서 눈을 떼지 않은 채 작은 소리로 말했다. 나는 아버지의 말뜻을 나름대로 어림잡을 수 있었다.

"그럼 할머니를 먼저 찾아본 다음 영동으로 가서 경찰들과 합류하나요?"

"그렇다. 그런데 어디로 가셨을까? 좋다, 수영골로 가 보자! 여름 피난 때 네가 걸었던 그 길을 그대로 따라가면서 찾아보자. 기억하겠지?"

"그럼요. 다 알아요."

아버지가 일단 마음을 정하자 우리의 걸음이 빨라졌다. 그런데 왜 수영골을 목적지로 꼽았는지 궁금했다.

"왜 할머니가 수영골로 향했다고 생각하세요?"

"작년 여름 피난 때 갔던 곳이니까. 그렇지 않니?"

빨라진 걸음걸이와는 달리 아버지의 말은 느리고 목소리에는 힘이 없었다. 수영골은 할머니가 여름에 가 보았던 곳이기 때문에 이번에도 그리로 갔으리라는 것이 아버지의 가정이었다. 이런 겨울에 노인이 아이들을 데리고 그렇게 멀리 갈 생각을 할 수가 있었을까? 나는 아버지가 직감에 의존했거나 마음속으로 주사위를 굴렸을 것으로 생각했다. 하지만 이런 혼란하고 불확실한 상황에서 그것이 그가 내릴 수 있는 최선의 결정이었는지도 몰랐다.

내가 길잡이가 되었다. 기억에 담겨 있는 경로를 그대로 찾아내는 것은 전혀 어렵지 않았다. 몸을 뒤로 젖힐 듯이 거세게 불어오는 바람을 안으며 우리는 앞으로 나아갔다. 가끔 높이 나는 비행기가 있었다. 몰아치는 돌풍에 엔진 소리가 들렸다 안 들렸다 했다.

"이 길이 확실해?"

"예, 아버지."

갈림길을 지날 때마다 아버지가 물었다. 눈에 보이는 풍경이 여름과는 달랐다.

"지금은 겨울이다. 눈 때문에 지형이 달라 보여 딴 길로 들어갈 수도 있다."

"그건 불가능해요."

"불가능? 그게 무슨 말이니?"

"엄마 발자국을 따라가고 있어요. 이 눈 밑에 아직 그대로 남아 있어요." 내가 생각하고 있는 그대로 말했다. 나의 상상 속에서 그것은 사실이었다.

아버지는 길이 맞는지 틀리는지 다시는 묻지 않았다. 나를 동정하고 있는 것이 틀림없었다. 그의 눈이 그렇게 말하고 있었다. 나도 그에게 동정을 느꼈다. 아내를 잃고 연로한 모친과 어린 자녀들을 찾아 아들에게 길을 물어 눈길을 걷고 있는 그를. 동정과 슬픔, 그것은 우리들 '여정의 동반자'였다.

아버지는 할머니가 어린것들 때문에 아침 일찍 출발하지 못하리라 생각했다. 그래서 그들을 앞서지 않으려고 우리도 매일 늦게 출발했다. 그러나 일단 길에 나서면 되도록 빨리 걸었다.

매포를 지나 금강에 도착했다. 강은 흐르지 않았다. 지난 여름밤, 별들이 춤추던 그 강물은 광대한 얼음으로 길게 누워 있었다. 우리 가족을 두 번이나 건네주었던 그 나룻배도 얼음 위에 덩그러니 올라앉아 있었다. 추운 날씨 덕분에 얼음은 바위처럼 단단했고 우리는 아무 걱정도 없이 천천히 걸어 강을 건넜다. 강을 건너는 피난민들은 많지 않았다. 우리가 대전에 도착했을 때 도시는 거의 비어 있었다.

거리에서 만나는 군인들은 중공군이 서울을 점령한 후 보급선이 길어지면서 그들의 전진이 느려지고 있다고 했다. 피난민들은 두 갈래로 나뉘었다: 전선이 더 남쪽으로 이동할 것이라고 믿는 일부는 피난길을 계속 걸었고 나머지는 일단 멈춘 다음 전선이 어느 방향으로 이동하는지 추이를 지켜보는 것 같았다.

다음 날 아침, 우리는 대전을 떠나 계속 남쪽으로 걸었다. 피난민 수는 더 줄어들어 이따금 한두 가족씩 드문드문 나타날 뿐이었다. 철도가 지나는 세천에서 도로를 버리고 철로를 걸었다. 철로는 더 똑바르고 높낮이가 없어 시간과 체력을 절약할 수 있다는 계산에서였다. 길에서 할머니를 만나는 것은 포기했다. 옥천역에 이르자 남쪽을 향하고 서 있는 철도용 트럭 하나가 눈에 들어왔다. 그것은 지붕과 옆 난간이 없는 바퀴 네 개짜리의 작은 것이었는데 실려있는 곡물 부대 위에 여러 사람이 올라앉아 있었다. 대부분 중년 남자들로 가족을 두고 피난길에 오른 것 같았다. 우리가 올라타려 하자 운전사가 막았다.

"승차 허가증 없이는 탈 수 없습니다. 이건 군용이오." 운전사가 퉁명스럽게 말했다. 아버지의 군복이 소용없었다. 아이를 데리고 다니는 군인이 어디 있나 싶었을 것이다.

"허가증을 어디서 받을 수 있습니까?" 아버지가 물었다.

"RTO에 가보시오. 운 좋으면 얻을 수 있을 거요." 그가 손가락으로 역사를 가리키며 말했다.

역사로 들어갔다. 창구에 미군 하나가 앉아 있었다. 아버지가 그에게 영어로 뭐라고 말했다. 그가 우리를 잠시 살펴보더니 글씨가 인쇄된 종이쪽지에 스탬프를 찍어 말없이 내밀었다. 아버지가 그것을 받으며 고맙다고 말하자 그가 나를 보며 싱긋 웃었다. 역사를 나와 운전사에게 그 허가증을 건네주고 트럭 위에 쌓여 있는 곡물 부대로 올라가 가장자리에 앉았다. 안쪽에는 빈자리가 없었다. 트럭은 곧 출발했다. 속도를 높이자 찬바람이 얼굴을 때리기 시작했다. 전속력으로 한참을 달리자 온몸이 얼어붙는 것 같았고 곡물 부대 모서리를 꽉 잡고 있는 나의 손에서는 감각이 사라졌다.

"앞을 보지 말고 뒤를 봐! 머리를 뒤로 돌려!" 아버지의 외치는 소리가 바람을 타고 들려왔다. 나는 머리를 뒤로 돌려 역풍을 피했다. 그런데 나는 나대로 아버지가 떨어질까 봐 겁이 났다. 나도 모르게 "아버지, 안쪽으로 몸을 기울이고 부대를 더 단단히 잡으세요!" 하고 소리쳤다.

내가 이때 왜 아버지의 안전을 그렇게 염려했는지 모른다. 그것은 순수한 혈육의 정 때문이었을 수도, 아니면 혼자 남겨지기 싫은 자기 보호 본능 때문이었을 수도 있었다. 나는 바람을 피하기 위해 머리를 아래로 숙였다. 그러자 휙휙 지나가는 철도 침목들이 눈에 들어왔다. 그것들은 너무 빨리 지나가서 마치 트럭이 갈색 천 위를 달리는 것 같았다. 그런데, 어느 순간, 굉음과 함께 갑자기 땅이 꺼지고 저 아래 까마득한 곳에 강물이 나타났다. 몸이 공중에 붕 뜬 것 같이 아찔했다. 어지러웠다.

"엎드려!" 내 팔을 잡으며 아버지가 소리쳤다.

"조심하세요, 아버지!" 나도 아버지의 옷자락을 내 쪽으로 잡아당기면서 소리쳤다.

트럭이 철교로 들어간 것이었다. 그러나 운전사 말고는 아무도 철교가 다가오는 것을 보지 못했다. 바람을 피하려고 모두 머리를 뒤로 돌리고 있었기 때문이다.

이것은 위험한 여행이었다. 하지만 지금 돌이켜보면 아버지와 나 사이에 있었던 가장 친밀했던 순간이기도 했다. 이원에 도착한 트럭이 아버지와 나를 승강장에 내려놓고 바람 속으로 사라졌다. 태양은 아직 머리 위에 있었다. 전봇대의 그림자가 아주 짧았다. 트럭이 우리에게 최소한 네 시간 정도는 되돌려주었다. 승강장은 비어 있었다. 이 승강장에 내가 다시 서게 될 줄은 생각지 못했었다. 나는 엄마와 형과 또 곳간차 위에 앉아 있던 피난민들을 떠올렸다. '엄마, 왜 그 곳간차 위에 올라 부산까지 가지 않았어요?' 하고 가만히 속삭여 보았다. '우리를 놔두고 혼자라도 떠나야 했어요, 엄마!' 나는 자꾸만 중얼거렸다. 이때 아버지의 목소리가 나를 현실로 불러들였다.

"거기 서서 뭘 하고 있니? 빨리 앞장서지 않고!"

"예, 아버지. 거기서 왼쪽으로 가야 해요." 철길을 가로지르는 작은 길을 가리키며 내가 말했다. 지난여름 우리가 이 이원역 승강장에서 곳간차에 오르고 싶어 한 것을 아버지는 모르고 있는 것 같았다. 엄마도 형도 말을 안 했었나 보다.

조금 걸어가니 엄마가 형과 내게 사과를 사 주던 그 과수원이 나타났다. 잎새들을 모두 떨구고 벌거벗은 채 서 있는 사과나무들은 살아 있는 것 같지가 않아 보였다. 사과를 깎던 엄마의 손가락에서 반짝반짝 빛나던 그 사파이어 반지가 생각났다. 같이 걸으면서도 아버지는 자신이 엄마에게 선물한 반지가 나의 마음속에서 빛나고 있는 것을 몰랐을 것이다. 이제 얼마 안 가서 수영골이 나타날 것이다. 목적지가 가까워질수록 길은 점점 더 낯익었다. 비록 여름과 겨울 사이 풍경은 바뀌었어도 나는 엄마가 이 길을 걸으면서 무슨 말을 했는지, 어디쯤에서 했는지, 다 말할 수 있었다.

드디어 수영골이 나타났다. 회색 겨울 풍경으로 둘러싸인 마을은 빛바랜 흑백사진처럼 시간 속에 얼어 있었다. 잠시 후 우리가 여름에 머물던 그 집이 눈에 들어왔다. 비어 있었다. 우리가 쓰던 방은 아직 장판도 도배도 되어 있지 않았고 문은 지나가는 바람에 흔들리고 있었다.

"여름에 이 방에서 지냈단 말이니?"

"예, 아버지."

아버지는 미동도 하지 않고 벽지도 장판도 없는 방안을 물끄러미 들여다보고 서 있었다. 그 순간 그의 마음속에 무엇이 오갔는지 나는 알지 못한다. 누구에게 무엇인가 속삭였을지도 모른다. "당신 여기서 힘든 시간을 보냈구려! 그렇지만 여기 계속 머물렀으면 좋았을 것을. 내가 찾아온 지금까지!"

"동네 사람들에게 물어보자. 할머니가 혹시 다른 집에 머물고 계실지도 모르니까." 아버지가 돌아서면서 말했다. 목소리에는 여전히 자신이 없었다.

우리는 엄마가 이 마을에 오자마자 처음 말을 붙였던 그 여자의 집으로 갔다. 반쯤 열려 있는 사립문 하며 꼬리를 흔들면서 나를 반기는 강아지 하며 지난여름에 본 것과 똑같았다. 우리가 주인을 찾기도 전에 그 여자가 나왔다. 그녀는 단번에 나를 알아보았다. 하지만 그녀는 아무 말 없이 아버지와 나를 번갈아 쳐다보기만 했다. 우리의 예상치 않은 출현에 그녀가 놀란 것 같았다. 더구나 다른 식구들은 안 보이고 자기 앞에 서 있는 것은 나와 어떤 처음 보는 남자가 아닌가!

"무슨 일이니? 엄마는 어디 있어? 애들하고 뒤에 오고 있니?" 그녀가 질문을 쏟아냈다.

"할머니를 찾고 있어요. 우리 할머니가 내 동생들을 데리고 이리로 왔나요?" 묻는 나의 목소리가 기어들어 갔다. 원하는 대답을 들을 수 없다는 것을 이미 알고 물은 것이었다.

"아니, 여기 안 오셨⋯." 그녀가 고개를 저었다. 그러고 나서 내게 물었다.

"그런데 왜 너 혼자 여길 왔니? 엄마는 어디 있구?"

"애 엄마는 죽었습니다. 나는 애 아버집니다." 나 대신 아버지가 대답했다.

"뭐라구요? 죽었⋯다구요?"

"예, 사실입니다. 슬프게도⋯."

"폭격에요?" 그녀가 물었다. 그러나 아버지도 나도 그렇다고도 아니라고도 말하지 않았다.

"어떡해, 어떡해, 너무 젊은 나이인데⋯." 말을 채 마치기도 전에 그녀의 눈에서 눈물이 주르륵 흘러내렸다.

"그 어린것들을 놔두고… 아기는 누가 키우라고…?" 그녀가 팔을 올려 옷소매로 눈물을 닦았다. 다시 그녀의 떨리는 목소리가 들렸다.

"여기 그냥 있었으면 좋았을 것을!"

우리는 그녀에게 작별 인사를 하고 돌아섰다.

몸은 피곤했고 머리에는 새로 산 공책처럼 아무 생각도 없었다. 아버지도 그랬을 것이다. 스무 발자국을 채 걸었을까, 뒤에서 부르는 소리가 들렸다.

"돌아와! 오늘 밤 우리 집에서 자고 가!" 그녀가 사립문 앞에 그대로 서서 오라고 손짓을 했다.

그녀가 우리를 붙드는 이유를 나는 알 것 같았다. 엄마에 대한 연민의 정이 그녀를 가만히 서 있지 못하게 했을 것이다. 하지만 아버지는 그녀의 호의를 받아들이기를 주저했다.

"괜찮습니다. 고맙습니다." 아버지가 그녀에게 손을 흔들었다. 우리는 다시 돌아서서 계속 걸었다.

"왜 자고 가라는데 안 자고 가요, 아버지?"

"해가 아직 많이 남아 있지 않니? 좀 더 걸어야지." 아버지가 말했다, "그리고… 그리고…. 여기는, 여기는 말이다, 너희들이 있던 데가 아니니? 바로 그 옆집에서 자면 엄마가 더 생각나지 않겠니?"

나는 물어본 것을 후회했다. 내게 한 말이라기보다는 아버지가 자기 자신에게 한 말 같았다. 이원으로 가는 길 내내 그녀의 말이 나를 따라왔다. "너무 젊은 나이인데…"

나는 엄마가 젊었는지 늙었는지는 생각해 본 적이 없었다. 내 눈에 엄마는 그냥 '어른'이었다. 그녀의 말이 내게 진지하게 다가오기 시작한 것은 나의 나이가 엄마의 나이를 지나면서부터였다. 해가 갈수록 엄마는 내 마음속에서 점점 더 젊어지고 나보다 더 젊어지는 엄마의 얼굴을 떠올릴 때마다 주체할 수 없는 슬픔의 파도가 나를 쓸고 지나갔다.

이원을 지나 옥천으로 향했다. 해는 조금밖에 남아 있지 않았다. 잘 곳을 찾아 마을로 들어갔다. 오늘도 빈집을 쉽게 만났다. 이날 밤, 잠자리에 누워 아버지가 말했다.

"대전으로 가자. 그다음엔 보은으로. 그런 다음 영동으로 가서 충주경찰대와 합류하는 거다."

아버지의 말이 끝나자마자 어둠 속 허공에 지도가 보였다. 그 지도에 선을 그었다. 먼저 북서쪽으로 대전, 다음 북동쪽으로 보은, 다시 정 남쪽으로 영동. 삼각형이 나타났다. 도중에 할머니와 동생들을 만나지 못한다면 약 일주일 정도의 여정이 될 것 같았다.

"대전으로 가면 우리가 전선에 더 가까이 가는 거잖아요?" 내가 물었다.

"그렇지. 하지만 상관없어. 전선은 아직 대전 훨씬 북쪽에 있으니까." 아버지가 속삭였다.

아침에 일어나니 아버지가 우물에서 쌀을 씻고 있었다. 취사는 아버지가 했다. 무거운 것도 아버지 차지였다. 그래서 아버지의 륙색은 내가 들 수 없을 만큼 무거웠다. 쌀도 취사도구도 다 그 안에 들어 있었다. 다시 길에 나왔을 때 남으로 가는 피난민의 숫자는 더 줄어 있었다. 이제는 행렬이랄 것도 없었다. 우리는 그들과 반대 방향으로 걸었다. 아버지는 중공군의 전진이 서울 이남 어딘가에 묶여 있는 것이 확실하다고 했다. 사람들의 말보다 줄어드는 피난민의 숫자에 더 무게를 두는 것 같았다.

옥천을 지나 대전을 향해 계속 걸었다. 아버지는 마주치는 사람들에게 같은 질문을 했다. 아기를 업고 아이들 셋을 데리고 가는 할머니를 못 보았느냐고. 아버지가 물을 때마다 그들의 못 보았다는 무관심하고 단순한 대답이 나를 슬프게 했다. 그러던 중 대전 바로 아래에 있는 마을 세천을 지날 때였다. 가족을 데리고 마주 오던 한 여자가 우리에게 희망과 함께 불안을 안겨 주었다.

"예, 봤어요. 어떤 할머니가 애들을 데리고 길을 헤매는 것을 봤어요. 그런데 업은 아기는 없었어요. 너무 안돼 보였기 때문에 기억해요."

"그게 언젭니까? 어디서요?" 아버지가 그녀에게 한발 다가가며 물었다.

"어제 낮 대전역 앞에서요."

"확실히 아기는 없었나요?" 아버지의 음성이 떨렸다.

그녀는 말없이 고개를 저었다. 나는 가슴이 철렁했다. 그녀가 본 것이 할머니가 아니기를 빌었다.

우리는 걸음을 재촉했다. 그러나 대전에 들어섰을 때는 이미 황혼이었다. 다음 날, 아침부터 도시의 구석구석을 샅샅이 뒤지기 시작했다. 그러나 허사였다. 이날 사람들에게 묻는 아버지의 말에 '아기를 업은'이란 말이 빠져 있었다.

다음 날도, 그다음 날도, 파괴된 도시의 남아 있는 주택과 거리를 샅샅이 훑었다. 그러나 그들은 어디에도 없었다. 우리는 대전을 포기하고 보은으로 향했다. 고모의 시댁 친척들이 그 지역 어딘가에 살고 있다는, 말로만 들었을 뿐 가 본 적도 정확히 어딘지도 모르는 그곳에 희망을 걸었다. 지푸라기라도 잡으려는 심정과 다르지 않았다.

대전을 떠난 지 이틀째. 날씨는 추웠지만 길은 편하고 아름답다. 아버지의 류색이 축 늘어져 있다. 꽤 무거운 것 같다. 두껍고 짙은 겨자색 천으로 된 그 류색이 언제부터 우리 집에 있었을까. 네가 태어나기 훨씬 전부터야! 류색이 내게 말을 건다. 아마 그랬을 것이다. 빨리 피하라는 지서장의 전갈을 받고 집을 나설 때도, 나를 데리고 비산마을에 갈 때도, 비산마을에서 서울에 갈 때도, 그리고 가족을 찾아 헤매는 지금도 그 류색은 줄곧 아버지의 어깨에 걸려 있다.

우리는 왼쪽에는 그리 높지 않은 산들이 늘어서 있고 오른쪽에는 시냇물이 졸졸 소리를 내며 흐르는 몽환적인 구간으로 들어섰다. 길에는 아버지와 나, 오직 두 사람, 이따금 지나가는 바람 소리와 아버지의 투박한 군화 소리와 우리의 걱정을 달래주려는 듯 종알거리며 따라오는 개울물 소리가 들리는 것의 전부이다. 하늘엔 솜사탕 같은 구름 몇 점이 한가로이 산봉우리 쪽으로 흘러가고 있다.

"저것들도 생각을 하나요, 아버지?"

"저것들? 그게 누군데?"

"저 구름들요."

"구름? 구름은 마음이 없어. 그냥 수증기 덩어리일 뿐."

"구름에도 마음이 있으면 좋겠어요. 그래서 모든 것을 다 알고 있다면."

"그냥 수증기가 뭉쳐 있는 거라니까. 잠깐… 아, 알겠다. 너 지금 시를 쓰고 있구나! 하 하하…" 아버지가 크게 웃었다.

아버지가 웃었다. 얼마나 오랜만에 들어보는 웃음소린가! 순간, 어디선가, 또 한 사람의 웃음소리가 들려왔다.

"계속해 보거라." 아버지가 말했다.

갑자기 우리의 걸음이 느려졌다. 나는 머리를 뒤로 젖혀 구름을 올려다보며 애원하듯 읊조렸다.

하늘에 사는 아름답고 착한 구름들아
모든 것을 알고 있을 너희들 구름들아
말해다오 그들이 있는 곳 어디쯤인지
..

구름에서 눈을 뗐다. 아버지가 내 옆에서 눈을 감은 채 천천히 걷고 있었다. 무엇을 생각했을까? 나는 묻지 않았다. 우리의 발걸음이 다시 빨라지기 시작했다. 꺼져 가던 희망의 불씨가 다시 살아나기 시작했고 이것이 우리를 앞으로 떠밀었다. 길은 전쟁의 흔적도 없이 조용했고 평화로웠다. 남북으로 뻗은 간선 도로가 아닌 것도, 전투가 교착 상태에 빠져 움직이지 못하는 것도 이유라면 이유였을 것이다.

다음 날 정오께 우리는 보은에 도착했다. 도시라고 하기에는 너무 작았다. 그날 오후와 그다음 날 온종일 우리는 확신 없는 수색을 계속했다. 문패를 보기도 하고 사람들에게 묻기도 하여 고모부와 성이 같은 두 가구를 찾아냈지만, 그들은 고모네를 알지 못했다. 그러나 그들에게서 유용한 정보 한 가지를 얻을 수 있었다. 청산이란 곳에 같은 성을 가진 사람들이 여럿 있으니 그리 가 보라는 것이었다. 우리는 청산으로 향했다. 영동에 가려면 어차피 거쳐야 하는 곳이었다. 청산은 보은보다 더 작았다. 이곳에서 우리는 그리 어렵지 않게 고모네가 머무는 집을 찾을 수 있었다.

갑자기 나타난 우리를 보고 고모가 놀랐다. 그러나 그 집에는 고모와 고모의 아이들만 있을 뿐 우리가 찾는 할머니와 동생들은 보이지 않았다.

"엄마하고 애들은 어디 있어? 거기로 데려다줘!"

고모를 본 순간 아버지가 다짜고짜 말했다. 할머니가 고모와 함께 이리로 왔는지 안 왔는지 먼저 확인도 하지 않고. 나는 그런 아버지가 전혀 이상하지 않았다. 그동안 아버지의 마음속에는 할머니와 아이들밖에 없었다. 그것이 고모의 얼굴을 본 순간 그대로 왈칵 쏟아져 나왔을 것이다. 고모가 대답 대신 머리를 떨구었다. 발끝을 내려다보면서 청주 집을 떠날 때 있었던 일을 천천히 설명해 나아갔다. 고모의 말을 듣는 아버지의 표정이 차츰 굳어졌다. 바로 그가 상상했던 최악의 경우가 지금 고모의 입에서 흘러나오고 있었다.

"트럭이 갑자기 움직이며 속력을 냈어." 고모가 계속했다. 트럭에 실은 짐 위에 앉아서 떠나는 트럭을 어떻게 세워? 정말이야, 믿어줘." 고모가 울상인 얼굴로 말했다.

"뭐라고? 그래서 어머니가 지금 어디 계신지 모른단 말이지?"

고모는 말없이 머리를 좌우로 저었다. 그러더니 얼굴을 들어 잠시 아버지를 바라보더니 다시 입을 열었다.

"트럭이 안 떠났더라도 엄마와 애들을 다 태울 순 없었을 거야. 짐을 실은 데다가 우리가 대식구잖아. 자리가 없었어. 그래도 애들 한둘쯤은 어떻게 해서라도 태울 수 있었을 텐데. 아니면 어머니한테 이곳 주소를 알려 드릴 수도 있었고. 그랬다면 지금쯤 어머니가 여기서 우리와 같이 계실 텐데. 트럭이 갑자기 떠나는 바람에 그만⋯. 트럭의 짐칸에 앉아서 떠나는 트럭을 어떻게 세워? 모녀간을 어찌 그리 매정하게 끊을 수가⋯"

"다 지나간 일이다. 생각지 말어." 아버지가 말했다.

"왜 어머니 혼자 애들을 데리고 왔는지 이상했어. 올케하고 큰애는 어디 있어?" 마치 이제야 생각난 듯 고모가 물었다.

"네 올케는 죽었어. 큰애는 지금 어디 있는지 모르고⋯" 아버지가 말끝을 흐렸다.

"⋯?" 고모의 얼굴이 갑자기 멍해졌다. 한동안 아버지의 눈만 응시하다가 입을 열었다.

"지금 뭐라고 했어, 오빠?"

"이 세상 사람이 아냐." 아버지가 분명히 말했다.

"지금은 묻지 마. 기회가 오면 그때 다 말해 줄게." 아버지가 고모의 입을 막았다.

고모의 눈에 고인 눈물이 볼을 타고 흘러내렸다. 계속 무슨 말을 하려고 입을 열다간 닫았다. 한동안 침묵이 흐른 뒤 고모가 물었다.

"그럼 오빠는 이제 어디로 갈 거야? 우리하고 여기 있음 안 돼? 남편하고 시부모님들은 다른 집에 있고 이 집엔 나하고 애들만 있어."

아버지가 고개를 저었다. "영동에 가서 충주경찰대와 합류해야 해. 경찰병원 의사로 일하고 있었거든." 아버지가 말하자 고모는 더 묻거나 잡지 않았다.

서로의 안전을 빌며 고모와 헤어졌다. 영동을 향해서 해 질 때까지 걷다 길가 마을에서 그날 밤을 보냈다.

다음 날 아침 우리는 다시 길 위에 섰다. 나는 몸도 마음도 지쳐 있었다. 아버지의 얼굴에선 표정이 사라졌고 륙색을 진 그의 어깨는 그 어느 때보다도 더 처져 있었다. 그동안 그를 버티게 했던 한 가닥 가느다란 희망도 물거품으로 사라지고 말았다. 우리는 느린 걸음으로 우리들 여정의 마지막 구간을 걸어갔다. 길은 비어 있었다. 한참을 가도 아버지와 나 단둘이었다. 사람들은 다 어디로 갔을까…. 그러다가 구불구불하던 길이 일자로 펴졌을 때 우리는 50대로 보이는 한 남자와 마주쳤다. 그가 걸음을 멈추고 물었다.

"노인은 어디까지 가십니까?"

노인? 아버지가 뒤를 돌아보았다. 우리가 걸어온 빈 길만 보일 뿐, 노인은 없었다.

"내게 물으셨습니까? 영동까지 갑니다만?"

"여기 댁 말고 또 누가 있습니까? 이제 조금만 더 가면 됩니다."

아무렇지 않게 말한 다음, 이 생각 없는 남자는 다시 가던 길을 가기 시작했다.

내가 지난 아홉 달 동안에 이십 년을 살았단 말인가! 아버지가 껄껄 웃었다. 그 씁쓸한 웃음에 당혹감이 묻어났다. 그는 42세였다.

저녁 무렵 영동에 도착했다. 영동, 지난여름부터 얼마나 많이 들어온 이름이던가? 크지는 않았지만 도시는 도시였다. 많은 건물이 부서져 있었다. 우리가 걸어가는 저만큼 앞에 군 막사들이 있었고 군인들이 식기를 들고 줄지어 서 있는 것이 보였다. 필리핀 군인들이라고 아버지가 말했다.

경찰서에 가서 보초를 서는 순경에게 충주경찰대와 그 가족이 머무는 곳을 물었다. 약 십 리 정도 떨어진 괴목이란 곳에 가 보라고 하면서 그가 길을 알려 주었다. 그들은 대부분 도시 외곽의 여러 마을에 흩어져 있다는 것이었다. 시내를 벗어나 조금 걸었을 때 도로 왼쪽으로 개울이 나타났다. 한참을 그 개울과 나란히 이어지던 길이 오른쪽으로 휘어졌다. 그 급커브를 돌아 나온 우리의 눈에 커다란 느티나무가 나타났고 그 너머에 마을이 보였다.

"다 왔다. 바로 저 마을이다!" 아버지가 느티나무를 가리키며 말했다. 나는 '괴목'이 느티나무의 또 다른 이름인 것을 알았다. 집 이십 채도 채 안 되는 작은 마을이어서 경찰과 그 가족들을 쉽게 찾을 수 있었다. 그들 중에 한 경위는 없었다. 영동 시내에 따로 있다는 것이었다. 아버지가 가족을 찾지 못한 것을 안 그들은 너무 걱정하지 말라고 위로하며 우리에게 저녁 식사를 제공했다. 저녁을 먹은 후 그중 한 사람이 우리를 어떤 집으로 데리고 갔다. 우리는 이 집에서 경찰들이 충주로 복귀할 때까지 머물렀다.

이튿날 아침, 잠자리에서 일어나 밖으로 나갔다. 전날 밤 우리에게 방을 보여 준 남자가 마당에 서서 내게 미소를 보냈다. 인상이 부드러운 그는 나무처럼 키가 아주 컸다. 나는 이 집의 주인인 그에게 머리 숙여 아침 인사를 했다.

하루가 지나자 의사가 마을에 왔다는 입소문을 듣고 인근 마을에서 환자들이 찾아왔다. 아버지는 륙색에 넣어서 온 약을 주거나 아니면 구두 처방만 주고 돌려보냈다. 그냥 가는 사람도 있고 곡식이나 부식을 놓고 가는 사람들도 있었다. 환자들 말고도 찾아오는 사람들이 있었다. 경찰 두세 명이 자주 들렀다. 그들은 사냥하러 가는 길에 곧잘 나를 데리고 갔다. 그렇게 날들이 지나갔다.

18

"너 혼자서는 멀고 힘든 길이지? 그렇지?"

괴목마을에 온 지 두 주일쯤 지난 어느 날, 할머니가 집에 돌아오셨는지 J읍에 한번 가 보는 것이 어떠냐고 아버지가 물으며 나의 얼굴을 살폈다.

"멀지만 혼자서 갈 수 있어요!" 나는 자신 있게 말하면서도 미리 그 생각을 못 한 내가 부끄러웠다.

다음 날 아침이 왔다. "이건 페니실린이란 약이다. 혹 네 아기 동생이 고열에 기침이 나거나 하면 김 군을 찾아가 주사를 놓아 달라고 부탁해라. 폐렴이나 홍역이 올지도 몰라. 지금쯤 집에 돌아오셨을까…?" 아버지가 내게 주사약과 주사기를 주며 말했다.

"알았어요. 그런데 아직 안 돌아오셨으면 어쩌지요?"

"즉시 이리 돌아와라. 사정이 허락하는 대로 우리가 집에 갈 것이라고 쪽지를 남기고 또 할머니한테 그렇게 전해 달라고 이웃들에게 부탁도 해놓고."

"또 김 군이 피난에서 아직 안 돌아왔으면요? 군에 징집되었을 수도 있구요? 주사를 놓을 줄 아는 사람을 찾아가서 부탁할까요?"

아버지가 말없이 고개를 끄덕였다. 김 군은 전쟁이 나기 전까지 아버지의 병원에서 조수로 일하던 청년이었다. 아버지는 아직 아기가 살아 있다고 생각하는 것 같았다.

"이건 필요하면 써라." 아버지가 주머니에 돈을 넣어 주며 말했다.

나는 꾸뻑 머리 숙여 인사를 하고 대문을 나왔다. 날은 맑았고 별로 춥지도 않았다. 출발부터 빨리 걸었다. 영동에서 J읍에 이르는 길이 머릿속에 훤히 나타났다. 교실 벽에 붙어 있던 지도를 열심히 읽은 덕분이었을 것이다. 보은에서 청주까지는 가 보지 않은 길이었다. 아마도 많은 고개를 넘고 또 넘어야 할 것 같았다. 그래도 시간을 절약하려면 대전보다는 보은을 경유하는 것이 유리하단 생각이 들었다. 날씨가 방해하지 않는다면 사나흘 여정이었다. 아버지가 주머니에 넣어 준 여행 경비는 별로 쓸 일이 없을 것 같았다. 주로 산간 지역과 농촌을 통과하는 길가에 여관이 있을 것 같지가 않았고, 있다 하더라도 전시라 문을 닫았을 것이었다.

길은 조용했다. 한 시간을 걸어도 행인은 나 혼자였다. 혼자 걷는 길은 외로웠고 산을 넘을 때는 무섭기도 했다. 누가 뒤를 밟는 것 같아 돌아다보면 지나온 길만이 길게 누워 있을 뿐이었다. 어디선가는 까마귀 한 마리가 나의 외로움과 두려움을 쪼아대며 끈질기게 따라오기도 했었다. 그러나 내가 정말로 두려워한 것은 따로 있었다. 그것은 내 여정의 끝에서 내가 지금 가지고 가는 주사약이 필요 없게 된 것을 발견하는 것이었다. "어떤 할머니가 애들을 데리고…. 그런데 업은 아기는 없었어요." 길에서 만났던 그녀의 목소리가 계속 나의 귀를 파고들었다.

배낭 안에는 아버지가 만들어 준 주먹밥이 들어 있었다. 시간을 벌기 위해 걸으면서 먹었다. 그것들은 하나도 얼지 않았다. 푹한 날씨 덕이었다.

동행하던 나의 그림자가 사라졌다. 벌거벗은 나뭇가지가 떠나는 하루의 태양을 붙들고 있었다. 기온이 떨어졌지만 밤을 새워 걸어야 할 것 같았다. 여관을 만날 것 같지 않았고 그렇다고 마을을 찾아 들어가 이집 저집 돌며 하룻밤을 구걸할 마음도 없었다. 저녁 어스름이 태양의 잔광을 거의 다 삼켜버렸을 무렵, 멀지 않은 곳에 마을이 보였다. 그러나 그냥 지나치기로 했다. 오르막길을 조금 걸었을 때 저만큼에 언덕이 나타났다. 그 언덕 양쪽에 키 큰 나무들의 검은 그림자가 나를 응시하고 서 있는 것이 보였다. 갑자기 찾아온 무서운 생각이 나의 발길을 조금 전에 본 그 마을로 돌려놓았다.

마을 어귀의 어느 집 앞에 멈춰 사립문을 흔들어 인기척을 했다. 아무 응답이 없었다. 빈집일까? 다시 흔들었다. 마당 건너에서 가래 섞인 기침 소리가 나더니 이내 방문이 획 열렸다. 노인의 얼굴이 나타났다.

"저런! 어린아이가 혼자서…. 잘 곳을 찾고 있는 게로구나?" 내 마음을 읽은 노인이 물었다. 나는 그에게서 눈을 떼지 않은 채 고개를 위아래로 흔들었다. 그가 나를 오라고 손짓했다. 나는 마당을 가로지른 다음 방에 들어가 배낭을 벗어 놓고 노인 앞에 앉았다.

"방은 있다만 먹을 것은 없다." 노인이 나의 안색을 살피며 말했다.

"괜찮아요, 저한테 먹을 게 좀 있어요."

"그래?" 나의 배낭을 내려다보는 노인의 얼굴에 안도의 빛이 떠올랐다.

이렇게 해서 나는 힘 안 들이고 하룻밤을 얻었다. 나는 궁금해하는 노인에게 혼자 길을 가야 하는 이유를 말했다. 노인은 내 또래의 손자가 있노라고 말하며 나에게 친근한 눈길을 주었다. 그 애가 어디 있느냐고 묻자 아들 내외와 함께 다른 마을에 있다고 했다. 노인이 옆에 붙은 방문을 열어 주며 그 방에서 자라고 했다. 이날 밤 나는 잠결에 몇 번인가 노인의 밭은기침 소리를 들었다.

넷째 날, 해 질 무렵, 집에 도착했다. 가슴을 두근거리며 대문 안으로 들어섰다. 아무도 없었다. 빈집의 공허한 침묵이 나를 감쌌다. 방바닥은 얼음같이 차가웠고 손에는 먼지가 묻었다. 오랫동안 아무도 사용하지 않은 것이 분명했다. 울타리에서 송판때기 몇 개를 떼어 내 아궁이에 불을 지펴 방을 데웠다. 그날 밤, 깜깜한 방에 홀로 누워 있는 내게 누군가 소곤거리는 소리가 들렸다. 할머니 혼자서 너를 반긴 것보다는 차라리 아무도 없는 것이 낫지 않냐고. 나는 잠이 나를 다른 세상으로 데려갈 때까지 모든 불길한 상상들을 하나, 둘, 생각에서 밀어냈다.

다음 날 아침이 왔다. 할머니가 없으면 즉시 돌아오라고 한 아버지의 말이 떠올랐다. 하지만 전날 청주를 지나면서 집으로 돌아가는 피난민의 숫자가 불어나던 것이 생각났다. 할머니와 동생들도 지금 집으로 오고 있는 중이 아닐까? 나는 혼란스러웠다. 생각 끝에 하루나 이틀 더 집에 머물러 보기로 했다. 근거가 있는 믿음이라기보다는 막연한 희망에 불과했다. 또한 아버지를 너무 빨리 실망하게 하고 싶지 않았던 내 생각이 나를 붙잡았는지도 모른다.

배가 고팠다. 배낭의 주먹밥은 어제로 끝났다. 장터로 가 보았다. 그러나 그곳은 아이들이 집으로 돌아가 버린 학교 운동장같이 비어 있었다. 돌아서려는데 저쪽 가장자리에 사람 몇이 서 있는 것이 눈에 들어왔다. 혹시나 하고 그들에게 다가갔다. 아니나 다를까, 쌀과 밤을 가지고 나온 농부들이었다. 또 그 옆에는 달걀과 마른 나물을 앞에 놓고 쪼그리고 앉아 있는 한 여자가 있었다. 쌀과 달걀 몇 개를 사서 배낭에 넣어 집으로 돌아왔다. 나 혼자 이틀 동안 먹고 또 떠날 때 가지고 갈 주먹밥을 하고도 꽤 남을 양이었다. 내가 떠난 뒤에라도 할머니와 동생들이 돌아올 것을 생각해 조금 더 샀다. 아버지가 주머니에 넣어 준 여행 경비 덕이었다.

그러나, 그날도 그다음 날도 내가 기다리는 사람들은 오지 않았다. 사흘째 되던 날 아침, 쪽지에 "아버지는 사정이 허락할 때 집으로 돌아올 것임"이라고 적고 끝에 내 이름을 써서 부엌의 광에 있는 독 안에 넣었다.

배낭을 메고 마당에 서서 집을 한 번 둘러본 다음 행길로 나왔다. 영동으로 향했다. 집에 올 때와 같은 길로 갈 생각이었다. 한 십 리쯤 갔을 때 피난에서 돌아오는 두 가족이 있었다. 커브를 돌자 더 많은 가족이 보였다. 나의 일생에서 가장 기쁘면서도 슬펐던 순간 중 하나가 접근하는 것도 모르고 계속 걸어갔다. 그들이 가까이 왔을 때 머리를 숙이고 힘없이 걸어오는 나이 든 여자가 눈에 들어왔다. 할머니 같다는 생각이 머리를 스쳤다.

"할머니!" 내가 불러 보았다. 그러나 듣지 못한 것 같았다. 잠시 후 그녀의 뒤에서 귀에 익은 목소리가 들려왔다. "오빠! 오빠!"

바로 아래 동생의 목소리가 틀림없었다. 그들에게 뛰어갔다. 할머니의 놀란 얼굴이 뛰어오는 나를 뚫어지게 쳐다보고 있었다.

"아버지는 어디 있니? 알고 있니?" 할머니가 모기만 한 소리로 아버지부터 물었다. 아버지가 고모를 만나자마자 대뜸 할머니부터 물었던 것처럼 할머니의 마음에도 아버지밖엔 없었던 것 같다.

"아버지는 지금 영동에 잘 있어, 할머니." 내가 말했다. 할머니의 얼굴이 금방 펴졌다.

얼굴과 행색에서 그들이 겪은 고통이 묻어났다. 할머니는 열 살은 더 늙어 있었고 동생들의 뺨엔 버짐이 피었으며 아기는 할머니의 등에서 축 늘어진 채 잠들어 있었다. 할머니와 동생들에게서 보따리 하나씩을 빼앗아 들고 그들과 함께 집으로 향했다. 걸으면서 나는 아버지와 내가 할머니를 찾아 수영골에 갔었다는 것과 고모를 만났었다는 것과 할머니가 트럭에 오르지 못했다는 이야기를 들었다는 것과 내가 집에 왔던 이유 등을 할머니에게 자세히 말해 주었다.

집에 오는 동안 내내 나의 마음은 아버지를 향해 줄달음치고 있었다. 할머니와 아이들을 찾았어요. 다들 괜찮아요. 아기는 여전히 할머니의 등에 업혀 있어요. 이제 안심해도 돼요. 입 속으로 중얼거리고 또 중얼거렸다.

집에 돌아오자 그들은 모두 방바닥에 드러누웠다. 너무 지쳐 있었다. 나는 부엌으로 가 아궁이에 불을 지피고 숨겨 두었던 쌀로 밥을 지었다.

며칠이 지나갔다. 이 며칠 동안 우리에게 먹을 것을 가져다주고 또 나의 아기 동생에게 젖을 물려준 몇몇 마음 착한 부인들이 있었다. 나의 급우 창배 엄마도 그들 중 하나였다.

그렇지만 몰염치한 방문자도 한 사람 있었다. 헌병들에게 엄마를 일러바쳤던 여자, 바로 정 의사의 부인이었다. 그녀는 아버지가 혹시 어디에 두었을지도 모르는 의료기구를 빌리러 왔다고 했다. (이때 우리는 그녀가 엄마에게 해를 가한 장본인이란 것을 아직 모르고 있었다.)

그녀의 요구에 할머니가 기구 몇 가지를 꺼내다 그녀 앞에 놓았다. 그것들을 살펴보던 그녀가 끝이 한 쌍의 고리로 되어 있고 가위같이 접었다 폈다 할 수 있는 금속으로 된 것을 가리키면서 "이걸 빌려줘요." 하고 말했다. 할머니가 선뜻 내어주지 않고 망설이자 그녀는 물러서지 않고 계속 몰아붙였다. 잠시 후, 대문을 나서는 그녀의 손에 그녀가 빌려 달라던 그것이 들려 있었다. 나중에 안 것이지만 그것은 분만용 겸자였다. 나는 그녀가 그것을 도로 가져오는 것을 보지 못했다. 이때가 처음이 아니었을 수도 있다. 우리 집에 군인들이 묵고 있을 때, 이미 무엇인가를 가져갔을 수도 있었다.

영동에 있는 아버지는 내가 그에게 돌아가지 않고 있는 것에서 할머니와 아이들이 집에 돌아온 것을 알고 있을 것이다. 이 생각 때문에 나는 지난 며칠을 마음 편히 보낼 수 있었다. 그러나 단 며칠뿐이었다. 할머니와 아이들이 모두 돌아왔는지 아닌지 아버지가 어떻게 알 것인가? 또 이에 앞서 아버지는 내가 집에 무사히 도착했다고 확신할 수 있었을까? 갑자기 찾아온 이 의문들이 나를 괴롭혔다. 아버지도 지금쯤 이런 의문에 시달리고 있을지 모른다는 생각이 들었다. 그를 안심시키기 위해 영동으로 돌아가기로 마음먹었다.

다음 날, 주사약을 할머니에게 맡기고 나는 J읍을 떠났다. 있는 힘을 다해 빨리 걸었다. 청주를 지나 정남으로 방향을 틀었다. 이때부터 사람은 그림자도 보이지 않았다. 한참을 걸었을 때 높은 산들이 나타나기 시작했다. 길옆으로 짐승의 이빨같이 높이 솟은 봉우리들에 가려 하늘은 작아지고 오른쪽 봉우리 위로 넘어 들어오는 검은 구름이 재빨리 그 작아진 하늘마저 먹어 치웠다. 갑자기 변하는 날씨에 덜컥 겁이 났다.

곧 뭔가 공중에 날리기 시작했다. 하늘하늘 맴돌며 내려오는 것, 그것은 눈이었다. 점점 힘을 얻은 그 눈 조각들이 내 주위를 빙빙 돌며 격렬하게 소용돌이치자 산들은 회색 실루엣으로 저만큼 물러나기 시작했다. 눈은 한순간에 온 세상을 한 장의 방대한 흰 도화지로 바꾸어 놓았다. 나는 방향을 잃었다. 난폭한 눈보라의 폭력 앞에서 한 치 앞도 분간할 수 없었다. 게다가 어두워지고 있었다. 눈이 나의 발목을 덮었을 때, 그리고 시시각각 더 깊이 빠지고 있는 것을 알았을 때, 나는 다만 내가 큰 곤경에 처한 것을 깨달았다. 앞으로 나아가려고 무작정 몸을 밀었다. 그러나 나는 곧 무언가에 걸려 넘어져 얼굴을 눈 속에 처박았다. 일어나려고 했지만, 배낭 안에 들어 있는 사흘 치 주먹밥의 무게가 나를 짓눌렀다. 일어나! 일어나야 해! 나는 내게 부르짖으며 윗몸을 힘껏 밀어 올렸다. 그러나 팔꿈치가 힘없이 구부러지면서 다시 엎어지고 말았다.

그렇게 얼마의 시간이 흘렀다. 머리를 들었다. 눈은 보이지 않았다. 눈 대신 다른 것들, 손에 창을 든 수없는 악동들의 무언극이 펼쳐지고 있었다. 신에게 드릴 제물을 죽이는 의식 같았다. 나는 내가 조금씩 죽어 간다고 생각했다. 눈을 감았다. 그때 무엇인가 내 몸에 닿는 것이 있었다. 눈을 떴다. 오, 나의 귀여운 강아지, 복돌! 너였구나! 나는 복돌의 따스한 목을 껴안고 털 냄새를 맡았다. 순간 복돌 뒤에 누가 서 있는 것이 보였다. 고개를 위로 젖혔다. 나를 내려다보며 웃고 있는 그 얼굴, "엄마, 도와주세요! 엄마, 도와주세요!" 나는 내가 낼 수 있는 가장 큰 소리로 외쳤다. 외치고 또 외쳤다. 잠시 후, 내가 외침을 멈췄을 때, 내 앞에는 엄마도 복돌도 보이지 않았다. 그냥 내리꽂히는 눈발뿐이었다. 헛것을 본 것일까. 나는 아쉬움에 겨워 엄마와 복돌을 계속 불렀다. 귀중한 순간을 놓친 것이 슬펐다. 그때 무슨 소리가 들렸다. 무슨 소리지? 내 목소리의 메아리일까? 그러나 아닌 것 같았다. 그 울부짖는 눈보라에 섞여 반복해서 들려오는 그 소리… 어딘지 먼 데서 개가 짖고 있었다. 순간, 내 몸 어디선가 솟구친 새로운 힘이 나를 벌떡 일으켜 세웠다. 눈보라를 뚫고 소리가 나는 쪽을 향해 나아가기 시작했다. 멈추면 안 돼! 계속 짖어! 개가 짖기를 멈출까 봐 조마조마했다. 나는 마음이 급했다. 허둥지둥 앞으로 나아가다 다시 무엇인가에 걸려 넘어지고 말았다. 주위는 완전히 어두웠고 희미해지는 의식 속에 개의 짖는 소리도 죽어 가고 있었다.

"멈추지 마, 멈추면 안 돼, 제발!" 있는 힘을 다해 소리쳤으나 나의 외침은 입술 안에서 맴돌았다. 개 짖는 소리는 곧 끊어지고 말았다. 그런데 이상하게도 마음이 편안해졌다. 더는 눈이 무섭지 않았다. 그렇게 얼마의 시간이 흘렀을까, 다시 고개를 들었을 때 무엇인가가 저만큼에서 가물거리고 있었다. 불빛이었다. 생존을 향한 용기가 나를 다시 일으켜 세웠다. 만일 그 불빛이 아니었다면 눈보라가 나를 그 자리에 묻어 버렸을 것이다. 허우적허우적 불빛을 향해 나아갔다. 개가 다시 짖기 시작했다. 그 소리는 점점 가까워지고 있었다. 나의 심장이 점점 빠르게 뛰었다.

얼마 뒤, 나는 어느 집 대문 앞에 서 있었다. 개는 이제 짖지 않고 대문 안에서 그냥 으르렁거리기만 했다. 자신이 추적하던 그 인기척의 주인공이 바로 문 앞에 서 있는 것을 안 것이 분명했다. 그 개는 엄마와 복돌을 부르는 내 목소리를 듣고 짖기 시작했을 것이다. 잠시 후, 누가 문틈으로 밖을 살피는 것 같았다. 곧 문이 확 열리더니 어떤 여자가 나왔다.

"아니, 어린 총각 아냐! 너 어디 사니?" 그녀가 물었다.

"J읍에 살아요. 영동으로 가는 중인데 눈 속에서 길을 잃었어요."

"아이구, 저런! 어린 총각이 그렇게 먼 길을 혼자서… 어서 들어와."

그녀가 혀를 차면서 나를 문간방으로 데리고 갔다.

"들어가. 저녁은 먹었니?" 그녀가 방문을 열며 물었다.

나는 아무 말도 하지 않고 그녀가 시키는 대로 방으로 들어갔다. 방에는 등잔불이 켜져 있고 횃대엔 여자 옷가지가 걸려 있었다. 나는 내가 배가 고픈지 아닌지 알지 못했다. 그냥 빨리 눕고만 싶었다. 그녀가 간단한 침구를 갖다 놓고 잘 자라고 하면서 안채로 건너갔다.

방바닥엔 온기가 있었다. 어디서 향긋한 분 냄새도 났다. 누가 쓰는 방을 내어 준 것 같았다. 그런데, 왠지 어깨가 허전한 느낌이 들었다. 주위를 살펴보았다. 나는 그제야 배낭이 없어진 것을 알았다. 배낭과 함께 그 안에 들어 있는 주먹밥도 사라졌다. 어딘가 눈 속에 묻혔을 것으로 생각하고 포기했다. 젖은 옷을 벗고 등잔불을 끈 다음 이불 속으로 들어가 똑바로 누웠다. 마당 건너에서 여자들의 말소리가 희미하게 들려왔다. 틀림없이 나에 대한 이야기 같았다. 나는 곧 깊은 잠에 떨어졌다.

밤이 가고 날이 밝았다. 마당 저쪽 부엌에서 들려오는 그릇 부딪치는 소리가 나를 깨웠다. 일어나려는데 다리가 아팠다. 도로 누웠다. 하지만 나는 일어나야 했다. 어떻게 어떻게 해서 마침내 일어서고 말았다. 옷을 주워 입고 이불을 개어 방 한쪽으로 밀어 놓았다. 다리도 팔도 아팠지만, 아버지를 빨리 만나려면 일분일초도 허비할 수 없었다. 나가려고 방문을 열었다. 장독대의 눈을 쓸어내리던 어젯밤 그녀가 나를 보고 뛰어왔다.

"총각, 벌써 일어났어? 아직 이른 시간인데 좀 더 자지 않고?"

"지금 떠나야 해요. 재워 주셔서 고마워요."

"아니야. 못 가. 창문 열고 밖을 한 번 내다봐!" 그녀가 창문을 가리키며 말했다.

창을 열고 밖을 보았다. 보이는 것은 모두 눈이었다. 그 위로 아직도 분설이 날아다니고 있었다. 그래도 가야 했다. 방을 나와 대문으로 갔다. 문을 열려는데 그녀가 나의 팔을 잡아끌어 방으로 밀어 넣었다.

"아침은 먹고 가야지. 다 됐어." 그녀가 말하며 마당 건너로 사라졌다.

잠시 후 그녀가 작은 상에 밥을 차려왔다. 나는 얼른 그것을 받아 안으로 들여놓았다. 밥에 국과 김치와 삶은 달걀 한 개가 놓여 있었다.

"총각, 밤에 잠꼬대한 것 알아?" 그녀가 돌아서다 말고 생각난 듯 물었다.

"제가 잠꼬대를 했어요? 생각 안 나요."

"응, 여러 번. 엄마를 자꾸 불렀어. 엄마가 영동에서 총각을 기다리고 계서?"

나는 아니라고 말하려다 얼른 입을 다물었다. 대신, 그렇다고 머리를 끄덕였다. 아니라고 말하면 그녀가 여러 가지 질문을 쏟아 낼 것 같았다. 그러면 나는 대답을 하면서 슬퍼질 것이고 그녀는 불쌍해하는 눈으로 나를 보면서 쯧쯧 하고 혀를 찰 것이 분명했다. 그 무렵 나는 '엄마'라는 말만 들어도 금방 울먹울먹해지곤 했었다. 그녀가 잘 먹으라며 마당 저쪽으로 사라진 다음, 나는 그 과분한 아침을 먹었다. 삶은 달걀은 주머니에 넣었다.

✦

그 집을 나왔다. 눈에 발이 푹푹 빠졌다. 가로수들의 안내로 마을 앞을 지나가는 큰길로 나왔다. 나는 자꾸만 뒤를 돌아다보았다. 밤에는 잘 안 보여 몰랐지만, 집이 열 채 정도 될까 말까 한 작은 마을이었다. 지금까지도 그 젊은 새댁은 그때 그 모습 그대로 내 기억 속에 남아 있다. 그녀는 왜 홀로 지나가는 일면식도 없는 아이에게 쓰던 방까지 내어 주고 아침상엔 삶은 달걀까지 얹어 주었을까? 제대로 먹지 못해 영양실조에 걸린 것 같은 그 아이가 길에서 쓰러질까 두려웠을까?

나의 갑작스러운 출현이 아버지를 놀라게 했다. 그는 굳은 얼굴로 말없이 나를 바라보았다. 나는 그가 눈으로 묻고 있는 그것이 무엇인지 알았다.

"할머니와 동생들은 모두 집에 돌아와 있어요. 서대전에 있었대요. 아픈 사람은 없어요. 형은 돌아오지 않았어요."

나는 되도록 간단하고 정확하게 있는 그대로 말했다. 굳어 있던 아버지의 얼굴이 풀어졌다. 그가 안도하는 것을 보고 나는 돌아오기를 잘했다고 생각했다. 그날 밤, 등잔불 아래서 아버지가 웃는 것을 보았다. 그러나 날이 밝자 아버지는 여러 가지를 묻기 시작했다. 큰 걱정들이 사라진 자리를 작은 걱정들이 채우고 있는 것이었다. 눈은 이곳에도 내렸지만 쌓일 정도는 아니었다. 오는 길에 눈보라에 길을 잃었었다는 말은 하지 않았다.

아버지가 환자들을 보는 동안 나는 몇 번인가 산과 들로 사냥하는 경찰들을 따라다녔다. 그러나 그들의 사냥은 별로 성공적이지 못했다. 번번이 목표를 놓쳤고 결국 며칠 동안 겨우 토끼 두 마리를 잡는 데 그쳤다. 사냥보다는 따분한 일상으로부터의 탈출이 목적인 것 같았다. 아버지는 내가 그들을 따라다니는 것을 좋아하지 않았다. 그는 총을 싫어했다.

어느 날부터인가 경찰들의 숫자가 줄고 있었다. 대부분 가족과 함께 충주로 돌아간 것인데 아직 남아 있는 몇몇 사람들과 함께 우리도 다음 날 떠날 것이라고 했다.

아침 일찍 트럭 하나가 집 앞에 와 멎었다. 양곡 가마니 위에 다섯 명 가량의 경찰들이 앉아 있었다. 동반 가족이 없는 것을 보면 그들은 모두 독신인 것 같았다. 집주인이 잘 가라고 손을 흔들었다. 우리도 그에게 손을 흔들어 작별의 인사를 보냈다. 영동을 지나자 트럭이 북으로 방향을 틀었다. 내가 걸었던 그 길이었다. 트럭의 왼쪽 뒷바퀴는 타이어 하나가 빠져 쇠가 보였다. 또 실은 것이 너무 많았는지 고개를 만날 때마다 엔진이 힘겨운 소리를 냈다.

해가 지고 난 후 청주에 들어섰다. 시내를 관통하던 트럭이 영업을 하고 있는 여관을 발견하고 그 앞에 멈추었다. 그날 밤을 그곳에서 보냈다. 다음 날 아침, 식사를 하고 트럭에 오르려는데 아버지가 말했다.

"J읍에 도착하면 집에 가서 할머니께 말씀드려라. 내가 열흘쯤 후에 집에 갈 것이니 걱정하지 말고 기다리시라고."

"네. 그렇게 말씀드릴게요." 내가 대답했다.

나는 아버지가 J읍에서 내리지 않고 경찰들과 함께 먼저 충주로 갔다가 집으로 올 것이란 말로 알아들었다. 오전 10시경 J읍에 닿았다. 우리 집 앞에서 멈출 줄 알았던 트럭이 그냥 지나치더니 조금 더 가 지서 앞에서 멈추었다. J읍에서 내릴 사람은 나 하나일 것으로 생각한 나는 재빨리 트럭에서 내렸다. 그런데 아버지도 뒤따라 내리는 것이 아닌가. 아버지도 나와 함께 집으로 먼저 가기로 마음을 바꿨나 보다 생각했다. 그러나 그런 것이 아니었다.

"얼른 집에 가서 내가 말한 대로 해라." 아버지가 말하면서 지서 정문을 향해 걸어갔다.

트럭이 다시 떠났다. 왜 지서로? 뚜벅뚜벅 지서 안으로 들어가고 있는 아버지의 뒷모습을 보며 좀 이상하단 생각이 들었지만 내가 어찌할 수 있는 일이 아닌 것 같았다. 나는 그냥 돌아서서 집으로 향했다. 집과의 거리는 고작 200m도 안 되었다. 길은 텅 비어 있었다. 한 반쯤 갔을 때 누가 나를 향해 뛰는 걸음으로 다가왔다. 할머니였다. "왜 네 아버지가 지서 안으로 들어가니?" 할머니가 숨을 헐떡이며 물었다. 그러더니 나의 대답은 기다리지도 않고 지서를 향해 계속 뛰었다. J읍 경찰이 아들을 어떻게 할까 봐 몸이 달아 안절부절못하는 것 같았다. 할머니는 어떻게 우리가 J읍에 온 것을 알았을까? 길가에 서 있던 이웃 부인 하나가 지나가는 트럭 위에 앉아 있는 아버지와 나를 발견하고 즉시 할머니에게 알린 것이다. 나는 할머니를 막아섰다. 그리고 아버지가 한 말—내가 열흘쯤 후에 집에 갈 것이니 기다리시라고—을 그대로 전했다. 할머니는 내 말을 듣지 않았다. 지서로 가려고 나를 밀쳤다. 그러나 나는 설득하고 설득한 끝에 가까스로 할머니와 함께 집으로 올 수 있었다.

그 후에 할머니의 시간은 그 누구의 시간보다 더디게 흘렀다. 하루가 지나고 이틀이 지나자 조바심이 시작되었다. 열흘이 가까워져 오자 할머니의 귀는 대문에 박혀 있었다. 열흘이 지나도 아버지는 오지 않았다. 지서에 가서 아버지의 행방을 물었으나 알려주지 않았다. 이제 할머니는 음식도 먹지 않았다. 이미 며느리를 잃은 할머니는 아들에게도 같은 위험이 닥쳤을까 봐 가만히 앉아 있지를 못했다. 트럭에서 내려 지서로 걸어 들어간 아버지에게 어떤 일이 있었던 것일까? 지서장이 간단한 조사를 마치고 아버지를 상급 기관인 관내 경찰서로 보냈다. 아버지는 혼자 걸어서 경찰서로 갔다. 하룻길이었다. 그곳에서 여러 날 철저히 조사했으나 모든 혐의가 조작되었거나 강제되었던 것으로 드러나 결국 무혐의로 처리할 수밖에 없었다. 아버지가 집으로 향했다. 경찰서 문을 들어선 지 열하루만이었다.

느닷없이 찾아온 어리석고 어처구니없는 사상 전쟁의 광풍에 휘말려, 수없는 생명의 위기를 넘겨야 했던 그 사람, 정직한 시골 의사, 나의 아버지, 마침내 자유의 몸이 되어 가족의 품으로 돌아왔다. 할머니와 동생들을 하나하나 살펴보던 아버지의 얼굴이 펴지는 것이 보였다. 영양 상태는 좋지 않지만 아무도 아픈 사람은 없다고 했다. "엄마도 곧 올 거지?" 바로 아래 여동생이 내게 물었다. 아버지의 귀환이 시들어가던 동생들의 희망에 다시 불을 댕겼다. 대문이 삐걱 소리를 낼 때마다 그 애들의 눈이 나를 향했다.

J읍을 떠나다

37도 선까지 내려왔던 전선이 다시 북쪽으로 이동하고 있었다. 사람들은 서울 탈환이 시간문제라고 말했다. 주민들은 거의 다 피난처에서 돌아왔고 사람들의 왕래가 거리를 다시 채웠다. 농부들도 장터로 돌아와 닷새마다 장이 열렸다. 그러나 장에서 장으로 옮겨 다니는 도붓장수들, 약장수와 고무신 장수와 책 장수의 모습은 아직 보이지 않았다. 그 당나귀들은 아직 살아 있을까?

아버지가 집에 돌아온 다음 날이었을 것이다. 그가 병원을 등지고 행길을 향해 우두커니 서 있는 것이 보였다. 마침 행길 건너 상배네 집 앞에는 상배 엄마가 아기를 업고 서 있었다. 두 사람의 시선이 행길 위에서 마주친다.

"얼마나 슬프세요, 선생님. 부인이 너무 이른 나이에 억울하게 돌아가셔서?" 상배 엄마가 말했다.

"상배 어머님도 남편과 시아버님을 인민재판에서 함께 잃으셨잖습니까? 뭐라고 위로의 말씀을 드려야 할지?" 아버지가 말끝을 흐렸다.

"어떻게 이런 일이…? 전 아직도 믿기지 않아요." 그녀가 옷고름으로 눈물을 훔쳤다.

"집터가 나빠서 그런가 봅니다."

아버지의 입에서 터무니없는 말이 나왔다. 그것은 집안에 저절로 재난이 닥쳤을 때 사람들이 흔히 쓰는 말이었다. 더 이상한 것은 그녀가 아버지의 말에 고개를 끄덕이는 것이 아닌가. 그녀도 가족을 잃은 것이 미신 탓이라고 믿는 것일까? 다음 순간 나는 깨달았다. 아마도 그들은 더 적합한 말을 찾지 못했을 것이다. 그들에게 닥친 재난 자체가 너무 엉뚱하고 어이없는 일이었기 때문일 것이다. 집터? 그래 맞아, 집터 때문이야. 나도 아버지의 말에 동의했다. 그리고 속으로 외쳤다. 왜 비행기들이 우리 집에 폭탄을 던지지 않았을까? 엄마가 아예 집에 올 수 없게.

한편, 아버지가 돌아온 것을 알고 동네 사람들이 찾아왔다. 위로하려고 오는 사람들도 있었고 엄마가 당한 일들을 본 대로 들은 대로 말해주기 위해 오는 이들도 있었다. 그들은 정 의사의 부인 이야기도 꺼냈다. 동네 사람들의 목격담을 통해 우리는 그녀가 엄마를 우리에게서 떼어놓은 장본인이란 것을 알게 되었다.

며칠 동안 아버지는 집 안에만 머물며 무엇인가를 골똘히 생각했다. 그러다가 어느 날 할머니에게 물었다.

"충주로 이사를 할까 하는데 어머니 생각은 어떠세요?"

"왜 그런 생각을 하는데?"

"그냥 여기서 계속 살 생각이 없어서요."

"그럴 테지…. 맘대로 하려무나." 할머니가 머리를 끄덕였다.

다음 날 아침, 아버지는 도보로 충주로 향했다. 약 3일 후 오전 10시쯤 아버지가 트럭을 타고 왔다. 대절한 차였다. 이삿짐이랄 것도 없었다. 몇 가지 남아 있는 가재도구를 싣고 나서 일곱 식구가 트럭에 올랐다. 트럭이 움직이기 시작하자 동네 사람들이 손을 흔들어 배웅해 주었다. 우리도 손을 흔들어 작별의 인사를 보냈다.

약 한 시간 조금 지나 충주에 닿은 트럭이 우리가 살 집 앞에서 멎었다. 아버지가 얻어 놓은 셋집이었는데 방 둘에 부엌 하나가 전부였다. 트럭에서 짐을 부려 방과 부엌 등 있을 곳에 놓았다. 초라해 보이는 것이 오히려 환난 후 새로 시작하는 삶에 어울리는 것 같았다. 이제 형만 돌아오면 되었다. 아버지는 10분 거리에 있는 한 건물 아래층에 병원을 차렸다. 며칠 후 어느 날 저녁, 밥상머리에 둘러앉아 밥을 먹고 있는 우리를 물끄러미 바라보던 아버지가 "우린 오늘 밤 엄마가 없어 슬프다."라고 말했다. 그런 다음 다시 무슨 말을 했는데 나는 그 말은 알아들을 수가 없었다. 영어였다. 왜 영어로 말했을까? 우리가 들으면 슬퍼할까 봐? 아니면, 엄마에게 한 말이었을까? 아버지에게서 약간의 술 냄새가 나는 것 같았다. 병원 일을 끝내고 오다가 어디서 술을 마셨는지도 몰랐다. 엄마의 빈자리는 저녁 밥상에서 더욱 두드러졌다.

동생들은 이제 엄마를 기다리지 않았다. 내 아기 동생도 울거나 발버둥 치지 않았다. 그 애들은 어른들 같았다. 그 애들은 응석을 받아 줄 사람이 없다는 것을 알고 있었다. 할머니는 밥하고 청소하고 빨래하는 데 시간이 모자라고 아버지는 온종일 병원에 있었다. 식사 때만 집에 왔다가 바로 돌아갔다. 우리의 셋집은 다소 좁았으므로 아버지는 잠도 병원에서 잤다. 내게는 그 집이 집 같지가 않았다. 엄마가 없는 집은 집이 아닌 것 같았다. 나는 매일 학교가 늦게 끝나기를 바랐다.

엄마를 다시 만나다

이른 봄날 아침이었다. 날씨는 아직 쌀쌀했지만, 남산에 희끗희끗 보이던 잔설은 다 녹아버렸다. 충주 북쪽 작은 마을에 사는 할머니의 친정 조카가 아버지를 도우러 왔다. 전쟁 전 그는 매년 J읍 우리 집을 방문했었다. 아버지보다 일곱 살 위인 그를 아버지는 형이라 부르고 나는 아저씨라 불렀다.

"좋은 날씨야." 아저씨가 문을 들어서며 말했다.

"어서 오세요, 형님. 그래요, 날씨가 좋아 다행입니다." 아버지가 아저씨를 맞으며 말했다.

하지만 밝은 아침 햇살에도 두 사람의 얼굴은 그리 밝지 못했다. 아버지가 떠날 준비를 하라고 내게 말했다. 무슨 준비를 하라는 것인지 의아했다. 내가 가진 것이라고는 옷 몇 벌과 신발 하나뿐이었다. J읍에서 상여의 뒤를 따라가던 그 어린아이가 떠올랐다. 그러나 전쟁의 참화가 휩쓸고 간 황폐한 땅에서 그 애가 입고 있던 그 삼베옷 같은 것은 구하기 힘든 일종의 사치품이었다.

"어머니, 트럭을 바로 못 만나면 늦게나 돌아올 거예요." 아버지가 할머니에게 말하고 나서 허리를 굽혔다.

아버지와 아저씨를 따라 큰길들이 만나는 시내 중심가로 갔다. 지나가는 트럭이 눈에 들어오자 아버지가 손을 높이 들었다. 트럭이 멈추더니 조수가 내다보며 어디로 가느냐고 물었다.

"도안!" 아버지가 크게 소리쳤다.

"좋아요, 타세요. 거기 지나가요. 거기서 내려 드릴게요." 뒤로 올라타라는 시늉을 하며 그가 말했다.

아버지가 돈을 치른 다음 우리는 바퀴에 발을 딛고 올라탔다. 정기 교통편이 아직 복구되지 않았기 때문에 같은 방향으로 가는 트럭들이 돈을 받고 태워 주었는데 운임은 주는 대로 받았다.

도안을 지나 조금 더 가서 트럭을 세웠다. 트럭에서 내려 괴산으로 가는 도로를 한 10여 분쯤 걸었을 때 오른편에 산이 나타나고 그 중턱에 사람들이 앉아있는 것이 보였다. 장례사들이 벌써 와 있었다. 잠시 후, 우리는 도로를 버리고 비탈을 오르기 시작했다. 맨 앞에 아저씨, 그다음엔 아버지, 그리고 맨 뒤에 내가 따랐다. 사람들이 다니지 않아 길이 나 있지 않았다. 잡초를 밟기도 하고 흙을 밟기도 하며 조금 올라가니 숨이 차기 시작했다. 엄마는 이 힘든 언덕을 어떻게 올랐을까? 아마도 신발이 벗겨져서 맨발로? 오르면서 떨어뜨렸을 엄마의 가쁜 숨소리가 들려왔다. 순간, 내 상상 속에 누가 나타났다. 뒤를 돌아보았다. 철모를 쓰고 손에 총을 잡은 20대의 군인 하나가 나를 따라오고 있었다. 나는 지난 몇 달 동안 내 가슴속에 감금되어 있던 말들을 쏟아냈다. "꼭 이래야만 되겠어요?" "그렇다." "왜요?" "명령을 받았다." "공중에 대고 쏴요. 그래도 당신의 상관은 몰라요." "안 된다. 나는 명령에 살고 죽는 군인이다." "꼭 명령대로 해야만 하겠다구요? 아기 엄마인 걸 알면서도?" "그렇다! 꼭 그렇게 할 것이다!" "그렇다면 나는 당신을 찾아내고야 말겠어요. 맹세코 당신을 찾아내 억울하게 엄마를 잃은 이 나라의 모든 아이들 앞에 세우고 말겠어요."

올라가던 비탈이 잠시 멈춰 평평해진 곳에 이르렀다. 엄마의 세상이 멈춘 곳이었다. 저만큼에 흙이 조금 올라와 있는 것이 보였다. 아버지가 그리로 가더니 허리를 굽히고 손으로 흙을 걷어냈다. 잠시 후, 수수깡으로 엮은 발이 드러났다. 지형의 생김새로 보아 엄마와 헌병의 거리는 약 7m 정도였을 것이다.

아버지가 수수깡 발을 걷어내 옆으로 옮겨 놓았다. 그러자 밝은 태양이 엄마를 비추었다. 엄마는 하늘을 향해 똑바로 누워 있었다. 엄마를 내려다 보고 서 있는 아버지의 머리카락이 바람에 날렸다.

엄마의 머리카락은 바람에 날리지 않았다. 엄마의 머리카락이 아버지의 머리카락보다 더 강했다. 엄마의 옷은 젖어 있었다. 얼굴도 손도 젖어 있었다. 눈을 감고 있는 평온한 얼굴에는 마지막 순간에 가졌을 두려움도 소원의 흔적도 남아 있지 않았다. 아버지가 허리를 굽혀 엄마의 옷깃을 여며 주기 시작했다. 이 순간 아버지의 가슴에, 온몸에, 지난 세월 보아 온 엄마의 모든 얼굴과 목소리의 기억이 한꺼번에 울컥울컥 몰려왔을 것이다. 아버지가 뭐라고 말하며 계속 엄마의 옷매무새를 가다듬었다. 여보, 나를 용서해 주구려, 다 내 잘못이었어. 나는 마음속으로 아버지가 하는 말을 들을 수 있었다. 다음 순간 나의 눈앞에서 엄마의 얼굴이 갑자기 커지며 다가왔다. 엄마! 하고 소리쳐 부르며 내달으려는 나를 아저씨가 막아섰다.

먼저 와 우리를 기다리던 장례사들이 흰 천을 땅에 깔았다. 그 위에 다시 한지를 깐 다음 엄마를 조심스레 옮겨와 그 위에 뉘었다.

엄마가 누워 있는 옆쪽으론 한지 묶음들과 들것이 놓여 있었다. 노 장례사가 다른 두 사람을 가르쳐 가며 그 순백의 한지로 엄마의 온몸을 싼 다음 같은 한지로 이쁜 매듭을 만들어 반듯하게 묶었다. 그의 손이 어찌나 빠른지 나의 눈이 따라잡을 수가 없었다.

"알고 계시겠지만 전쟁이 난 후 제대로 된 장례 물품은 일찌감치 동이 나고 말았습니다." 잠시 움직이던 손을 멈추고 노 장례사가 아저씨를 올려다보고 말했다.

"상여가 있으면 뭘 합니까, 그걸 멜 젊은이들이 없는데." 노 장례사가 이번에는 아버지를 보며 말한 다음 긴 한숨을 쉬었다.

그의 손이 다시 움직이기 시작했다. 육십 대 후반으로 보이는 그의 표정은 근엄함을 넘어 엄숙하기까지 했다. 손의 움직임에서 평생 지켜 온 격식을 허물지 않겠다는 자존심과 정직함이 묻어나고 있었다.

그가 젊은 두 사람과 함께 엄마를 조심조심 들것에 옮겼다. 이것으로 가족사진 속에서 환하게 웃고 있던 그 꿈 많던 소녀는 이루지 못한 그녀의 꿈과 함께 영원한 집으로 갈 준비를 끝냈다. 먼저 간 나의 형과 동생들이 엄마를 맞을 것이다. 아주 가까운 곳에서는 문영이가, 멀리 삼팔선 너머에선 두 형들이.

우리는 산을 내려오기 시작했다. 맨 앞에 노 장례사, 그다음 들것을 든 사람, 엄마, 다시 들것을 든 사람, 나, 아버지, 아저씨 이렇게 일곱이었다. 내가 엄마 바로 뒤에 선 것은 그 노 장례사와 아저씨의 지시에 따른 것이었다. 내가 상주였기 때문이다. 형이 있었으면 그가 내 앞에 섰을 것이다. 우리가 산을 뒤로하고 들 한복판을 걷고 있을 때 나의 눈물은 말라 있었다. 저 멀리 들판이 끝나고 아주 낮은 언덕이 시작되는 곳에 십여 명의 흰옷 입은 사람들이 보였다.

"김원식 씨와는 아주 가까운 사이야?" 뒤에서 아저씨가 아버지에게 묻는 소리가 들렸다.

"아니요. 전혀."

"남에게 땅을 거저 주다니, 참 드문 일이지. 저렇게 풍수가 좋은 터를 아무런 대가도 없이…. 더구나 모르는 사람한테."

"그래서 더 고마운 거지요. 김원식 선생은 이 지역에서 덕이 높은 유학자로 소문난 사람이랍니다. 난리 통에 선산까지 시신을 운구할 교통편도 구할 수 없고 그렇다고 이 지역에 장사 지낼 땅도 없는 나를 딱하게 여겼겠지요." 아버지가 말을 이었다. "또한 애들 엄마가 억울하게 죽은 것을 알고 분개한 그가 이 생각 저 생각하지 않고 조건 없이 내어 주었어요. 그렇지만 언제고 값을 지불할 겁니다."

우리가 도착하자 조금 전에 보이던 그 흰옷 입은 사람들이 하던 일을 멈추었다. 그들의 시선이 일제히 나를 향하는 것을 느꼈다. 나는 그것이 상주에 대한 예의이거나 아니면 너무 일찍 엄마를 그렇게 떠나보낸 아이에 대한 동정심 때문일 것으로 생각했다. 그들은 모두 인근 마을에 사는 사람들로 자청해서 엄마의 묘를 만드는 중이었다. 그들을 지휘하던 나이 들어 보이는 사람이 앞으로 나와 아버지를 맞았다. 인사의 말들이 오고 간 뒤 그가 내게로 가까이 왔다.

"그 나쁜 놈들한테 엄마를 뺏기셨구나." 그가 나를 보며 말했다.

"우리 민족…. 이 동족상잔. 그들은 나라를 잃었고 우리는 되찾은 나라를 반으로 쪼갰어. 뒤에 오는 사람들이 우리를 용서할까?" 그가 다시 혼잣말처럼 말했다. 크게 시작된 그의 목소리는 끝에 가서 차분해졌다. 하늘엔 어느새 구름이 끼었고 그는 구름을 올려다보며 한숨을 쉬었다. 나는 오십 대로 보이는 이 사람이 아버지에게 땅을 기증한 사람일 거라고 생각했다.

(김원식 선생은 1970년대 초반에 작고하였다. 그 후, 1980년경, 아버지가 그의 아들 김용두 씨에게 현금 2천만 원을 건넸다. 김원식 선생의 호의에 대한 답례였다. 나는 성묘 때마다 엄마의 산소에서 도보로 20분 정도 되는 그의 집을 방문하곤 했는데 어느 날 그는 대화 중에 '그 돈이 우리를 도왔어요. 그 돈이 아니었으면….'이라는 말로 고마움을 나타냈다.)

사람들이 잠시 일을 멈췄다. 엄마가 영원한 안식으로 들어갈 준비가 된 것이다. 아저씨와 아버지와 김원식 선생과 그리고 몇 사람이 양쪽에서 흰 천으로 된 굵은 끈으로 엄마를 들어 올려 몇 발자국 옮긴 다음 다시 천천히 내려놓았다. 그러자 흰옷 입은 사람들이 다시 움직였다. 봉분을 만들고 그 위에 잔디를 입혔다. 그런 다음 아버지가 엄마 발치에서 약 5m 거리에 작은 은행나무 하나를 심었다. 엄마가 외롭지 말라고. 엄마의 앞쪽으로는 널따란 들이 시원하게 펼쳐져 있고 오른쪽으로는 멀지도 가깝지도 않은 곳에 작은 마을이 하나 있었다. 김원식 선생도 그 마을에 살았다. 우리는 김원식 선생과 그 흰옷 입은 마을 사람들에게 고맙다는 말과 함께 작별을 고했다.

이렇게, 엄마는 우리를 떠났다. 나는 기억 속에서만 엄마를 만날 수 있을 것이다. 기억 속에 더 많은 엄마의 모습이 들어 있을 형이 부러웠다. 엄마를 기억하지 못할 동생들에게는 미안했다.

몰려들던 구름이 이슬비를 뿌리기 시작했다. 마을 앞을 지나가는 개울을 따라 걸으면서 나는 자꾸만 뒤를 돌아다보았다. 아버지가 심은 그 작은 은행나무가 보이지 않을 때까지.

형

그로부터 약 한 달이 지난 어느 일요일, 마루에 앉아있는데 누가 대문을 밀고 들어섰다. 형이었다. 그는 어디에 있었을까? 지난 여섯 달을 어디에서 어떻게 살아남을 수 있었을까?

가까스로 J읍에서 탈출한 다음, 그리고 비산마을에 잠깐 들른 후, 그는 같은 반 친구가 있는 옥천으로 향했다. 계획 같은 것은 없었다. 무작정이었다. 다행히 친구는 집에 있었다. 형은 우리 가족에게 불어닥친 재난과 자신도 죽을 고비에서 도망쳐 오는 길이란 것을 다 털어놓았다. 말을 듣고 난 친구가 형을 위로하면서 안전해질 때까지 자기 집에 머물도록 한 것이었다.

옥천을 떠난 형은 먼저 J읍으로 갔다. 거기서 엄마에게 일어난 일과 우리가 충주로 이사한 사실을 알았다. 그의 귀환은 그늘진 연못에 꽃잎 하나가 떨어져 만들어내는 '기쁨의 파문' 같은 것이었다. 그 후, 형은 습관처럼 말하곤 했다. 죽을 고비에서 살아난 후부터 자기는 '빌린 시간'을 사는 것이라고.

하지만 그 '빌린 시간'은 공짜였을까? 가족을 집으로 데려가는 것이 안전할지 어떨지 살피러 가는 엄마를 형은 막지 못했다. '왜, 내가 대신 가지 않았던가. 나는 남자이기 때문에 위험해서 안 된다고 엄마가 말려서? 그래도 어떻게 해서든지 엄마를 막았더라면 엄마는 살아 있을 것이다, 안 그런가!' 이 끊임없는 자책은 위기에서 탈출할 때 얻은 자기 자신의 트라우마와 함께 끝까지 형을 따라다녔다.

그러나 형의 생존은 엄마에게 귀중한 선물이기도 했다. 만일 형이 그 추격자에게 잡혀 집으로 끌려가서 엄마가 감금된 방에 처넣어졌더라면? 생각만으로 끔찍한 일이었다. 아마도 그때 벼를 베던 그 농부들은 어머니와 아들, 두 모자가 함께 언덕을 오르는 것을 보아야 했을 것이다.

형은 술도 마시고 담배도 피웠다. 그것이 그의 상처를 얼마나 어루만져 주었는지 나는 모른다. 그는 군의관이 되었고 월남에 파병되는 최초의 의무부대에 자원했다. 그는 이 공로로 그의 삶이 다했을 때 국립묘지로 가는 영예를 얻었다.

나의 기억에 형은 남을 돕는 데 주저함이 없었고 친구가 많은 사람이었다. 한 예로 형이 군 복무 중 나와 한방에서 하숙하던 때였다. 어느 날 저녁, 친구 한 사람이 두꺼운 의학 서적 여러 권을 들고 나타났다. 그들의 대화에서 나는 그가 형을 찾아온 이유를 알았다. 의사면허 시험에 합격하지 못했던 것이다. 그날 밤, 형은 새벽이 밝을 때까지 그의 시험 준비를 도와주었다.

같은 직업을 가진 의사와 결혼한 형은 자녀 셋을 두었다. 형이 결혼하던 날, 서울 시민회관 그의 결혼식장은 초만원이었다. 자리를 잡지 못한 하객들이 벽을 따라 겹으로 둘러서 있었다. 가족이지만 자리를 양보하고 그들 틈에 끼어 서 있는 내게 어디선가 수군거리는 말이 들려왔다. "이 친구, 사람들은 또 언제 이렇게 많이 사귀었어?"

✦

다시 이야기를 되돌려보자. 수백만의 목숨을 빼앗은 전쟁이 끝났다. 무승부였다. 가까이 왔던 통일은 더 멀어졌다. 사랑하는 가족을 잃은 고통과 슬픔을 가슴에 안고 잿더미에서 일어난 사람들이 다시 거리를 메웠다. 우리 집에도 변화가 있었다. 아버지가 새집을 지어 우리는 셋집을 면했다. 같은 터에 약 5m 간격을 두고 병원채와 안채가 나란히 있고 안채 앞 넓은 마당 건너에는 따로 별채가 있었다. 아버지의 출생지답게 종종 손님들이 찾아왔다. 손님이 올 때마다 아버지는 나를 불러 인사를 시켰다. 전쟁으로 중단되었던 아버지의 유교식 예절 교육이 다시 시작된 것이다. 그리고 시간이 있을 때마다, 특히 아침에 자리에서 일어나기 전, 아버지는 자신이 엄마인 것처럼 내 걸음마쟁이 막냇동생과 킥킥거리며 장난치기를 즐겼다. 우리의 새집은 넓고 편했다. 그러나 여전히 나는 학교에 늦게까지 남아 있는 날이 많았다.

할머니

할머니는 대부분의 시간을 안방에 조용히 앉아서 보냈다. 자신의 마음속에 오고 갈 수많은 생각은 얼굴에 나타내지 않았다. 돌아오지 않는 며느리를 기다리던 그 피 말리던 순간들을 떠올리기도 했을 것이다. 그 겨울의 눈길 위에서 굶주림과 추위로부터 손자 손녀들을 지키기 위해 몸부림치던 그 절망의 순간순간들도 눈앞에 어른거렸을 것이다. 모두 살아남은 그들이 한 지붕 아래서 하루하루 건강하게 성장하고 있는 것을 보며 할머니는 자신이 자랑스럽기도 했을 것이다. 할머니가 없었다면 그들이 과연 그 겨울을 넘길 수 있었을까? 눈길 위에서 죽거나 길을 잃어 엄마의 희생을 헛되게 만들고 말았을 것이다.

야위어가는 할머니의 얼굴에 웃음꽃이 필 때가 있었다. 고모가 올 때였다. 고모는 충북선 열차를 타고 일 년에 한 번 친정어머니를 만나러 왔다. 고모가 오면 갑자기 생기가 난 할머니가 부엌으로 가 고모가 좋아하는 음식을 만들기 시작했다. 그러나 할머니의 들뜬 기쁨은 하루 이상 가지 않았다. 고모는 언제나 온 그다음 날로 떠났다. 아이들과 시부모를 챙겨야 했기 때문이다. 떠날 채비를 하는 고모를 보고 할머니가 말했다. "하루만 더 있다 가면 안 되니?" "안 되는 거 어머니도 알잖아요? 애들은 누가 챙겨요?" 고모의 대답은 매번 똑같았다. 할머니는 아무 말도 하지 않았다. 할머니의 얼굴에 실망의 빛이 떠오르는 것을 볼 때마다 나는 엄마가 평양에 갔을 때 외할머니가 했다는 말이 떠올랐다. "단 하루만 더? 안 되니?" "엄마, 그러다 삼팔선 막히면 어떡해? 내 애들 누가 키워?" 외할머니의 실망은 할머니의 그것보다 더 크지 않았을까?

1961년 4월 어느 날, 떠날 채비를 하는 고모를 본 할머니는 그 예의 '하루만 더'란 말을 잊지 않았다. 그런데 이번에는 좀 달랐다. 고모가 안 된다고 해도 할머니는 몇 번인가 반복해서 졸랐다. 전에는 없던 일이었다.

떠날 준비를 마친 고모가 방문을 열고 밖으로 나왔다. 뒤따라 나올 할머니를 위해 방문을 닫지 않은 채. 딸과 함께 대문 밖까지 걸어 나가 딸이 안 보일 때까지 서 있는 것이 할머니가 딸을 보내는 방식이었기 때문이다. 그런데 이날은 할머니가 나오지 않았다. 마루 아래 놓인 신발을 신으려던 고모가 방 쪽으로 얼굴을 돌렸다. 순간 방문이 안에서 닫혔다. "어머니, 내년에 또 올게요." 하고 말했지만 할머니는 방 안에서 꼼짝도 하지 않았다.

이상한 생각에 고모가 방문에 붙어 있는 작은 유리로 안을 들여다보았다. 고모와 눈이 마주치자 할머니가 딴 데로 얼굴을 돌렸다. 고모는 섭섭해하는 할머니를 그대로 두고 떠나기가 안됐지만 "어머니, 미안해요. 내년에 뵐 때까지 안녕히 계세요." 하고 말하면서 급히 대문으로 향했다. 기차 시간이 임박해 있었던 것이다.

그러나 고모가 다시 오겠다던 그 '내년'은 할머니에게는 오지 않았다. 1961년 6월, 고모가 왔다 간 지 두 달 뒤, 할머니는 돌아가셨다. 고모에게 찾아온 죄책감은 그녀가 2007년 96세의 나이로 세상을 떠날 때 함께 떠났다.

할머니는 왜 그날 고모를 잘 가란 말도 없이 그렇게 냉정하게 보냈을까? '하루만 더 있다 가라'는 자신의 간청을 번번이 뿌리치는 딸이 섭섭하고 야속했을까? 그랬을 것이다. 할머니는 자신의 시간이 곧 끝날 것을 예감했던 것 같다. 고모는 한 번쯤은 할머니의 청을 들었어야 했다. 고모네 집은 기차로 한 시간, 지척이나 마찬가지였다. 교통이 끊어질 염려도 없었다. 외할머니의 청을 거절해야 했던 엄마의 경우와는 사뭇 달랐다.

할머니가 일찍 타계한 자신의 남편에 대하여 말하는 것을 들은 기억이 내게는 없다. 나는 할아버지를 사진으로만 보았고 내가 할아버지에 대해서 들은 말은 주로 아버지와 고모와 아버지의 친구들이 해 준 것이었다. 할머니는 왜 말을 하지 않았을까? 먼 옛날, 아슴아슴 떠오르는 남편과의 추억들을 입 밖에 내는 것이 부질없다 여겼을까? 아니면 손자 앞에서 왠지 쑥스러운 것 같아 나오려는 말을 막았을까?

하지만 할머니도 말년에는 남편과 함께 살던, 지금은 남의 집이지만 어디엔가 자신의 손때가 묻어 있을, 젊은 시절의 그 옛집을 그리워했다. 가 보고 싶어 했다. 벽도 기둥도 만져 보고 쓸고 닦던 마루에도 한번 앉아 보고 싶다고 했다. 한 집안의 며느리로서, 그리고 한 남자의 아내로서의 애환을 섞어 밥을 짓던 그 부엌에도 들어가 보고 싶다고 했다. 할머니의 기억 속의 그 집은 세월로는 40년 너머에 있었지만, 도보로는 불과 1㎞ 밖에 있었다. 그러나 할머니의 희망은 아버지의 설득 앞에서 번번이 허물어졌다. 뇌졸중을 겪고 난 할머니가 제대로 걷지 못한다는 것과 정신적으로 충격을 받기 쉽다는 것이 이유였다. 나는 아버지를 이해하기 어려웠다. 할머니는 이미 75세가 넘은 나이었다. 그렇다면, 나는 왜 할머니를 가게 해 달라고 아버지를 조르거나 아니면 아버지 몰래 할머니를 부축해서 그 집에 데려가지 않았는가? 두고두고 나를 따라다니는 후회 중 하나이다. 한때 그 집을 지역 건축 유산으로 지정하려는 움직임이 있다는 풍문이 돌기도 했다.

19

　　세월이 흘렀다. 성인이 된 나는 아버지의 집을 떠나 서울에 가정을 꾸렸다. 신출내기 직장인이었던 나는 결혼 초부터 집과 직장만을 오가며 일에 묻혀 1970년대를 보냈다. 후에 K시로 이사를 했고 이곳에서 인생의 가장 중요한 페이지들을 넘겼다. 아내는 매사에 적극적이고 열심인 사람이었다. 내가 일에 매달리는 동안 그녀도 자녀 양육과 지역사회를 위한 봉사활동으로 바빴다. 검찰청 위촉 청소년 선도위원과 K시의 시정자문위원 등으로 매일매일 바쁘게 쫓아다녔다. 아내도 나도 여가를 즐기는 것이 사치라고 생각하며 나날을 보냈다.

　그러던 중 1980년대 어느 일요일, 오래 기다리던 기회가 찾아왔다. 기분도 전환할 겸 아이들에게 문화유산도 보여 줄 겸 고궁을 찾기로 한 것이다. 은행나무가 새 잎새들을 반짝이며 줄지어 서 있는 세종로를 따라 걷고 있을 때 우리 앞에 조금 떨어져 걷고 있는 한 여자가 눈에 들어왔다. 순간 나의 눈이 그녀에게 달라붙었다. 마치 나비처럼 하늘거리며 걸어가는 그녀의 멋진 옷맵시 때문이 아니었다. 그녀의 머리에서 반짝반짝 햇빛을 튕겨 내는 은색 비녀 때문이었다. 나는 나도 모르게 그 옛날 엄마를 따라 장터로 가는 착각에 빠져들었다. 나의 가슴이 뛰기 시작했다. 같이 걷고 있는 나의 아내는 내 마음속에서 일어나는 일을 모르고 있었다. 그 누구도 바쁨에 쫓기던 지난 세월 동안 내 안에서 잠자고 있던 그 그리움을 알지 못했다. 비녀에 눈을 고정한 채 나는 계속 그녀의 뒤를 따라가고 있었다. 딴 길로 가고 있다며 아내가 다가와 옆구리를 찌를 때까지.

우리는 곧 고궁에 도착했다. 그러나 나는 눈으로는 앞에 펼쳐지는 옛 왕조의 걸작품들을 보면서도 마음으로는 엄마의 은비녀를 찾아 헤매고 있었다. 어디 있을까? 그 언덕 어디에 떨어져 오랜 세월 눈비를 맞고 있을까?

✦

그의 가족 나들이가 있던 날부터 얼마 지나지 않았을 때였다. 그의 어머니가 누워있던 언덕 아래로 멀리 보이는 마을 사람들의 눈에 한 남자의 모습이 들어오기 시작했다. 남자는 일 년에 한 번꼴로 나타났다. 그 마을 어느 집, 노부부가 언덕 위를 서성거리는 그 남자를 바라보며 말을 나누고 있었다.

"오래전 그 여자의 가족일 거구먼."

"그렇지 않으면 누가 저길 오겠어요, 남편이나 아들이 아니면?" 부인이 말했다.

"꽤 젊어 보이는데, 안 그래? 아들인 게 틀림없어."

"당신 말이 맞아. 남편이기엔 너무 젊어 보여요."

"그날 아버지가 수수깡 발과 삽을 가지고 저 언덕에 가서 그녀를 덮어주고 오셨지." 남편이 회고하듯 말했다.

"맞아, 그랬어. 나도 생각나요."

"그런데 아직도 못 찾았나 봐."

"어떻게 알아요?"

"찾을 수 있는 거라면 지금쯤은 찾았어야지. 우리가 저 사람을 본 게 이번이 네 번째잖아?"

"그런데 그게 뭘까요? 무엇이길래 그렇게 중요할까?"

"유품이 아닐까? 반지나 뭐 그런 것. 누가 알겠어?"

"그런데 벌써 삼십 년이나 지난 일이잖아요. 그런 거라면 왜 더 일찍 찾으러 오지 않았을까?"

"오래된 기억일수록 더 생생하지. 또 그리움은 세월 따라 자라거든. 난 저 사람을 알 것 같아. 당신도 알다시피 나도 열 살 때 어머님을 잃었거든." 남편이 한숨을 쉬었다.

한편, 언덕 위의 남자는 헛된 노력을 거듭한 끝에 자기가 찾고 있는 것이 그곳에 없다고 믿게 된다. 자신의 엄마가 누워 있던 곳은 올라가던 능선이 잠시 오르기를 멈춘 평평한 지형이었다. 바람이나 폭우가 그 은비녀를 다른 데로 옮겨 놓았을 것 같지가 않았다. "혹시 그 장례사들이 깜빡했을까? 그렇다면, 그 비녀는 지금 엄마와 함께 있을 것이 아닌가. 그것도 아니라면, 엄마가 그날 행길에 쓰러졌을 때 땅에 떨어졌던가." 남자가 혼잣말하며 잠시 생각에 잠긴다.

그가 마른풀 위에 풀썩 주저앉는다. 무언가 중얼거리기 시작한다. 예의 독백이 시작된 것이다. 마치 자신이 아직도 어린 소년인 양, 기억을 더듬어 옛날에 읽었던 어떤 동화책의 한 페이지를 암송하듯, 더듬거리는 그의 말은 더러는 바람에 실려 흩어지고 더러는 입안에서 맴돈다. 그의 기억의 동화책에는 옛집 텃밭의 노란 무꽃 위에서 팔랑팔랑 춤추며 날던 나비들의 노란 날개와, 엄마를 따라 장에 가던 골목길과, 금강의 그 나룻배와, 강물 위에 출렁거리던 그 별들과, 그 곳간차 위의 피난민들과, 함께 놀던 수영골의 그 바람들과… 엄마가 들려준 외할머니의 이야기와… 아아, 그리고 엄마와 함께했던 유년의 행복이 들어 있다.

"엄마, 어디 있어요? 이 세상 너머에 또 하나의 세상이 있나요? 형은 말했어요. 아무것도 없다고. 그래서 엄마도 없다고…"

구름이 해를 가려 갑자기 어두워진다. 그의 뺨에 스치던 산들바람이 더 큰 바람을 몰고 와 그의 목소리가 풀씨처럼 공중에 흩날린다. 바람이 구름을 밀어내자 서산에 걸린 태양의 붉은빛이 그의 얼굴에 와닿는다. 이곳, 바로 그의 등 뒤에서 있었던 일, 그는 아무래도 믿기지 않는다. 꿈이었을까? 꼭 꿈만 같다. 이때, 그의 귀에 와닿는 귀 익은 목소리…. 먼 세월 너머에서 들었던 그 목소리… "그래, 네가 꿈을 꾼 거야. 엄마들은 죽지 않아. 엄마들은 죽을 수가 없거든." "아아, 그래요, 꿈이었어요. 엄마들은 죽을 수 없어요. 삼십 년 전 이곳에 왔던 애는 다른 애였어요. 엄마는 나를 떠나지 않았어요. 이 언덕에 누워 있던 사람은 엄마가 아니었어요. 그 은비녀는 지금 엄마와 함께 있어요. 이 세상 어딘가에 있어요! 있어요!" 그의 얼굴이 환해진다. 그러나 잠시뿐, 그가 한숨을 쉬며 고개를 숙인다. "처음엔 그들을 찾아내려고 했었어요. 사과를 받아 내려구요. 그러나 사과를 할 사람은 그들보다도 그들이 무고한 민간인들에게, 여자에게도, 엄마에게도, 총을 쏘도록 내버려 둔 국가란 것을…. 남용된 국가권력이란 것을 알았어요." 그가 얼굴을 든다. 눈이 젖어 있다.

얼마나 시간이 흘렀을까, 그가 다시 일어선다. 뒤를 돌아본다. 언덕을 넘어가는 바람에 서걱거리며 허리를 굽히는 마른풀들 사이로, 총을 든 군인과 그 앞에 서 있는 치마저고리를 입은 삼십 대 여자가 눈에 들어온다. 그가 얼른 고개를 돌린다. 저 아래 먼 마을에서 저녁연기가 피어오른다. 그가 천천히 일어나 언덕을 내려오기 시작한다. 걸음걸이가 휘청인다. 들도 마을도 먼 산들도 그의 눈에서 안개처럼 흐려진다. 바람이 그의 머리칼을 날리며 지나간다. 언덕을 반쯤 내려왔을 때 그는 돌부리에 걸려 옆으로 구르고 만다. 다시 일어서려고 몸을 돌리는 그의 눈에 무엇인가 반짝거리는 물체가 들어온다. 혹시…? 은비녀? 긴장한 그가 팔을 뻗어 그것을 잡는다. 그가 잡은 것은 어떤 농부가 버리고 간 부러진 금속 파편이었다.

잎 떨어진 관목 가지를 잡고 그가 다시 일어난다. 몇 발자국 내려오다 걸음을 멈춘다. 저 멀리 어디선지 알 수 없는 곳에서, 열 살 때 들었던 목소리가 귀를 울린다. 그 목소리가 파문처럼 퍼져 나간다. "난 알아, 엄마가 왜 이 은비녀를 내게 보냈는지. 이 비녀엔 딸과의 재회를 비는 엄마의 기도가 담겨 있어. 난 지금 엄마의 기도를 들으면서 걷고 있어. 넌 모를 거야." 그가 눈을 감는다. 물감을 부은 듯 산도 들도 하늘도 붉은색으로 변했다. 그러자 그를 보며 누가 웃고 서 있다. 불타는 핏빛 노을 속에서.

2014년 10월 17일, 그의 어머니의 유해를 화장할 때, 훼손된 사파이어 반지가 나왔다. 은비녀는 없었다.

훼손된 사파이어 반지